花山画语

黄鹏 著

广西民族出版社
Gvangjsih Minzcuz Cuzbanjse

图书在版编目（CIP）数据

花山画语/黄鹏著. —南宁：广西民族出版社，2019.12（2023.5重印）

ISBN 978-7-5363-7345-7

Ⅰ.①花… Ⅱ.①黄… Ⅲ.①散文集—中国—当代 Ⅳ.①I267

中国版本图书馆CIP数据核字（2019）第276250号

HUASHAN HUA YU

花山画语

出 版 人：石朝雄
著　　者：黄　鹏
责任编辑：白　煜
装帧设计：林武圣
责任印制：梁海彪　莫晓东
出版发行：广西民族出版社
　　　　　地址：广西南宁市青秀区桂春路3号　邮编：530028
　　　　　电话：0771-5523216　传真：0771-5523225
　　　　　电子邮箱：bws@gxmzbook.com
印　　刷：三河市嵩川印刷有限公司
规　　格：890毫米×1240毫米　1/32
印　　张：13.125
字　　数：305千
版　　次：2019年12月第1版
印　　次：2023年5月第2次印刷
书　　号：ISBN 978-7-5363-7345-7
定　　价：58.00元

※版权所有·侵权必究※

文者道心：黄鹏散文研究[*]（代序）

李志艳

  黄鹏是著名的广西壮族作家，其文学创作涵盖了诗歌、散文、小说等领域，且建树颇丰，其中一些作品曾获第三届、第七届壮族文学奖，以及第四届广西少数民族文学创作"花山奖"。仅就散文而言，代表奖项有全国青年散文大奖赛优秀奖、第二届中外诗歌散文邀请赛一等奖等。因为黄鹏散文独特的书写对象、语言特点以及对散文文体学深层次的理解，所以成为散文研究的经典案例。这不仅有助于当前学术界散文热点争议问题的研究，亦是散文艺术价值的崭新呈现与再次思考。

一

  当前学术界关于散文的热议问题主要包括三个方面，一是关于散文语言的争论，主要集中在散文语言的诗性与小说性之间。陈剑晖是散文之"诗性语言"的代表，他认为："散文的诗性语言应是

[*] 本论文属于国家社科基金一般项目"壮族文学的文学地理学研究"（16BZW189）阶段性成果。

一种心灵性的语言,它应是人的存在的家园。诗性语言以高度的具体性和意味性来激发读者的联想,它突破了传统散文语言的'明'和'实'的限制,具有诗的纯粹性和审美性。"①王轻鸿则认为对散文语言的如此定性是"背离了散文最基本的本体特征",并且"不合格律'如同说话一样'的散文语言并非是审美性缺失,而是显示了作家自我的人格特征,张扬了人的一种自由",在文学史的角度上,"作为文学体裁的散文文体是在白话取代了文言、崇尚人的自由这样一种现代文化语境中形成的,它的发展并不需要从传统的诗性语言中获取资源"。②

二是关于散文的真实与虚构问题的争论,陈剑晖看到了散文坚持"真实"的历史文化维度以及艺术创作中的不可能性,提出了"有限制"的真实,"即允许作者在尊重'真实'和散文的文体特征的基础上,对真人真事或'基本的事件'进行经验性的整合;同时,又要尽量避免小说化的'无限虚构'或'自由虚构'。"③林道立等认为关于散文是否允许"虚构"的论证,大体包括三种意见:第一是坚持派,坚持散文必须恪守真实性的传统,散文是一种非虚构性文体;第二是颠覆派,散文可以自由地进行夸张、变形、掺假,甚至提倡无限制地虚构;第三是折中派,认为散文可以大实小虚,即在坚持真实性的大前提下,适当进行局部地虚构与想象。散文应该坚守第一种观点。④

三是关于散文文体学的争论,罗书华认为"'散文'真正以稳定的文体身份登上舞台,应该是20世纪以后的事情"。散文的发展经历了"词体、语体、文体三个发展阶段。词体散文关涉的主要对象是词语,'散文'的'文'意指字词;语体散文关涉的主要对象是文章的语言和语句的面貌,'散文'的'文'意指语句;文体散文关涉的主要对象是作品的篇章构成,'散文'的'文'落脚于篇章"。⑤王景科则提出了"近代散文观念的变化是散文文体变革的前提","桐城——湘乡派与阮元等人的骈散相争""近代报刊的出现""'新闻体'的产生""白话体在民间文学中萌芽"等系列相关性因素,促成了"散文语言逐渐由文言体向白话体发展"⑥。陈剑晖对散文下了一个直接的定义:"散文是一种融记叙、抒情、闲谈和幽默为一体,集多种文学元素为一炉的文学样式,它以个人的感觉结合体验、开放的结构和自由自在的表达,诗性地表现了人的个体生存状态和人类的文明。它是人类精神和心灵的一种实现方式。"当然,散文应该重点突出"精神性""心灵性"和"自由性"⑦。

从上面的争论可以管窥当下学术界散文研究的基本面貌。

第一,在研究视域上,散文研究立足的是中国整个散文发展史,学者们在力求准确界定散文相关问题之余,通常秉持着史学视野与动态研究的方式,基本上解决了诸如散文的起源发展、散文文化身份的历史更迭、当代散文兴起的语境与关系范域等问题。不仅如此,学者还适当借鉴了西方相关理论资源,只是比较可惜的是,"在理论如此发达的西方,对于散文研究的重视仍然不够"⑧。因此,借鉴西方文艺理论来进行中国散文的相关研究,主要集中在语词层次。但不管如何,比较视域是当下散文研究的重要构成。

第二,学术界对散文相关问题如语言、真实与虚构、文体学等的争论,一方面将散文研究推向了深入与细化。另一方面,这些争论在本质上其实就是关于散文文体学要素的思考。这不仅涵盖了散文结构系统的层级性解剖，包括词、句、篇章等，并且兼容了对散文"形而上"和"形而下"的综合性思考，如欧明俊就批评"古人多以内容本位、技艺本位界说散文，是本体论，还有以作者本位、本源本位、功能本位界说散文，皆具有'片面的深刻'"，提出"散文有'形而上''形而下'之分，'形而上'者是散文之道，是本质、精神和灵魂，'形而下'者是散文之艺（技、术），属于技术层面"。"散文不仅是纯粹的文学文体，还是文化文体。"⑧再加上陈剑晖矢志于散文诗性话语理论建构的研究成果，可以得出，关于散文的争论其实质是在散文文体学统筹下的诸多相关问题的分化式研究，二者一而多，多而一，在相互建构之时，又不断引发新的怀疑、批评与解构，进而进一步推动二者的双赢式发展。

第三，散文的拓展性研究，主要包括两个方面：一是以散文的历史渊源、发展为基本依据，在小说、诗歌等文体中寻求文体间性特征，在重视散文、小说、诗歌文体元素的重叠之余，发掘散文文体的独特性与区识性，进而建构散文文体学思想的弹性空间；二是散文文体学所面临的文本内、外部语境的相关关系，科技文明、语言自身、语体流变、创作方式、价值目的等相关性元素都对散文提出了新的要求，促导了散文的不断裂变。诚如林非所言："散文创作确实应该将自己抒情、叙述和议论的因子高度复合地发挥出来，从而更好地走向阔大和厚实"，"在科学高度发达、理性充分发挥的当今这个时代里"，"追求思想上的冲力"⑨也是散文创作的重要艺术追求。

散文的这些争论性研究取得了很大的成果，但也难掩诸多尴尬问题。陈剑晖对新时期 30 年散文研究进行了检视和总结，发现其结果"不免令人沮丧：几乎所有的'概论''概观''综述'等，往往对之都颇有微词、评价也不高。更有甚者，还有人喜欢贬低和嘲讽散文研究，认为散文算不上成熟的文体"⑪。陈平原曾经说过："今人眼中的散文，大略包含以下三个层面的含义：与诗歌、小说、戏剧相对应；与骈文相对应；与韵文相对应。"⑫这种相对性、排他性的认识论方法确实能够检视散文在文学文体学中的位置，但并不能直接陈述散文的文体学基本奥义，它必须和散文的直接性研究结合起来，把自主、自律性研究和排他性研究结合起来，才能达到论证效用，陈平原基于此对于中国散文进行了梳理，发现的依然是"散文只能叨陪末座"，"散文退居边缘"。⑬对于当下，"今天我们躬逢散文'挥霍'的时代"，"散文的尊严是人的庄严和真诚"，"散文的屈膝是人的俯首和下跪"，"重建散文的尊严"是散文创作和散文研究亟须解决的重要问题。⑭结合当下学术界的散文研究成果，对这一问题的解决存在着可能性与必然性：重建散文尊严、厘清散文研究相关问题，首先离不开作家创作探索，对于散文传统文化的继承开掘，对于当下语境的回应与反思，对于文艺诸多问题的呈现与批判，等等，都必须在作家的艺术实践中完成；其次是散文批评与散文理论建设，上述梳理所获得的启示是回归散文本身和立足散文史络，在自我与他者视域中审视散文文体并厘清散文研究相关问题，是紧密关联且必要的。

二

　　黄鹏散文同时具有自我、民族、社会文化、比较视域等多元维度，通过对黄鹏散文的语言、篇章结构，以及文本内部系统和外部系统的关系分析，是在散文创作和散文理论建构相结合的前提下对于上述问题的有益探讨。

　　黄鹏散文的语言拒斥当下文学语言的被"消费化"形势，以决然峭立的姿态将散文语言从商业化围困中解放出来，以民族传统文化为底蕴，以审美为旗帜，以情性传达为标尺，实现了散文的深度书写。在《拜谒花山》中如此写道："春天里，花红柳绿，翠竹婀娜，猿啼鸟语，春水泛泛，船行悠悠。心灵的肌肤已经温热，冰冷的血液开始沸腾，思想也已解脱了棉衣的束缚，趁着寒冷渐行渐远，春光渐渐灿烂，炎热尚未横行，带上真诚与淳朴，带上向往与清醒，穿过城市的建筑森林，远离喧嚣的氛围，素面朝天地走进春天，走进木棉树的视野，走向花山。"宁明花山岩画"是战国至东汉时期左江流域骆越人进行巫术活动的遗迹。以规模宏大，场面壮观，图像众多，内容丰富居左江岩画之冠，作为左江岩画奠定代表而举世闻名"。⑮在这段对花山描写的文字中，作为时间语境的"春天"一开始不仅确定的是叙述时间，更是以此来象征着生命的苏醒与新旅行，迎向春天，迎向季节沉睡之后的生命开始，也就意味着人生命本源起点的思考。在此之处，空间环境的声响、颜色，以及动植物样态动作就会在渲染故事发生物理场景之余，裸露出生命本真的探询方向。宁明花山是骆越文化的发源标志，走向花山，本质上是走向个人融归集体民族的诗性征程,是灵魂向文化母体的浪漫还乡。不仅如此,黄鹏还利用词语音响与句式集聚来为这一旅程伴奏,以"花红柳绿""翠竹婀娜"等四字句式,以及"带上真诚与淳朴""带上……""穿过……""远离……""走进……""走进……"等系列动宾结构短语与此进行映衬式和鸣,使得《拜谒花山》成为一首生命在民族文化历史中尽情盛放的交响曲。

语言是文学艺术与表现对象之间关系的直接构成,它立体地呈现了艺术家以艺术作品为媒介的多元思考。在《黄家气象》中:"在广西南宁市,也有一座古宅大院。这座古宅大院,与全国其他古宅大院一样,凝结着古人的建筑智慧,蕴含着中华的传统文化,彰显着历史的发展气象。这就是:黄家大院。"历史在文字中回响,文字锤炼出文化的余音袅袅。在《请到壮族歌圩来》中:"过节喜庆之时,大家高兴,就聚在一起,唱歌以乐;择偶时,不知对方底细,就用歌来探寻;劳作时,累了乏了,就用歌来消解;农事节令,怕后人记不住,就用歌来记;哪怕是问候,善歌者也用歌来问……在壮族地区,空气里都是音符,大地上都是琴键,挥挥手,跺跺脚,便有歌声应和,此起彼伏。"在文字中,就能听到民族的歌唱,就能直观地感受到民族生活的方方面面,就能直接感触民族精神的俗雅相随。在《关注寂寞》中:"与其热衷于仿古建造,与其崇媚他地他国的文化文明,不如回过头来关注我们寂寞的文化文明,不如认真审示一下我们是如何对待自己的历史文化文明的。"思想在文字中不断锐化,情感在文字中渐渐氤氲,三者混合交融,铸就了黄鹏散文内涵的层次梯度。概括起来,黄鹏散文的语言"写气图物,既随物以婉转；属采附声，亦与心而徘徊"（《文心雕龙·物色》），根据文本表现对象，黄鹏能够悠游裕如地选择语言，表明黄鹏散文语言对表现对象捕捉的敏锐性。深入来讲，语言和文本表现对象昭示了黄鹏艺术创作的语言观念，即在语言文化具有高度同一性的基础上，敬畏语言、拥护文化。

语言本身也是一种结构，其自身的句式构成与段落呈现一方面展现出艺术作品的表意机制；另一方面，从文体学角度来说，又组构成文体的各个要素。对于散文的文体学要素而言，从前文的论述来看，或从情、形二元角度，或从散文外文体的排他性角度来论证，实难统一，但在黄鹏散文中或能觅得难题求解的端倪。从《大明小写》《横州过客》《平步青云》《探访罗山》《扬美古镇》《云亭街记》《布洛陀神》《记忆骆越》《活旺日子》《鱼鲜生活》等散文来看，黄鹏散文的典型特点就是倚重文化，直接面对艺术表现对象，不矫情、不伪饰，勾连历史、反思当下，历史的文化和文化的历史成为黄鹏散文的坐标与思想图谱。针对于此，黄鹏散文的语言句式结构大体趋向于典雅精致，或者说注重语言本身对传统文化的直接传承。当然，黄鹏散文语言亦不缺少变化，他通过语言的声响效果、排比句式、对仗体式、四言重叠、歌行、象征等多种变式来实现艺术效果，以此构成了黄鹏散文语言一而多的美学格调。与此相对应，黄鹏散文的行文结构特征得以凸显。在《布洛陀神》中先是直面壮族三月三山歌歌唱布洛陀的民俗活动，继而追踪布洛陀的民族文化历史，并在中西远古神祇的对比分析中深入阐释其中的深层意蕴，最后强调文化是人的社会性根本，是人性的精神厚度与时空宽度,进而擢升出发扬民族文化的感召,"祭旗招展,供品清香,香烛火旺,山歌款款,诗经浩荡,弥漫和升腾的是一种崇敬与虔诚,使壮族的文脉在三月的诗意里,延续和生发更多的意义"。黄鹏散文行为结构大多如是,唯有极少数篇目如《记忆骆越》等与此相异。可见黄鹏散文的行文思路表现为文化本位,以此为集点,直面当下并对此进行切入,回溯传统,批判当下,是典型的三叉戟结构。而在空间横阔面上,则又以广西为稳定对象,辐射其他各地文化形态,铸就了这把"三叉戟"的力量根源和意义空间。

以语言、行文结构为基础,黄鹏散文凸显出"事""情""意"等文体学基本要素。事,即缘事说,意味着黄鹏散文的发生学特点,针对社会现实、立足文化历史、剖析时弊,是黄鹏散文之"事"的主要内涵与文学发生机制的起点根源。如《古城之路》中如此写:"古城不是城,古城没有城,古城只是一条路。这条路就是南宁市古城路。这多少让人费解:一条路为何命名古城?"之后回归历史,对比其他文化城市,水到渠成地提出:"一座城市的文化厚度,决定着这座城市的精神高度。"缘事说成就了黄鹏散文的创生机制,诠释了现实根基是黄鹏散文的艺术血脉。情,即情志说,自《尚书·尧典》中"诗言志"始,艺术之情志本体论也已经是中国古代文论的核心立论。承继于此,黄鹏散文"事""情"辩证统一,其根本点在于黄鹏散文创作的体证方式。黄鹏有着敏锐的当代文化问题意识,但并不拘囿于书斋文丛,而是直接面对社会日常生活,将自身对此的体会、感悟、思考和文史进行结合性思考,以此来获取审美经验,从而滋养出艺术创作的第一性养料。于是,在《明江九道湾》一文中，读者能够在"从十万大山奔腾而出的明江"中体会到"勇气和果敢""明智与决心"。在《深入百色》中，红色历史成就了壮丽山河。黄鹏散文的表现对象以文化类别居多，在社会文化大背景和话语视域中叩问主体灵魂、剖析社会问题、探索社会文化发展方向，这成为黄鹏散文"意"的主要内涵与使命承载。是以在《山高水长》中，黄鹏轻声呢喃："可以肯定，明天一定是个好日子；也可以相信，今年一定是个好年份。"在《以水名街》中黄鹏情难自禁，"水街的福分和魅力"在于一个"水"字，"追求水的理想、向往水的境界、学习水的品质、保持水的内涵，营造水的格调"，乍听之下，是一条傍水生成的老街；细细玩味，以生命和文化为基本维度，象征滋长、意蕴漫溢。

黄鹏散文的基本要素之间、语言与行文结构等绝非关系松散，也不是简单的表里关系。在"事""情""意"中，"事"是载体，是对象，然对"事"的选择、沉淀与锤炼本身就是"情"的体现；"情"在"事"中酝酿，"情"是"事"发展的内在动力、审美支持和意义母体；"意"显示"事""情"的发展方向，是"事""情"的进一步追问与升华。于此，语言表现出工具性与主体性，对于前者，表情达意，准确传达作者之思之想是黄鹏对语言工具属性的追求；对于后者，多种艺术手法的融会贯通，结合散文其他要素，语言蜕变为自足主体，展现出强大的意义生成机制与衍生功能。行文结构是上述要素的内在支撑，对于文化散文，黄鹏更清楚行文结构对艺术表现所带来的美学张力。故而，追求行文结构的筋骨之力、舒展的时空效果，以及对语言和问题要素的支撑能力，是黄鹏散文

的内蕴所在和整体性前提。

三

在当代散文大书写语境中,对黄鹏散文进一步深度发问,可以发现其强烈的主体写作态势。在这点上,黄鹏从不掩饰,绝不炫技,从从容容,大大方方。总是在文本开始的地方,"我"也一起登场。是以在《古意宁明》中:"进入宁明县城时,春天鲜亮的太阳正当中天。我环顾县城和明江,想从繁华与现代的面貌中找寻,这座千年古埠,到底以何种方式和形式,蕴藏着深深的古意,使国内外游客,跋山涉水接踵而至。"在《深入百色》中:"曾几回,当我徜徉在百色起义纪念碑广场,俯瞰波澜不惊的右江,脑海里就会映现出那些鲜明的记忆,胸腔就会涌起澎湃心潮和难以遏止的感动。"

黄鹏散文的主体写作方式是散文史的一种常态,这提供了文本的全知全能叙述视角,一方面它是作家主体审美经验能够直接传达的最好方式;另一方面,它也能够为作家最大限度地占有书写材料、控制文本结构和叙述节奏,以及构建读者阅读关系等。黄鹏的散文,常常以亲身经历为叙述起点,阅读当下社会生活常态,进而回溯历史,再而透析将来,形成管窥之中,却又有深意重重。不仅如此,黄鹏散文重在以情动人,"事""情"一体,这对于文本的叙述对象、叙述方式和叙述采用的修辞技法所形成的美学效果都有要求,如在《明江九道湾》中,作者在讲完"周元将军纪念碑"的史料之后,如此写道:"这时,我情不自禁地把目光投向滔滔而下的江流,继而向西北望去。就是在离明江九道湾下游不远的龙州，有一座纪念馆，当年中国革命的洪流也在那里发生了一次历史性的激荡。"全知全能视角首先拉近了文本和读者间的关系，使得历史也从冰冷的史料状态还原成热血激情的系列故事，作者和读者同处故事之中，亲历历史故事的起承转合。同时又与相应的地理环境结合，作者与叙述者的一致延续了故事与环境的统一，在建立叙述之真实性基础的同时，充分酝酿出艺术经验的情感要素，情感贯穿历史流淌于时空。主体写作还能直陈作者对于以文本为中心的，包括语言、文化历史、艺术价值等的责任态度，这是一种极度清醒的灵肉写作，黄鹏任由历史穿透身体，文化浸润灵魂，构建出一种以主体、地域文化、历史等为主要维度的审慎的立体现实主义。

在这种条件下讨论散文的虚构与非虚构问题，其争议性就能存异而同。从本质上说，所谓艺术虚构指的是艺术表现对象（社会生活现实）与艺术成品之间的关系，按照常理，虚构的程度与这种关系的远近（相似）成反比关系。但是，从哲学属性来说，马克思理论认为物质决定意识；现象学的相关理论表明，物质只能是意识的物质。而艺术领域的虚构，首先是一种表现方法，然后才是艺术所要表现的对象，以及由此产生的多元认知、隐含的认识论和方法论。结合以上论述，可以说虚构是以社会生活为地点、以创作主体的相关认识为结构纽带、以艺术文本为成品显现的整体性艺术创作过程。在这个层次上讨论散文的虚构问题，可以发现任何虚构说在哲学本质上都是真实的，是创作主体在社会实践中所实行的一种美学生产活动，包含着认识真实、情感真实和价值真实等。不同点在于，由于虚构背后的认识差别、情感迥异以及艺术创作能力的高低,导致了虚构的层次差异与多样性,它是艺术生命力的本源之一,也是各家争论之所在。在黄鹏的散文中,虚构似乎是一种毫无争论价值的伪命题,原因在于黄鹏散文的主体写作在根本上是一种本色写作、真我写作,创作主体是以直接在场的形式贯穿着整个虚构的艺术活动过程,交织着主体与认识对象的结构完整性与发展同向性,是以在《关注寂寞》《山高水长》《扬美古镇》等绝大多数散文中,负载地方历史文化、反思社会诸多问题的是作家的灵魂与主体认识,在这里,真实与虚构在哲学同一属性的基础上被解构融合,二者重在方法上的区别而并非本体论上的对立。

当然,主体写作、虚构真实消解论都需要通过语言媒介来完成自身的艺术实践,转化为文本形态。统观黄鹏整个散文创作,在句式的层次上可以统计出黄鹏散文语言的主要形式,大体分为两类:一是无韵句式,包括陈述句、问句、感叹句、祈使句等;二是有韵句式,当然其音韵格调不比文言文严谨,但却在融汇当代句式和个人特点之余,表现出典雅化趋势以及古朴素淡的风韵气度,具体有对偶、排比,还有些类诗的四言句式组合等。如在《明江九道湾》中:"竹林后面的开阔地,或是平畴一片,或是沃野一方;平畴处,田埂弯弯;沃野上,地垄曲曲。弯弯田埂,曲曲地垄,不经意间就画出了一幅幅山水图、农家画。……每天坐在楼阁或平台上,观山望云、临风沐岚、迎虹送雨、追日逐月,自在而逍遥,胜似仙居。"可以说黄鹏散文语言在尽量融化中国传统文化的同时,不拘一格。只要能够符合表达需要,一切语言形式尽可为其所用。这无疑是以

"文备众体"的形式宣告了散文语言的包容力和创新性。在这个基础上回应散文的语言问题,就应该不要过度纠缠散文语言是何种体式的问题,而应该着重探究散文语言在表现力的基础上所衍射出来的文化传承性和当代发展性问题。也唯有如此,散文才能是众文体之母,才能在自身领域孕育、显化、蜕变的基础上滋养其他文体形式。另外,散文文体的生存发展有着自身的特殊语境,媒体就是其中重要一环。丁晓原在检视中国散文的现代转型时就曾明确提出媒体的正向性功能作用:在"工具层面","媒体为散文的写作与传播提供了新的载体";在"价值层面,特定历史语境中的媒体价值设置影响着散文的价值取向";在"话语空间层面上,媒体开创了散文开放的话语空间,散文的话题、体式、作者个人风格等的多样性由此成为可能"。[⑥]在非正向性方面,散文亦要提防媒体对散文创作所形成的主体性褫夺、价值异变和地位从属等问题。而黄鹏的散文创作,对于艺术主体性的不懈坚持、艺术创作多元化的矢志追求、艺术价值的忠直护佑,能够在复杂的媒体语境中、在纷繁的文化生态中自成一体,应该是对中国散文发展的有益探索。

文者道心,由以上论述可见,黄鹏在多年的散文创作中所体现出来的"道"主要有:(1)创作者之道,即作为一个散文家在艺术创作面前所一直秉持的主体性精神,它以艺术自主性为中心,以个体融入共体的方式,小中见大,纵贯历史;(2)散文—艺术之道,即黄鹏对待散文的态度、社会文化地位以及价值评判。在当代,娱乐精神与小说故事任意恣肆,黄鹏对散文的恒定坚守,守护了散文尊严,见证了散文在文学中的母体地位和本源价值;(3)社会文化之道,黄鹏散文主要是民族文化散文,他直面当代社会文化生活的种种问题,扎根历史,回归民族元生,以此获求求解之善策良方,彰显了散文的社会历史、民族文化价值;(4)哲学之道,黄鹏散文中蕴含着丰富的方法论思想和思辨精神,直截当下、回归历史、还原空间,在动态静态结合、必然与偶然关联、空间与时间统一中凸显出体证精神与辩证思维。在此基础上回应当代学术界关于散文争论的几个问题,即散文的文体基本要素为"事""情""意",比较起小说的不同点在于人物、情节的淡化处理,对比诗歌不同点主要在于思维跳跃性的控制以及整体音乐性的弱化。散文的虚构与真实辩证统一,互相建构却又互为张力,形成散文意义的拓展维度。散文本是"文备众体",散文语言作为母体语言是其他文体语言的给养。散文的尊严在于作家主体性地位,以及散文内在的艺术自由精神。

【注释】

① 陈剑晖:《论散文的诗性语言》,载《江海学刊》2004年第2期。

② 王轻鸿:《关于散文语言的诗性特征探讨的反思——与陈剑晖先生〈论散文的诗性语言〉一文商榷》,载《江海学刊》2005年第5期。

③ 陈剑晖:《散文的真实、虚构与想象》,载《南京师范大学文学院学报》2007年第1期。

④ 林道立等:《散文"虚构说"的悖谬与"假性虚构"的阐释》,载《天津师范大学学报》2015年第5期。

⑤罗书华:《"散文"概念源流论:从词体、语体到文体》,载《文学遗产》2012年第6期。

⑥王景科等:《略谈散文观念的近代嬗变》,载《理论学刊》2010年第8期。

⑦陈剑晖:《古今散文研究谫议》,载《华南师范大学学报》2012年第6期。

⑧李思瑾:《从研究现状看建构现代散文理论的可能性》,载《湖北社会科学》2015年第11期。

⑨欧明俊:《文学文体,还是文化文体?——古代散文界说之总检讨》,载《文史哲》2011年第4期。

⑩林非:《林非论散文》,43-44页,江西高校出版社2000年版。

⑪陈剑晖等:《星垂平野阔 月涌大江流——新时期散文研究三十年》,载《中国社会科学》2009年第2期。

⑫⑬陈平原:《中国散文小说史》,2页、212页,上海人民出版社2014年版

⑭何平:《重建散文的尊严》,155页,北岳文艺出版社2014年版。

⑮广西大百科全书编纂委员会:《广西大百科全书·历史(上)》,104页,中国大百科全书出版社2008年版。

⑯丁晓原:《媒体生态与中国散文的现代转型》,载《中国社会科学》2014年第4期。

目录

卷一　一方水土

山里的歌…………………………3

明江九道湾………………………7

古意宁明…………………………14

扬美古镇…………………………22

大明小写…………………………28

阅读邕江…………………………33

南湖水意…………………………39

回眸昆仑关………………………45

朝阳溪语…………………………51

有园明秀…………………………56

深入百色…………………………62

那楠往事…………………………70

卷二　十分悠久

记忆骆越…………………………99

布洛陀神…………………………119

稻香万年 …………………… 130

鼓声响彻 …………………… 138

古城之路 …………………… 149

友谊关记 …………………… 156

南疆长城 …………………… 162

有井双孖 …………………… 169

古村名宋 …………………… 176

邕城有剧 …………………… 182

探访罗山 …………………… 189

横州过客 …………………… 195

卷三 百里画廊

探秘岩画 …………………… 205

拜谒花山 …………………… 219

写意花山 …………………… 231

关注寂寞 …………………… 241

卷四 千年流风

三月三记 …………………… 253

壮锦记 ……………………… 262

孔庙追远 …………………… 267

中元意蕴 …………………… 274

城隍有神 …………………… 278

壮家白斩鸡 ………………… 284

鱼鲜生活	287
活旺日子	290
邕城年味	294
葛阳书院记	301
刘定逌传	308

卷五 万象更新

锦绣旧州	317
青山绿意	324
感受起凤山	329
文物苑记	336
春到之地	343
五象烟岚	348
以水名街	354
平步青云	360
云亭街记	366
中山路记	371
黄家气象	377
山高水长	384

卷一

一方水土

一方水土

山里的歌

> 阿妹美美在对岸，
> 怎样变成哥新娘？
> 如何变成哥媳妇，
> 妹吃肉肉哥喝汤。

春节回家乡，在村头听到有人哼着这山歌。瞬间，远山空旷，天际辽远，树叶动情，花儿含羞。我定在那里，听那歌声缭绕在凤尾竹梢，看那韵味生动在清秀水面，如痴如醉，情迷意恋。这些年，我听过多地的爱情山歌，如宜州山歌，但那更多的是编排的内容。如今在宁明乡下，一个叫通榜的壮族小山村，我的家乡，当我听到原汁原味的壮语山歌，那种感觉，真的是醉了。

这山歌是一个小伙子哼唱的，他在菜园里摘菜，围起菜园的栅栏挡住了我的视线，看不到他的脸。散在菜园外忙着觅食的鸡，听了山歌，昂起头，"咯咯咯"叫了几声；狗支起耳朵，愣愣地望着菜园。小伙子一头浓密的头发如山顶的青草般葱郁；健壮的身板有如村子后山的山梁般挺拔。他时而弯腰，时而蹲下，动作敏捷，在

青青的菜园里摘菜。我站在村头的枫树下,望着他,没出声,沉浸在山歌的韵味里。

这是家乡一首传统的南部壮语山歌,表达的是一个婉转的故事。传说,在广西中越边境,有那么一个壮族山村,是广西西南乡村很平常的村子。村四周都是高高的土山,土山生长着茂密的树林和青青的草。山脚下散立着一座座干栏,每座干栏每天都散发出炊烟。牛在山上吃草,鸡在村边觅食,鸭子则在村前的小河里嬉戏。河床的沙子细细软软、白白亮亮,鹅卵石形象各异。河水很清澈,浅处可见游鱼,大大小小,灵动可爱。村妇来洗衣、洗菜,站在水里,或蹲在石头上。衣服或红或绿,菜或青或白,晾晒在岸边,遥映蓝天白云,点缀绿水青山,于是,这幅山村图画就全活了。

村里有一个小伙子,长得高大俊秀,勤劳勇敢,约二十岁了,还没成家。父母焦急,托人给他说媒;村里人也焦急,纷纷给他牵线。他家在村头,做着油盐烟酒的小营生,客人进进出出,多是来买油盐烟酒,更多的是来看看他,尤其是姑娘们。他却是淡定,也装糊涂,对哪位姑娘也不肯抬一下眼。

小伙子有小伙子的心意人,眼光只为明月亮,只为她抬眼。她是河对岸的姑娘,十八岁,一头乌黑的头发,扎着两条大辫子,走路就甩动起来。白皙的耳朵玲珑剔透,一半掩入发里,如玉在水;一半张出发外,似月出云。她标致的面容,窈窕的身子,浑圆的肩背,一套蓝布绣边衣服,一条壮锦腰带,神态温柔、甜美。她每三天都要经过这里去赶圩,到这里总要歇歇脚,总是远远地看他一眼,迎着他灼热的眼光,就低下眼帘,就脸红脖子红。他给她递水,她不接，别过脸去，双手扭着辫子，用余光瞄他的身影。他懂她的心思了，故意不多理她，让她自己闲坐着。她说要买针线，他叫她自己来拿，没有像对别人那样交给她，她脸更红，不回头就走了。望着她的背影，他一直笑，好开心，但又骂自己"滑头、坏蛋"。

她竟然一个月不赶圩了，他跑到河边去唱山歌："阿妹美美在对岸，怎样变成哥新娘？如何变成哥媳妇，妹吃肉肉哥喝汤。"一边唱，一边望，也没望见她。望久了，山歌也不唱了，他说："不来就不来，何处不花开？"但却很沮丧。

有一天他听到门外有砍树声。他冲出来，却是她在砍那苑玉兰树的枝丫。他急了，也气了，快步到她身边，夺下她的柴刀。她脸红红的，背对他，不吭声。他就问："为啥砍树？""我没砍树，是讨厌那玉兰花。""玉兰花得罪你啊？""它就得罪我！它凭什么开在这里？我又没在这里。"他愣了一下，突然笑了，去拉住她的手。她转脸看了他一眼，羞羞地一挣脱就走了。他痴痴地望着她走，过一会儿才发现手里还拿着她的柴刀，就喊："哎，你的柴刀不要了？"她头也没回，应道："你给我送过来。"他却没有追送过去，心想："你下次来不可以拿吗？"

他等着她来拿柴刀，他盼着她来取柴刀。却总不见她来。每逢赶圩的人们路过，他都用眼睛一个一个去寻找，终于见她挑着担子，担子装着野生的香菇、木耳、灵芝、铁皮石斛等山货，快步走过村头，向前去了。

他想拿柴刀去还给她，又希望她能回来取柴刀。夜里做梦他送柴刀给她了，醒来又幻想着她会来取柴刀；酒醉了就埋怨她不来取

柴刀，酒醒后又痴痴地等她来取柴刀。日子一天天过去了，他多少次看她走过去了，他眼巴巴地等着她回转……

山歌声停了，我从遐想中回神，心想，那姑娘是回转了呢，还是继续走路不回转呢？一定睛，见从河里挑水回来的一个村姑向小伙子喊了一声。小伙子走出菜园，和村姑并肩而行，往村中徐徐而去。

我长啸一声，知道在自己的家乡，这普通的小山村，纯朴的爱情依然存在，美好的生活依然存在。

一方水土

明江九道湾

一

在西南边陲宁明的崇山峻岭中，有一道十分壮美的景观，这就是明江九道湾。

造化出如此神奇与玄妙的明江九道湾，是大自然的力量。从十万大山奔腾而出的明江，在巍峨绵延的青山里穿行，形成了一条河流百种景的大观。然而，就在人们以为这条青龙会以不可阻挡之势继续向南游弋的时候，明江却在宁明境内连续绕了九个大弯，毅然决然地向北飘然而去，又折向西方，汇入左江，然后浩浩荡荡地又奔向东方，奔向太阳升起的地方。

　　这样的抉择，需要勇气和果敢。
　　这样的转折，需要明智与决心。

对于一个人来说，每次抉择和转折都至关重要，它关乎前进的方向，关乎前途命运。因此，一定是非同一般，一定是惊天动地。但在明江九道湾的转折中，你看到的景象却出人意料。这里没有咆哮的涛声，没有惊涛骇浪，没有那种令人提心吊胆、心惊肉跳的险恶。只见平缓的江流绕着大山在天地之间画出了九个直接而干脆的弧形，而且是那样的闲适悠然，那样的淡定从容。一次次决定方向和命运的转折就这样在水波不惊中悄然无声地完成了。

得益于江水千万年冲沙积泥的运作，明江每一道转弯处都形成了或大或小的开阔地。沿着逶迤的江岸，生长着如同飘带一般的青绿竹木，那风来摇曳、雨至欢歌的林梢，不仅把江湾打扮得婀娜多姿，而且把江水染得翠似碧玉。竹林后面的开阔地，或是平畴一片，或是沃野一方；平畴处，田埂弯弯；沃野上，地垄曲曲。弯弯田埂，曲曲地垄，不经意间就画出了一幅幅山水图、农家画。四周群山耸立，峰峦竞秀，那莽莽苍苍的气势与婉约的江流交相辉映，使妩媚秀丽的九道湾又平添了许多的雄伟和阳刚。

在九道湾的青山绿水间，藏着一个个壮族村落。壮族村落的建筑大多为"干栏"，屋子上下共两层，上住人，下圈养牲畜或存放柴火、杂物。干栏式住房，是壮族特有的民房建筑。早在新石器时代晚期的文化遗址中就有所发现，至今已有数千年历史。当然，现在的干栏建筑结构越来越合理，进门一大厅，作吃饭和休息之用；两边各开两房，作为卧室。门口平台一般铺木板或水泥，可做晒场。如果是依山势而建，则如凌空而居，就有登高望远之势。每天坐在楼阁或平台上，观山望云，临风沐岚，迎虹送雨，追日逐月，自在而逍遥，胜似仙居。

由于江流平缓和江面开阔，明江九道湾是著名的交通要道和兵家必争之地。据说这里曾经是古代小方国镇守之处，曾经是宋朝狄青扼守的关要，也是清朝苏元春严控的要道。这里还是古代西南边

一方水土

陲一带出海和西出茶马古道上的重要驿站,那古老的江道曾印下独木舟、小舢船穿梭的履痕,古老的江岸曾晃动着商贾们忙碌来往的身影。然而,由于受到地处偏僻等种种因素的制约,很长一段时间人们并不知道扭转明江流向的九道湾这个曾经的繁华要地。直到近年有当地文化人过春节,在自家的大门上贴出了"门望青山三重高,户对明江九道湾"的对联。此后因为这副充满诗情画意和豪迈激情的对联,明江九道湾这个气势不凡的名字才逐渐传扬开来。

都说酒香不怕巷子深,历史悠久自扬名。其实不然,如果没有机缘巧合被人发现和大众传播,恐怕也只能是:虽香因巷子深而淡,景虽美因山林远而褪。明江九道湾恐怕也只能藏在深闺无人识了。何况明江通往大海的路程中,要有多少道弯?

因此,从这个意义来讲,明江九道湾又是很幸运的。

二

青山绵绵,江水长长。统揽众溪、领水归流的明江,为什么会在宁明悄悄地转了九个弯呢?是浩瀚世界的吸引?是对更广阔天地的向往?还是想走出封闭、融入大海的信念所驱?这或许是一个永恒的秘密。但有一点可以肯定,神州大地上宁明的那一方美丽,那一片花山岩画耀眼的辉煌,都是明江九道湾弯出来的。

因为有了明江九道湾,才有了下游左江那扩容壮大的底气,才有了左江与右江汇合融入邕江的资本。换句话说,左江之后,江水相拥、水天一色的浩渺图景,滚滚东流、一泻千里的磅礴气势,黄金水道的雄浑与宽阔,"半城绿树半城花"的美丽景观,珠江三角洲上的耀眼亮色……都有明江九道湾弯出来的、源源不断的、无私与奉献的一份功劳。不仅如此，那一路雄伟的、美丽的、险峻的大大小小的山山水水，都为我们描绘了一幅幅多姿多彩的画卷。倘若没有明江九道湾，西南边陲就会少了一份自然美景，中华大地就会少了一抹瑰丽颜色。

明江九道湾，还弯出了古骆越民族悠久灿烂的文明。可以说，明江有多长，古骆越民族文明的源头就有多长；明江有多久，古骆越民族的历史就有多久。正是伴着明江九道湾奔流的涛声，古骆越民族文明才逐渐蔚然成一条生生不息的源流，在中华文明波澜壮阔的历史长河中熠熠生辉。沿着这条源流，我们可以看见几千年前远古骆越祖先在森林洞穴中茹毛饮血的生存情景，可以看见我们祖先以石制器、以土制陶的活动场景，可以看到殷商以后锻造铜鼓的火焰发出的耀眼光芒，可以看到一座座村庄像珍珠般沿江闪亮，可以看到蓉峰塔、镇南关（今友谊关）等一座座关塔溢彩流光，可以看到花山岩画的神奇玄妙、黄善璋墓园石雕的鬼斧神工和巧夺天工，可以看到壮锦、靛染的绚丽多彩，可以看到稻浪、林海、蔗林和江上帆影编织的繁华图案。我们可以听到东汉马援的呐喊、宋代狄青的马嘶、元代脱懂的呼啸、清朝刘永福和苏元春的炮声，可以听到龙舟寻觅屈原的呼唤，可以听到回应李白、杜甫、苏东坡等一代代文豪不朽吟唱的山歌，可以听到采茶歌、春堂舞、绣球舞、捞虾舞、戽水舞、春牛舞、铜鼓舞的优美曲调，可以听到现代各民族屹立于祖国西南边陲的最强音。也能体会到遍地山歌的温情迷恋，也能闻到八角、松脂浓郁的飘香。河流是人类文明的摇篮，文明要靠水来孕育和滋养。所以，明江九道湾，不仅是开启和浇灌左江流域骆越文明的九道湾，也是源远流长的中华文明千千万万道湾里的九道湾。

由此可见，明江九道湾，是地球母亲对骆越民族的一种特殊厚爱，是茫茫上苍对骆越民族的一种特别恩赐。于是我心里不由暗暗庆幸。假如明江不在这里果断转弯，而是直直向南奔去，走向他国，那骆越民族的历史文明也许就会重新改写。或许是由于这九个拐弯过于紧急、重大和深远，因而江水在这里也就显得特别的悠闲和沉静，因为明江和人类一样都是有灵性的，在做出任何一个转折性的重大抉择时，既需要非凡的勇气，也需要高超的智慧。

明江九道湾，是大自然深谋远虑、独具匠心的杰作。

三

在明江九道湾畔，矗立着一座"周元将军纪念碑"。据史料记载：周元将军1895年12月生于宁明县明江镇洞廊村壮族家庭，1909年考入龙州学兵堂，投笔从戎，为李宗仁部下，参加过北伐战争、淞沪会战。因忠勇异常，屡建战功，擢升陆军中将。1938年4月，日寇在台儿庄被李宗仁重创后，调集大军向皖北要塞蒙城逼近。周将军奉命率一个团于5月6日疾驰蒙城抗敌。日寇以数倍于我之兵力且在飞机大炮坦克掩护下向蒙城猛攻。周部与日寇激战三昼夜，屡次击退敌寇，毙伤日寇千余人，后因寡不敌众，周将军与所率之部下壮烈牺牲。此役沉重打击了日寇的嚣张气焰，极大地鼓舞了抗战军民的士气。战斗之惨烈，惊天地，泣鬼神。周元将军以四十四岁之英年殉国，更为国人敬仰。中国共产党在《新华日报》发表文章——《悼周元副师长》,称"痛惜国家失去了良将"。李宗仁、白崇禧分别书题"成仁取义""痛失干城"以示纪念。周元将军牺牲至今已经过去了80年,但那耸立的纪念碑却在依稀告诉人们当年发生在蒙城的那一幕威武雄壮的故事。

这时,我情不自禁地把目光投向滔滔而下的江流,继而向西北望去。就在离明江九道湾下游不远的龙州,有一座纪念馆,当年中国革命的洪流也在那里发生了一次历史性的激荡。1929年邓小平到龙州布置起义前期工作,1930年2月领导龙州起义胜利,创建红八军时,就在此地办公和居住。龙州起义后,根据中央任命,邓小平就任红八军政治委员。后来,根据形势的发展变化,邓小平指示红八军转到右江与红七军会合,编入中国工农红军第七军,红七军是中国工农红军主力部队之一。这支部队转战南北,屡立战功,并在彭德怀同志的影响下,锤炼成一支能打硬仗恶仗的优秀部队并参加了长征。毛泽东和朱德曾在一次会议上亲切接见红七军领导人李明瑞、张云逸等同志,并高度赞扬这支来自壮乡的革命武装。由此我想到贵州的一座小城遵义,当年中国革命的洪流也在那里发生了一个历史性的大转弯。就在红军面临生死存亡的危急关头,我们党及时在遵义召开中央政治局扩大会议,确立了毛泽东同志的领导地位,从而挽救了党、挽救了红军。从此之后,红军犹如一条滚滚的铁流,四渡赤水,强渡乌江,飞夺大渡河,跨过雪山草地,攀越腊子口天险,登上六盘高峰,曲折行程二万五千里,最终胜利到达陕北。铁的事实证明,如果没有遵义会议这一历史性的大转折,我们党不仅不能取得长征的伟大胜利,而且更不可能取得抗日战争和解放战争的彻底胜利。正是遵义会议这一弯，弯出了中国革命的光明前景，弯出了一个鲜亮闪光的新中国。

历史长河的关键性拐弯会彻底改变社会发展的走向，会决定一个政党和一个国家的兴衰存亡。同样，人生长河的关键性拐弯，也会根本改变一个人的前途命运。"山重水复疑无路，柳暗花明又一村"，讲的就是拐弯拐出的新天地；"云雾迷茫前程阻，向东忽见日升出"，说的也是转向转出的新变化。因此可以说，拐弯就是选择，就是机遇，就是在进行另一种突破，就是在开始另一种创新，就是在寻找另一种希望，就是在创造另一种辉煌。

如今，明江九道湾已经成了一个重要的旅游热点，当地人还在陇瑞自然保护区的高山上建观景台。我想这不仅是为了让人们登临其上以更好地饱览九道湾的壮丽山水，而更重要的是让人们能够去感悟历史的律动和生命的真谛。

花山画语

古意宁明

一

　　进入宁明县城时，春天鲜亮的太阳正当中天。我环顾县城和明江，想从繁华与现代的面貌中找寻，这座千年古埠，到底何种方式和形式，蕴藏着深深的古意，使国内外游客，跋山涉水接踵而至。

　　宁明地处祖国南疆，秦代属象郡。唐先天二年（713年）在此设羁縻思明州；宋皇祐五年（1053年），设军事机构永平寨；元至元二十四年（1287年），改永平寨为思明路；明洪武二年（1369年）改思明路为思明府；清朝先后改为明江厅、明江分府、抚民府；民国初年（1912年），废明江抚民府，分立明江县、宁明县、思乐县。1952年，将明江、宁明、思乐三县合并为宁明县。经数百代人，栉风沐雨，拓土开边，创造了南疆边陲悠久的文明史和灿烂的民族文化。

　　这古意的宁明，实实在在地就站在那里，不惊不乍地立在江边，偶尔，只是微澜，对我这位故乡人略表莞尔的问候，没有半分架子和星点的傲慢。如果不是先对其历史有所了解和深究，你可能丝毫不会对眼前这座普通的城池感兴趣,或许随便逛上一逛,便头也不回地离去了。

可眼前的这座城市,确确实实就是震惊中外的花山岩画的发祥地——广西宁明。历史的印证刻在那里,展示着古往今来骆越文明和花山文化的传说与物证。现实中具有古意的地方多之又多,宁明,与其说是一个具体的城市地名,倒不如说是一个民族文化的古意象征。花山岩画——古骆越文明——边疆历史……都在这里一点点地收藏,一片片地展示,一层层地丰厚。

二

鬼斧神工、神秘莫测的花山岩画,据说产生于战国时代。透过两千多年的古画,两千多年的峭壁背着两千多年的历史,两千多年的红色蕴着两千多年的时光,从明江两岸一路逶迤而来,在遍地山歌的抑扬顿挫、委婉缠绵中,古骆越人劈山开路的轰响、北宋大将狄青的叱咤及至清末苏元春的怒吼,若隐若现时有时无地撞击着、回荡着。花山,两千多年的面孔,那不动声色的画面,却会不时让你禁不住地心惊胆战或崇敬万分或浮想联翩。

回顾战国风云,东周后期的齐、楚、燕、韩、赵、魏、秦,这七个强势的诸侯国,对峙天下,交替演绎着那段历史。至今让我们耳熟能详的围魏救赵、计杀庞涓、商鞅变法、合纵连横、张仪欺楚、将相和、远交近攻、长平之战等故事,还让我们感受到战国时期的风起云涌、群雄逐鹿、争霸天下的惊心动魄。而在西南边陲,在宁明明江流域,古骆越人则偏安一隅,视功名利禄富贵荣华如浮云,

开始沿江而画，镌刻和描绘着他们的思想，表达他们的精神向往与心灵意愿！

秦朝统一天下后，始皇帝嬴政的目光开始穿透南北，其中一束目光洞穿了湘漓。沿着灵渠，秦时明月开始照进岭南，秦始皇的垂涎随着将士的鲜血和百姓的泪水，流入了珠江流域。即使如此，也不能扼杀古骆越人构造梦想的执着，以至西汉、东汉，岩画的镌刻与创作依然继续着，当北方的万里长城经秦朝汉朝巍然筑起的时候，南方的百里岩画也由古骆越民族锲而不舍地绘就。一北一南，不约而同构筑蓝图，描绘理想。不同的是：长城的跨度大，秦朝修筑的长城西起临洮，东至辽东；汉朝修筑的长城西起河西走廊，东至辽东。而花山岩画跨度小，开始于宁明明江流域，结止于左江流域。长城是用暴力和残忍修筑的，岩画是用智慧与执着镌刻的。长城是用千千万万的生命和灵魂垒起的，岩画是用无数个理想和愿望印出的。秦汉修筑的长城早已残缺不全，有些甚至已灰飞烟灭（现存的主要是明长城），而花山岩画依然色泽鲜艳，栩栩如生。

春天的笑靥，在一株株木棉树上绽放，笑靥的颜色，犹如花山岩画一般鲜艳和璀璨。站在明江岸上，风的惬意如江水的微澜、似凤尾竹梢的婀娜。江水平静的深沉着，无惊涛拍岸，无涛声喧哗，只是不动声色地收藏历史，见证沧桑，任由古意浮泛与潜藏。

三

现在人们去花山，大都是从宁明县城顺流而下。这当然有其美妙之处。顺流而行，一湾一景。依次到珠山、龙峡山、达佞山、高山和花山各个画点,让人有渐入佳境之感。

其实,坐一条小船,从花山出发,溯流而上,也是一件非常诗情画意的事情。尤其是船上有天琴,还有会弹天琴的壮家姑娘和爱唱山歌会讲故事的导游,让你一路山歌,一路笑声。春日春阳春风,山峰山谷山花。两岸翠绿,一江碧玉。马达声声,似山水会话,话声跌落,如船尾浪花声哗哗碎响。游船徐徐,如古今交错,更替之间,似现实穿行于历史烟云。山光水色,恍然如梦。天琴悠然响起,壮妹脚铃叮当,兰指蝶飞;琴声时而由远及近,时而由近去远;时若从天而降,时如自梦而起。琴声和着水响,音韵伴着鱼翔,且不管它是天籁之音还是人间妙律,就那一种丝丝缕缕的缠绕,似有似无的恍惚,让人顿生此刻永驻的渴望,诸多烦恼,化为乌有,纷繁俗事,了无痕迹。

这样很快就到了凤凰。凤凰是明江镇的一个村。凤凰村因为从十万大山奔腾而来的山脉,如两只凤凰饮明江水而得名。但我们关注的不是凤凰村,而是凤凰村上的黄善璋墓。

黄善璋是山东青州府益都县(今山东省青州市)人。宋皇祐初年(1049年),他随枢密副使狄青征讨反宋的广西傥犹州(今靖西市一带)首领侬智高而来到广西,来到宁明。黄善璋墓规模宏大,为广西土官墓之最,原有神道、华表、辕门、石狮、石马、石羊、石俑(有文武之分)等。墓园遗存的石雕像造型古朴,风格独特,历史价值和艺术价值较高,被历史学家称为壮族的"兵马俑"。广西的土司文化素有"北祠南墓"之称,"北祠"指广西忻城县莫氏土司祠,"南墓"就是宁明县的黄善璋墓。

花山画语

宋皇祐四年（1052年）是宋朝的多事之秋。广西少数民族首领侬智高在傥犹州起兵反宋，自称仁惠皇帝，招兵买马，攻城略地，一直打到广东，围困广州达两个月之久。朝廷数次派兵征讨，均损兵折将，屡战屡败。侬智高之乱，震惊朝野，皇帝恐慌，满朝文武惶然无措。时任枢密副使（相当于副总司令）未满三个月的狄青自告奋勇，上表请战。宋仁宗分外高兴，亲自在垂供殿为狄青设宴饯行。是年，狄青调兵遣将，一路挥师直指广西。宋皇祐五年（1053年）正月，狄青率军插至天险昆仑关（今南宁市郊与宾阳县交界处）附近驻扎。狄青部将黄善璋"二十日不解甲，卧体垢甚，就汤沐浴，蚤虱丛丛下。武襄（狄青官阶尊称）抚璋背曰：'为国忘躯，丈夫当如是也！'璋曰：大将军知我，我以知己报大将军。且天子西顾不下咽，我奚忍爱其躯耶！"狄青以缓兵之计麻痹侬智高，继而一举攻夺关隘，把侬智高打了个措手不及。侬智高失去昆仑关天险，急忙率部拼死力战。宋军受阻，先锋将军孙节力战而死，诸将大惊失色。在这危急关头，黄善璋奋起神勇，亲率骑兵杀入敌阵。狄青乘势挥兵掩杀50里，一举攻占邕州城（今南宁市）。在征讨侬智高的战争中，黄善璋忠勇有加，战功卓著，深得狄青信任。平叛战争结束后，狄青奏请朝廷封黄善璋为都元帅，拜成忠郎，设永平寨（治今宁明县明江镇，辖区为左江所置流域及中越边境一带）让他留任世袭戍边，为永平寨首任土官。左江所置各土司皆为其旧部属，均受永平寨黄善璋节制。自此之后，土司黄氏家族开始实施长达600多年的统治，跨越宋、元、明、清四个朝代，成为历史上黄姓土司中最著名也最为强大的家族。

一方水土

宋朝与侬智高之战,历史学家有所争议。是非曲直自有评说,我们不去管它。狄青部队到来的同时,中原文明也随之强势地进入,在给广西百姓带来不可避免的战争伤害的同时,也带来了更为先进的生产和生活方式,二者的出现常常是混合在一起的,尤其在古代,那样的混合几乎无法剥离。黄善璋长久统治永平寨,这方面的影响更为直接和深远。及至今日,广西的壮族,尤其是明江流域左江流域的壮族,受汉族文化的影响比较明显。比如放鞭炮、撰春联、贴门神、放风筝、赛龙舟等等。客观地讲,当时宋朝平叛而使得国家统一和地区稳定,避免了生灵涂炭,百姓得以安居乐业。从这个意义上说,狄青和黄善璋功莫大焉。毫无疑问,地处边陲的宁明,在中国历史的长河上涌起了一个响亮的涛声,说边疆往事,无论如何都绕不开宁明。同样,讲广西历史,也无论如何不能不讲到狄青和黄善璋。难得的是黄善璋及其后代与家族,对永平寨及后来的思明府长达几个世纪的统治中,能保一方平安,造福一方百姓,实属不易。直至今日,民间流传的故事还多有赞誉。

那年秋天,我们来到明江街东北三里许的黄善璋墓园。在这规模宏大、具帝王气象的大墓园里,辕门威严,石雕神形具灵;神道斑驳还坚实,华表笔直而高耸;文武石俑肃立左右,石狮石马罗列两旁。不难想象,墓园的壮观与奢华,标榜的是一份辉煌与显赫;石雕静静地诉说和坚守,也应该是一份高贵与威严。尽管那份辉煌与显赫、高贵与威严,在历史的尘封和荒草的枯颜里已显得十分苍凉和久远,但在时代春天的阳光照耀下,还在闪耀着古意的光芒与活力,折射出历史的力量与意志。

花山画语

这使我们肃然起敬!

四

沿着明江流域,我们还看到清朝留下的一浅一深的脚印。

浅的是位于那堪乡迁隆村的土司署和书院。衙署屋宇和书院前厅已毁,书院的中厅、后厅依稀残存。我们看不到当年的景象了,但衙门前尚存的双石狮、石阶、勇礅和书院里的石鼓、石磙还在坚守着那段历史,那一份光绪末期曾经的喧闹。

深的是北斗村的蓉峰塔。蓉峰塔在宁明县县城北郊。据史志记载,此塔建于清道光初年,为知州伊枕云筹划,历三十年方落成。光绪十八年(1892年)曾遭雷击,民国年间被毁,新中国成立后修复。塔高五层,取"三皇五帝"之意。一层匾题"蓉峰塔",大门两边书对联:"蓉擎岳峙千重艳,峰接奎垣万丈光。"大门正对的内壁有绘画一幅,今已不辨;二层题"珠联",壁画苍龙布水;三层题"璧合",壁画彩凤企立;四层题"梯云",壁画瑞鹿含灵芝;五层题"取月",壁画金鲤朝龙王。旧传夕阳西照或皓月西斜时,塔尖影可及东湖,恰如秀笔蘸墨。当年我在乡文化站工作时,曾登此塔。只因当时无人管理,多有破坏,无景入目,甚为可惜。好在此塔颇有定力,不管风云变幻,兀自以保持不变的姿势,看日出日落,观月朗星稀,经风历雨,见证世间变化,守望花山。

如今再来登临,景致新颖,蔚为大观。一层多景,层层不同。拾级而上,便有步步登高之感,待到五层,更有统揽全局之势。从一层到五层,盘旋而上,每上一层,蓉峰塔都会以极其个性的不同景致向你致意，用最具象的方式把这座塔的基本逻辑关系诠释得清清楚楚。只见远处山影层叠，云蒸霞蔚；近处一片开阔田畴，绿波起伏；脚下东湖潋滟，明光如镜；环处明江似龙，如练飘舞；城区楼房错落，鳞次栉比。环视远近山水人物，几欲化作鲲鹏展翅九万里，扶摇直上笑翱宇，那一刻，诸君放开沉稳，不再矜持，豪情万丈，欢呼长啸，雀跃如童。

五

古曾为今，今终成古。时间的飞逝，历史的更替，总是那样的匆匆忙忙。一切最终都会成为古意，深深浅浅被自然收藏。宁明，正带着深深浅浅的古意，在春天的阳光里，坚定地向前走……

花山画语

扬美古镇

一

花山下游有古镇。

古镇有多古？上千年了。具体多少年？不清。史料记载：初时，村子由李、刘、罗、陆四姓始建；建时因白花遍地，取名"白花村"；后来狄青带兵来打侬智高，部队进驻白花村，有文化人见清溪环绕、扬波逐流，便易名"扬溪村"；再后来，不知何时，生态愈加良善，环境愈加优美，人们思想开明、人心向美，再更名"扬美村"，沿用至今。

古镇在江岸上。古镇地形像一把椅子：后背是山，左边是山，右边也是山；山不高，是丘陵。古镇就像一位老者坐在椅子上，看前面的江。

二

江是左江。

左江古称斤南水、斤员水，发源于越南与广西交界的枯隆山。

一方水土

经龙州、崇左、扶绥流至南宁市内,在这里优雅一舞,舞出一弯清丽,才往下与右江汇合,流成邕江。

明代徐公霞客,乘船来游后,于崇祯丁丑年(1637年)九月二十五日记:"盖江流之曲,南自扬美,北至宋村,为两大转云……至扬美,石始奇……余谓阳朔山峭濑江,无此岸之石,建溪水激石,无此石奇。"徐公所赞,乃扬美江滩奇石:尖顶石、金蛙石、象鼻石、企鹅石、石马石、海狮回眸石、海豚亲吻石等。这些石头,形象奇特,造型灵妙,令人奇想,如蕴故事,似含传说。徐公见多识广,阅美众多,览奇无数,能将扬美与阳朔相提并论,可见扬美之石奇水丽。

左江流转时光,丽水滋润岁月。清澈左江,缓缓环流,深处含蓄内敛,浅处透明见底。一江碧玉,两岸青翠。参天古树自成景,立地新竹多风姿。似火红花,幽秀水流,奇怪石形,相映成趣,融为一体。传扬美古有八景:龙潭夕影、雷峰积翠、剑插清泉、亭对江流、金滩月夜、青坡怀古、阁望云霞、滩松相呼。八景中有五景因江而生、与江相成,足证左江造化神奇,扬美地灵独特。有诗为证:"环绕青坡异草花,清泉剑影夕阳斜。滩松相呼渔歌晚,文阁登临望紫霞。""亭对江流一曲流,金沙夜月泛轻舟,雷峰积翠无边景,龙潭夕影静在秋。"其中的"龙潭夕影",因左江水湾旁有一芙蓉古树,一派苍翠,出两粗干,平行向前,伏过石柱,伸延上下,似龙飞舞,如龙探水,故称龙潭。龙潭边上举目,江湾美丽,山村风光,尽入眼眸;如遇西夕,波光水面,如金似银,粼粼闪耀;水映古树,树影蹈波,如青龙戏水,恍惚海天。"金滩月夜",则是古镇对面,沙滩绵长宽大,坦平展开;上半滩半沙半石,呈棕黄

花山画语

色或淡黄色,月光映照,便呈淡淡金色;下半滩净白细沙,显玉白色和粉白色,月华流泻,更显泛泛银光。曾有诗云:"月夜沙舟美,渔灯到处明,江心淳朗月,水面丽繁星。""滩旁翠竹舞,水边白鹭嬉",金滩夜景,美丽景致,从中可见。

现今扬美,山清水秀一如既往,天蓝云白更加清新。时下古镇,来来往往依然如故,熙熙攘攘愈为兴盛。气派古意,唯美新景,引来影视人员,拍摄电影电视,将古镇景致传播出去。

一个村镇,三易其名,最终定位"扬美",不是没有理由的,也不是凭空而来的。

三

三面环山的古镇,前后左右层峦叠翠,平处蕉林蔗林似海,洼地白荷红荷飘香,四处田园风光。一面临江的扬美,风清气爽河水清澈,江中如梦如幻迷人,水声且唱且歌动听,一派水乡气象。沿江而建的古镇,绵延如历史,深长似岁月;青石垒就的码头,厚实若日子,拾高像生活。

临江而立,徐风拂面,送来宋代建镇时爆竹响彻的隐约;传来明代发展中熙熙攘攘的喧闹;传送清代繁华里人声鼎沸的兴盛。想象当年的8座孔庙,是如何浓郁重教的烟云,是怎样弥漫崇文的气息,是如何鼎盛尚德的言行?想象当年的8座码头,是如何"大船尾接小船头,南腔北调语不休。入夜帆灯千万点,满江钰闪似星浮"?想象曾经的重要商埠,是怎样"南来北往船运兴,上步下走客云行。春夏秋冬皆闹市,日月星辰歌不停"?想象随风而过,没入树梢,

一方水土

隐进古镇。只有古意散布，似乎提示，想象的曾经，还留有印记。

古意散布。散布在明清时期的古街、古巷、古祠、古庙、古宅、古树、古闸门、古码头、文武塔、烽火台和古桌、古椅、古石狗、古石墩、古瓷器的古色古香中；散布在刻有多样图案、造型独特、工艺精湛，或粗犷或精细的古迹珍品的韵味无穷里；散布在扬美古乐器扬琴、秦琴、大弦琴、胡琴、笛子、唢呐、喉管弹奏的悠悠扬扬间。

印记深刻。深刻于鳞次栉比的明清古宅，深刻于星罗棋布的名胜古迹。七柱屋、举人屋、进士第、慕义门、禁约碑、黄氏庄园、五叠堂……无不深刻着造工精美、细腻秀丽、古色古香、典雅宜人的文明文化印记。建于1832年的"临江街"，青石板路光洁如洗，沉凝颜色承载着历史的厚重；柱础石雕默默不语，坚固硬实展现着往日的荣耀；飞檐屋脊陈砖旧瓦，含蓄长久张扬着街道的繁华。昨日已久远，闹市已宁静。但古老的街巷，依然沉着古镇生命的底蕴；幽深的庭院，依然涵纳时代新鲜的阳光；墙脚的青苔，依然蕴含风云岁月的生机；刻雕的飞檐，依然彰显龙盘虎踞的雄风。行走古街，秀发飘飘，飘动悠远韵味；衣袂牵牵，牵起绵长思绪。环顾古镇，额际温温，温暖缕缕炊烟；心头感感，感受平淡安宁。饮水左江，心灵滋滋，滋润文化精神；眼眸潮潮，潮涌文明延续。建于乾隆元年（1736年）的魁星楼，造型别致，方形耸立，上小下大，形像帝玺，人称"帝印"；楼高三层，依次供奉关帝、文帝、魁星，虽为木雕神像，但皆惟妙惟肖、栩栩如生；尤其三楼魁星，左手拿书，右手执笔，左脚踏鳌头，右脚似踢斗，魁星"独占鳌头"，活灵活现；

280多年来,魁星楼香火旺盛,既燃烧着扬美人重视教育、读书明理的思想,也弥漫着古镇人心怀理想、追求进步的愿望;魁星楼不仅见证了明清时期扬美考出六进士的无上荣光,而且见证了辛亥革命前夕广西会党三首领(黄兴、黄和顺、黄明堂)的革命活动。而200多年前建造的黄氏庄园,一反传统坐向,西开大门,以商贾人家的胆识和智慧,将改革开放的精神和意识,通过砖木结构、青砖瓦房,雅致表达。五叠堂则循规蹈矩,坐北朝南,五进上行,"步步高升";厅房宽敞,檐廊相接,在天祥云栖内墙,青松白鹤立回廊,牡丹绽放映厅堂,一派和瑞兆吉祥。

古意宽泛遍布,印记深刻明显。这是古镇不老的风姿,这是古镇迷人的神采。

四

扬美古镇居地灵,左江丽水养人杰。

1000多年来,古镇居民从少到多,不断繁衍,不断壮大。如今,已由建村时的四姓增加到34个姓氏,人口也达到了5300多人。扬美地处壮族地区,古镇却是汉族村镇,居民大多祖籍山东,少数祖籍广东;鲁籍多随狄青而来,粤籍乃是经商而至。风俗习惯、文化传统、生活习性,汉风明显;民居建筑,四平八稳,庄重典雅,齐鲁风格;部分格局,小巧玲珑,细腻秀丽,岭南特色。古镇民风古朴又开放通达,崇文尚德还彪悍英武,诚实厚道且重诺守信,体现出汉壮民族的优秀个性、善良品格。嘉庆十九年(1814年)八月,村人刻立的一块禁碑,至今还置放在扬美市场旁,展示着诚信做人的宣言，如条款之一曰："圩市所有一切屠宰，无论皮肉下水，不得灌水、搭骨、喂盐，如有灌水、搭骨、喂盐，实有害人，任从本乡外乡人等获捉，众议罚银三两六钱正归庙，其秤务宜司马，如敢抗违，呈官究治。"200多年前的碑文，今天读来，其诚实守信的商业道德，仍令人肃敬。看今天市场，短斤少两普遍，假冒伪劣充斥，人心不古，当自汗颜；卑劣行径，当机立断。

地灵则人杰。且不说那云集豪贾巨商，仅明清两代，就出了六进士、五举人、三十多贡生；全镇家家户户，廪生、附生、增生、太学生几乎遍布；一个小镇，如此人才辈出，极为罕见。近代梁植堂、梁烈亚父子，追随孙中山先生（梁植堂曾任孙中山机要秘书），成为辛亥革命风云人物；梁烈亚不仅参加了镇南关起义、辛亥革命，还投身抗日战争，参加新民主主义革命，成为一名坚定的革命者。新中国成立后，更是人才众多；在旅居海内外的华人中，有不少艺人、富商就是从这里走出去的。

五

闲暇日子，可以到扬美寻美怀古。在古意浓浓的古镇，看古宅古院，是如何烘托出良好的文化氛围；看古道古街，是怎样累积出浓厚的文化底蕴；看古碑古文，是怎样镌刻出悠久的文明历史。或者到江边，或者在街上，把酒临风，吃白斩鸡，食左江鱼，咀嚼历史，品味时代，或许会得到一种心灵的微醺、一种精神的陶醉。

花山画语

大明小写

一

300多年前,明代旅行家徐霞客在上林有记:"又北行四里,抵北小山下,有水从山下濑南麓而来,架桥渡之,逐穿山腋而北,于是北行陂陀间,西望双峰俊极,氤氲云表者,大明山也。"徐公是否登上大明山,无记。但其所写的"双峰俊极,氤氲云表",道出了大明山山势雄奇、气象万千、风光无限。

徐公慧眼,一语中的。大明山是广西中西部山体最长、主峰最高的一座山。其中的龙头山海拔1760米,乃桂中南第一高峰。大明山中奇峰幽谷、悬崖绝壁、云雾缭绕、千姿百态、风情万种、奇观遍布、美不胜收。春来百花争艳,万木峥嵘;夏至溪流纵横,飞瀑泻壁;秋到层林尽染,果实飘香;冬临玉树银花,冰清玉洁。一年四季,纯粹一个世外桃源,纯粹一处天上人间。

二

便有登山一旅。

一方水土

携邕水笑靥,携江鱼的默默软语,携邕江一脉奔涌向前的激情,就这样,就这样健足,兴致勃勃去登高。绿铺路边,翠染远处,层层皆为深浓,漫漫悠悠,青醉了万耸山峰。鲜花点缀,散漫则遍布,集聚则簇拥,黄红白蓝紫,极尽斑斓,远近都是赏心,上下皆为悦目。远近鸟鸣,清脆妩媚,婉婉转转,此起彼伏,悦人心神。

正是五月,南方烟云轻盈飘逸,乘风迷离,吟诗作赋,缠绵过树,直至龙头青顶,方拥吻驻足。傍倚苍松望远,谛听山籁悸动,竟是不明声响,在无人语林,隐隐约约,断断续续,躲躲闪闪。丹阳渐高,栖枝宿叶的夜露,随温挥发,成岚成气,缕缕升腾,一时间,祥云缭绕,吉光普照,如若仙界。而青山翠峰从容,鲜花艳丽从容,鸟语喧哗也从容,已然习惯了此景此情。千仞壁立处,万片葳蕤上,总显一层神国的景致。试捧山花几朵,闭目闻之,清香沁脾,遂生腾云之感,感觉周边尽是仙女围观,她们用芳香纯净的目光,洗涤吾之凡体俗身,顿感身心通泰、清洁如玉。开眼放目,仙女无影,只有光芒四射,只有隐身鸟的密语。便怅然若失,若有所思,即明这是幻境焉、玄意矣。或许仙女仍在,佳境仍在,只因凡俗胚胎,终究少了一双慧眼,看不到脱俗境界?抑或唯有心灵纯净,方可看破滚滚红尘,识见高妙世界?

这是亚热带。大明山,很旺盛地葱郁着,山风阵阵来,更显青翠生动。有参天大树密集,森森然苍苍然,根皮干枝叶,深深浅浅,表述大山的历史和沧桑,浓淡在一岭又一坡。环目四顾,只见渺渺青云,凝神聚气,祥和在天地间。想这万年大山,千年古树,定是见过南宁从无到有、从小到大的履历;定是识得邕江由窄至宽、由

花山画语

浅至深的过程；定是记得那座称为昆仑关的山，怎样抗击日寇侵略攻击、惨烈争夺、凄厉喋血的故事；定是听到邓颖超在邕江岸上发出的第一声呐喊；定是感知邓小平于南宁城中迈动的无数个脚步。这万年的山千年的树啊，尽管斗转星移、沧海桑田、时代变迁、枯荣无数，也依然保存着南宁这方热土所有的故事，在树根下，在崖壁里，在溪水中。历史的记忆层层叠叠，丰厚着山，饱满着树，绽放着花，年复一年，默默表达。

那天的雨来得突然，好像跟随光束从天而降，又如躲在山后踏树而来。沙沙啪啪，啪啪沙沙，唱着淋漓的欢歌；引来猛烈山风，携树而舞，拽草而蹈。只见万叶闪烁、亿珠飞跳，一时眼花缭乱。这般酣畅半时，瞬间雨停，如得统一号令，整齐划一，毫不拖泥带水。阳光跟踪而至，清新漫山遍野。

那隐隐约约的不明声响，又悄然而来，萦绕周边。时从谷底升起，时若天空跌来；既如山树私语，也似花草呼吸；忽东忽西，若即若离，始终不能捕捉，始终不能确定，到底是什么，如此神秘。望着深邃的山谷，一种惶然怯意涌上心头，自觉人在大自然面前，是多么的渺小，是多么的孱弱。深谷有未知，未知有魅力，魅惑着好奇。于是，寻道下谷，去会一会，神秘的深谷；去看一看，深谷的真容。

三

深谷百丈，谷底幽冷。幽冷的谷底流淌着甘南河。

甘南河其实称不上河，至少在大明山中还称不上河，顶多算是河的源头。她就是名副其实的山溪，真真切切的大山脐带。

一方水土

　　甘南河像未发育的少女,纤细而瘦弱,柔柔又野野;待字闺中,冷艳且原始。甘南河也如山野女子,温柔又泼辣,撒欢在深谷,时而静若处子,时而动如脱兔。甘南河还似假小子,天不怕、地不怕,东奔西突,飘飘衣袂显风度。但甘南河没有少女眼眸的清澈,没有处女洁体的芳香,甚至没有姑娘身上妙曼灵动的青春之气。甘南河是红色的,正如刚分娩而出的脐带,还带有母体的血液。红色的河水无言汩汩,漫出夹缝,急急缓缓,左绕右绕,扶石而流,发散着锈味。这种锈味抚鬓而至,引导想象接近某种矿物、接近某种腐殖物,接近某种破坏本质的混合物。好在这锈味很快被山风扫荡,很快被百丈谷消弭,很快被树林吸走。

　　十里绝壁下的甘南河,从容的身上泛起淡淡雾,不迫的眼里收藏凉凉水。鲜花绽放笑脸,摇曳肢体语言,装饰两岸凄清。幽谷播放合唱,弥漫一种节奏。这种节奏牵引记忆,活跃出隐约的不明声响;也牵引脚步,趋向前方,探寻不明声响诱人的跃动。如此逶迤,转弯瞬间,一个轰鸣铺天盖地,直接撞入眼帘。60米之上,一个洁白精灵纵身一跳,飞珠溅玉,干脆急迫,惊艳于空。精灵持续不断,倾一壁不可阻挡之力,泻万壑难以挽留之情,淋漓尽致,无以复加,成长长的瀑布。长长的瀑布冲到地上,冲出一个潭,储蓄永久的激动;砸到石上,砸出万朵花,绽放不息的美丽。峡风来和,调出如雾如幻意境;空气伴唱,起伏低啸诡谲古乐。仰望瀑布,扑面而来的是不凡气势的盖罩,是不可回避的裹挟,是毫无避让的滋润。这种滋润,先面额,后脑脖,层层堆叠;前贴心,后顺脊,潮潮渗透。让人寒意微生,不禁瑟缩。此时,刚才关于红色锈味的丝缕惑感,

已随流瀑飞散；始终悸动的不明声响，已知源自何方。身体感受，心灵体会，全部是一种惊呼：大自然啊！大瀑布啊！大造化啊！是啊，在大自然的神奇造化面前，谁还能麻木不仁、无动于衷？谁还能废话连篇，喋喋不休？谁又能冷酷无情，心如止水？不！在如此巨大的飞流前，每个人都应该得到一种洗涤，得到一种过滤，得到一种灵动，得到一种神气，得到一种感悟，甚至应该得到一种升华。

四

晚归居所，挑灯夜读，见民国四年（1915年）编纂的武鸣县志中，有关于大明山的记载："每岁秋，烟云郁积，内有声似风非风，似雨非雨，似波涛非波涛，或三五日或旬日乃止，名曰大鸣。"县志是辅治之书，它记载一县的地理、政治、经济、文化、民俗等多个方面，具有资治、存史和教化作用。县志修纂要求据实，可见，这段关于大明山的记载应是不假，且知大明山原名为"大鸣山"也。

从"大鸣山"到"大明山"，一字之变，其中包含了怎样的历史内容和时代变迁？由"大鸣山"变"大明山"，一字之差，说明了如何的自然规律与社会变化？这是需要世人认真深思的。假如，"大明山"又变成"大鸣山"，那是不是一种改善，一种庆幸呢？

一方水土

阅读邕江

一

古人为水流之一取名"江"时,其意有三:一解为"公",即此为"公共"的流域,众水来归;一释为"贡",沿江所产,可以供给众生日常之需;一义为"大",这是它的主要意义,也就是说,够得上"大川"这个级别的,才能美其名曰"江"。古人虽然如此定义,但事实上又实在不能严格做到。因此,中国大地上,就有了很多"江",大大小小的,长长短短的,都有。

在中国说江,得先讲长江。因为她最符合古人对江的定义。

长江,她上起青海雪山冰川的沱沱河,下至江苏上海入海的吴淞口,全长6300多公里,流域面积达180万平方公里,约占我国领土面积的五分之一。在中国繁盛的江河家族中,长江理所当然地排行第一,也为亚洲之最,是中国人民的"母亲河"。长江有几千条大大小小的支流,后人将入海的长江、黄河、淮河、济水并称为中国的四大名川。长江的长度与水量虽然次于美洲亚马孙河与非洲尼罗河,但综合资源、地理、气候等条件,则堪称"世界河流之王"。

在古代，长江是一条没有泥沙更没有工业污染的河流，两岸是森林的家乡，猿猴的家园。森林覆盖率达85%以上，林木与水土结成的，是如胶似漆相依为命的美满姻缘；两岸啼不住的猿声，声声提供的是乐得其所的证词。可想而知，那时的长江，完全符合老子说的"道"，或者说，长江是一条得道之川。

二

严格说来，邕江是不能和长江相提并论的。邕江既没有长江的恢宏风姿，也没有长江的深邃内涵，更没有长江的气度。最主要的是，邕江实在太短了。由左江、右江交汇生成的邕江，起始于三江口，也就是左江、右江汇合处的石埠镇宋村。由此一路携日带月、呼风唤雨、拉红扯绿地逶迤前行，穿村过城，环树抱山，自然为道。如此行走到横县六景，流成郁江，全长133.8公里，上游总集水面积73728平方公里，年均流量1292立方米/秒。邕江虽短虽小，但也有她自身的品质，就像一个居住在深山老林里的小家碧玉，自有她生命的律动，自有她生动的本质。

邕江和长江又是可以有得一说，这是毛泽东主席给予创造的条件。一生喜爱游泳的毛主席，前后多次畅游长江，据说达17次之多，包括在武汉、黄石、安庆等地江面，也包括在长江支流湘江。遗憾的是，毛主席还有许多大江大河没有游过，包括黄河、黑龙江、松花江、乌苏里江、辽河、海河、大运河、淮河、闽江、澜沧江等，以及长江别的支流（如嘉陵江、汉江）、黄河的许多支流（如延河、渭河、汾河）、珠江别的支流（如漓江）等等但毛主席游过邕江，而且游过两次。1958年1月，毛主席在广西召开南宁会议期间，分别于1月7日和11日游邕江。7日下午3时，邕江水温17.5度，有人问毛主席冷不冷，毛主席说："下决心就不冷，不下决心就是20度也冷！"当游了20分钟后，保健医生催毛主席上船，毛主席微笑着对身边的陪泳者说："医生的话不能不听，但也不能全听。他说水温太低不能游，我现在不是好好的吗？"说完他面向医生道："再给我游10分钟"。30分钟后，在保健医生一再催促下，毛主席才上船，游程1000多米。11日下午3点半，邕江水温18度，毛主席再次游邕江，历时50分钟，游程2000米。

想想全国那么多的大江大河，有许许多多都没迎来一代伟人毛主席的临游，而短短小小的邕江，在5天之内，就得到毛主席的两次青睐，两次亲密交流，给邕江的历史写上光彩夺目的一笔，这真是邕江之大幸、大福、大荣！

三

邕江是一条平顺缓和的水道，100多公里的长度，没有大起大落，没有坎坎坷坷；有的只是平和，有的只是深沉。更多的，有的只是清丽的景色。比如，"邕江春泛"就是古时邕州八景之一。此景是指春季水位提高后在今邕江大桥南岸出现的景观。我曾经在春季雨天时，多次到邕江大桥边，想看看"邕江春泛"的景观，但不知是无缘，或是时过境迁，我始终没有看到想象中的"邕江春泛"。我想象中的"邕江春泛"，其实灵感来自"钱塘海潮"。我想，既然是"泛"，就会有涌动的喧哗、排列的阵容、铺陈的壮观、冲击的气势！可这些景象都没有，有的只是两岸高楼林立，有的只是混浊江水无声的漩涡。又如，邕江的"三元灯照"。据说，邕江大桥头原冬泳亭处，古时有三元阁旧址，当时的三元阁建有魁星楼，人们每晚在魁星楼点上长明灯，祈求科考时"魁星"赐给南宁"三元"（解元、会元、状元），楼上灯影照至对面平西河中；另外，三元阁河边一带旧社会是"花艇"（即妓女居住的船只）停泊的地方，夜晚灯红酒绿，弦管歌声喧嚣不绝，歌声灯影直传至对岸，故有"三元灯影平西河"句。再如，"弘仁晚钟"也是另一个与邕江相关的邕州八景之一，地点在邕江大桥南端，今自治区体育馆附近，从前曾有两座寺庙相邻，一为伏波庙，一为弘仁寺。据说弘仁寺为明万历年间肖云举所建。寺近江边，每当夕阳西下，皓月初升，寺僧敲钟，钟声洪亮悦耳，因受河水振波影响，发出的回音拖得很长，钟声余响令人悠远遐思，可惜弘仁寺早已被毁，该景已不存在。当年的"邕江春泛""三元阁""魁星楼""弘仁晚钟"早已消失，但邕江仍是南宁弥足珍贵的水景之一。

　　早年邕江，两岸低矮，堤岸单薄。每到雨季，江水猛涨，洪水猛兽，肆虐两岸，甚至灌城，淹没情景，触目惊心！2001年夏天，洪水暴涨，把一节堤岸冲破，顿时，滔滔洪水，汹涌入城，泛滥街道，城中市民生命财产，危在旦夕！当时，市委市政府紧急动员机关干部、企事业职工抗洪救灾，救堤护堤。我随单位抗洪救灾突击队奔赴重灾区大坑口，扛沙袋，筑沙堤，奋战一夜两天，不离阵地。最感人的，是几百名解放军战士，不等修补河堤材料运到，便跳进洪水之中，在缺口处筑起一道道人墙，并脱下身上的衣服，拉成一条条布的护栏，一层衣服一层人，里三层外三层地极力堵塞着缺口。他们就这样坚持了10多个小时，直到将缺口修补牢固后方才撤离。其间，涌现出许多军爱民、民拥军的故事场景，令人感动不已……最后，在党政军民的共同努力下，战胜了洪水，保护了全城的安全！

2003年，市政府投入巨款，修筑邕江两岸的防洪大堤。大堤集防洪、道路交通、休闲园林为一体，沿江蜿蜒。大堤两边，植树养绿，种花生香，与邕江相伴，同民居相邻。此外，10座大桥，如虹跨江，江桥相映，彰显辉煌。如今，邕江大堤坚固厚实，城中市民，高枕无忧，不惧洪扰。近年来，南宁市政府对邕江综合整治与开发利用控制规划进行修改，着力打造"百里秀美邕江"，从原规划范围老口航运枢纽至邕宁水利枢纽的74公里，扩大到老口航运枢纽到六律大桥的85公里，以"一江、两岸、双核、四心、七段、多廊"为总体框架，在治水上实现畅水活水、理水控水、治水净水，在建城上实现滨江城市结构优化、滨江城市空间优化、滨江堤岸联系优化，在为民上实现绿化为民、活力为民、亲水为民、连通为民、设施为民、旅游为民。可以想见，不久的将来，邕江的风貌将会更加美丽怡人。

邕江清丽的景色，一年之中不同季节是不一样的，一天之中不同时段也是不一样的，同一时段不同地段也是不一样的。邕江不仅有美丽的表象，还有内在的神韵，更有悠久的历史、深厚的文化，以及永不止息的生命律动。这需要你有心和细心地去观察和体会。

四

任何一条江河都是奔流不息的，或者说，奔流不息是江河的共性。蕴含在江河水体中的精神实质——创新，也是共有的。时时刻刻，任何一条江河之水都是新的，没有一滴旧水停滞在任何的江段中，真正的"苟日新，日日新，又日新"。任何一条江河都同时体现着向往东方和志赴海洋的憧憬、百折不挠和锐不可当的秉性、永恒不息和志在千里的气势、坚忍不拔和勇往直前的执着。长江如此，黄河如此，邕江亦如此。除非湖泊坑洼。

"苟日新，日日新，又日新"出自《礼记·大学》："汤之《盘铭》曰：'苟日新，日日新，又日新。'《康诰》曰：'作新民。'《诗》曰：'周虽旧邦，其命惟新。'是故君子无所不用其极。""苟日新"，意即如每天能洗干净自己身上的污垢，那就应当天天清洗。此句以沐浴自新，比喻道德日进。"日日新，又日新"，谓精诚其意，修德无已。合在一起就是说：诚然如果有一天能够获得新的进步，就要一天一天都有新的进步，还要再继续天天有新的进步。所以《大学》里说"君子无所不用其极"，即对于创新、"日新"、"惟新"，君子无不用尽全力不断奋斗。万事万物能长久不衰者，无不是持续去秽纳新者。

创新是一个国家兴旺发达的不竭源泉，也是中华民族最深沉的民族禀赋。今天，在新时代中，我们更要学习包括邕江在内的江河创新的本质内涵，进而在追求理想信念、开创伟大事业，直至具体的工作、学习、生活上，不断创新发展。

一方水土

南湖水意

一

在中国，南湖这个词的名声是很大的，而且还有些神圣。

这与一个历史事件有关。1921年7月23日，中国共产党第一次全国代表大会在上海秘密召开。会议临近结束时，遭法租界巡捕的袭扰而被迫停会。根据上海代表李达的夫人王会悟的建议，8月1日会议转移到嘉兴南湖的一条游船上继续举行。在这条红船上，会议通过了中国共产党的第一个《纲领》和第一个《决议》，并选举了党的中央局领导机构，宣告了中国共产党的诞生，中国革命的航船从此扬帆起航。

浙江省嘉兴市南湖原来是个被海水淹没的地方，随着长江和钱塘江携带而来的大量泥沙的不断沉积，导致陆地不断延伸，海水逐渐退出，变成洼地，后来由于运河各渠流水不断注入而形成湖泊。它不仅以秀丽的风光享有盛誉，而且还因中国共产党第一次全国代表大会在这里胜利闭幕而备受世人瞩目，成为我国近代史上重要的革命纪念地。现今南湖烟雨楼前水面上，停泊着一艘红船，是在

1959年仿制的一条当年"一大"开会的游船。作为"一大"会议纪念船,它向人们生动展现了中国共产党诞生的历史场景。这条"一大"纪念船被人们亲切地称为"南湖红船"。这是一艘中型的单夹弄丝网船,船长16米,宽3米。内有前舱、中舱、房舱和后舱,右边有一条夹弄通道。前舱搭有凉棚,房舱设有床榻,后舱置有橱灶等物,船艄系有一条小船,为当时接人进城购物所用。中舱放一张八仙桌,周围放桌凳和茶几。当年中共"一大"会议就是在中舱举行。"南湖"这个名称,因此而扬名中外,大名鼎鼎。

二

南宁市区的南湖,没有嘉兴南湖那么大的名声,也没有过重大的历史事件发生。据地方史志资料记载,最早的南宁古城位于邕溪水和邕江汇合的三角嘴上,也就是邕江北岸凌铁村一带。这里水上交通方便,居民用水亦方便,地势高,不易被夏季洪水淹没。南湖原为古时邕溪水道,与邕江相通。邕溪水下游两岸,水害频繁,尤其每当邕江发洪水时,江水倒灌到溪中,将大量农田、房舍淹没。为防止在邕溪水倒灌,造成水患,唐代景云年间,邕州司马吕仁征集民工,于邕溪水注入邕江出口处填土方、筑大堤,阻止邕江水倒灌;同时又在琅边村筑堤,把上游流下的水分流引入南边的竹排冲,排出邕江。1951年,"南宁苗圃"出现在南宁版图的荒郊地段;1955年,南宁市政府在"南宁苗圃"旁的农田洼地里蓄水养鱼,宽300米、长4100米的湖泊养鱼场由此形成;湖泊因为地处南宁市东南方,始称"南湖"。1964年,苗圃和养鱼场合并,起名为"南湖风景区"。风景区成立之后,搞了一次"全城护坡总动员",就是把上湖这段水抽干,然后发动市民和南宁市各个单位来包干分配任务,分段负责砌片石挡土墙。经过一番轰轰烈烈地大干,就把整个上湖的片石挡土墙砌了起来,南湖风景区的名称也被大家熟知。但熟知归熟知,人们对风景区却是敬而远之,因为那个时候此地还是郊区,比较荒凉,路小树多,又没有路灯,人们不敢来玩。1973年,几经更名的这块地方正式定名为"南湖公园"。借着养鱼场的资源,20世纪70年代的南湖公园还承担着整个南宁市的鱼肉供应,政府会定时分配给一些饲料,如麦糠、酒糟等。又因为那时副食品供应比较紧张,公园就把养鱼和养猪结合起来,建了一个规模不大的养猪场,兼职养猪到1984年。后来,经过不断地开发建设,南湖上不仅有了九孔桥,有了长堤,还有了风景桥和各色游艇以及鱼餐馆。现在,更是有了水幕电影等绚丽多姿、流光溢彩的动态水影幻景。南湖,已经是一个美丽的水世界。

  南湖位于市区东南面,水域面积为101.8公顷。南湖水体为东西走向,分为上湖、中湖、下湖三个区域,总体呈带状水系特征,总体地域跨度较大。南湖驳岸线全长约7975米,其中北岸岸线长3560米,东岸长330米,南岸长3685米,西岸长400米。现建有长达8.17公里的环湖游道,还有宽约三四十米的环湖绿化带。宽达93万多平方米的南湖湖面明净如镜,碧波潋滟,湖岸上芳草绿树相依。无论漫步湖边,还是荡舟湖中,或是临湖而立,抑或面湖垂钓,都会满眼水色,满目微澜,令人心海活泛、心眼滋润、心旷神怡。

三

　　湖是由水聚而成。无水便无所谓湖。宋代郭熙对水的特性是这样描述的："水活物也。其形欲深静，欲柔滑，欲汪洋，欲四环，欲肥腻，欲喷薄，欲激射，欲多泉，欲远流，欲瀑布插天，欲溅，欲扶烟云而秀媚，欲照溪谷而生辉，此之谓活体也。"郭熙对水的认识有三远："聚者辽阔，散则萦洄，前者旷观，后者微观"；"近岸旷水，旷阔遥山，有烟雾"；"一片大明，景物至绝而微茫，缥缈者为幽远"。"水之三远：旷远、幽远与迷远"。这是从视觉上对水的评述。湖水对应其上，大体可归为"聚者"。

　　纵观中华民族从混沌走向文明的发展史，从某种意义上来讲就是一部与水相关的历史。《管子·水地》云："水，具材也。"就指出水具备一切，是宇宙万物的生命本源。因此，《管子·水地》又云："是故具者何也？万物莫不以生，唯知其托者能正，具者，水是也。故曰：水者何也？万物之本原也，诸生之宗室也，美恶、贤不肖、愚俊之所产也。"水是万物之本原，是人的生命生生不息、大化流行的发动者。水周遍圆润，是万物禀受天命、社会理性秩序、人的生命价值、道德伦常之渊薮。水浮载周藏万物，通流天地，创造了一切。《太平御览》里杨泉的《物理论》也云："所以立天地者，水也，夫水，地之本也，吐元气，发日月，经星辰，皆由水而兴。"对此，《管子·水地》也指出："人，水也，男女精气合，而水流形。"水亦是女性之象征。据《楚辞·九歌》记载，湘水二神为尧之二女，即舜之二妃：娥皇与女英。而洛水之神为宓妃。《周南·汉广》曰："汉广有游女。"汉水之神即相传郑交甫所遇之汉皋二女。

汉代的经学大师董仲舒在祈神止雨时指出了水就是女子，火即是男子，火水比附为男女，所谓水火太极图本为男女交媾创造生命的指涉。所以，在中国哲人看来，水最基本的功能就是生产和繁殖。水的流转是生命的流转，水的渗透是生命的渗透，水的交融是生命的交融，水的永续是生命的永续。水的本体特性，激励着人"知者不惑，自强不息，敏于事功，砥砺德行"。

在中国传统文化中，水与人的品格紧密相连，好的水让人赏心悦目，也能陶冶性情。水，纯净、清澈、朴实、神秘、清新，有灵动的独特风格，飘逸出空灵、神秘、幽深，体现出天地间的大美。水也是一大片恬静、沉郁、充满生机的渊薮，温柔的水往往呈现为一种纯美的意境，以展示出一个诗意的梦境。而翻腾的白浪，狂暴的水，则又使宁静的水面无限飞动起来。水是具象的，是柔软的一根苇草，可以触摸得到；水又是抽象的，是波状的阔大思维，是要用心神才能领会的。将二者合二为一，水是浮出思维之海的苇草，摇曳在风中，蕴含着人的深刻精神内涵。从西双版纳的泼水节，到刘三姐故乡的对歌会，从都江堰的清明放水节，到南方端午的赛龙舟，这些传承了几百上千年的民风民俗都起源于人们对生命之源的敬畏和崇拜，因水而生，依水长存。

四

南宁南湖的水，显然也具有多元的文化意义。比如，水蕴含的人格化，其精神要素有德、仁、智、义、勇、善等特性。又如，水态的丰富性，大至江河湖海，小至溪流泉池，这些水体都给人们留下深刻的审美印象和审美感受。再如，水具有的旨意，体现出来的意趣、意味，尤其是意境，是美学追求的最高境界；人诗意栖居于水环境中，与水共生共融，获得天人合一，人水和谐，心灵栖逸的审美境界，因而和谐成为人水生态美学的最高审美境界。最后，水的洁净赋予的指向，大至清明社会，小至清廉个人，都是十分深刻的。

南湖在成长的过程中，显然也经历过坎坷与波折，也经受过污染和糟蹋。好在已成为过去。今天，我们无论如何，都要善待南湖，已经受到伤害的水环境要充分治理，已经被破坏的水生态则要尽量恢复原态；我们从水生态中有所获得，更要保护好水生态；真正做到人水共生、可持续发展。

每个有智慧有见识的人，每个有理智有责任心的人，每个有道德有文化生态理念的人，都应该懂得自律，懂得要与自然和谐相处，懂得可持续发展，懂得像爱惜我们的生命一样喜爱水、珍视水、保护水，并为此付出努力，使之成为文化生态，以给我们的子孙留下更多更好的水资源。

这应该也是我们对待南湖水的态度。

一方水土

回眸昆仑关

一

至今，我从未登上昆仑关。不是没有机会，而是觉得，这座由卫国骨骸垒砌高度的关隘，这片由保家热血浇肥厚度的关山，安息着太多的灵魂，令我不敢轻易踏足，不敢随意打扰。但每次路过昆仑关旁，我总是久久地回眸……

昆仑关，位于南宁市东北部，距南宁市区50公里。相传秦始皇统一岭南时设关，宋代始建关楼，后历代不断重修重建。昆仑山海拔仅有300多米，为大明山余脉，周围群山环拱，层峦叠嶂，苍峰似海，绵亘相偎，中通隘道，北高南低。昆仑关正压在迂回曲折的山道之中腰，好比食道之咽喉，扼守南北往来之要塞。民国十五年（1926年）开辟南柳公路经山下绕关而出，顺坡直下，昆仑关成为桂越国际交通线上控制着宾邕公路的重要关隘，是南宁市的门户和屏障。昆仑关地势险要，易守难攻，素有"雄关独峙镇南天"之誉，堪称"一夫当关，万夫莫开"，为历代军事家所重视，是兵家必争之地。据史料记载，昆仑关曾发生过数次大规模的战斗，其中，最著名的是宋代狄青与侬智高之战和1939年中日昆仑关之战。

二

有资料称,在全面抗日战争中,中国组织了两次大型会战、一千多次重要战役和一万三千多次中小战斗。惨烈的战役包括:淞沪会战、平型关战役、台儿庄战役、南京保卫战、徐州会战、武汉保卫战、长沙会战、昆仑关会战、滇缅之战、湘西会战等等。其中的昆仑关战役,就是发生在广西南宁。

1938年10月,日本占领武汉和广州。但日本非但没有达到迫使中国政府投降的目的,反而遭遇到更顽强地抵抗。所以,日本参谋本部强调:"一旦进入南宁,以该地为基地,则交通四通八达,可通往广东、湖南、贵州、云南。所以南宁—谅山的道路,形成了蒋政权联络西南的大动脉。为了直接切断它,首先必须夺取南宁。南宁一旦占领,无须置重兵于东京湾附近即可以完成作战目的。"同年9月1日,德国进攻波兰。9月3日,英、法对德宣战,第二次世界大战爆发。日本更急于解决中国问题,以便腾出兵力抢占西方列强在亚洲和太平洋的殖民地,以配合德、意两个盟国,并缓解德国对其解除了对苏联威胁的不满。因此,日本决心发动桂南战役,为的是彻底切断中国抵抗其侵略的最主要补给路线,迅速处理中国事变。并命令中国派遣军总司令官协同海军迅速切断沿南宁至龙州之补给路线。明确要求"本作战之目的,在于直接切断沿南宁——龙州补给联络路线"。日本认定,切断这条路线将必然使中国丧失抵抗能力,从而可以立即结束在华战争,完成它对中国的侵略任务。1939年11月15日,日本侵略军在防城、北海登陆,进占钦州。19日由钦州进击南宁。12月4日,日军进占桂南战略要地昆仑关。

一方水土

日军战史称此次作战为桂南会战，日军仅以伤亡908人的轻微代价，从钦州北上击溃了桂军重兵集团占据的南宁、昆仑关。占领昆仑关后，部署三万多兵力固守昆仑关和关南。

1939年12月16日，国民第五军军长杜聿明接到率第五军先行击破昆仑关及八塘附近之敌，再攻南宁的命令。他于当日召集团长以上会议。杜聿明介绍，这次侵占南宁之日军是板垣征四郎所部，号称"钢军"的第5师团第12旅团，旅团长是中村正雄，直辖第21、42两个联队，每联队有官兵3000余人。第五师团在侵华战争中，参加过南口、忻口、太原、台儿庄、广州等战役，官兵多系日本山口县人，秉性剽悍，长期受武士道侵染，参加侵华战争两年多，战斗经验丰富，是这次进犯部队的主力。接着，杜聿明讲作战部署。1939年12月18日凌晨，昆仑关战斗打响。先是炮战，中国第5军的重炮兵团以及各师炮营同时开火。炮火延伸后，第200师与荣誉第一师开始攻坚，成千的士兵端着刺刀，在战车的引导和掩护下摸上了日军的阵地，在反应过来的日军炮火拦截时，双方绞在了一起，逐尺逐寸的争夺着每一处阵地，首先占领仙女山。当晚，各部乘胜夜袭，相继占领老毛岭、万福村、441等高地，最后攻占昆仑关。19日午后，日军在飞机掩护下进行反扑，夺取昆仑关。双方展开反复争夺。27日，是昆仑关争夺战最激烈的一天，中国空军第3大队出动6架飞机支援陆军战斗。双方伤亡甚重。杜聿明经过缜密的观测，经了解昆仑关周围地形和敌阵地兵力火力，决定采取"要塞式攻击法"，逐步缩小包围圈。昆仑关残敌被我军四面包围，成为瓮中之鳖。但他们仍然凭着"钢军"武士道精神，顽强抵抗。

日军主阵地修筑得非常坚固巧妙,加上日军知道不妙,背水一战,异常顽强,并且开始发动一次次的疯狂反冲击,很多阵地失而复得,得而复失。从12月23日起,敌虽增援两个大队兵力,中村正雄旅团长亲自到九塘督战,但也不能挽回败局,反而被荣一师第三团当场击毙。30日,中国增援部队到达,向日军发起更猛烈地进攻,相继攻占了同兴、界首及其东南各高地,打破了昆仑关日军的防线。31日拂晓,杜聿明军长把指挥所推进至大坟岭,指挥官兵向日军猛攻。至8时,第159师占领653西南高地;上午11时,新编第22师攻入昆仑关。经过14天的激战,至31日,日军被迫向九塘方向撤退。昆仑关战役胜利结束。

昆仑关战役中国军队获得重大胜利,捷报传出,举国欢腾。

三

昆仑关战役是整个桂南会战中的核心战役,是中国对日正面战场规模最大的攻坚战,也是抗日战争时期广西境内最著名、最重要的战役。此役我方伤亡约1.4万人。据日本战后公布的材料,此役日军第21旅团班长及军官死亡人数达85%以上,士兵死亡4000余人。

1937年七七事变后,日军大举攻入中国内地,进展神速,中国军队虽然全力抵御、英勇奋战,但不敌装备精良、作风凶悍的日军,屡屡战败、步步后撤,伤亡严重,我军的士气受到严重打击,而日军士气高涨,日本非常猖狂,扬言"三个月解决中国事变"。就在这个时候,昆仑关战役胜利,沉重打击了日军的嚣张气焰,极大挫伤了日军锐气。它的更大意义在于：这次胜利再次打破了日本军队不可战胜的神话，极大地鼓舞了全国人民的抗日斗志，振奋了全国人心，加强了全国人民抗战必胜的信念。

中国的抗战进行得最早、坚持的时间最长，无论规模和烈度都是史无前例的，我们以伤亡3500万军民的代价牵制了日本的主要兵力。日本在全面侵华之前，只有17个师团，全面侵华后增加到24个，其中21个师团就投入到中国。太平洋战争爆发初期，日军总兵力为51个师团，而陷入中国战区的就有35个，占69%。参加太平洋战争的日军也只有10个师团，还不到总兵力的20%，其他大部兵力都被牵制在中国战场。当时美国总统罗斯福曾评价中国的抗战地位作用："假如没有中国，假如中国被打垮了，你想一想有多少个师团的日本兵，可以调到其他方面来作战，他们可以马上打下澳大利亚，打下印度……他们可以毫不费力地把这些地方打下来，并且他们可以一直冲向中东。"当时，日军制定了北进、西进和南进的战略。北进战略是以中国为基地攻占苏联远东地区，西进战略是企图进军印度、印度洋，在中东地区与德国意大利会师，迫使英国屈服，再全力对付美国。南进战略的对手是美英等国，目标是占领东南亚和西南太平洋地区。日军1941年12月发动太平洋战争，不到半年就占领了东南亚，在英美等国失利的情况下，中国战场牵制了大部分日本陆军和相当的海军，推迟了日军的南进计划，也使苏联避免了与德国和日本东西两面作战的严重威胁。中国的抗战对世界反法西斯战争的胜利做出了极大的贡献，在整个世界反法西斯战争中占据重要的战略地位，是世界反法西斯战争的中流砥柱！

花山画语

四

在中国共产党倡导建立的抗日民族统一战线的旗帜下，以国共合作为基础，中国人民同凶残的日本侵略者进行了气壮山河的斗争。长城内外，大江南北，在空前惨烈的抗日战争中，中国军民前仆后继、浴血奋战，面对敌人的炮火视死如归、勇往直前，以血肉之躯筑起了捍卫祖国的钢铁长城；以气吞山河的英雄气概谱写了惊天地、泣鬼神的壮丽诗篇！

回眸昆仑关，我发现，昆仑关耸立的高度，是中华民族抗击外侵、保家卫国、不怕牺牲的精神高度；昆仑关凝结的厚度，是中国人民团结奋斗、自强不息、正气凛然的灵魂厚度。青翠的山林，旺盛的是英魂的生机；结实的山土，凝聚的是热血的精华。今天，我们唯有以对现实生活的热爱，以对和平日子的珍惜，以实现中华民族伟大复兴的实际行动，才是向所有参加抗日的将士们最好的敬谢和告慰！

一方水土

朝阳溪语

一

一座城市，如果有溪流穿城而过，其实是很有福气的，也是很有诗意的。你想啊，一条溪流，原本居于深山，神清体洁，宛若处女，享受着幽静清新、鸟语花香。某天，她带着山野空气、森林润泽、青草湿意、浓荫凉爽，告别群山拥抱、告别花草牵扯、告别藤蔓缠绵、告别山路挽留，蜿蜒而行，款款而来，走进城市。小溪一路流淌，或喧哗，或恬静，或如细鼓轻捶，或如琴弦轻拨，或流壁飞玉，或铺地散银，突然靓丽现身于城市居民的眼前，这是何等的诗情画意，何等的可爱、可亲和可敬啊！

二

邕城中的朝阳溪发源于罗伞岭水库，流经北湖园艺场，河道自北至南纵贯市区，约有四分之三溪段经过市区，最后排到邕江。她既是南宁盆地中邕江流域的一条重要支流，也是南宁城市发展变迁的历史见证者。

花山画语

据资料显示,朝阳溪自1997年12月开展综合整治。作为城市改造的重点,整治工作着重从根本上治理河道、截流污水、还清河流、整理河岸、美化景观,以重塑朝阳溪城市滨水景观带的形象,从而推动周边街区旧城的更新改造。规划构思是:朝阳溪滨水带景观风貌的总体构想为建设多功能的、公共的、敞开的城市滨水生态景观带。确定以绿和水作为空间基础构成具有自然特色的绿色走廊,两岸以连续绿化带为基础,结合场地形态和活动特征及地域气候特点、环境小品及场地细部处理,力求实现风格统一、延续的设计思想。

在总体设计上,将大坑口至十三中段朝阳溪沿岸滨水景观带分为五大功能分段,形成有始有终、高潮迭起、过渡自然的景观序列。第一段:大坑口至西平桥段。该段位于江滨路与西平桥之间,是朝阳溪沿岸滨水景观带的南端起点。景观环境具有标志性、观赏性、活动性的特点。第二段:西平桥至镇北桥段。该段沿溪两岸以单位用地为主,用地狭窄,按照总体布局仅作为滨水景观带的过渡地带。第三段:镇北桥至朝阳桥段。该段位于市中心,空间开阔,人流密集,交通便利,规划将此作为全景观敏感区域和人文活动的焦点,塑造成朝阳溪滨水景观带的中心景观象征。第四段:朝阳桥至友爱桥段。沿溪两岸布置步行林荫道,以绿化组织景观,为两岸居民和游人提供赏景、散步的场所,以保证空间景观的延续。第五段:友爱桥至十三中段。作为朝阳溪沿岸滨水景观带的结点,以大片绿化为基调,与起点广场遥相呼应。2013年,南宁市实施截污治污三年行动计划(2013-2015年),用3年时间完成18条内河流域建成区范围内的截污工作,实现水清、无味,逐步恢复内河水体的生态功能。

到2015年,南宁市的污水处理设施及主干管网要全部建成连通,建成区实现污水管网全覆盖。污水收集处理率达到90%以上,污水处理水质全部达到排放标准,污泥实现无害化、资源化综合利用,安全处置率达80%以上,从而使南宁市城市内河的收集雨水、泄洪、排涝等功能更加完善。可见,南宁市对内河治理,可谓花了大力气。应该说,近20年来的综合整治,取得了明显的效果,朝阳溪沿岸环境面貌彻底改观,取得了良好的经济、社会效果,受到市民的好评。

三

丙申秋日,我决定溯源而上,去看一看朝阳溪源头的现状。是日晴空万里,风和日丽。出城不久,便进入丘陵地带,随着且行且远,渐入高山。山多杂草,野花其间,鸣鸟飞蹿。路过几坡速生桉林,只见桉树林下寸草不生,泥土板结;山底溪水、池塘,水色暗黑,浑浊无光。接近罗伞岭,山势渐高。山多杂树和松树,放眼看去,连绵起伏,郁郁葱葱,是为水源林区;山中有水之处,水分外清冽透明,堪称世上好水。

沿山路而上,罗伞岭水库排水的水道,陡峭险峻,满是红泥碎石。周边是延绵不绝的山峰,遍野都是苍翠,风吹过,树梢点头,飒飒作响,仿佛一声一声的问候,此起彼伏。攀爬有些吃力,好几处需要手脚并用。来到被树草掩盖的石壁处,中间一道清泉,欢腾着奔涌,水流不大,水声不小,哗哗泻下,汩汩而去。

在这样的山林间,才能有这样的活水源头。这样的活水源头,虽然还缺少磅礴的架势,但已具备逼人的气势,这就是朝阳溪的源

花山画语

头。从此出发,碧波一路,款款入城。注目着朝阳溪的源头,心有崇敬,思多感慨。望着溪流清冽前行,可以想象它前行路上是怎样的曲折。想逐渐宽阔的朝阳溪的源头,就是这样小小的一段,不能不服自然的造化,不得不感慨自然造化的神奇。便有一种久违的亲切,如身体里每个细胞蕴含的水分似奔流在血脉中的亲情,瞬间激活并灵动起来。啊,这就是自然与人的纯朴、纯净的亲昵。

水至清,清至无鱼;水干净,干净得让人不忍触碰。但又忍不住亲密接触的冲动和渴望,便以手深探,感觉有丝绸般的柔滑,在流动地抚摸着手;又有冰冰凉凉地渗进,在丝丝地深入皮肤。迟疑一下,捧水泼在脸上,感觉有夏夜微凉的风,清沁面颊,缩紧毛孔,瞬间凝固皮脂下山野清新的气息。惊喜之间,双手掬起这清凉,靠近唇边,还未吮吸,那份纯净的甘甜、纯粹的透明,就已四溢,淡而清新。无比敬仰又迫不及待地喝下这清液,凉意流进喉咙,顺下了肺,滑落到胃,溪水化成了一口清泉,漫过全身,麻木中的激滟心潮,顿时活泛起来。记忆中的波光粼粼,顿时开阔起来。

便想起小时候,在故乡,深山里的村庄,沟谷里、山腰上,随处可见的溪泉,汩汩而流。一眼见底的透明下,五彩斑斓的鹅卵石闪耀着光,丝带一般的绿水草起伏着舞,三三两两的小鱼儿自在地游。只要需要,便可随时随地地掬水而饮,随时随地品味清甜,随时随地享受惬意。如今偶尔回故乡,那山腰上的泉眼不见了,沟谷里的溪水干涸了;就是村前的那条河,也没有了当年的清冽,瘦小的河身长满了绿藻,浮在水面上还有一层气泡,远远地就能闻到散发的异味。再从山腰走过,再从沟谷跨过,再从河边经过,总有抑制不住的伤感,相见不如怀念啊,那些美好的曾经,到底是被岁月毁去了,还是被人类自己糟蹋了?

沧浪之水清兮,可以濯吾缨;沧浪之水浊兮,可以浊吾足。在罗伞岭上,以朝阳溪源泉,浣我满身尘埃,濯我污浊灵魂,洗我俗心杂念,涤我诸多罪过。

四

水乃生命之源。长期以来,我们以开发和建设的名义,一边摧毁,一边重建,一边破坏,一边保护,在矛盾中越走越远。代价付出了不少,境况却未得到彻底改观,这似乎已经背弃了初衷。所以,今天,我们要寻得这一口洁净,只能追溯到朝阳溪源头。这源头的泉水,是自然最后的保留,我们,再也不能失去了。

邕城原来是有好水的,朝阳溪源头,予以下游清泉如斯;朝阳溪流经各地,养育万物。而我们这些城里人,回报了她什么?

回到城中,站在朝阳溪岸上,心头沉重。喉间还有源泉的丝丝怀念,但吸进鼻子的空气,再也不是山间的清新。城市的花还在怒放,但映入眼帘的颜色,再也没有野花的清纯。望着夜幕下的这座城市,我想,在朝阳溪的梦里,一定充满着源头树林的摇曳生姿,一定涌动着最初的潺潺水声,一定盼望着变回天地间的生命清泉!

但她无语。无语的,难道仅仅是朝阳溪吗?

花山画语

有园明秀

一

私家园林在中国,是一道独特的地理景观。

中国园林文化历史悠久,是世界三大园林发源地(中国、西亚和希腊)之一,在园林规划设计方面积累了许多优秀的文化内涵以及造景的成功经验。有知名杂志评选出中国十大私家园林,分别是:拙政园、留园、狮子林、个园、何园、乔园、绮园、古莲花池、清晖园、常家庄园。

在广西南宁也有一处私家园林,虽然不十分出名,也没有十大园林的壮观,但正如小家碧玉,亦有她的迷人之处。

这就是武鸣明秀园。

二

人们把一定的地域运用工程技术和艺术手段,通过改造地形,或进一步筑山、叠石、理水、种植树木花草、建造房屋和布置园路

一方水土

等途径创作而成的美的环境和游憩地域,就称为园林。这个说法比较学术,我想,可以简单理解为有园有林的地方就叫园林。园林包括庭园、宅园、小游园、花园、公园、植物园、动物园等,随着园林学科的发展,还包括森林公园、风景名胜区、自然保护区或国家公园的游览区以及休养胜地。"园林"一词,见于西晋以后诗文中,如西晋张翰《杂诗》:"暮春和气应,白日照园林。"北魏杨玄之《洛阳伽蓝记》评述司农张伦的住宅时说:"园林山池之美,诸王莫及。"唐宋以后,"园林"一词的应用更加广泛,常用于泛指以上各种游憩地域。

中国古代属于王公、贵族、地主、富商、士大夫等私人所有的园林,称为私家园林。古籍里称之为园、园亭、园墅、池馆、山池、山庄、别墅等。规模较小,一般只有几亩至十几亩,小者仅一亩半亩而已;大多以水面为中心,四周散布建筑,构成一个个景点或几个景点;以修身养性,闲适自娱为园林主要功能;园主多是文人学士出身,能诗会画,清高风雅,淡素脱俗。私家园林,多建在城市之中或近郊,与宅院相连,以山水为骨干,饶有山林之趣味,更像是喧嚣盛世之外的一方净土。平中求趣,拙间取华。园林的最初形式是商朝的囿。商朝的囿,多是借助于天然景色,让自然环境中的草木鸟兽及猎取来的各种动物滋生繁育,加以人工挖池筑台,掘沼养鱼。春秋、秦汉和三国时代,统治者已开始利用明山秀水的自然条件,兴建花园,寻欢作乐。东晋顾辟疆在苏州所建的辟疆园,应当是这个时期江南最早的私家园林了。据《西京杂记》记载:"茂陵富民袁广汉,藏镪巨万,家童八九百人。于北邙山下筑园,东西四里，南北五里，激流水注其中。构石为山，高十余丈，连延数里。养白鹦鹉、紫鸳鸯、牦牛等奇兽珍禽，委积其间。积沙为洲屿，激水为波涛，致江鸥海鹤，孕雏产鷇，延漫林池；奇树异草，靡不培植。屋皆徘徊连属，重阁移扉，行之移晷不能偏也。"魏晋南北朝时期，是中国古代园林史上的一个重要转折时期。豪富人家纷纷建造私家园林，把自然式风景山水缩写于自己的私家园林中。唐代是中国古代园林风格转变的重要时期。唐长安私家园林的艺术性较之上代又有进一步升华，园林的山体、水体、植物、动物、建筑等景观要素和谐融汇，园池构筑日趋洗练明快。士人将诗情画意引入园林，使崇尚自然的美学原则充分实现，为后世的写意山水园奠定了基础。在北宋初年，李格非所著的《洛阳名园记》介绍了洛阳名园十九个，多数是在唐朝庄园别墅园林的基础上发展过来的，但在布局上已有了变化。它与以前园林的不同特点是园景与住宅分开，园林单独存在，专供官僚富豪休息、游赏或宴会娱乐之用。这种小康式的私家园林，只是私家游赏。元代的私家园林主要是继承和发展唐宋以来的文人园林形式。明、清是我国园林建筑艺术的集成时期，此时期除了建造规模宏大的皇家园林，士大夫们为了满足家居生活的需要，还在城市中大量建造以山水为骨干，饶有山林之趣的宅园。

三

南宁市现存最早的私家园林，当为明秀园。

明秀园位于武鸣城西。园区面积不大，但地理环境、风水景致颇佳。武鸣河静静流来，依园环绕，把呈葫芦状半岛的园区柔柔拥抱,深情款款。约3万平方米的园区,恰似一小家碧玉,依偎在武鸣河的怀抱中。右边河岸,百年荔枝成林,树下石台石凳,供人憩息。左边河岸,一亭独立观荷,池中荷花吐艳,金鱼戏水。园中古木参天,枝繁叶茂,很多古树名木都在百年以上。这些树木里很多都是果树,如荔枝、龙眼、黄皮、扁桃、柚子等果树。另有榕树、樟树、酸枝、香椿、虎皮楠等岭南名贵树木,达30余种。果树名木,是岭南园林区别于其他园林的重要特征,这是因为很多树种只能在亚热带地区生长,在北方无法成活。除了树木,园中还有嶙峋怪石,纵横小径,相映亭阁。有亭耸立于岩石之上,木构六角,飞檐尖顶,绿叶掩映,尤为秀丽。登临高处,可凭栏纵目,但见江河玉带,林木苍葱,楼房栉比,一派八桂特有风光。整座明秀园风景秀丽,环境幽静,空气清新,令人心旷神怡。

明秀园最初不叫"明秀园",而是叫"富春园"。清道光初年(1821年),武鸣城西郊的举人梁生杞,出资让其子梁源洛、梁源纳负责在此处开辟营建私人果园,名曰"富春园"。梁氏兄弟在园内种果,并分别建一座楼和一座馆。民国八年(1919年),陆荣廷以3000元大洋买下梁氏的富春园。因当时陆荣廷是以其叔陆明秀的名义买下来的,因此将该园改为"明秀园"。园内现有陆荣廷建的园门、围墙、青石板园道、两个凉亭、石桌石凳和开挖的荷花池。

这么一处园林,虽处偏僻乡里,却也是经风历雨,命运多舛,见证了不少历史烟云和时代风波。从梁家果园易手为陆氏明秀园后,1921年,粤桂战争爆发,明秀园内的大部分建筑被粤军焚毁。1934年,驻武鸣的南宁民团指挥官梁瀚嵩维修园内的建筑及园门,

重题"明秀园"三字。民国初期，胡汉民、章太炎等国民党要员和梁启超等人曾到园中与陆荣廷商议讨袁大事。昆仑关战役期间，明秀园成为国民政府十八集团军抗日指挥部。抗日战争期间，白崇禧在园中设立国民政府第十六集团军总司令部。解放初期，以北京大学袁家华教授为主的专家组，在园中创制拼音壮文，成为创制壮文的办公室驻地，壮族的现行文字就在明秀园中诞生。朱德、郭沫若视察武鸣时也曾入园观赏。

陆荣廷是旧桂系军阀首领，他那充满传奇色彩的一生，至今仍是人们茶余饭后津津乐道的谈资，他的是非功过至今还是专家学者们争论的话题。明秀园客观上成为研究旧桂系和陆荣廷传奇人生不可缺少的重要实物依据。

在明秀园对面，还有春霞园、秋霞园，与明秀园隔河相望。但只有明秀园名声在外。

四

正是春暖花开时节，我和几个朋友造访了明秀园。看了园林景致，不由对造园者的匠心独运感到佩服。园林的一景一物，既源于自然，又高于自然，无不表现出大自然的天然山水景色和布局；所造假山池沼，浑然一体，宛如天成，隐隐表露出"天人合一"的文化理念，表现出一种人与自然和谐统一的宇宙观。在明秀园，当人们游憩在景色优美和安静的园林时，能消除紧张和疲乏，使脑力、体力得到恢复。园中茂盛的植物，可以吸收二氧化碳，吸收有害气体和吸附尘埃，减轻污染；可以释放出氧气，净化空气；可以调节

一方水土

空气的温度、湿度,改善小气候;可以减弱噪声;还能起到防风作用。

这在客观上增加和扩展了我对园林功能和价值的认知。试想,如果我们把每处山水都当作园林来打造,精心护理,让它们都成为绿水青山,成为空气清新的美丽自然生态和可爱家园,那该多好啊!

花山画语

深入百色

一

这是一片红色的土地,这是一个神奇的疆域。一个党和人民、领袖和群众共同耕耘,共同染就,共同演绎英雄史诗的地方。

曾几回,当我徜徉在百色起义纪念碑广场,俯瞰波澜不惊的右江,脑海里就会映现出那些鲜明的记忆,胸腔就会涌起澎湃的心潮和难以遏止的感动。

有震撼中国的战争风云,也有气壮山河的苦难辉煌。但让我浮想联翩,更多的是那些并不轰轰烈烈的寻常故事,那些植入树根、融入空气的历史细节,和风吹雨打总不消失的民间记忆。

二

改变现状,追求美好,这是人类的一种精神本能,也是社会文明发展的方向。当年在百色,也是邓小平、张云逸等带领劳苦大众积极奋力实践的目标。

1929年的百色,在大环境上,中国革命正处于低潮;在小环境上，敌强我弱，敌多我少，敌大我小；在政治上，风起云涌，斗争复杂，形势波动；在经济上，积贫积弱，一贫如洗，百姓食不果腹，居无定所，整个社会动荡不安，人民大众苦不堪言。广大群众迫切渴望改变现状，过上稳定美好的日子。邓小平、张云逸、李明瑞审时度势，把握住了广大群众的共同愿望和理想追求，根据不同情况，分别采取平分、共耕、没收豪绅地主土地分给贫苦农民三个土地分配政策和手段，号召广大群众参加起义，共同改变现状，追求美好生活。得到了广大贫苦大众的热烈响应和拥护，成功发动了百色起义，建立了中国红军第七军和右江苏维埃政权。右江革命根据地与相继建立的左江革命根据地连成一片，形成了5万平方公里、150万人口、武装力量逾万人的为全国所瞩目的左右江革命根据地。

现状影响人心，追求推动改变。居安要思危，思危则人心警惕，勤勉有加。追求就会保持清醒理智，就会守住本质，推动形态更好改变。居危则思安，思安则人心求变，无所畏惧，追求就会形成众水归流，就会改变性质，推动形态向好发展。

想当年，中国共产党一声"打土豪，分田地"的号召，就发动起全国广大贫苦大众荷锄而起，改变了被剥削被压迫的悲惨现状，追求"耕者有其田，耕者有其地"的理想。正是这种改变现状、追求美好的精神力量，改变了国家的性质，改变了中国历史发展的方向。

看今朝，中国共产党一句"为实现中华民族伟大复兴的中国梦而努力"的高呼，就凝聚起全国广大人民群众的万众一心，正在努力改变贫富不均、贪腐丛生、信仰缺失、精神萎靡、思想茫然、文恬武嬉、玩物丧志的现状，追求富强、民主、文明、法治的理想。

也正是这种改变现状、追求美好的精神动力,强化了国家的性质,强化了中国发展道路和方向。

可见,创造和营造什么样的现状,关系到民心的追求。民心的追求,影响到社会的发展,影响到执政党的执政地位,甚至影响到一个国家、一个民族的历史命运!

三

联系群众,依靠群众,是毛泽东首创的思想路线和工作方法,也是邓小平、张云逸等当年在百色起义中一以贯之的法宝。

人民群众是社会发展的决定力量,是物质财富和精神财富的创造者。人类世界如果离开人民群众的创造,就不可能存在和发展。百色起义后,右江根据地建立了苏维埃各级政府,人民群众得到了政治上的翻身,但人民群众最渴望最迫切需要得到的是经济翻身。这是人民群众的根本利益,也是人民群众革命的根本出发点,如果革命能解决群众这个问题,革命就能得到群众的拥护。百色起义前后颁发的纲领,各项方针政策,都把土地革命作为重要内容。为了解决群众的根本利益问题,邓小平从上海向中央汇报回到右江根据地,立即在东兰、凤山、凌云等县开展了土地革命。接着又在右江沿岸的果德、思林、思隆、奉议等县开展土地革命运动。广大的各族贫苦群众祖祖辈辈历来少有或没有土地,经过土改,长期梦寐以求的土地一下子得到了,这是天下的喜事,各族人民群众无不欢天喜地。因此,人民群众的革命积极性大大高涨,他们不但积极送子参军,还积极生产种地,支援革命。

群众即民。民为邦本,自古而然。联系群众,依靠群众,方可得本有源;得本有源,方能形成发展洪流。

透过风云看历史,我们发现,当年共产党领导组建起来的红七军红八军,是一支为人民而生而战的军队,不单纯打仗,还宣传群众、组织群众、武装群众、做群众工作,与人民同呼吸、共命运、心连心。这就是基因所在,血脉所在。无论岁月更迭,都必须永远写在红旗上,让它高高飘扬。

我们今天的中国道路,是从弯弯曲曲的历史深处走来的。我们要走得更远更稳,就必须寻根溯源、正本清源,让血脉永续、根基永固。就必须时刻记住:我们当初是从哪里出发的,为什么出发;我们的基因是谁的基因,血管里流的是谁的血液;我们的传家宝是什么,在哪里,丢了没有?

四

坚持民族平等和民族团结,是我们党在处理民族问题上的一贯方针和政策。邓小平等同志领导百色、龙州起义,创建左右江革命根据地,就是一次有益的实践。

左右江地区是壮、汉、瑶、苗等民族的聚居地,其中壮族占这一地区人口总数的85%以上,遍布在左右江各县;汉族占10%;瑶族约占4%,分散在东兰、凤山、都安、思隆(今属田东县)、果德(今属平果县)一带山区;其他民族占1%。历代反动统治阶级不仅歧视、压迫少数民族,而且在各民族之间又采取挑拨离间的分化政策,使各民族之间存在严重的隔阂。左右江革命根据地建立后，如何处理根据地中错综复杂的民族问题，是当时摆在根据地党组织面前的一项重要任务。在邓小平的直接领导下，左右江根据地各级党组织和苏维埃政府创造性地采取了一系列充分体现党的民族政策的措施，如制定和宣传民族政策，重视培养和使用少数民族干部，加强少数民族干部队伍建设，积极帮助少数民族地区发展经济和文化，促进各民族团结与进步，等等。促进了左右江各民族的空前大团结，各族人民为巩固革命政权和壮大革命武装贡献了力量。

当时曾流传一首壮族山歌："苏维埃成立，各民族平等，打土豪分田地，大家得翻身。"这是左右江地区各族人民从亲身的经历和体会后由衷的感慨。

当今世界是一个由多民族组成的世界，3000多个民族分布在200多个国家和地区。民族问题始终是一个世界性的重大问题，不仅关系到国家内部的安定，还经常成为国际局势的焦点。20世纪80年代末、90年代初，在第三次世界民族主义浪潮的冲击下，有的国家走向四分五裂，有的爆发惨烈的民族仇杀，有的出现大规模的种族冲突。在这一片纷纷扰扰之中，我国经受住了严峻的考验，始终保持了国家统一、民族团结、社会稳定的大好局面。"中国的人口占到全世界人口的四分之一，中国所发生的一切即使对中国以外的任何人没有影响，本身也具有深远的重要性。"一位国外哲人的话，发人深省。

一个人要进步，必须善于总结；一个党、一个国家、一个民族要发展，也必须善于总结。

民族平等、民族团结，作为党解决我国民族问题的一条基本经验不容置疑，作为我国的一项基本政治制度不容动摇，作为我国社会主义的一大政治优势不容削弱。

这是我们党深刻总结民族工作实践得出的经验，也是百色起义得出的深刻体会。

五

"为有牺牲多壮志，敢教日月换新天"，这是毛泽东1959年6月在《七律·韶山》诗中的名句。这句气势磅礴的诗句，形象地描绘了当年百色起义中广西各族人民勇于牺牲、无私奉献的真实写照。

新中国成立后，百色市通过民政部门收集到姓名并追认烈士的就有4000多人，还有数以万计的无名英雄长眠在右江土地上。东兰县有9000人参加红军和游击队，有6339人被敌人杀害，仅记录在册的革命烈士就有2225人。凤山县恒里岩战斗中，红军军民坚守岩洞8个月失陷，300多名红军、赤卫军和革命群众宁死不屈，惨烈牺牲。

壮族人民的优秀儿子韦拔群，他把毕生精力贡献给了党和人民，贡献给了广西的革命事业。作为中国新民主主义革命时期著名农民运动领袖和广西农民运动先驱，韦拔群同志参与领导百色起义，创建了红七军和右江革命根据地，是早年为党为国捐躯的人民军队杰出将领。2009年韦拔群同志被授予"为新中国成立做出突出贡献的英雄模范"的光荣称号。他无私奉献、勇于牺牲，用生命铸就了"对党忠诚，一心为民，追求真理、百折不挠，顾全大局，无私奉献"的拔群精神，是广西人民最宝贵的精神财富，激励着一代又一

花山画语

代广西儿女奋勇前进。

艰难困苦，玉汝于成。正是勇于牺牲、无私奉献的大无畏精神，成就了多少的丰功伟业。

80多年过去了，这种勇于牺牲、无私奉献的精神如晨钟暮鼓，带着先烈们的魂灵，附着青山绿水，穿越时空，悠然回响，似乎在叩问：今天，还有这种为理想信念、为民族事业而勇于牺牲、无私奉献的精神吗？

六

光阴似箭，白驹过隙。历史深处，有一种艰苦奋斗、奉献拼搏的民族精神，有资政育人、奋发图强的智慧。

1963年，邓小平为《广西革命回忆录》续集题词："用革命的事绩来教育我们的子孙万代；像我们前辈那样，像我们的先烈那样，永远当一个革命者，永远当一个为人民大众的集体事业服务的社会主义者，永远当一个共产主义者。"

2008年正月初二，胡锦涛瞻仰了百色起义纪念馆，向邓小平同志等老一辈革命家塑像敬献了花篮，深切缅怀老一辈革命家的丰功伟业。纪念馆中，来自附近红军村的20多名红军战士和赤卫队员的亲属唱起了《红军红又红》《工农兵联合起来》等铿锵有力的红军歌，寄托对亲人的思念。胡锦涛被这充满激情的歌声所感染，同大家一起唱了起来。他说，听了这些红军歌曲，使我们回想起了如火如荼的革命战争岁月。革命前辈建立的不朽功勋，百色人民为革命做出的巨大贡献，我们永远不会忘记。

一方水土

2010年5月9—10日,习近平同志到百色调研。调研期间,习近平专程瞻仰了中国工农红军第七军军部旧址,参观了百色起义纪念馆,向百色起义纪念碑敬献了花篮,接见了当地30多名红军后代和亲属。他说,人民共和国来之不易,中国今天的大好局面来之不易,革命先辈的历史功绩,党和人民永远不会忘记。我们要继往开来,与时俱进地发扬党的优良传统,把革命先辈为之奋斗的宏伟事业坚定不移地不断推向前进。

80多年来,先辈们用鲜血和生命铸就一个个优良传统。这是一条链,一条前后衔接,把昨天、今天和明天连接起来的基因链;这是一首诗,一首吟唱着革命先辈智慧和那不屈不挠、可歌可泣的永恒的恢宏史诗。右江革命的优良传统,从历史的天空划过,又在现实的大地驻足。继承它,弘扬它,发展它,我们的理想目标才有实现的希望。

深入百色,深入老区,深入那些卓励奋发的红色岁月。深入,就是记住。记住,意味着不忘本!

语平淡,理不浅。

那楠往事

一

这"鸟趣",其实不复杂,但说来就话长了。

正月好时光。那楠街进行一年一度的"画眉搏击大奖赛"。

所谓画眉搏击,实是俗称中的斗画眉。十万山中的那楠街,斗画眉是有传统的。明朝万历年间留下的街谱有载:"山中那楠,地广人稀,草多林密,多寒少温,旱涝无期;唯有百鸟,常年欢语,每度年至,必有鸟趣,方圆百里,妇幼汉苍,皆来欢聚……"这个"鸟趣",说的就是斗画眉,可见其历史之悠久。"文化大革命"时期,斗画眉被明令禁止,"鸟趣"便断了多年历史。进入20世纪80年代初,那楠人开放搞活,先富共富,百姓温饱后思乐趣,说继承民风民俗也行,道发扬传统也可,这斗画眉是又兴起来了。当然,推陈出新,这名称得换换,"鸟趣"太雅玄,斗画眉又嫌过俗直,冠之以"画眉搏击大奖赛",既不失原意,又够刺激,且有现代化色彩。

红底纸金粉字的广告在街头巷尾贴出不到三天,赶街的人们便将大奖赛的消息传遍了四面八方,三百条溪流沸动了,八百个村寨喧嚷了。十万大山地区的芸芸众生,素有诱捕养斗画眉的传承,如

一方水土

今见有大奖赛,便个个摩拳擦掌,欲在大奖赛上见个高低。因此,私下个个都将诱捕来调养的画眉细心地饲养着,只等着大奖赛之日。

终于盼来了良辰吉日!

正月十五元宵节,"画眉搏击大奖赛"开始了。恰值一元复始万象更新之际,春日融融,风轻气暖,早开的山花争奇斗艳。那楠街居民自正月初二拜土地神回来后,便一天一小扫,三天一大扫,把那楠街上下左右中东南西北九大街打扫得干干净净,清清爽爽地迎接各路客人。各个店铺,也已将货料准备齐全,绸缪得当。街委会、市场管理委员会、个体劳动者协会还联合做出决定:大赛期间,茶水免费供应,各店铺一律五折大酬宾。"画眉搏击大奖赛"已不单纯是娱乐活动,而是关系到整个那楠街名誉、地位、影响的重要表现方式了。

画眉搏击大奖赛场设在中街文化中心广场。广场正中有一棵三人抱不过的大榕树;广场四周,七棵榕树、七棵枫树、七棵木菠萝树由正东往南过西到北间隔着排去,把广场圈成了一团绿荫。主赛场就设在广场中央的大榕树下,广场四周三七二十一棵树下,各设一个分赛场。每个赛场都立有一根画眉柱,以主赛场那根最高最大。这画眉柱,是用山中硬韧且直的蚬木做成,由老雕工们在柱的根部,从下往上,雕刻一龙一凤昂头如升天,至离地面九尺九寸高处,让龙嘴凤嘴衔着一个直径三尺高三尺的大鸟笼,柱的顶端,雕有一只振羽欲飞的画眉。曾获全县绕口令比赛"花山新秀"奖的文化中心主任手持话筒,通过高音喇叭向人们直播画眉搏击的精彩过程。开赛那天,广场里里外外挤满了人,他们个个引颈翘首聚精会神盯着

花山画语

画眉柱上玻璃笼中画眉搏击的景致。

开赛当天,便淘汰了一半,到决赛时,进入前两名的,一个是桐棉圩手扶拖拉机手胖哥的"硬嘴硬",另一个是那楠街上街老字号杂货店店主陆大胆的"叮头叮"。一硬嘴,一叮头,将要在广场中心大画眉柱上大玻璃画眉笼里逐鹿较量决斗争夺冠军。

陆大胆饮过二碗甜酒,带上两包刘三姐香烟,早早地来到了大榕树下。他头戴一顶深灰尼绒盖耳帽,身穿一套尼料中山装,脚着黑色大头厚底翻毛猪皮鞋,左手提画眉笼,右手捏个夹子夹拨下巴的胡须,慢悠悠地走着。当绕着大榕树和大画眉柱各走了一圈后,他才在一张椅子上坐下,把画眉笼放在跟前,掀起盖笼青绸布,"叮头叮"马上示威似的叫了两声。陆大胆嘴角挂上一丝矜持的笑,从上衣口袋里抓出几粒煮过又油炸过又泡酒过又晒干了的黄豆,轻轻地放进笼子里的食筒,又从身后裤腰处摸出一瓶健力宝饮料,斜斜倾倒进半两,然后拍拍手,挺腰坐正来,摸摸下巴。

文化中心主任迎上去招呼道:"陆叔公,您来得早啊。今天就看您的了。"

陆大胆点点头,微微笑,说:"就看我'这叮头叮'了。"

主任满脸笑:"您这'叮头叮',可真厉害,专叮头,把多少画眉都叮得晕头转向招架不住。看来,这冠军您拿定了。"

陆大胆哈哈笑出声来,说:"我这'叮头叮'可是十万山中的纯种,这小家伙声音纯厚,刺耳,十里听闻,脚杆虽小而有劲,嘴尖而狠,扑得有威风,经我悉心调教,练出叮头绝招。哈哈,还算争气。"他说着说着,掩饰不住志在必得的心境。

一方水土

陆大胆此人乃非一般人物。新中国成立前,走南闯北,开赌卖粥,操刀屠宰,贩茶叶、卖茶水,这些营生都做过,猫狗蚂蛇各路人他都认得几个。十万大山剿匪时,他开口索要解放军战马三匹,熟人熟路带着解放军侦察员到匪巢里走了个遍,让侦察员把情况摸了个透,最后一举把残匪歼灭。新中国成立后,不找工作不当官,把走南闯北捞来的钱财建了一间大铺面,经营杂货买卖,避风避雨地过起安居生活。几十年的苦心经营,铺面越盖越宽,生意越做越大,人际关系网越织越密,上至达官贵人,下至阿飞乞丐,他都有唤得动使得转支得开的人。

然而,三十年河东,三十年河西,富贵轮流来,天变地变人也变了,他陆大胆毕竟不是铜打的筋骨铁打的身,已经不起东奔西跑做生意的累;世事人情也不像往时那样随他的意顺他的心了,不再有送上门的生意了,求人捎脚驮物也得出高价了。一气之下,不进货只卖出,整日落寞无味地死守店铺,做老本生意,调养几只画眉来相对寄聊。可贱人贱命享不了富人富命,奔波劳碌惯了的陆大胆,一旦静下来,心里闷烦得近乎坐立不安,总觉得活得不是个滋味。遇到有这难得的"画眉搏击大奖赛",陆大胆就第一个报了名。

要么不干,要干就要得手。这是陆大胆几十年谋生干事的信条。他这次参加画眉搏击大赛,决定要扬扬雄威他想:"想我陆大胆几十年来玩上玩下,气势一般吗?"这两天来,他横扫千军逞英豪,看来,扬名夺利已是举手可即。

文化中心主任给陆大胆沏上一碗汤色翠绿、滋味醇的十万山中绿茶,陆大胆伸手接过,低头伸鼻细细深吸香气,然后慢慢地呷上

花山画语

一口,赞许地点点头,他将茶碗放在一边,脱下帽子,解开衣扣,问:"时间还没到?"

文化中心主任抬腕看表:"还有两分钟。您老准备好了?"陆大胆说:"好了。"

"好,那就开始。"

文化中心主任打开播音键,对着话筒发话:"请大家注意了,请大家注意了,那楠街'画眉搏击大赛'冠亚军决赛马上就要开始了,那楠街'画眉搏击大赛'冠亚军决赛马上就要开始了!下面,请胖哥的'硬咀硬'和陆大胆的'叮头叮'入场。"

来自桐棉街的手扶拖拉机手胖哥从大榕树后面走出来,到陆大胆身边站定,恭恭敬敬却又一语双关地说:

"陆叔公,您人威鸟威,可要给晚辈留条生路啊!"

陆大胆不露声色地说:"哪里哪里,后生可畏,我倒是欣赏你的'硬咀硬'的。"

胖哥递上一包从邻国走私过来的"555"香烟,说:"陆叔公,这十万山中有谁不知您老调养的画眉有绝招?不说这那楠街中,就是整个十万山中怕也没有谁能斗得过您老的。我那'硬咀硬'比起您的'叮头叮',只不过是小巫见大巫,绝不是您的对手的。"

陆大胆接过香烟,笑着说:"贤侄你过奖我了,其实贤侄你过五关斩六将一路上来,也算是年轻有为,身手不凡嘛。"

文化中心主任看到陆大胆向他点点头,便马上对着话筒喊三声:"现在决赛开始。"负责裁判的小铁人和公正监察花果果先分别嗅闻"硬咀硬"和"叮头叮"是否被喷过酒,继而细细检查鸟嘴鸟爪

一方水土

是否安有铁罩绑有铁钉之类的暗器，然后才爬上高梯，把两只画眉放进画眉柱上的画眉笼中。刚才还在喧闹的人们这时都凝眸噤声，全场静得能感到气息的游动。有头有脸的人士，竟也掐灭烟头目不旁视。手捏话筒坐在高凳子上的文化中心主任目如光圈，紧紧罩住笼中二鸟的一举一动，话头如珠落玉盆，听得全场观众的心一惊一乍、一松一紧、一悬一落。大家看到笼中的两只鸟，移爬蓄势，收身含威，微振羽翅以待攻，慢动角度以寻机。犹如电影电视中武林高手的殊死搏杀、拼打恶斗前的高悬场面。

人们感到空气似乎凝固了，心律在加快，眼睛眨也不眨眼珠动也不动地等待这一牵人心魄的决斗。"硬咀硬""叮头叮"都是画眉中的佼佼者，都是经过几番搏斗冲出重围而出类拔萃的。如今两强相遇，想来必会天翻地覆，险象环生，精彩至极。然而，大千世界，无奇不有。初赛复赛中愈战愈勇势如破竹的"硬咀硬"，关键时刻一反常态，三嘴五爪，便缩头敛翅拖尾灰溜溜败下阵来，听任"叮头叮"爪抓翅扑，也只是躲而不迎。输，输得太扫兴了。

没劲没味的决赛！不过瘾的决赛！全场哄声突起，怨语不断，憾叹连连。

胖哥又给陆大胆递上一包"555"香烟，说："陆叔公，您赢了，晚辈真服您了。"

陆大胆拍拍胖哥的肩膀，笑哈哈地说："彩数彩数，是贤侄你谦让了。不过，贤侄啊，你的'硬咀硬'还欠点火候，还经不起大场面受不住大威势呐。以后调养多下点功力，下次再比过，再比过。"

一旁的街委会主任牛黑四伸过手来紧紧握住陆大胆的手，说：

花山画语

"老陆啊,你可为那楠街争得了荣誉争得了光彩啊,我这街委主任代表全街居民感激你祝贺你啦。"又伸过手去握住胖哥的手,说:"胜败乃兵家常事,年轻人别往心里计较,下次再比赛我们还欢迎你来。"

牛黑四点上根烟,深吸一口,长吐一口,似是自言自语地感慨:"这也是历史的必然,历史的必然呐,想那楠斗画眉历史悠久,诱、捕、调、养、斗画眉都技高一等,又占了天时地利人和,独占鳌头是意料中事理所当然的。"

胖哥的心里感到一阵苦涩和气闷:"什么功夫差欠火候,什么历史的必然,都是废话。我要不是开拖拉机跑生意必经过那楠街,我要不是大多数生意求你陆大胆及其关系网,非让'硬咀硬'斗死'叮头叮'不可。可怜我的'硬咀硬',已是两天疲劳,自昨天复赛下来至今滴水未进……"胖哥心里愤愤地想,脸上却干干地笑,嘴上郁郁地说:"陆叔公,日后还请多关照啊!"便径直到负责裁判的小铁人手中提过自己的鸟笼,侧身取道而去,连奖金奖品也不等着拿了。小铁人拿过文化中心主任递来的话筒,大声说:"现在宣布,本次那楠街画眉搏击大奖赛决赛结束,冠军是那楠街参赛选手陆大胆的'叮头叮',亚军是桐棉圩参赛选手胖哥的'硬咀硬'!"紧接着,公正监察花果果宣布:"决赛结果公正。"

全场霎时哄闹声起,有骂有怨有呼有喊。广场外的街道店铺里,有人敲锅打碗击盆,有人吹笛鸣小号擂铜鼓擦钢钗,以庆贺陆大胆取得胜利,为全那楠街争光争荣。

人们正要散去,又听到负责裁判的小铁人大声宣布:"根据大奖赛领导小组的决定,按照那楠街传统的斗画眉规矩,要选出本年度的画眉王。下面由夺得冠军的陆大胆的'叮头叮'接受挑战，有挑战者，请立即上来，如果五分钟后没人挑战，画眉王就判给'叮头叮'了。"

人们又都驻足回首，希望有挑战者出来，真正斗他个天昏地暗过过瘾。可是等了两三分钟，仍未见有个人影或声音飘出来，不免有些失望。唉，看来也不可能有什么挑战者了，要挑战的怕都参加了前两天的角逐，既然前两天的角逐中败下阵来被淘汰，又有何资格再谈与冠军挑战？如果确有强手不参赛而专等此时挑战，那么这个挑战者就未免是动机不纯有点乘人之危的味道，大大欠于公正了。况且，陆大胆的"叮头叮"为那楠街争光争荣，功劳苦劳俱在，理应再上个台阶，挂个画眉王在情在理当之无愧。又何必要半路杀出个程咬金？那陆大胆虽非官非神，无三头六臂，但其神通广大，惹上他恐怕没有什么好果子吃，与其结仇成冤家，不如媚笑送朵花，不拔他人半根须，好得人情三五语。罢罢罢，只可惜了没看头缺有滋有味的戏。当下不少人们如是想。但想归想，人却未动半步，仍睁大眼睛伸长脖子竖直耳朵在等最后两分钟的到来。

奇迹果然出现了，小铁人正要把画眉王桂冠判给"叮头叮"时，广场下东第七棵树下发出了一声喊："等一等，让我来试一试！"人们惊移首，齐刷刷往发声处看，只见一个胖墩墩矮乎乎络腮胡子的中年汉子手提鸟笼从容走来。小铁人不由得啊地惊叫一声，这惊叫声通过话筒传过喇叭扩开来，使人听了也不禁心头一紧。

陆大胆早已站起身来，见到来者，不由一愣，含在嘴里的烟竟忘了吸。不等来者站定，他就冲着问："李记清，你怎么能斗画眉？"

花山画语

李记清反问道:"我怎么就不能斗画眉?"

陆大胆变声喝道:"李记清,你忘了你的名字?"

李记清也变声道:"忘了如何?不忘又如何?生人还要受阴魂管吗?我今天就是要挑战挑战。"

"岂有此理,岂有此理!"陆大胆声音都有点发抖了,脸上布满了愠怒和阴郁。

二

李记清斗画眉为什么会引起人们的惊诧和陆大胆的不满呢?因为他是李记清,李记清这名字是有来历的。什么来历?记清记清,记清先祖的训诫也!李记清先祖有什么训诫?不急,且慢慢道来。

说来话长。李家原非十万山中人籍,乃洛阳城内一书香门第。李记清的父亲的父亲,据说还是清朝一举人,在洛阳城内算是排得上号的叫得出名的人,虽说无任甚官,但写得一手好文章一手好字,门庭也是显耀的。有一年春节,面对新花旧柳,不觉诗兴大发,顺口吟出"清风朝花舞,败柳没绿荫;池塘涟漪妩,天际鸟不孤"的诗句,并即兴龙飞凤舞书成条幅,约朋邀友,酌酒共赏。美酒三杯,赞语无数,把他美得飘飘然,乐至融融乎。谁料到乐极生悲,祸起萧墙,饮酒赏诗评书的朋友中,有人把那诗句传上朝廷,告了他个图谋灭清之罪,说前两句诗隐射清朝败没之意。清朝皇帝一听,这还了得?马上下令满门抄斩。好在朝中友人仗义,事先通报了他,使他得以携老带幼连夜逃命,东躲西藏,流落到十万山中的那楠,隐姓埋名,总算死里逃生,生存下来。但元气已大伤,心已灰意已

一方水土

冷了,惊悸之余,便给后代立下训诫:一不舞文弄墨,二不招惹朝廷,三不交酒肉朋友。特别是最后一条,还谆谆教导爱子:世人心奸险,知人知面不知心,画虎画皮难画骨,凡事都要三思而后行,清水也要咬过而后吞……李记清的父亲的父亲仙游后,李记清的父亲李汉昌果真慎守亡父之训诫,不读诗书不临字画,不问世事远避官府,甚至不结朋交友自个天马行空独来独往。平日日出而作日落而归过着艰辛清贫的生活,闲时便诱捕画眉来调养,碰上"鸟趣节",兴趣所致也去凑凑热闹。

清末年间,十万山中土皇帝、清朝爪牙苟二心血来潮,要来那楠街主持"鸟趣节",并出资一坛银圆作为赏金。那时正是天灾年头,旱涝交加,十万山中子民颗粒无收,野菜山薯早已吃了几个月,病死饿死不计其数。李汉昌面黄肌瘦,敌不过那一坛银圆的诱惑,想想又不违背亡父之训诫,试试又何妨?于是便勒紧裤带,悉心调养画眉"猛过鹰"。到"鸟趣节"那天提来参赛,果然一路顺风,夺了个头名。那苟二也不食言,一坛银圆送过来如送一块小石头般心不痛眉不皱,只是要把"猛过鹰"拿走。李汉昌虽心不舍,但一想到亡父的不惹朝廷的训诫,也只好强作欢颜拱手相送。想这苟二,虽非朝廷,但这十万山中还是他说了算,惹恼他,实在难有好下场。况且已得银圆一坛,何惜一只小小的"猛过鹰"?有得必有失,罢罢。灾荒年岁里,银贵似金啊。李汉昌得了这一坛银圆,情景可就不同了,他购房买地,雇人使役,摇身一变成了那楠街中的一名富户,那派头那气势令地方上父老乡亲艳羡不已,四下传说得沸沸扬扬,有伶俐者据此编出山歌吟唱:

花山画语

埋头种地费心机,旱涝来临无收期;
李氏一鸟换运势,差奴使役富有余。

那楠街谱还特意记上一笔:平民李氏夺魁,清官苟氏赏银云云。

清朝灭亡后,军阀混战直到国军"刮民",天翻地覆浑浑浊浊搞得人间怨声载道生灵涂炭。十万山中虽难逃脱兵匪之患,但比起中原内地,情况则是好多了,好到"鸟趣节"能照常进行。

这年春天的一个早晨,李汉昌带着家丁到九龙九凤山,一头钻入密林深涧处,布网套,设机关。何用?诱捕画眉!九龙九凤山是十万山中的一座名山,位于大山的东南部。此山由十八道山梁拥成,其中九道山梁如龙升天,九道山梁似凤朝阳。

自从那年苟二把"猛过鹰"拎走后,李汉昌已是多年不调养画眉了。这倒没别的原因,而是他有自己的处世哲学。他深知,兵荒马乱年岁里,少抛头露面而不争强好胜是最好的保身之道。想他夺得一坛银圆后,他早已屋里打鼓——名声在外了,再招惹众人瞩目,绝非好计策,所以他就小心翼翼地过了这么多年。今年春节过后的"鸟趣节",白崇禧部下李汉光带着一只画眉"摄山魂"来参赛,几番轮战,"摄山魂"所向披靡,以几声得意鸣叫而宣告夺魁。李汉光则一时兴起,临走前许下诺言,言明年"鸟趣节"如有人能战胜他的"摄山魂",赏参谋副官职一个,钱财若干。李汉昌听后,蓦地萌生了谋取官职护家保身光宗耀祖的念头。因此,当李汉光率部下回十万大山中的老巢后,李汉昌也率家丁来到了这九龙九凤山中,寻猎诱捕画眉,为明年参加赛事夺魁升迁做准备。

当下李汉昌与家丁布好机关后,便隐匿于草树丛中,强忍长脚

一方水土

大头蚊的叮咬和山蚂蟥的吮吸,噤声屏气,静候画眉自投罗网。

不一会,一只画眉飞来,落在枝头上,小爪搔脑揉颈,尖尖的小嘴梳羽理毛,然后扇扇翅膀,抖抖羽身,才"叽里叽里"连叫几声。李汉昌知道,这是一只侦察的排头鸟,群鸟还在后头呢。果然,一群画眉突然轰地落在排头鸟站着的枝头上,叽叽地叫起来,那声音,如歌似吟,像一个多声部乐团奏起的交响乐。乐声忽地止住,群鸟摆头转目,显然已发现了食物。那只排头鸟鸣叫一声,率先飞起,群鸟便跟着腾飞而去,瞬间已无踪无迹。家丁甚感失望,欲发声憾叹,被李汉昌捂住嘴巴,示意不要出声。家丁不知道,这是画眉的反侦察术,只要有一点异常的动静,它们便真的一去不复回了。其实,古人说的"人为财死,鸟为食亡"的名言,不是没有依据的。大凡生灵界,求生乃至大本能,因求生而不择手段也是在所难免。然一物降一物,弱肉强食,物竞天择,适者生存,谁胜谁负,是旺是衰,则视其造化与灵性也。流传在十万大山中的百鸟歌里,画眉鸟是被称为灵巧之物的。它不像麻雀那样奸而不悟,见食忘危,也不像黄莺那样粗鲁毛糙,乱闯乱撞;它既有杜鹃的心计,苍鹰的性格,也有布谷的才能,云雀的本领。如果把它们拟人化,那就是它们也会遇事"三思而后行"的,然而人毕竟是万物之灵,再灵巧的动物也灵巧不过人。李汉昌心里笑道:"你有反侦术,我有识奸计。你欲来先退,我以不变应万变,不怕你不来。"

这边李汉昌在静观心想,那边画眉又鸣叫起来。只见一只褐嘴褐目彩衣黑油亮爪的画眉从容而至,它左瞧右瞧了好一阵,才悠悠然地且小心翼翼地用嘴触触小虫,用翅扑扇左右,用爪尖划前划后。

花山画语

李汉昌看见这鸟，心早已剧跳，差点失声叫起来。哦嘖，这正是斗狠啄凶性残扑猛力大声威的九龙九凤山之纯种啊。看它那架势，十有八九是英勇善占征服了众多争权夺利者而成为"头鸟"啊。

那鸟经过一番试探后，自觉得四周没有什么危机，才高鸣几声，通知群鸟，然后从从容容地啄那些诱饵。这边的李汉昌看得真切，那鸟只顾啄食，不料小爪已被网套绑紧了，头也触发了大竹笼门的机关，笼门也悄然关上；知道那鸟脚上被绑，身置笼中，就是多两对翅膀也难飞走了。当下不由激动万分，一蹦而起，大呼："老天有眼，祖宗保佑啊！"那鸟突惊，即腾跃起飞，却为时已晚了，便拼命地扑来扑去。那刚飞至的群鸟，见此状况，急转身飞了个无踪无影。

回到家，李汉昌将平生调养招数尽底使出，不下半年，那鸟便练就了"猛虎下山""强龙扑浪""丹凤摄日"等绝招。李汉昌自然高兴，斟酌再三，起了个"龙凤威"的名儿给它，图个九龙九凤的至大威势和帝王的红运。

光阴荏苒，转眼便到了"鸟趣节"。李汉昌早早起来，先把"龙凤威"喂上半多饱，才洗漱更衣，饮早茶，食点心，然后在竹椅上斜躺半个时辰闭目养神。阳光初照，方唤上家丁提上"龙凤威"，款款步向赛台。李汉光带着部队昨天就到了那楠街，现在已坐定在赛台的交椅上。李汉昌见状，不觉停下脚步，思量不定：去年只想要夺魁捞个官儿当当，以护家保身光宗耀祖，却不曾想到当的是什么官。

李汉昌正举棋不定犹豫不决时，比赛已开始，人们纷纷地在往前挤。李汉昌让出道来，往街边的一个甜酒摊坐下，要了一碗糯米

一方水土

甜酒,慢慢地呷着,心里继续盘算着:"大乱年代,不跟帮跟派不好,跟帮跟派也不好,跟与不跟都有可能招惹灭顶之灾。这李汉光,在十万大山中有谁不知他是个阴险奸恶、喜怒无常、杀人不眨眼的魔鬼?跟他斗画眉,看来只能是凶多吉少。输了他,或许还能把一条小命绑在裤腰带上带回家;赢了他,他那魔鬼脸能不变?到那时,再有几条命恐怕也难保了。罢罢罢,退避三舍为妙。那官咱不想了,那钱咱也不图了。"李汉昌忖度如是,便站起身往回走。不料那甜酒摊主陆大胆却是认得他,他未走出三步,摊主便唤住他:

"李先生,怎么不参加斗鸟了?"

李汉昌本想不给搭理,但想到同街近邻,低头不见抬头见,今天避得了明日避不了。便回过头来向摊主笑笑,欲开口道道心绪,又觉不妥,只好摇摇头干干地笑了笑。

陆大胆见状,似也知其为难处,便拉过李汉昌,附耳道:"先生的为难处晚辈不是不知,但先生也是条汉子,手上又有好鸟,怎能容那魔鬼在此耀武扬威,得意扬扬小视我那楠?"顿了顿,又道:"其实,斗鸟就斗鸟,输赢又不是由谁说了算,怕他什么?即使你赢了,不当他的官,不拿他的钱,就要个自己的志气,他管又管不了,讲又讲不了,能奈你何?再说,想当年那土皇帝苟二也是个恶鬼,李先生你斗了他不是换来了风光?或许这魔鬼也给你带来……"。

李汉昌本也是个血性汉子,这些年过上富家生活,又添了不少傲气。如今听了陆大胆这番话,早被撩得傲气膨胀,当下不由得脱口而出:

"对!斗斗鸟难道还犯天条不成?"便即转身往赛台走去。

花山画语

却说李汉光的"摄山魂"斗败了几个挑战者后,正在赛台上小歇。李汉光则在一旁大吹大擂其鸟,一旁的副官马弇一个劲地恭维着。那几个斗败者,则被李汉光令士兵押住,先逼他们自己打自己的脸,说自己没本事没能耐整个那楠都是孬种,然后又由士兵扇他们的耳光打得他们又痛又恨又怒又不敢言,自认霉气。正得意间,李汉昌如从天降突然出现在他面前。李汉光不由一愣,待看清来人后,便问:

"怎么,这位老弟也想当官吗?我的官可不是那么容易当上的,哈哈哈。"

李汉昌冷冷地说:"斗鸟就斗鸟,凭什么要折腾人?难道这是李司令的风格吗?"

李汉光哪里把他放在眼里?斜睥着李汉昌。冷笑道:"怎么,这位老弟看不过眼?我李汉光就是这风格,难道这位老弟也要领教?"

副官马弇狐假虎威:"是啊,李司令就这风格,你小子想怎么样?"

李汉昌三分傲气七分怒气,硬邦邦地答道:"李司令有自己的风格,我也有自己的风格。我倒想领教领教,看看谁的风格上劲。"说着,揭开鸟笼布,向远远躲到台后面去的裁判员喝道:"出来主持,开斗!"

李汉光虽为魔鬼,但也被这汉子的气魄所震,当下不由得心里虚了三分,但他凭着手里有枪,身边有兵,谅这汉子也伤不了他,便挥挥手叫士兵押出裁判员,示意开斗。

那些围观的百姓既愤恨又渴望又担心。愤恨的是李汉光残忍无人道；渴望的是李汉昌能把李汉光斗败，挫挫魔鬼的妖气；担心的是李汉昌可能吃亏。于是人们的心都提到了喉口里，手心脚底都沁出了汗。

有道是一物降一物，"龙凤威"就是"摄山魂"的克星。一开始，"龙凤威"就一个猛虎下山扑过去，"摄山魂"就掉了两根羽毛；接着一招"强龙扑浪"，"摄山魂"的一只眼珠已被"龙凤威"啄出，不到五分钟，"摄山魂"便只有进的气没了出的气，伸腿歪脖躺在那里了。

围观的人们欢呼雀跃，顿觉解了心头之恨。

而李汉光和他的手下都惊呆了，不敢相信这几分钟里所发生的事是真的，真真不敢想世上会有这么威猛的鸟。

李汉昌本身也感到意外，他虽然知道这几招是致命的绝招，但没有想到"龙凤威"对"摄山魂"这样的劲敌，竟能发威得如此酣畅淋漓，如此干脆利落。

待李汉光他们清醒过来，李汉昌已提着鸟笼，站定在李汉光面前，说："李司令，这下子谁没本事，谁没能耐，谁是孬种，谁该打耳光？"

李汉光的脸色由红到白，由白到青，又由青到红，满脸横肉在不停地抽搐，正要发作，副官马弇躬身对他附耳低语，李汉光突然发出一声嘶哑的笑，说：

"好鸟！好汉！本司令正缺这样的人手呢。来人，拿官服和官帽来给这位老弟。"

李汉昌大手一挡："慢，李司令的官本人命贱不敢当，赏银本

人无福分消受，都免了。只请李司令发扬自己的风格，当众说声那楠有雄杰人才就行了。"

李汉光一拍桌面："大胆！狂妄！敬酒不吃吃罚酒！来人，给我拿下。"

立刻有几个兵们扑上来扭住了李汉昌。李汉昌叫道："没有王法了吗？我犯了什么天条？你们敢随便抓人？"

围观的人们也喊着："斗鸟斗输了反倒抓人？随便要天黑啊！"

"自古抓人要有罪状罪证。李汉昌先生犯了什么罪？你们凭着手里有枪，就不要天啦？"

李汉光和他的兵们没有想到那楠的人们会有这样的硬骨头，当下不由被问住了，一时不知如何是好。

魔鬼毕竟是魔鬼，魔鬼自有魔鬼的逻辑。愣了一阵的李汉光突然冷笑道："哼哼，罪状罪证？我说他有罪，他就有罪。"他向兵们说："别跟他们啰唆，给我狠狠地打。"

李汉光的话音刚落，几下枪托已落到李汉昌的身上，李汉昌刚要喊冤枉，头上就重重地挨了一下，只觉天旋地转，便扑倒在地，昏厥过去。

李汉光仍冷冷笑，站起来，踢了踢李汉昌，说："什么雄杰人才，那么不经打？哼，今天我便宜你了，改天有本事再找我较量。"回头向副官马弁说："带几个弟兄到他家去，搜查搜查，看有没有同党。"

副官马弁立即带上七八个兵直奔李汉昌的家宅，撞门破柜，见人就打，见物就砸，霎时，好端端一座富家宅被捣毁成一片废圩，狼藉不堪。当下兵匪搜刮钱财,抢粮抢物,出门时还回头放了一把火,把李家宅烧了个灰烬。

李汉光见兵们搜刮来的财物,哈哈大笑,带上人马,扬长而去。临走时还丢了一颗手榴弹进"龙凤威"的笼里,把"龙凤威"炸了个稀烂。

人们围拢过来,见李汉昌还有一丝气,就把他抬回家去。陆大胆没想到自己的话竟使李先生惹了祸,当下按人中,灌药汤,悉心照料着李汉昌。李汉昌苏醒过来,知道家宅劫难,便突如被抽了筋丢了魂似的瘫软在床上,临将气绝,把李来福唤至跟前,重教了祖上的训诫,又定了几条戒律:不攀权附贵;不争强好胜;不斗画眉。李来福时值幼年,当即记不清楚背不上来,李汉昌更气,竭尽最后一丝力气重训一遍后,又将李来福改名为李记清,要他终生记清谨遵祖上的训诫,还请身边的陆大胆日后对李记清多予关照,监护记清。交代完毕,才伸腿瞪眼含恨死去。

三

人们见到李记清走上赛台,不认得他的人自有一番高兴在心头:这一番挑战,肯定是有瘾的,不枉观赛一场。认得他的人亦喜亦惑:喜的是李记清敢于向陆大胆挑战是条汉子,有种;惑的是这小子难道真要背弃祖宗的训诫?

小铁人忙扯住李记清的手,轻声说:"李叔,陆叔公夺得冠军不容易,给他顺风顺水要个画眉王,对你对他对我们那楠都有好处。你这样去惹恼他日后恐怕不对劲。"

花山画语

李记清盯着小铁人:"怎么,这是比赛的规定吗?"

小铁人吭声不得。公正监察花果果闷声问道:"这么说,你真的要斗了?"

李记清也沉声问:"怎么,比赛难道还有开玩笑做假的吗?"说着一手掀开盖住鸟笼的青绸布,拍桌道:"不是你们说可以挑战的吗?"

一旁的陆大胆见到笼中鸟,不禁心头一震,脸上骇然失色:冤孽冤孽!褐嘴褐目褐彩衣黑油亮爪,这鸟端的不是当年李汉昌的斗狠啄凶性残扑猛力大声威的"龙凤威"?陆大胆恍悟当年"摄山魂"的死状,当下斗气便馁了三分,喟然自忖:"报应,报应啊,当年见他父亲有好鸟便撺掇其去参赛结果招致家破人亡;天转地转,几十年后的今天,我陆大胆着意要夺个画眉王,却碰上这个命定不斗画眉的李记清端出个九龙九凤山纯种鸟来挑战,这不是报应是什么?唉,罢了罢了,且劝劝他,看能不能劝转,也不负其父临终之嘱。"当下陆大胆如是想,便轻声道:

"贤侄,不是我不给你斗,也不是我不敢跟你斗,而是当年你父曾嘱我在这方面要提醒你,我不说你,便是我对不起你亡父了。俗话说,父言是命,儿从为孝;不听老人言,吃亏在眼前。这些话不是没有道理的,希望贤侄三思啊。"

李记清朗声说:"陆叔,大凡比赛,就该你争我夺拼个输赢。俗话也说,胜败乃兵家常事。陆叔你何必过于看重呢。说到亡父,我倒不是有意要悖他,然而今街不同昨街了,时代不同了,要是他能活到今天,我想他也会自己否了那些临终训诫,除非他想要他的儿子是个笨蛋。"

"强词夺理,强词夺理。"陆大胆气得声音都有些发抖了,脸上写满了不悦和愠怒。

小铁人说:"先休息几分钟,李叔再想想再想想。"

"想想?哼哼!"李记清从口袋里掏出一小包绿茶叶,捏起一撮放进嘴里,慢慢嚼着,一脸的傲意。

有道是:江山易改,本性难移。李记清就是么个秉性:傲加叛逆。五十出头的人了,因这秉性,在那楠街上落魄寂寞,连个亲近相好的女人也没有。那年李汉昌含恨咽气,李家生活如从天到地,一下子落得个无依无靠缺衣缺食。李记清母亲一时想不开,一根绳子打个活套套住脖子,追随李汉昌去了。撇下个十岁的李记清,让他自个去串店铺捡剩饭喝残汤。别看李记清孤寒,其生命力却蛮强。从小孤苦伶仃,捡破烂,劈柴火,挖窑打砖,挑担跑腿,摆摊卖茶水,游村收药材,做苦力,干重活,饱一餐,饿一顿,热天喂蚊子,冷天钻草堆,就是冻不死,饿不死,苦不死,累不死,真个好养的贱命。那心眼又多,脑筋特灵,见什么学什么,学什么会什么,混得倒也不差。坏就坏在那傲加叛逆的秉性,凡事都硬撑,与人斗气相争,翻着两眼看天,鼻孔能通火车,瞧别人的处处不是。人家说好,他说不见得;人家说坏,他说也不见得。这个不见得,那个不见得,到头来谁跟他都不见得了。轻者破口相骂,重者刀棍交加见血见肉。就如摆摊卖茶水,本来这是没钱没力的穷孙们玩的营生,蝇头小利,真个是他人牙缝里挤食。那楠街中卖茶水摊近百,都是街边摆上一张四方桌,搁上几个粗瓷小碗,桌底下一只圆木桶盛着茶水，一顶尖笠帽盖上，等有喉干舌燥者至，便用木勺掏满一小碗，索取五分钱。李记清操起此业，开始也是像大家一样的摆设，后来去了一趟南宁回来，便一改传统的经营方法，首先自己拉辆破三轮车，到砖窑和一些机关单位拉回几车砖头沙子石灰，在自家门前迎街砌起几根砖柱，又买来石棉瓦，用铁钉把石棉瓦钉好在砖柱上的桁条格子上，一间简易不简单的茶棚便做成了。挂上了一块立体感很强的颇有艺术味的"新兴音乐茶座"的招牌。做好这些，李记清又专门在棚内砌两个节柴炉，架上两个大铝锅，一个煮开水，一个消毒茶杯，案上放有红茶叶、绿茶叶、黑茶叶、白茶叶、黄茶叶、乌龙茶叶、甜茶叶、凉茶叶，还有加工复制的花茶、柴压茶、速溶茶等。有顾客来，先殷勤介绍一番各种茶的名称、产地、色味、营养价值和延年益寿的功能与药理作用等，说得顾客直催快点泡上。这时李记清便当着顾客的面用工具从沸水锅中捞出一个碗，又用筷子在沸水锅里泡三下，才用它来挟出顾客选中的茶叶放到碗里，从开水锅里淘出滚水，从高到低又从低到高地把水冲到那碗茶杯中。然后播放小夜曲、圆舞曲、中国古典乐曲、当地山歌等很适度又很有氛围的音乐。这种现买现泡的方式，深得茶客的赞誉，都说到此喝茶既感到卫生，又学了茶文化长了茶知识，还避风避雨躲热乘凉有座有乐的，实惠、舒畅、高雅。因此，外地本地的新老茶客都往他的这"音乐茶座"里挤来，就是官方的迎来送往，也来他这里占着位子。茶水生意被他做得大红大紫。不久，他还根据各种茶客的消费水平以及社会地位和文化素养，分出低层次、中层次、高层次等几个档次的茶价来，加上他还真能说出一些茶文化的道道来，使

一方水土

茶客饮得兴起，喝得爽快，掏钱也不含糊。

人的长处往往成为短处。李记清凭着灵性把茶水生意做到这种境界确实是了不起的本事。但他了不起了，那楠街近百家的街边茶水摊却摆不起了。于是，在一个残阳如血的黄昏，李记清被请到中街的来来酒阁，几位同行老者面他坐定，齐齐向他举杯，异口同声说："树老根多，人老话多。今天我们有话要跟贤侄你说。来，先饮了这杯，再开门见山摘花朵。"李记清也不客气，说声洗耳恭听，便仰脖干了杯。一同行老者说："贤侄，凡事适可而止，见好就收，请贤侄明天关闭新兴音乐茶座，另谋大业！"李记清不动声色："怎么，是赶吗？"另一老者说："贤侄言重了，不要误会，我们是设身处地为贤侄着想啊。一是你父死前曾立下戒律，要你不争强好胜。二是贤侄年富力强，志向远大，应该图谋大业有大作为，何必沉湎于茶水生意这种下三流末行的蝇头小利中呢？小利不舍大志丢啊。三是贤侄有此出众的卖茶本事，难免受人嫉妒，受人嫉妒，就难免招惹麻烦，而招惹麻烦，则恰恰是处世之大忌。贤侄如能立马收摊改行，虽然会少了些茶水收入，但那又算得了什么？人们常说，破财消灾，花钱买平安。贤侄少收一些茶水费，能换来平安日子，抵值，划算，何乐而不为？"李记清冷冷笑："要是我不收摊改行呢？"老者们说："贤侄，我们请你明日收摊改行，请贤侄赏我们几张干树皮老脸，否则今后大家都不好招呼。"李记清骤然顿杯说："恕难遵命。"即抽出几张钞票丢在桌上："这酒算我请的。"起身便扬长而去，留下那几个老者在那里自个恼怒交加。傲气十足天性叛逆的李记清一路上想：你们不就是想要我关闭新兴音乐茶座吗？我

就偏不关,还要搞它更红火一些给你们瞧,看你们能把我怎么样?主意打定,当晚便专程前往县城购买外地茶叶和药茶,以便扩大经营。谁料次日回到那楠,见到新兴音乐茶座的炉灶、砖柱、石棉瓦木凳等尽数被捣毁,那立体感蛮强的颇有艺术味的招牌也被劈开两边,丢到臭水沟里。李记清始怒,欲想告官司,继而伤心,后则冷静,对那几个老者生出几分悲怜。于是,仰天喟然长叹。

有道是"吃一堑,长一智"。按说李记清有过那么些经历,也应该长长智,开开窍,会做人了,可他秉性不改,依然如故,谁又能奈他何?就是这次画眉搏击大赛的裁决小铁人和公正监察花果果等人劝他拦他,他还不照样不听不受?

当下陆大胆见劝不转李记清,且瞧他那副目中无人不知天高地厚的样子,不禁怒从心头起,指着李记清骂道:"你这孽种,祖宗的话都不听。你父亲是怎么死的?难道你不知道吗?"李记清也怒斥道:"你有什么资格骂我?我不骂你算是对你客气了。当时苦不是你撺掇我爹去斗鸟,我爹会死吗?我家会落得那么个下场吗?我会这么命苦吗?"话说至此,壮汉也戚然,顿了顿,又说:"比赛就比赛,你胡扯什么?没有本事不敢迎接挑战,就不要想称王称霸。"

陆大胆被李记清说得心虚气怒眼红脖子粗,狠声说:"你别狂,难道我陆大胆怕你不成?这两天我的'叮头叮'连番出战,夺得冠军靠的是真本事。不像你以逸待劳,乘人之危,投机取巧,到这个时候才来和我争当画眉王,算什么本事?哼,有本事先去斗几轮,再来和我的'叮头叮'斗吗?"

陆大胆毕竟是陆大胆,能以守为攻,反被动为主动,把话说得这般有骨不见骨，含而不蓄。观众听了，当下就有人说话了："说得有道理，现在才来挑战争王，是欠公平的。"

"对，要斗也先斗亚军以下的几名，斗赢那几关了才有资格挑战争王嘛。"

其实，观众的这些意见，以其说是受了陆大胆的挑唆，还不如说是为满足其观赛之瘾更确切些。想今天冠亚军争夺赛竞赛得没滋没味的，心里早就老大的扫兴，现在有这么个挑战者，看来一定是个有真本事的，不是有这些说法吗："来者不善，善者不来"，"马尾不长不过街，牛角不尖不过界"。要挑战者多斗几场，饱饱眼福，尽尽兴致，这么难得，岂能放过？

李记清似乎听不到这些话，只顾向陆大胆说："我来挑战并不是来投机取巧，但你也别想卖乖占便宜。你的'叮头叮'这两天赛了多少场，我的'赛龙凤'也赛多少场，对得起你，对得起观众。只是话又说回来，如果我的'赛龙凤'都赛赢了，你的'叮头叮'敢不敢斗？"

到了这个地步，陆大胆想说不斗也不行了，况且"赛龙凤"如果真的赛过几场后，假设能赢过来，想必也筋疲力尽。到那时"叮头叮"又何所惧？哼哼，小子，要跟我玩，还嫩着呐。陆大胆如是想，心中便禁不住生出几许得意来。

李记清也不笨，他也知道，称王称霸，是名利双收的事，眼馋眼红眼热者大有人在，要称王绝不是轻而易举的事的。不过，自家的底子自家知，"赛龙凤"已被李记清养上近两年时间了，李记清不但悉心调教出绝招来，还有意对"赛龙凤"进行轮番连续十场斗的强化训

花山画语

练,练就了斗劲大、斗劲足、技艺高的特点。这次比赛因是大淘汰赛,所以陆大胆的"叮头叮"虽然名义上是赛了两天,但其实也只不过赛过五六场。五六场,这对"赛龙凤"来说只不过是小菜一碟。李记清早已心中有数,因此根本不把这些外围赛当成一回事。

果然不出李记清所料,不到半包烟功夫,六场外围赛已结束。"赛龙凤"斗得轻松,根本没费多大劲就搞定那几个对手,就像松了松腰骨。它那声声嘹亮的鸣叫,使你不得不承认它确实是功底深厚不可摧;它那昂扬的姿态,令你感到是那样的傲不可欺。

容不得"赛龙凤"休息一下,陆大胆就把"叮头叮"放进了画眉柱上的玻璃笼中。

正在昂首鸣叫的"赛龙凤"见到"叮头叮"进来,便扬扬翅,点点爪,以示友好,颇在点绅士风度的样。"叮头叮"则不然,直接扑向"赛龙凤",想趁"赛龙凤"尚未摆好战姿之前来个攻其不备。这一招是陆大胆调教出来的下马威招。"叮头叮"在前两天的比赛中每场一开头都使用了这一招,而且招招得手,占了心理上的优势。当下观看的人们瞪大了眼睛,连大气也不敢出地在替"赛龙凤"担心。然而"叮头叮"失策了,"赛龙凤"的技艺已达到炉火纯青的地步。当它见"叮头叮"如此不讲武德时,便已有几分不快,又见其来势凶猛,大有欲叮破其头而后快之意,更是怒不可遏。在"叮头叮"飞近之际,迅速腾飞抢占高度,等"叮头叮"飞到,便扬起利爪,以迅雷不及掩耳之势往下劈向"叮头叮"。只听"叮头叮"一声凄厉啼叫,便见"叮头叮"重重地摔到了笼底。还没等"叮头叮"爬起来,"赛龙凤"的第二爪又到了,接着硬赛铁针的嘴喙也已刺下。这几个动作一气呵成,迅猛非常。人们好像只是看到"赛龙凤"飞上又飞下,但实在看不到"叮头叮"受招的状况。就连曾获全县绕口令比赛"花山新秀"奖的文化中心主任也还没来得及解说介绍,这几个动作就已经过了。

人们以为"叮头叮"只不过是受挫而已,还不至于这么一回合就败下阵来,便引颈屏气睁眼在细细瞧着玻璃笼,等着看"赛龙凤"和"叮头叮"的闪电般扑斗,你死我活殊死搏斗的激战状态和凶险酷杀的精彩镜头以及轰轰烈烈而又悲壮的结局。然而,一分钟过去了,两分钟过去了,三分钟过去了,四分钟过去了,五分钟过去了,只是见"赛龙凤"像个巡城的将军,在傲然地游来游去,时不时昂头撑翅,浑厚而威严地鸣叫几声,却依然不见"叮头叮"站起来,甚至一动也不见动。

人们疑惑,纷纷问:"怎么回事?啊,怎么回事?"

"到底是怎么回事?"

"刚才你看清楚了吗?为什么会这样?"

文化中心主任也感奇怪,便附下身去脸贴靠笼细细看,脸上现出惊奇神态。他听到人们的纷纷议论,便清了清嗓,对着话筒说:

"大家静一静,大家静一静。大家刚才一定是看到了'赛龙凤'与'叮头叮'的搏战过程,尽管这个过程进行得很快,但这正像武林高手的出招那样是神速莫测,令你还没看清他是怎么出招或者发现其中奥妙时,他就已经出奇制胜了。现在我想,我们不妨先问一下李记清,让他解释一下'赛龙凤'刚才是使用了什么招,以帮助大家了解和想象,大家说好不好啊?"

花山画语

"好!"人群齐声附和。

李记清淡淡地说:"其实,刚才'赛龙凤'仅仅使了一招,全称叫壮志凌云晴空霹雳直下三千尺,全招三个动作:第一个动作是腾飞而起,称壮志凌云;第二个动作是连环双爪劈,称晴空霹雳;第三个动作是嘴喙啄刺,称直下三千尺。三个动作一气呵成。"

文化中心主任高声道:"好一个壮志凌云!好一个晴空霹雳!好一个直下三千尺啊!各位观众,你们看了'赛龙凤'的壮志凌云晴空霹雳直下三千尺,听了李记清的解释后,你们能想象得出刚才的惊险、精彩场面来吗?能想象得出'赛龙凤'的高超绝技吗?能想象得出那惊心动魄扣人心弦的壮美的意境来吗?下面,我来把'叮头叮'受招的情况告诉大家,以帮助大家想象。"他顿了顿,双眼向鸦雀无声的全场观众巡睃一轮后,才接着说:"'叮头叮',本届画眉搏击大奖赛的冠军,经过刚才与'赛龙凤'进行称王争夺战,现在的情况是:头部已被啄穿,颈部已被抓烂,早已死了。"

人们愕然,继而大哗:"哇,那么厉害啊?"

"啧啧,好要紧。"

"够劲!够威!"

"可惜!可惜!"

"哦……"

文化中心主任兴奋地喊:"观众同志们,下面请小铁人和花果果宣布本年度画眉王称号的获得者——'赛龙凤'!"

人们静下来。小铁人拿过话筒,还没开口,便听到"哇呜"之声传来:有人哭了。大家寻声看去,是谁?

卷二

十分悠久

十分悠久

记忆骆越

一

民族的记忆往往是文化文明的记忆。民族的历史也往往以文化文明来凸显和演绎。

历史上的骆越民族，早已走进岁月的深处。但这个民族创造和留下的文化文明一直展示着。长期以来，当人们沿着明江，走进左江流域，都会与骆越民族不期而遇。在锦山秀水的江岸，这个民族的历史面孔和鲜红血脉，到处涌现在人们的眼前。

至少春秋战国时期，或者应该更早的时候，在岭南，在神州西南，甚至西南以南，在辽阔的疆域内，就生存并活跃着骆越民族。他们艰难地生活着，大胆地开拓着，朴素地创造着，在天地间，在山水中，镌刻和书写着自己的思想、理想和追求，留下他们的轨迹和印记。这些轨迹和印记，历经战乱、兵燹和风剥雨蚀，许多躲过天灾人祸、逃脱岁月磨难而成为古迹，成为文化遗存，让后人得以"究天人之际，通古今之变"。比如花山岩画。

信仰是心灵的寓所，信仰是精神的高台，信仰是人类开发自己智慧的结晶。当信仰的结晶形成一种看得见摸得着的物象，变成一种有形有色的艺术，这些物象和艺术，便成了一个民族思想之树绽放的文化之花，便成了一个民族精神之花结出的文明之果。比如花山岩画。

我的故乡宁明，在春秋战国时期，曾是骆越民族繁衍生息的家园。骆越民族的文化文明，以及流风遗韵，历2500多年，代代传承，至今仍在八桂大地上熠熠闪耀。比如花山岩画。

花山岩画，因规模宏大、气势非凡而震撼世界。2016年7月15日下午，在土耳其伊斯坦布尔举办的联合国教科文组织第40届世界遗产委员会会议上，左江花山岩画文化景观申遗成功，实现了广西世界文化遗产"零突破"，同时也填补了我国世界遗产岩画类的空白。

近些年来，我所有业余时间几乎都专注于花山岩画的文化考察与研究。随着考察与研究的逐步深入，我发现那壮观的花山岩画，是骆越民族献给中华民族和整个人类的最具代表性的文化符号。花山岩画既是骆越文化的经典之作，也是骆越文明的璀璨艺术。我每次考察花山，总感到骆越民族创造艺术、镌刻文明展示出来的文化经典，深深根植在厚土之下，高高耸立于青云之上。

二

每次回到宁明，故乡令我心驰神往的，总是花山岩画。她萦绕在我脑海的是幻与真的神秘，闪现在我视野的是梦与醒的神奇。

扎根神州西南边陲的宁明，面积仅3698平方公里，人口40多万,是个小县。境内有9条河及其支流,28座水库,600万亩土地,300万亩森林,700多种树木。那发源于十万大山的明江河,展现给世人的是清亮与滋润;那被誉为"白头叶猴天堂"的陇瑞自然保护区,展示给天地的是翠绿与丰富;那养山养地的一座座水库,展现给人间的是澄澈与宁静;那由700种树木构成的连绵起伏的森林,展现给人类的是神秘与幽深;而那厚实的土地,敞开给万千生灵的是接纳与包容。

那天,我们从县城桥东出发,去花山再次考察。车未驶过蓉峰塔,便进入了一片绿海。只见两边甘蔗林郁郁葱葱,密密麻麻,宛如偌大的青纱帐,覆盖视野,直至远山。时有爽风吹过,甘蔗林发出阵阵声响,持续不断,犹如千军万马列队鼓掌欢迎,让人精神振奋不已。这来自自然之情,蓊郁提气的意境,已然超出了人为的安排,烘托出神奇玄妙的意味,既爽耳目,又润心田。而簇拥甘蔗林海的,是色彩斑斓的野花,这些野花,掩映在蔗林边,闪亮在阳光下,绽放在微风中,舞蹈在鸟鸣里,羞涩在蜂吻里,蹁跹在蝶语中。美景迎面而来,甜意接踵而至。我们忘记了烦恼,没有了忧伤,一路陪伴的,只有心灵的放松,只有盎然的绿意。

约半个小时的车程,我们到达渡口,要在这里坐船前行。明江清幽碧绿,带着翡翠的玉润,涌入双眼。明江发源于十万大山北面,就是当年八一电影制片厂拍摄、于洋和王晓棠主演、反映1950年广西剿匪故事的电影《英雄虎胆》里的十万大山。明江又名紫江,西汉和东晋称侵离水,清代曾称绿水;流经上思县、宁明县、龙州县入左江;全长315公里,流域面积6441平方公里,每年注入左

花山画语

江总水量约40亿立方米,占左江来水量四分之一左右,是左江的最大支流;中上游属丘陵区,下游两岸系坡状盆地。一投入明江柔柔软软的怀抱,我就有两岸绿一片,山外疑无色的感觉。宁明境内的明江,山随水走,水伴山行,山缠水绕,水山相亲。一座座青山脱胎于大地母亲宽厚仁慈的胸怀,一江碧水来源于大地母亲乳汁饱满的胸脯。正是大地母亲,给这里孕育了万物,滋哺了自然,造就了神奇。

船在江面上前行着。我们在弯弯江道层层屏,绿绿江色青青山的境界里穿行着……沿途岩崖峭壁,时隐时现红色的图点。又约一个小时,我们来到了规模最大、图像最多、名气最著的花山岩画面前。花山岩画工程浩大、工期漫长,期间坚忍不言而喻。仅宁明花山岩画这个点,就集中有1800多幅图像,里面主要以人物为主,间有铜鼓、铜钟、刀剑等器物和马、狗、鸟等动物形象。其中最大的人物像高达3米,最小的仅0.3米。所画人物有双脚"八"字蹲、两手上举和双脚下弯、两臂前撑等姿态。每组画中,常见一高大的人位于人群中央,腰佩刀剑,旁边有铜鼓、马和狗等形象。它们无一不是上苍意志的雕刻,古骆越人生活情感的结晶,历史文化的凝聚。那中间开花的圆圈,如日月,似铜鼓,精美绝伦;那腰间的挂件,像是铜剑,其青幽似在流动,闪烁着海棠红般的光泽,绮丽莹润;那羊角纽钟,通体流泻着天籁神韵,旖旎无匹,直如东汉大师们匠心独运的精雕……整幅岩画,笔画构图,浑然天成,古意苍苍,威严肃穆。图画之间,折射出一种玄奥、雍容的王家气象。"明江江浒花山上,悬崖百丈遗图相;或人或兽或器物,莫不一一肖形状。"

乾坤有精物，至宝无文章。面对花山岩画这么多尽态极妍，雅望异常的各个造型，任何语言的描绘，只能是刻鹄类鹜。

我仰望岩壁，细细凝视着岩壁上的图画。花山岩画除提供文化文明史记外，最重要的是，岩画的地理方位，不仅确定了骆越民族历史地理上的轨迹，而且还为后人研究骆越民族的文化、文明、生活和精神脉络，提供了一个最原始、最丰富、最全面的出发点。从这个角度来讲，花山岩画，作为骆越民族的第一份岩画原始档案，其巨大价值，不是"珍贵"一词就可以概括和形容的！

花山岩画是骆越民族最古老、最真实的历史场景。它展示着一个勇敢的民族，是怎样不惧洪水猛兽的侵袭，不畏自然灾害的困扰，不怕艰难险阻，不怕流血牺牲，大胆开拓，勇于创造，顽强拼搏的。它也呈现了一个豪迈的民族，是如何在民族领袖的率领下，骑着马，带着狗，敲锣打鼓，披荆斩棘，沿着明江，歌之舞之，舞之蹈之……

花山岩画，与散布明江流域200多公里的其他岩画，一起呈现了骆越民族历史悠久的文明印记，共同展示了骆越民族博大精深的文化符号，齐心谱写了骆越民族深刻内涵的历史诗篇，合力描绘了骆越民族丰富多彩的精神画卷。

三

新中国成立以来的考古研究成果显示，宁明是人类早期的栖息地之一，是壮侗语族先民骆越民族的生命活跃地。骆越为百越族群的一支，是战国至汉代时期活跃在岭南的大部族。

"骆"字从壮语方面来说是地名。壮语对山麓、岭脚地带，统称为"六"(壮音),"六""骆"音近,壮人古时无文字,以汉字记音往往不够确切而难免有所走样,故"骆田"就是"六田",就是山麓岭脚间的田。岭南特别是广西左、右江及越南红河三角洲一带,丘陵很多,不少田地是在山岭间辟成的。这种田壮语叫"那六",照汉语言就是"六田"或"骆田"。正因如此,岭南地区以"六"或近"六"音的字如骆、洛、雒、罗、乐、龙、隆等字做地名的到处都有。可见,岭南地区多骆田,把垦食骆田的人称为骆越,以别于闽越、于越、滇越、南越等等,是很自然的。《交州外域记》说:"交趾昔未有郡县之时,土地有雒田,其田从潮水上下,民垦食其田,因名为骆民。设骆王,骆侯、主诸郡县,县多为骆将,骆将铜印青绶。"《史记索引·广州记》说:"交趾有骆田,仰潮水上下,人食其田,名为骆将……铜印青绶,后蜀王子将兵讨骆侯。"因此,当地人把这种潮田称为骆田。耕种骆田的人称为骆民。而治理这些骆田、骆民的人则分别称为骆王、骆侯、骆将。

骆越是很早以前就居住在我国南方的古老民族。据《汉书·贾捐之传》载:"骆越主人,父子同川而浴,相习以鼻饮。"《汉书·南蛮传》:"骆越之民,无嫁娶礼法,各因淫好,无适对匹,不识父子之姓,夫妇之道。"《汉书·马援传》也提到骆越:"援好马,善别名马。于交趾得骆越铜鼓,乃铸为马式。"此外,关于骆越的记载还见于《旧唐书·地理志》:贵州(今广西贵县)郁平县,"古西瓯、骆越所居",又说党州(今广西玉林市)"古西瓯所居。秦置桂林郡,汉为郁林郡"。"潘州(今广东高州市):州所治,古西瓯骆越地,秦属桂林郡。汉为合浦郡之地。""邕州(今广西邕宁）宣化县；州所治，汉岭方县地。属郁林郡。"从上述材料可以看出，早在周代就有骆越的记载，周秦和汉代活动于今广西地区的人们，有时被称为骆越，有时又被称为西瓯，有时则西瓯、骆越并称。可见它们之间的关系是很密切的。从地理位置上也可以看出，西瓯是指与东瓯相对的居于古岭南地区的人们。而西瓯、骆越的后裔是谁？他们的后继族称是什么？一般认为紧接西瓯、骆越的第一个族称是东汉时出现的乌浒，然后魏、晋、隋、唐时代的俚僚，宋代以后的僮、俍、沙、侬以至今天的壮族。

许多神秘，总是交织沉潜在历史的经纬里，更多时，精彩的历史片段，总是深深藏匿。大约370万年前，混沌世界出现了一种万物之灵，他们直立行走的身上，还有不少的毛。他们把石头、树木等制造成工具，成群结队，开始创造人类社会。他们的原身是猿，在漫漫长途上，经过风吹日晒雨淋、为谋求生存而不断运动、逐渐进化而来。在他们知道制造工具的那一刻，他们告别了猿的生命，脱胎换骨，获得了新生，变成了人。人类社会史册的第一页篇章，也就由他们的粗糙之手揭开了。据目前所知，在坦桑尼亚奥杜威以南拉托利发现的拉托利人，是世界上最早的人，生活在距今约370万年；其次是肯尼亚特卡纳湖东岸发现的"1470号人"，生活在距今约290万年前；至于东非坦桑尼亚奥杜威峡谷发现的"能人"，距今也有180万年左右。我国土地上最早的居民，是在云南发现的"元谋人"，他们生活距今也有170万年。而"北京人"生活距今也有大约50万年以上。1958年在广西柳江县（今柳州市柳江区）新兴农场通天岩发现的"柳江人"，面部短而宽，眼眶和鼻腔也相

应地短而宽,颧骨相当大而向前突出,已经明显地接近于现代人。人类学家认为:他们的面貌和身材,尤其是上门齿的特点,已经和现代黄种人(蒙古人种),特别是东南亚人近似,标志着人类从古人向新人过渡。"柳江人"地质年代属于更新世晚期。同一时期出现的还有四川"资阳人",广西来宾"麒麟山人",云南"丽江人"。他们向我们昭示,大约在2万年至5万年前,我国西南一带,已经有现代黄种人(南方蒙古人种)生活。

根据考古文化和中国文献记载研究,在古代中国境内的先民有很多部落群,大约可分为古夷人、古羌人、古戎狄、古蛮人。古夷人在淮河流域下游到东北地区;古羌人在关中、晋南、豫西、鄂北等广大地区;古戎狄在我国广阔的北方地区;古蛮人的活动地区包括洞庭、江汉,一直到河南境内。古越人活动的地区则是现在发现几何印纹陶文化的区域,即长江以南,包括苏南、浙江、江西、福建、广东、广西、云南和贵州的部分地区,直到东南亚一带,也有他们的足迹。

在殷商时期的甲骨文中,就有金文中的"戉",也就是后来通行的"越"。《史记·索隐》载:"蛮者,闽也,南夷之名;蛮亦称越。"根据古本《竹书纪年》《逸周书》记载,周王朝和古越人来往很频繁。如《竹书纪年》载:"越裳氏来朝……二十四年,于越来宾……二十五年,王大会诸侯于东都,四夷来宾。"《逸周书·王会解》讲得更有声有色:"大会诸侯于洛邑,四方贡献……东越海蛤,欧人蝉蛇……于越纳,姑妹珍,且区文蜃,共人玄贝,海阳大蟹,自深桂……卜人以丹砂,路人以大竹,杨蛮之翟,仓吾翡翠。"有文

十分悠久

化学者对这段文字有很长的说明："这里列举了十四个地区,都属于越人或越人所在地。""卜人",卢文绍的《逸周书集校》说："卜即濮也。""路人",据清朱石曾的《逸周书集训校释》中说："路音近骆,疑即骆越。"刘昫曰:广郁县古骆越所居,今广西南宁府地。这个有着各种分支的大族群,一直到战国以后,才有一个统一的名称,叫作"百越"。据《吕氏春秋·恃君览》载:"扬、汉之南(高诱注:扬州汉水南),百越之际(高诱注:越有百种),敝凯诸、夫风、余靡之地,缚娄、阳禺、驩兜之国,多无君。""百越"之名,始见于此。可见在战国人看来,长江以南广大地区,都是古越人活动的地方。唐朝的颜师古注《汉书·地理志》时,引用了臣瓒的话说:"自交趾至会稽,七八千里,百越杂处,各有种姓……"这就进一步说明"百越"是一个族群的名字,它下面还有很多"种姓",这个"种姓"用今天的话来说,就是分很多支系。这些支系,根据古籍文献记载及历代史学家研究,大体上已经确定下来的有:于越、句吴、东瓯、闽越、南越、西瓯、骆越、扬越、滇越、越裳等等。关于骆越,《史记·索引》:"《广州记》云:交趾有骆田,仰潮水上下,人食其田,名为骆人。"南方的骆越,还有裸国之称。晋朝人左思写的《三都赋》就有"乌浒狼荒",乌浒是族名,乃骆越之后裔,已无疑问。《水经注》说:"男以竹筒掩体,女以树叶蔽形,外名狼荒,所谓裸国也。"古越人出现在中国历史上,当时中原地区是华夏族,东边是东夷族,而中原的南部是三苗族,他们都是中华民族文化的共同缔造者。他们在当时困难的自然条件下,拿着原始的生产工具,斩荆伐棘,开辟疆土,对发展我们国家的政

治、经济、文化和交通等方面，为统一多民族的国家打下基础。这是古代先民对我国历史的伟大贡献，我们伟大的辽阔的版图，早在几千年前已确定下来。

而骆越民族所活动的地区，大都在热带和亚热带地区，他们的艰苦更甚，因为这些地区的大自然条件特别恶劣。沼泽遍地，杂草丛生，森林郁郁，烟瘴横生，加上昆虫毒蛇猛兽繁多，骆越人就靠那些简单落后的有段石锛、有肩石斧与大自然做斗争。在斗争中，不断和各民族发生交往，吸收先进的文化，使骆越民族地区得到迅速发展和进步，这就为后来秦汉时期的统一奠定了基础。

曾经有人将西瓯、骆越视为同一个民族。但《史记·南越列传》太史公曰：西汉前期，南越国西部的两个藩属国"瓯、骆相攻"，因此，"南越（国）动摇"，这表明西瓯与骆越是不同的族群方国。在秦始皇统一岭南之前，骆越族古史上曾发生过一场重大的变故，即安阳王曾在桂西南与越北一带建国。此说之史料，当源自《水经·叶榆河注》引《交州外域记》等书，其载云："交趾未有郡县之时（秦王朝以前），土地有雒田。其田从潮水上下，民垦食其田，因名为雒民。设雒（"雒"通"骆"，下同）王、雒侯主诸郡县。县多为雒将，雒将铜印青绶。后蜀王子将兵三万来讨雒王雒将，服诸雒将。蜀王子因称为安阳王。后南越王尉佗举众攻安阳王，安阳王有神人名皋通，下辅佐为安阳王治神弩一张，一发杀三百人。南越王知不可战，却军往武宁县……"此则史料后述又说，知不可力战的南越国，后来是使用了遣太子降服的间谍计，破坏了安阳王的神弩，导致安阳王兵败遁出于海，最终南越国才"遂服诸雒将"。安阳王事，始见于《日南传》，安阳王实有其人，为蜀王子不成问题。据此可推测：相当于战国中期的秦并巴蜀之后，蜀国贵族及其残部或有一支就东南下，辗转至今广西西南部与越南北部一带，他们征服了交趾一带土著的雒（骆）越方国，这个被称为蜀王子的首领或其后继者，因雒将、雒民称其为"安阳王"，所以安阳王国即骆越方国。

后来，在秦统一岭南时，为了抗击强大秦军，西瓯与骆越一度结盟，但两者先后被秦军所征服，并在其故地设置了桂林郡和象郡。秦亡后，西瓯与骆越又重新复国，随之才被东边的赵氏南越国降服，成为其两个藩国，于是史籍才将西瓯与骆越并称为"瓯骆"。

随着时间的推移和历史的发展，骆越民族犹如一株树木，不断开枝散叶，茁壮成长，最终成为今天根系发达、枝繁叶茂、分枝独立、各成风景的局面。

文化是民族的血脉。当今考古、人类学界的一般观点认为，古代百越民族的文化特征应当包括几个主要因素：水稻栽培、高超的冶铜术、有段石锛、有肩石器、善于用舟、行船棺葬、住干栏房屋、使用几何印纹陶器和原始瓷器、使用刻画文字符号等。骆越民族作为百越民族的重要一支，自然具有百越民族的文化特征，同时还创造和丰富了新的文化，如花山文化、歌圩文化、铜鼓文化、巫师文化、语族文化等。从国内外学者、专家百余年的研究成果中，我们得知，在民族源流问题上最为明朗的主要有壮侗语族。壮侗语族包括8个民族，即：壮族、侗族、水族、黎族、傣族、布依族、仫佬族和毛南族。这8个民族，目前学术界认为它们同源于古代的百越族，皆为百越后裔；在与骆越的渊源上，有着千丝万缕的关系。

花山画语

人是自然的产物。一个民族的文化，也常是地理与环境的文化。这正如激昂时可穿云破雾，悠扬时能翻山越岭，婉转时会绕梁三日的壮族山歌一样，它流传于宁明这样曾经的骆越民族地区和明江两岸的山山水水。长期以来，我来来往往于宁明的青山秀水，穿穿梭梭在明江的鸟语花香。虽然天资愚钝，才疏学浅，但在多次领略花山岩画的神奇之后，也不由一次次感叹。

四

历史上的骆越民族，英雄豪杰辈出。其中如侬智高、瓦氏夫人更是名留青史。

侬智高，出生于北宋时期傥犹州，也就是今天的广西靖西市安德镇。侬智高的父亲侬全福原为傥犹州知州，母亲是左江流域的扶绥人。1041年，侬智高在傥犹州建立"大历国"。交趾统治者见杀了他父亲并未能征服侬氏势力，又任命他当广源州知州，划广西龙州金龙以西等一块地盘给他管理；两年后又赐给他都印，拜为"太保"。但是，侬智高没有臣服交趾，反因屡受凌辱而怀恨在心，并在被释后第四年占据安德州，也就是今天的广西靖西市安德镇。1048年，侬智高逐渐占领、控制了右江地区的少数民族地区。同年，他把广西靖西东南作为根据地，开始同交趾决裂。侬智高在今靖西市境内建立的"南天国"，势力逐渐扩大至左右江一带。1050年，广西转运使肖固命邕州指挥使亓赟前往侦探侬智高的情况，亓赟被侬智高抓住。亓赟怕死，就撒谎说：我不是来和你打仗的，是朝廷派我来和你商谈招安的。侬智高信以为真，就写了一份请求归属宋廷的请示，派人陪亓赟送到邕州交给当地政府，不料遭到拒绝。1051年2月，侬智高再次向宋廷请求归属，送大象、献金银，朝廷也没有同意。1052年4月，侬智高继续向宋廷进贡土特产，宋廷还是没有接受。此外，侬智高还多次向宋廷请求安排工作。第一次，他要求当田州刺史，宋廷没有答应。第二次，他又请求当一个地位更低的教练使，仍然得不到批准。第三次，他官位不求了，只求政府赐给袍笏官服，作为宋官的象征。宋廷还是没有同意。第四次，他索性只求每当宋廷举行南郊大典时，贡金千两，换取双方做生意交易的待遇，宋廷照样没有允许。北宋朝廷的态度点燃了侬智高起兵反宋的导火线。1052年，侬智高与广州进士黄玮、黄师宓、族人侬建侯、侬智忠等人经谋划，起兵反宋，先攻横山寨（今田东县平马镇），知寨张日新战死。为了激发斗志，取得底层群众的支持，侬智高就地劫富济贫。六月，率领部队攻占邕州，杀死知州等官军1000多人。并在邕州建立"大南国"，号"仁惠皇帝"，黄师宓以下皆封官职，大赦境内。随后，侬智高率军由邕江顺流而下，相继攻克桂东和粤西9个州，队伍发展到数万人，进而围困广州城57日。后来广州久攻不下，只好回师邕州。沿途与侬智高交战的广西各地官员都被杀死。这时，北宋朝野震动，宋仁宗大惊失色，派3万大军前来镇压。皇祐五年（1053年）正月，宋军主将狄青率领部队抵达宾州（今宾阳县）。当时正好是元宵节期间，狄青用计麻痹侬智高等人，率一支奇兵夜渡昆仑关，直逼邕州北侧的归仁铺，偷袭放松警惕的侬智高，侬智高率部仓促应战，全军溃散，军师黄师宓及侬建侯、侬智忠等2000余人被杀。侬智高纵火焚烧

花山画语

邕州城后逃往特磨道（今云南省广南县地），起义失败。侬智高起义历时近一年，转战两广，是宋代广西规模最大的少数民族起义。1962年4月2日，壮族著名历史学家黄现璠先生在《广西日报》上发表《侬智高起兵反宋是正义的战争》一文，第一次以史料为据，从学术上论证了侬智高起兵反宋的正义性。继而黄现璠先生又撰写了《侬智高》一书，以丰富的史料对广西历史上著名的骆越人物侬智高及其起兵反宋的问题做了精辟的论述和深入研究，科学地评价了侬智高起义的性质和影响，澄清了封建王朝近千年来强加在侬智高身上的历史污名。

在明朝，有一个骆越女人，她带领广西田州与湘西各族人民组成的抗倭军队，听从朝廷的征调，开赴抗倭前线，为保国安民立下赫赫战功，被敕封为二品夫人；她带来的武术及医药促进了骆越与中原的文化交流。她，就是巾帼英雄瓦氏夫人。公元1497年，瓦氏夫人出生于广西归顺州（今广西靖西）土官岑璋之家，原名岑氏瓦。岑氏瓦从小喜爱武艺，史载："她聪敏好学"，掌握了不少兵法韬略，练就一身过人的武艺，其中最擅长的是双刀。岑氏瓦从小到大跟随在父亲身边，朝夕相处，父亲对家事、州事的管理，对岑氏瓦有着潜移默化的影响，她因此谙熟理民之策。岑氏瓦为人正直，助寡扶弱，乡里人都很爱戴她。时光流逝，不知不觉十数年过去，到了明正德六年（1511年），田州州官岑猛慕名前来求亲。婚后，少年夫妻恩爱异常，并生下长男岑邦彦。田州府地处桂西的右江谷地中段，峡谷平原连绵百里，盆地开阔，物产丰饶。州官岑猛在岑氏瓦的辅佐下，内修州政，外结流官，一派政通人和的气象，百姓安居乐业。明嘉靖五年（1526年），都御史姚镆率军8万进攻田州，岑猛、岑邦彦被杀。姚镆入驻田州，纵兵掠夺，引起岑氏土官们的反抗，"田州之乱"更趋复杂和混乱。次年，朝廷派左都御史王守仁总督两广军务兼巡抚前来平叛，当王守仁了解到岑猛因是为势所逼并非反叛时，他改"兴师征剿"为"怀柔之策"，一面为岑猛平反安抚叛众，一面奏请朝廷由岑猛长孙岑芝袭田州土司，岑氏瓦辅政，岑邦相摄行州事。王守仁奏章呈文上报时，认为岑猛和岑氏瓦是同宗同姓通婚，有违朝廷"三纲五常"的伦常，便将岑氏瓦改名"瓦氏"。

明嘉靖三十四年（1555年），倭寇大举侵犯中国东南沿海。史载："倭寇连舰数百，蔽海而进。一时浙江东西，大海南北，滨海数千里，同时告警。""岛倭之变，东南之民，焚劫殆尽。"倭寇的横行，使得人民无处安身，不得不离乡背井躲避倭寇。福建巡抚谭纶、总兵俞大猷、参将戚继光领导东南沿海军民浴血奋战，抗击倭寇。危难关头，明廷诏令兵部尚书张经总督各路兵马前往江浙抗倭。张经曾总督两广军事，深知广西俍兵勇敢善战，他指出："寇强民弱，非藉俍兵不可。"《明实录·世宗实录》记载，朝廷决定征调田州等地俍兵出征，"起原贵州总兵白泫及广西都司指挥邹继芳，俱充游击将军，往田州、归顺、南丹、东兰、那地调集俍兵5000人，各帅至浙直御倭"，瓦氏接到征调诏令，已近花甲之年，长曾孙继袭岑芝职，次曾孙年幼，皆不能胜任军职，便请求督府允许她亲自带兵出征，张经素知瓦氏夫人精通武术，有胆略，便从其所请，并授予"女官参将总兵军衔"。听调随征，是明王朝定给土司的义务，

花山画语

瓦氏夫人带领田州、归顺、南丹、东兰、那地等地俍兵6853人，战马450匹从田州城出发，经过数千里的长途跋涉来到浙江嘉兴。她见到张经时讲的第一句话就是："是行也，誓不与贼俱生！"嘉靖三十四年（1555年）三月初一，张经委派瓦氏军驻防苏州，在城外枫桥安营扎寨，瓦氏夫人严格要求部众，整肃队伍，徐宗藩《松寇纪略》载："瓦氏虽妇人，军法甚整，下无侵。"采九德《倭变事略》中说："以妇人将兵，颇有纪律，秋毫无犯。"苏州知府林懋举"倚"俍兵为强，率兵与俍兵一道，投入了抗倭的斗争中。《吴江县志·倭患事略》载："苏州知府林懋举以俍兵至，兵威大振，贼退守王江泾，明日，进至平旺"，瓦氏进驻苏州，倭寇进犯，瓦氏率俍兵与官兵南北夹击，把倭寇合围在盛墩，直杀得倭寇只有招架之力而无还击之功，"斩首级一百余，战至杨家桥，又斩首二百余，远近称快，更盛墩之名为胜墩"。这一胜利打开了抗倭战场的新局面。初露锋芒的俍兵在苏州驻守月余，随即被派驻金山卫，这里南濒大海，北连松江，西控浙东，东扼倭寇巢穴柘林，是当时的战略要地，倭寇据守在川沙洼和柘林，经冬涉春，时常有新的倭寇补充队伍，令"地方甚恐"。四月初九日，倭寇3000余人突然侵犯金山卫，总兵俞大猷率兵迎击，陷于倭寇重围，形势十分危急，瓦氏夫人闻讯，率俍兵纵马奔突冲击敌阵，明人谢肇制在《五杂俎》中记载："国朝土官妻瓦氏者，勇鸷善战，舞戟如飞，倭奴畏之"，纷纷抱头鼠窜，瓦氏部下"一兵年甫弱冠，独奋身冲锋，连杀七贼，众兵乘势追击，斩获数十，贼皆溃逃"。这些振奋人心的描述，把瓦氏夫人的英雄本色呈现在后人的面前。倭寇不甘失败，五月集结4000余人进犯，张经部署总兵俞大猷、参将宗礼统兵 3000 与俍兵钩刀手 2000 设下埋伏,让瓦氏夫人把倭寇从巢穴柘林中引出,俞大猷和宗礼分两翼夹击,俍、官兵乘胜追杀,斩首 250 人,杀得倭寇恨不得找个地方躲起来。

瓦氏率俍兵到江浙抗倭,转战千里,经历金山卫之战、王江泾之战、陆泾坝之战、柘林之战、双溪之战、昆山之战等大小恶战10 余场,屡建奇功,在江浙沿海有民谣"花瓦家,能杀倭"广为传颂(壮语花、瓦同音),当地还有平倭墩、大捷山等遗迹。瓦氏夫人战功卓著还得到了嘉靖皇帝的嘉奖,《明史》载:"以杀贼多,诏赏瓦氏及其孙男岑太寿、太禄各银二十两,绽、丝二表里,余令军门奖赏。"

瓦氏夫人之所以能在战场上令倭寇胆战心惊,除了俍兵精武强悍、勇猛无畏外,还得力于《岑氏兵法》的精髓,这是一部实战性很强的兵书,书中记有"四不许和六斩"军律;还载有"阵略",八种阵略称为"天狼八阵"(岑族有狼图腾,所以俍兵也称狼兵),军纪严明,讲究协同作战的俍兵用"鸳鸯阵"对付倭寇,是克敌制胜的法宝,《岑氏兵法》的"器略"中记载刀、枪、剑、戟、镖、弩等 8 种武器均为实用兵器,并配兵谱、拳谱和腿法,所以,瓦氏手下的俍兵个个武艺超群,威武彪悍。明朝人邝露在他著的《赤雅》卷上《岑家兵法》中有载:"岑氏兵法,七人为伍,每伍自相为命。四人专主击刺,三人专主割首,所获首级,七人共之。割首之人,虽有护主击刺者之责,但能奋杀向前,不必武艺绝伦也。"当时的浙江巡御史胡宗宪见到俍兵作战后,在其著的《筹海图编》中盛赞他们"能以少击众，十出而九胜"，"可死而不可败"。由此可见俍兵统帅瓦氏夫人善用"岑家兵法"以一当十之一斑。浙江巡抚胡宗宪对俍兵的战术和军纪很是佩服，为了强己灭倭，在各地调集的大军云集后，"仿两广之制……于本处应募民兵中，择其最骁勇者，各照俍兵、土兵法编为队伍，结为营阵"；一代抗倭名将戚继光在他的《纪效新书》中就记有借鉴西南俍兵的器械而研制出的狼筅、藤牌刀、镗耙及其使用方法，戚继光吸收瓦氏的"鸳鸯阵"才有了日后的所向无敌。

瓦氏英勇善战、大败倭寇的事迹被广为传扬。对于瓦氏的颂扬，除了诗歌、民谣，明朝文学家徐渭还以瓦氏为蓝本，创作了《雌木兰》这一杂剧。作为胡宗宪的幕客，徐渭目睹了瓦氏夫人千里奔赴江浙抗击倭寇的感人一幕，他用文学作品来歌颂瓦氏夫人高尚的爱国情操。在民族危难的时刻，瓦氏夫人的壮举赢得了后世的歌颂和景仰，她的爱国精神和英雄业绩，应是我们代代传承的民族之魂。

文化的影响力是不可估量的，其对助推人类前进的作用是巨大的。不同王朝对文化的不同态度，会导致不同的文化结果。明王朝汲取北宋对待少数民族文化态度的教训，采取开放、开明、开通与团结、重用的文化态度，将少数民族视为中华民族大家庭的兄弟，共同抵御外辱外侵，谱写了中华文化民族团结的历史篇章。

五

世间万物，总有其生命的历程。文化也一样。在世界文化史上，同中华传统文化一样古老、一样著名的古埃及、古巴比伦、古印度等原生态的"母文化",在外族的占领和外族文化的侵蚀下,渐次消亡了,完成了各自诞生、发展、衰退乃至消逝的过程。只有中华文明历5000年而不衰,而且还在蓬勃发展着。何以如此?在骆越民族创造的文化文明遗迹面前,在神奇鲜艳的花山岩画面前,我们也许能得到启示和答案。

徜徉在明江两岸,流连在花山岩画之间,我想起了习近平关于民族文化的论述:"我们不是历史虚无主义者,也不是文化虚无主义者,不能数典忘祖、妄自菲薄。中华传统文化源远流长、博大精深,中华民族形成和发展过程中产生的各种思想文化,记载了中华民族在长期奋斗中开展的精神活动、进行的理性思维、创造的文化成果,反映了中华民族的精神追求,其中最核心的内容已经成为中华民族最基本的文化基因。""要努力从中华民族世世代代形成和积累的优秀传统文化中汲取营养和智慧,延续文化基因,萃取思想精华,展现精神魅力。"

时代飞速发展,社会不断进步。世界需要物质来丰富,未来需要文化来设计。在不断丰富的物质世界里,中国传统文化在被国人淡忘和漠视的同时,也在受到外来霸权文化的侵略和损害;真善美在被国人歪曲和抛弃的同时,也在被外来的价值观念渗透与化解。我们应该像花山岩画一样,不畏风雨,保持本色,守住自己文化的根。

六

骆越民族的记忆,实在丰富。她既有时间的记忆,也有空间的记忆;她既是山河的记忆,也是人类的记忆;她既是一个民族的发

展史，也是多个民族的源流史。

历史如江水风云，总是不断地流变。在几千年的历史流变中，骆越民族从融合到分解、再融合再分解，随着历史发展的洪流不断前进。尽管骆越民族已成为一个历史的称谓、一支民族的历史符号，但骆越记忆依然清晰着、依然活跃着，骆越血脉依然流淌着、依然旺盛着，骆越民族的精神依然存在着、依然闪耀着，并且随着时间的推移、时代的发展、社会的进步，而发展、而进步、而丰富、而提高。

今天，当我们仰望花山岩画，面对气势磅礴、雄浑壮丽的红色画体，总是肃然起敬、心潮澎湃、热血沸腾。这是骆越民族创造的文明、文化，鲜红的颜色正是骆越血脉的凝结与绽放，她历经风雨、改朝换代而不变，一如既往地彰显着骆越民族的精神，一如既往地宣示着骆越民族的文明，一如既往地展现着骆越民族的文化。她不仅给予后人启示、营养和滋润，也让世人记住骆越民族的文化文明，更让历史记住骆越民族的鲜活血脉。

布洛陀神

一

又是一年三月三,歌海壮乡唱山歌。山歌悠扬随风传,声声颂唱布洛陀。

一个神话人物与一个民族、一种民俗关系如此之紧密,在八桂壮乡历史上唯此一位。

布洛陀,一位让壮族儿女年年缅怀的神话人物,一个让历代壮民吟咏歌颂的始祖,是壮民族丰富精神维度中的一个突出而厚重的标志。

遍览古今中华各民族的神话人物,始终不能忽略的,当有布洛陀。更有人认为,他是中国壮族文化里第一位真正具有崇高纪念地位的创世神和道德神,第一个真正具有血脉源流、图腾象征、文化高度的始祖神。

拨开神话的迷雾,拂去传说的云烟,一尊伟岸的创世神形象从遥远的历史深处徐徐而来。布洛陀,是中华民族文化园里的一处独特风景。

二

"布洛陀"其实是个壮语音。壮语中,"布"是对男性长者的尊称;"洛"是知道或通晓的意思;"陀"是所有、完全的意思。"布洛陀"合起来就是无所不晓、无所不知的智慧男性老人。

感谢神话这一种民间文学,这种远古时代人民的集体口头创作的形式,其产生表现了古代人民同自然力的斗争和对理想的追求,对后世的文学艺术有着深远的影响。正是神话,使我们记住了这个壮民族文化的血脉之源。

传说,那时,宇宙间滚动着一颗三色大石蛋。有一天,轰隆隆一声巨响,大石蛋爆裂了,进出三位大神,其中有一位就是布洛陀。大石蛋裂成三片:一片浮于中间成为布洛陀占据的大地,即人间;一片飞升上天成为雷王(雷公、雷神)主管的天界;一片沉入下层成为龙王(图额)主管的水界。居于中界的布洛陀,开天辟地、创造人类及世间万物,并解决各种矛盾,促进人间繁荣与安定。布洛陀的创世功绩,在《中国民间故事集成·广西卷》《麽经布洛陀》《布洛陀经诗》等经典民间作品专集中都有记载。布洛陀从大石蛋里爆出,折射了壮族先民在石器时代运用石器、崇拜石头的思想意念。以后衍化成为氏族部落鸟图腾崇拜和古方国酋长的形象,又再升华为壮族的人文始祖。"布洛陀"这称谓终于成为壮族留下的对古代文化的一种特有的记忆符号。

布洛陀出现之后的壮民族文化,都围绕在这座高山之下,涌现历史的泉眼,绽放时代的花朵。

三

无论从哪个角度看，溯寻中国壮民族文化的源头，都不能不端视布洛陀的形象，仰望布洛陀的文化高度。

在壮族神话中，世间万物都有其起源，它们都是由造物神创造的。造物神有许多，最受崇拜和流传最广的要数布洛陀和盘古。相传布洛陀嫌天太低，太阳照得大地热辣辣，就用神斧砍倒铁木，抬上洛陀山顶，把重重的天盖往上顶，把沉沉的大地往下压，雷公弹到天上去，龙王钻进水里，新的天地就这样造成了。但开始天小地大，天盖不住地，布洛陀于是用手把地皮抓起来，做成了很多山坡。布洛陀还给花草树木、鸟兽虫鱼、人类牲畜一一安名定姓；并教人使用火，开红水河，造田种地，播种五谷，造黄牛水牛，捕鱼，养鸡鸭，造房屋，等等。布洛陀是造物神的首领，智慧无穷。受他指派的造物神有盘古王、天王氏、四脸王、四脚王等。《布洛陀经诗译注》中这样描述："古代先造王，后来才造地，天盖地不周，天罩地不全，把地往里收，把地往里拢，皱成高山和丘陵，皱成纵横的山脉……那时还没有人类，不分高和低，还未造出大地，还未造出月亮和太阳，布洛陀在上方看见一切，……派来了盘古王，从此天分两半，从此地变两方，……盘古造天地，盘古最先造地，盘古造石头，造月亮和太阳，盘古样样造，盘古真能干，……但苍天还未造完善，大地还未造得平整，大地造得还不够宽，太阳虽然多，但太阳还没有光芒，星星和月亮虽然多，但星月还不明亮……布洛陀在上面看见一切，……派来了天王氏，天王氏造天，造了八百年才完善，天又高又宽，云雾才往上飘……"诗中还描述了"四脚王"

造人、"四脸王"造出十二个月亮、造出十二个太阳等等。盘古是中原神话创世神,也有学者把盘古作为南方民族神话中的创世神。在壮族神话中,盘古王受命于布洛陀去造天地、造月亮、造太阳、造山川和道路,说明布洛陀比盘古王资格老、神力大、智慧多。在布洛陀统领下,各种造物神根据人间生产、生活需要,不断创造出各种东西。《布洛陀史诗》的序诗、造天地、造人、造万物、稻作之源等章节中,都充分体现了布洛陀勇于开创的精神品格。

传说,布洛陀从大石蛋迸出后,被鲜花围住。鲜花变成美女姆洛甲。布洛陀与姆洛甲商量先造人,姆洛甲不答应,布洛陀生气跑到东海边久久不回,姆洛甲日夜思念,她天天登上山顶瞭望。布洛陀在海边望见姆洛甲站立在山顶,便含一口水,使劲朝姆洛甲肚脐喷射,姆洛甲便怀孕了。姆洛甲吐出黄泥浆,用黄泥浆来捏成泥人,用艾蒿、木叶、干草来包裹,放进醋缸里天天用水淋,不久,泥人变成了真人。但这些人不分男性女性,姆洛甲让他们到树林去采辣椒和阳桃,采到辣椒吃的变成男人,采到阳桃吃的变成女人。从此世间才有了人类。人类的发展进步,是从愚昧状态走向文明的。例如,人类曾经历吃人肉的阶段,即老人死后,人们剖尸吃肉。后来由于进化和食物丰富了,人们才逐渐改变这一陋习。在壮族神话中,对这个转折起重要作用的是进化神——童灵。童灵是男孩,经常上山放牛。有一天,他看到母牛生牛犊时很痛苦,回家告诉了母亲。母亲说:"生你时比母牛更痛苦!"童灵听得十分动心。后来他母亲死了,他不让人吃自己母亲的肉。在他的影响下,人们终于改变了以前的做法,不再吃人肉,而视人的生命为最宝贵的,最根本的。

在《布洛陀经诗译注》中，专有一章《唱童灵》，对此做了生动细致的描述。民本思想发源于上古，发展于西周，成熟于春秋战国，且被历代治理事实所证实。《尚书》记载，虞舜时，皋陶说过："天聪明，自我民聪明；天明畏，自我民明威。"大禹说："德惟善政，政在养民。"（出自《大禹谟》）并且对后世留下"民惟邦本，本固邦宁"（出自《五子之歌》）的训诫。殷商时，盘庚对民众有言："古我前后，罔不惟民之承。"（出自《盘庚中》）周朝取代商朝，周公总结前朝治乱的经验教训，指出"人，无于水监，当于民监"（出自《酒诰》），并把民情和上天意志相连，所谓"天畏棐忱，民情大可见"（出自《康诰》），发展了民本思想。春秋战国社会大动荡，民众作用更加凸显，民本思想受到有识之士重视。季梁说："夫民，神之主也。"（出自《左传》桓公六年）史嚚说："国将兴，听于民；将亡，听于神。"（出自《左传》庄公三十二年）……民本思想成为壮族神话人物布洛陀的文化根基，体现了布洛陀对民众是社会的主体、民众利益和诉求是一切人类社会治理的基础的良好初衷和认识高度。

《布洛陀史诗》除了《序诗》外，共有十一章，内容十分丰富，有折射壮族先民的原始思维，有对原始氏族或部落社会状况的艺术记叙。在史诗中的《序诗》《造天地》《造人》《造万物》《稻作之源》等章节，是先民的幻想性思维，充满浓厚的神话色彩，是壮族神话的寄存与浓缩。《童灵》一章折射人类的进化，摈弃吃人肉违背人性的野蛮习俗。《祖王与罕王》则反映了社会历史进化到私有财产社会而发生兄弟争夺继承权和财产权的故事。《赎魂》和《解冤》两章，其实是反映氏族社会进入部落联盟社会之后，头人与首领如何管理社会，如何调解人与人之间的矛盾，如何协调人与自然万物之间的关系等一系列问题，是对古代治理社会理念的记忆。《制度与人文》一章则体现了壮族先民方国社会产生和兴起的种种状况。整部《布洛陀史诗》饱含了布洛陀立规定矩的思想。饱含布洛陀立规定矩思想的，还充分体现在《布洛陀经诗译注》这部著作中。在这部著作中，布洛陀统辖下的神有130多种。这么多神，其中有的属于神话神系的，他们都有职责分工，负责造世间万物；而一些神，则属于宗教神系，他们执行民间宗教职责，为职业宗教者去消灾招魂。总之，他们都得按布洛陀定下的规矩去办事。

神话是人类处于童年时代的世界观，是灵感思维支配下产生的幻想的同一性的文化特性。麽经布洛陀神话，包括天地形成、造万物、造生命、造文字历书等等，是从民间口传神话吸收进来，经过衍化、改造，把自然崇拜神话衍化成为神灵崇拜，凸显出主神权威与智能。主神布洛陀、姆洛甲，其他职能神100多位。两位主神和100多位神灵，为巫师沟通超自然力服务，使巫与神灵交通，禳灾降福。日常生活中，若发生不祥之兆，危及人畜的生命，要请巫师祭祀，恭请布洛陀与姆洛甲降临指点，大的如丧葬，小的如母鸡下怪蛋、母猪生怪胎、屋柱生霉菌等，都一定要请巫来超度亡灵、沟通神灵、禳灾降福、祈祷平安。巫师还经常为主家招魂、赎魂，如招谷魂、鸡魂、鸭魂、牛魂、猪魂、羊魂等。麽经布洛陀各篇章里，灵魂观念十分突出。古越人认为，世间万物都有灵魂，灵魂可以离人的躯体游荡在外，人一旦失魂落魄，就要赎魂、招魂。这种灵魂观念在巫术的最初萌生阶段，指的是一种超自然力的"灵气"，由"灵气"逐渐演化为精灵、灵魂、神灵观念。《易传》中说："精气为物，游魂为变，是故知鬼神之情况。"（《周易·系辞传》）这也许是古老的"气"学说。关于越人的"气"与"灵魂"的因缘如何，有待去探析。

四

布洛陀现身一呼，将自己定格成中国历史上最早的壮族神话英雄，让世人万年咏叹！

壮族是中华民族大家庭中人口最多的一个少数民族，主要聚居在广西壮族自治区、云南省文山壮族苗族自治州，少数分布在广东、湖南、贵州、四川等省。据2013年统计，全国壮族人口超过1750万。自古以来，壮族先民就生息繁衍在岭南这块广阔的土地上。他们一代代地生活下来，用简单粗糙的工具，开辟了岭南地区。而且，考古工作者先后在南宁市郊、横县和防城等地发现的贝丘遗址，出土了大批肩石斧、段石锛、石凿、石锤、石网坠等石器和釜、罐、鼎等陶器，是壮族先民留下的新石器时代遗物。与此同时，考古工作者还发掘出土了大批铜鼓、铜钺、铜尊、铜剑等青铜器和斧、锄、刀、剑、戈、矛、镞、铲、刮等铁制工具，这些遗物均具有鲜明的地方特点和民族特点，与西瓯、骆越民族息息相关。早在周代，壮族的祖先就以瓯邓、桂国、损子、产里、九菌等名载于古籍。秦汉以至隋唐，复以西瓯、骆越、乌浒、俚、僚等名见称。宋代始在局部地区出现"僮"的称谓，明代又有"俍"称出现。新中国成立前，壮族共有布壮、布依、布侬、布陇、布曼、布土、布偏、布沙等二三十种自称。新中国成立后，经过调查识别，并遵照本民族的意愿，统一称为"僮族"，1965年改为壮族。

作为壮族先民智慧结晶与创造成果的《布洛陀史诗》，通过丰富的艺术想象，不仅全面刻画了布洛陀的英雄形象，也深刻揭示了壮民族的精神意识与性格。比如，壮族先民多元的天地宇宙观，形成壮族多种崇拜观念，因而铸成壮族意识上的多元性、宽容性与包容性。从历史上看，壮族不排除多元文化，而是互相交流，合理利用，保持特色，不断开化。又如，抗争与乞求双重神话精神与理念，铸成壮民族敢于斗争，面对现实的英雄气概，但同时具有祭天、求蛙、拜龙王的屈服、软弱性格。求蛙风俗，一方面表现出稻作民族的风俗特色，有利于保护生态；另一方面把丰收希望寄托于雷王之子——青蛙的身上，这是思想观念上的局限性。再如，图腾崇拜与原始宗教观念也明显地影响了民族的心理与性格。壮族崇拜牛，铸成勤劳、憨厚、耐劳的性格，但同时又有只埋头耕作，行动迟缓的弱点；壮族崇拜青蛙，铸成守卫乡土、热爱稻耕的纯真性格，但同时又有坐井观天、乞求苍天的心理；壮族崇拜榕树，铸成稳当扎实、助人遮阴的慈悲心肠，但同时具有守土不离、四平八稳的固执观念；壮族崇拜竹木，铸成不屈不挠的性格，但同时又有易怒的性格，缺少冷静深思的思维；壮族崇拜石头，铸成坚忍不拔的顽强性格，但同时又具有太实在少灵活变通的弱点；壮族崇拜鸟（凤凰），铸成喜爱唱歌、活泼欢乐的性格，但同时又具有舍不开一片绿林的恋巢观念。

这样的民族意识与性格，显然是与布洛陀的精神品质和文化特质分不开的。

五

无论从哪个角度讲，布洛陀都是壮民族的精神向度。正如黄帝、炎帝是华夏民族的文化与精神高度一样。

翻开中国上古神话，一个圣贤的世界扑面而来。尽管神话没有十分完整的情节，神话人物也没有系统的神话家谱，但他们却有着鲜明的东方文化特色，其中尤为显著的是它的尚德精神。这种尚德精神在与西方神话特别是希腊神话比较时，显得更加突出。中国古代神话中的这种尚德精神，一方面源自神话的内在特质，另一方面则是后代神话改造者们着墨最多的得意之笔。在西方神话尤其是希腊神话中，对神的褒贬标准多以智慧、力量为准则，而中国上古神话对神的褒贬则多以道德为准绳。这种思维方式深深地注入中国的文化心理之中。几千年来，中国古代神话的这种尚德精神影响着人们对历史人物的品评和现实人物的期望，决定着社会对人们进行教育的内容与目的，甚至也影响着20世纪以来中国现代文明的走向。换句话说，包括黄帝、炎帝在内的中国上古神话人物，成为中华民族的文化与精神高度。

黄帝和炎帝是中国古代流传或经史典籍中记载的神话人物。与盘古、伏羲、女娲、颛顼、帝喾、尧、舜、禹、嫦娥、姜子牙等神话形象一样，其美德和行迹在民间被广为传颂。黄帝与炎帝是华夏民族的始祖。《国语·晋语》载："昔少典娶于有蟜氏，生黄帝、炎帝。黄帝以姬水成，炎帝以姜水成。成而异德，故黄帝为姬，炎帝为姜。二帝用师以相济也，异德之故也。"这是中国历史最早记载黄帝、炎帝诞生地的史料。因此,黄、炎二帝都是起源于陕西省中部渭河流域的两个血缘关系相近的部落首领。后来,两个部落争夺领地,展开阪泉之战,黄帝打败了炎帝,两个部落渐渐融合成华夏族,华夏族在汉朝以后称为汉人,唐朝以后又称为唐人。黄帝、炎帝并称华夏民族始祖。他播百谷草木,大力发展生产,创造文字,始制衣冠,建造舟车,发明指南车,定算数,制音律,创医学等等,是承前启后中华文明的先祖。

从民族平等的角度出发,黄帝、炎帝和布洛陀,都是民族大家庭中传统文化的精神巨雕和英雄史诗,他们各自代表着各自民族的骨骼和性格,以及文化高度与精神向度,构成各自民族的神话风景,共同璀璨于神州大地上。

六

仰望是需要载体的。开阔天地,创造万物,布洛陀用文化内涵在壮族的历史长河上,矗立起一尊令后人仰望千年万年的丰碑。

文化是需要延续的。文化是因人而产生的,是人类活动的产物,伴随着人类社会活动而不断更新,并最终形成一个民族的内在精神。一个民族的文化精神一旦形成,就会以各种方式渗透到每一个人的日常生活中,成为人们生活的一部分,并逐步内化为一种精神力量。这种精神力量能够促人向善,对人的精神品格具有内在的提升功能。一个没有接受文化熏陶的人只是自然人,文化对人的熏陶过程其实就是人的道德提升过程。布洛陀的文化精神,光芒万丈,普照每一个壮族人民的心房。

十分悠久

纪念是需要形式的。一尊布洛陀塑像,一面祭旗,一份供品,一燃香烛是必需的。加上一曲山歌、一部《布洛陀经诗》,更好。祭旗招展,供品清香,香烛火旺,山歌款款,诗经浩荡,弥漫和升腾的是一种崇敬与虔诚,使壮族的文脉在三月的诗意里,延续和生发更多的意义。

花山画语

稻香万年

一

花山岩画上的稻穗，虽历经千年，颜色依然鲜艳如新，令人仰望的同时，仿佛闻到万年不散的稻香，领略到广西悠久的稻作文化。广西具有深厚的民族文化底蕴和悠久的历史文化传统，有着花山文化、绣球文化、刘三姐文化、长寿文化、铜鼓文化、稻作文化等少数民族特色文化。作为传统稻作民族，千百年来，包括壮族在内的广西各族人民，形成了丰富的稻作文化。

二

水稻是人类营养源最重要的谷物之一。每年，全球稻谷产量预计达7.245亿吨左右，可以养活数十亿人。有研究表明，世界水稻的主产区集中在亚洲，亚洲水稻播种面积占世界的近90%，水稻产量占全球水稻产量的91%。我国是世界上水稻总产量最高的国家，水稻产量占全球总量的31%。但随着全球人口数量的剧增，提高水稻产量依然迫在眉睫。而提高水稻产量及质量，厘清水稻的驯化源头，显得尤为重要。

水稻的驯化和栽培，是人类文明进程中的大事。目前学界普遍认为，亚洲栽培稻是在1万多年前由亚洲的野生稻人工驯化而来，广泛分布于中国、东南亚及南亚的普通野生稻是亚洲栽培稻的野生祖先种。野生稻被称为植物中的"大熊猫"，它最大的特点是抗病、抗虫害能力特别强，基本不会染虫害，而且结实率非常高，一穗就可以达千粒果实。此外，野生稻的光合作用效率也非常惊人，高出现在水稻10倍左右。利用野生稻的遗传多样性对现代水稻育种改良有着重要意义，在驯化过程中栽培稻丢失了某些野生稻中的优质基因，现在通过分子辅助育种可以将这些基因导回，提高水稻的产量和抗病、抗旱等能力。但一系列问题始终困扰着相关研究人员：亚洲栽培稻最早起源于哪个地方？人类最先开始驯化的是同一类野生稻，然后逐渐演化出粳稻和籼稻两个亚种，还是野生稻中本来就存在着两类水稻，然后被分别驯化成粳稻和籼稻？基因组上有哪些位点受到了选择，从而改变了野生稻的特性，形成了适应人类生产作业的栽培稻？对于这些难题，学术界开展了大量的研究，获得了不少的证据或线索。有课题组先前构建了栽培稻单倍体型图谱。在此基础上，他们又从全球不同生态区域中，选取了400多份普通野生水稻进行基因组重测序和序列变异鉴定，与先前的栽培稻基因组数据一起，构建出一张水稻全基因组遗传变异的精细图谱。通过这张精细图谱，他们发现水稻驯化从中国南方地区的普通野生稻开始，经过漫长的人工选择形成了粳稻；对驯化位点的鉴定和进一步分析发现，分布于中国广西的普通野生稻与栽培稻的亲缘关系最近，表明广西很可能是最初的驯化地点。他们同时还发现，水稻中的两大分支——粳稻和籼稻并非同时驯化出现。通过群体遗传学分析，可以大致推断出栽培水稻的扩散路径：人类祖先首先在广西的珠江流域，利用当地的野生稻种，经过漫长的人工选择，驯化出了粳稻，随后往北逐渐扩散；而往南扩散中的一支，进入了东南亚，与当地野生稻种杂交，再经历不断的选择，产生了籼稻。无独有偶，国内诸多考古学家的大量研究也显示，我国野生稻的原生地可能在广西隆安、扶绥、邕宁交界的左右江和邕江河谷地区。世界史前稻作文明最先进的工具是大石铲，它是学术界公认的新石器时代稻作文化的标志性文物。目前国内外已知的大石铲出土遗址分布于40多个县区共130多处，而仅广西隆安一个县就达40多处，是世界上发现大石铲遗址最多的县。研究人员通过田野调查和考古发掘，还发现隆安的大石铲遗址多以稻神祭祀坛和祭祀坑形式出现，其他地方的大石铲遗址多是散布点。以此推论：广西是世界上稻作最大和最早的遗址分布区。不管从基因研究，还是从考古发掘，都证明了广西是人类栽培稻的发源地之一。

水稻的生产习性是喜高温多雨、土壤肥沃、灌溉便利的自然环境。因此，根据中、外农业考古专家分析认证，广西是我国最早的水稻栽培地之一。这与广西的地理位置和气候条件是分不开的，因为广西的地理环境水稻极易生长。

水稻栽培、耕种与食用历史悠久，分布广泛，在以水稻种植为主要生存和发展方式的区域往往衍生出相应的文化形态——稻作文化，并成为贯穿在这些区域族群日常生活当中的文脉，深刻影响了

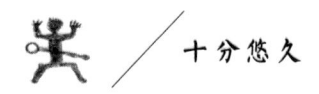

人类社会发展进程。

三

文化是一个地方的品格和灵魂。稻作文化是指人们以水稻种植为主要生存和发展方式的文化。显然，稻作文化的产生是历史必然。稻作起源之前，人们主要靠狩猎和野生采集来维持生计。随着人口增长，野生资源的持续减少，人们仅依靠野生采集及狩猎简单的生产方式难以维持生计，以及社会复杂化等因素的共同作用，人们开始寻找新的生存方式，后来才发展到野生稻移植、驯化、培育、提高其产量，为人类提供赖以生存的粮食，给人类生存发展壮大创造了条件。因此，史前稻作农业经历了从起源、产生、发展到成熟的全过程。新石器时代中期是稻作农业产生的时期，晚期是稻作农业大发展的时期，末期是稻作农业的成熟时期。正是在史前稻作农业发展的基础上，我国长江流域及其以南的广大地区才产生了丰富多彩的稻作文化，显示了史前稻作农业的辉煌成就，并最终从史前走向了文明。

稻作文化是千百年来形成的一种民间历史文化积淀，是一种原始的农耕文化现象。稻作文化一般包括由于稻作生产生发出来的社会生活的一切方面，它不仅是指有关谷体的产生、发展及其生产的一系列问题，而且包括由于稻作生产而影响所及的民间的生活方式和外在的种种习俗，以及稻作民族特有的性格、爱好与文化心态等。从时代视角来审视，稻作文化有着深厚的历史底蕴，蕴含着丰富的人文精神。概括起来：一是科学的精神，即实事求是、与时俱进的

精神。栽培稻是从普通野生稻演化而来的，是人工长期培植的结果。从野生稻进化为栽培稻或驯化稻，从自然生长变成人工栽培，就是一个崇尚科学、讲究科学的过程。没有科学的精神，野生能驯的特性就不会被发现，能栽培的方法就不会被掌握。从实物发现来看，广西在史前时代也应有野生稻的存在。1917年，美国人麦尼尔在广东罗浮山至石龙平原一带发现了普通野生稻，我国水稻专家丁颖也曾在广西的西江等地发现了普通野生稻。可见，居住在广西的原始先民，就是凭借科学精神，从大量实践中探索栽培稻技术。二是创新的精神，即敢为人先、打破常规的精神。水稻从没人吃到有人吃，从野生生吃到加工熟食；从无人种到有人种，从少量种到大量种，就是一个大胆创新、不断创新的过程。与稻作文化息息相关的陶器，从其最初用晒干的泥土做盛具到用烧制的陶罐做容器，从打制石器的简单加工到磨制工具的深度加工，原始先民都是在走前人没走过的路，做前人未做过的事。这些都表明，只有敢为人先，才能不断领先；只有打破常规，才能不断超越。三是执着的精神，即坚忍不拔、锲而不舍的精神。据专家考证，在广西隆安的文化遗址发现，新石器时代已出现了密集的稻作村落，有了规模化的稻作生产，是我国最早、规模最大、生产工具最先进的稻作中心区。这表明，从野生稻到栽培稻的过程，前后历经7000—8000年，这是广西原始先民执着追求、执着奋斗的过程，其核心就是体现了坚忍不拔、锲而不舍的精神和品质。四是拼搏的精神，即艰苦奋斗，自强不息的精神。拼搏精神是稻作文化能够逐步形成的最有动力特征的因素。在远古时代，恶劣的自然条件，使得广西先民们选择了"择穴而居"的生活方式。但就在这样艰苦的生存环境下，广西的原始先民们不怕苦，不服输，奋力拼搏，永远进取，这本身就是一种高贵的奋斗者品格。正是有这股顽强的拼搏精神，最终野生稻驯化成为栽培稻，粗糙的石头磨制成了精细的工具，普通的泥土烧制成了精美的陶器，人类才实现了从茹毛饮血的狩猎时代到刀耕火种的农耕时代的飞跃，才完成了结绳记事到刻图记事的历史性变革，才开启了农业文明不断向工业文明、商业文明演进的伟大革命。五是和谐的精神，即团结协作，和衷共济的精神。从旧石器时代晚期主要栖息在地势较高的山腰或山顶，到新石器时代早期主要群居在洞穴之中；从在野外合力捕获野兽到集中屠宰分食，原始广西民众共同生活，共同劳作，体现了人与社会的和谐、人与人的和谐。只有团结协作，才能形成整体合力；只有和衷共济，才能实现社会和谐。

稻作文化是人类最早的文化形态，人类只有解决了生存与发展的难题才能走向文明，才能增加繁衍数量，才得以发展壮大。

四

不管从基因研究，还是从考古发掘，都证明了广西是人类栽培稻的发源地。那么，这对现代水稻的栽培和繁育意味着什么？随着环境、气候等的变化及人为破坏等因素，野生稻正濒临消失。这给广西野生稻保护工作带来了新的课题。

事实上，广西在野生稻保护方面已做了大量工作。位于广西农科院的"国家种质南宁野生稻圃"，是我国最早建立的野生稻圃，目前担负着全国野生稻资源异位保存的重要任务。这里保存的野生稻资源是全球最多的，现在已经达到1.2万个标号的材料，包含了全球21个野生稻种。这对整个国家的粮食安全，乃至全球的粮食安全，都是非常重要的战略性资源。最早驯化野生稻的广西将为今后全球水稻育种提供重要的资源支撑。南宁野生稻圃自2002年以来共向社会提供资源利用1200多份（次），专家利用野生稻育成的50多个杂交稻组合，经过推广种植，新增社会产值近120亿元。

2012年10月，中科院国家基因研究中心课题组在英国《自然》杂志发表论文提出，分布于中国广西的普通野生稻与栽培稻的亲缘关系最近，表明广西（珠江流域）是最初的驯化地点，而非之前考古学研究长期认为的长江中下游区域，由此得出"稻作文明从广西传向世界"的科学论断，进一步丰富了广西稻作文化的内涵。

当今，水稻仍然是广西的主要粮食作物，其种植面积和产量直接影响全区粮食生产状况，关乎粮食安全大事。深入的探讨和研究稻作文化，对保障全区粮食安全，提升广西现代特色农业文化底蕴，促进广西与东盟各国农业及文化交流与合作都起到了积极的作用。近年来，广西围绕稻作文化发掘与利用开展了大量工作，也取得了较为显著的效果：一是积极推进稻作文化农业系统申报中国重要农业文化遗产工作；二是采用原生境保护与异位保存相结合的技术体系加强对野生稻进行保护，无偿的为有关高校、育种机构提供了大量科研资料；三是积极开展杂交水稻育种，已利用野生稻种质育成恢复系11个，利用于生产实际的组合50多个；四是不断打造生态农业、品牌农业，推进科技兴粮工程，形成了重视生态、保障健康的优秀理念，粮食亩产连续多年创历史新高；五是大力发展休闲农业和乡村旅游，拓展稻作文化范畴，带动农业经济发展。在广西各地，弘扬稻作文化的活动也异彩纷呈。尤其是每年"四月八"农具节，壮族同胞纷纷暂停生产，身着民族服装，举行祭祀、游街活动，用歌舞表达对土地、耕牛的敬仰感恩之情，颂扬辛勤劳作的精神，祈求来年风调雨顺、五谷丰登。

花山画语

鼓声响彻

一

在广西博物馆的文物展览厅里，陈列着一面巨大的铜鼓，鼓面直径165厘米，高67.5厘米，重300公斤，鼓面中心有太阳纹外4道晕圈，宽而疏朗，鼓身14道晕圈，窄而密集。此铜鼓出土于广西北流市。经过1980年的全国第一次铜鼓学术讨论会、1996年的中国南方及东南亚地区古代铜鼓和青铜文化第三次学术讨论会讨论，确定在世界各地所出土的铜鼓中，北流六靖水冲庵铜鼓为"世界铜鼓之王"。"铜鼓王"的出土有着传奇的经历：清代北流有个农民，上山砍柴草，把扁担竖着往地上拼命一捅，但闻土中发出异样的声响，扁担也捅不下去了。于是拨开泥土，赫然出现了一个硕大无比的铜鼓，村民还以为是神器，便计划抬到附近的六靖圩冼太庙来供奉。谁料抬到水冲庵时，绳索突然绷断，大家觉得神奇，以为是天意，就决定把铜鼓留在水冲庵。于是每年冬天，各地村民都在水冲庵举行祭鼓祈神，敲起铜鼓，山鸣谷应，响彻云霄。

二

铜鼓是中国古代一种打击乐器,大约从公元前8世纪起,就在我国云南中部地区产生,之后随着民族的迁移和民族间的文化交流,沿着大江大河分布到我国南方的广西、广东、海南、贵州、四川、重庆、湖南等地和东南亚各国,迄今已有2700多年历史。广西是铜鼓最重要的分布地区,铜鼓数量最多,分布量最广。

最初铜鼓是作饮器之用(即釜),后才演变为敲击乐器。据裴渊《广州记》和刘恂《岭表录异》说:壮族铜鼓有的"面阔丈余",有的"厚二分以外","其身遍有虫、鱼、花、草之状",制作极其精巧。铜鼓作为一种古老的传统文物,集冶金、铸造、绘画、雕刻、音乐、舞蹈于一身,凝聚了许多民族世世代代的心血和才智,是研究这些民族的政治、经济、科学文化的一部不成文的百科全书。

铜鼓在广西境内分布广泛。桂东南、桂南和桂西南各县都有古代铜鼓出土和流传,出土铜鼓最密集的地区是玉林、贵港、钦州、南宁,梧州南部、来宾、柳州等地也时有出土铜鼓纪录。传世铜鼓最多的是河池和百色两市,以红水河流域最集中。如果将出土铜鼓的地点和流传铜鼓的地点填入广西地图,有铜鼓分布的地区几乎覆盖了整个广西,若以县、市为单位计算,曾经出土或使用过铜鼓的县、市达79个,占总数88%以上。

1980年,中国古代铜鼓研究会对全国铜鼓进行了一次粗略普查,当时收藏在全国各级博物馆、文物管理机关、大学和科研机关的铜鼓,总数在1360面以上,其中广西各级文物单位所藏的有500多面,位居全国第一。广西民族博物馆收藏铜鼓300多面,它不但是全国收藏铜鼓最多的博物馆，也是世界上收藏铜鼓最多的博物馆，散藏民间的铜鼓还未统计。1991年至1993年河池地区文物管理站对所属11个县市的铜鼓进行了专题调查，登记到传世铜鼓1417面，仅东兰一县就有538面，随后东兰县被命名为"铜鼓之乡"。

广西铜鼓至少有2000多年的历史，田东县祥周镇和林逢镇战国时代墓葬中出土的铜鼓就是物证。《后汉书》记载，公元1世纪伏波将军马援征交趾，获得"骆越铜鼓"，距今也已2000年。自汉至唐，铜鼓由乐器转化为民族首领的权力重器和神器，铜鼓文化在广西发展到登峰造极的地步。宋代以后，中央王朝对广西少数民族地区实行羁縻政策，元明清实行土司制度，铜鼓的权力重器功能逐渐下降和衰微，但其神器和乐器功能仍在提升；时至今日，东兰、巴马、凤山、南丹、大化、都安、田林、隆林、西林、那坡等地的壮、瑶、苗、彝等民族，逢年过节，婚丧、喜庆，还在使用铜鼓。

从历史发展过程来看，战国时期，铜鼓在广西境内主要分布在右江流域；汉代铜鼓则沿南盘江、右江东下，到达郁江、浔江流域，分布于西林、隆林、百色、贵港、桂平、藤县；三国两晋南北朝至隋唐是广西铜鼓大发展时期，铜鼓遍布广西各地，形成郁江—浔江两岸、云开大山区、六万大山区几个分布中心，巨型铜鼓竞相制铸；宋以后铜鼓文化向西转移，回流到河池、百色，积淀于红水河流域。

广西铜鼓源流大体有两条脉络。一条是滇桂系统，即从西往东发展，依次是万家坝型、石寨山型、冷水冲型、遵义型和麻江型铜鼓。万家坝型铜鼓以云南楚雄万家坝春秋战国时期的铜鼓为代表，是原始形态的铜鼓。鼓面特别小，鼓胸特别外凸，鼓腰极度收束，鼓足很矮，纹饰简单、古朴。田东县林逢镇和同村大岭坡、田东县祥周镇联福村南哈坡都出土过这类铜鼓。石寨山形铜鼓是成熟期铜鼓。鼓面部宽大，胸部凸出，腰部呈梯形，足部短而直，纹饰丰富华丽。鼓面主晕为旋转飞翔的鹭鸟，鼓胸主晕是人物划船纹，鼓腰主晕是羽人舞蹈纹。贵港罗泊湾西汉墓、西林普驮西汉铜鼓墓出土的铜鼓都属此类，田东祥周、百色龙川、隆林共和也出土过此类铜鼓。流行年代从战国时期至东汉初期。冷水冲型铜鼓以广西藤县濛江镇横村冷水冲出土的铜鼓为代表，是发展期铜鼓。体型高大轻薄，纹饰瑰丽而繁缛。鼓面边沿有立体青蛙塑像，有的在青蛙之间再饰马、水禽、龟、鱼等动物塑像。鼓面主晕为高度图案化的变形翔鹭纹，鼓胸多有图案化的变形船纹，鼓腰有变形舞人纹。此类铜鼓主要分布于邕江—郁江—浔江—西江、柳江—黔江流域，遍布大半个广西。流行年代从东汉晚期至隋唐，以三国两晋南朝时期最为繁盛。遵义型铜鼓以贵州遵义宋墓出土的铜鼓为代表。此类铜鼓鼓面无蛙，面径、胸径、足径相差甚微；纹饰简单，主纹是一种由一个圆圈缀两条飘带组成的游旗纹。广西留存甚少。麻江型铜鼓以贵州麻江县谷硐火车站出土的铜鼓为代表。体形小而扁矮，鼓身胸、腰、足间的曲线柔和，无分界标志，腰中部起凸棱一道，将鼓身分为上下两节，纹饰出现大量汉文化因素，有的印有汉字吉祥语和年号。现在民间使用的传世铜鼓绝大多数是此类铜鼓。

另一条是粤桂系统，在粤桂边境起源，向西发展，依次是北流型、灵山型和西盟型铜鼓。北流型铜鼓以广西北流出土的铜鼓为代表。形体硕大厚重，鼓面宽大，边缘伸出鼓颈之外，有的下折成"垂

檐",鼓耳结实,多为圆茎环耳,青蛙塑像小而朴实,太阳纹又凸又圆,以八芒居多,装饰纹样多为云雷纹。此类铜鼓以高大厚重著称,如"铜鼓王"。此类铜鼓主要分布于广西的东南部和广东的西南部,以广西北流和广东信宜为中心的云开大山区最为密集。灵山型铜鼓以广西灵山县出土的铜鼓为代表。体型凝重,形象精巧。鼓面所饰青蛙塑像多是后面二足并拢为一的"三足蛙",蛙背装饰华丽,有的大青蛙背负小青蛙,即成"累蹲蛙";鼓面太阳纹光体又凸又圆,光芒细长如针,芒数以10芒和12芒居多;鼓面和鼓身各有3道较宽的装饰花纹,以骑兽纹、兽形纹、鹭鸟纹为主体纹样,其他晕圈饰云纹、雷纹、半圆纹、半圆填线纹、席纹、四瓣花纹、"四出"钱纹、连线纹、虫形纹、水波纹、蝉纹等。分布中心是灵山县及与之毗邻的横县和浦北县,即六万大山西侧至郁江两岸;是晋、南朝至隋唐时代乌浒——俚人活动的地盘。西盟型铜鼓以云南西盟佤族地区仍在使用的铜鼓为代表。器身轻薄,形体高瘦,鼓身为上大下小的直筒形,胸、腰、足没有分界线,鼓面太阳纹一般为八芒或十二芒,三弦分晕,晕圈多而密,纹饰多小鸟、鱼、圆形多瓣的团花、米粒纹。鼓面立体青蛙常见二蛙或三蛙甚至四蛙叠蹲。广西只有龙州、靖西靠近中越边境地区出土过这类铜鼓的早期类型。

三

铜鼓不但是一种乐器和重器,而且是一种装饰图案丰富多彩的艺术品。铜鼓的外形本身就是一件精美的造型艺术。无底腹空,腰曲胸鼓,给人以稳重饱满之感。鼓面为重点装饰部分,中心常配以太阳纹,外围则以晕圈装饰,与鼓边接近的圈带上铸着精美的圆雕装饰物,最多的是青蛙,其次有骑士、牛橇、鱼、鸟等。造型夸张、雄强、有力、庄重耐看。鼓胸、鼓腰也配有许多具有浓郁装饰性的绘画图案。鼓足则空留素底,形成一种疏密相间且相得益彰的效果。这些图像都在模坯上用镂刻或压印技术制作而成,采用线地浮雕的技法,画像传神简洁,线条刚劲有力。画像纹饰大抵分物像纹饰、图案纹饰两类。物像纹饰有太阳纹、翔鹭纹、鹿纹、龙舟竞渡纹和羽人舞蹈纹等;图案纹饰有云雷纹、圆圈纹、钱纹和席纹等。这些图像纹饰往往以重复或轮换的形象、构图出现,产生强烈的整体艺术效果,表现出合理的装饰布局。鼓胸装饰带的图案有长卷形式,而鼓腰装饰带的图案则是独立成篇,循环往复。铜鼓上的各种图案,形象地反映了当地民族的社会生活、风俗习惯和宗教意识。因此,有的人说,铜鼓图案本身就是一部内容丰富的民族历史教科书。

铜鼓表面装饰最普遍的是几何纹饰,以最单纯的点、线,以及圆形、方形、三角形等为基本要素,按照美的法则构成各种图案。有的几何纹样,充当主体纹饰,表现一定的主题思想;有的组成丰富多彩的几何纹带,作为边饰,起着陪衬烘托、美化主体纹样的作用。最常见的几何纹是云纹、雷纹、水波纹、席纹、钱纹、栉纹、三角齿纹、细方格纹、羽状纹、网格纹、菱形纹、圆圈纹、同心圆圈纹等等。最直观的纹饰则是写实图案,如鼓面中心的太阳纹,主晕中的翔鹭纹、竞渡船纹、羽人舞蹈纹。太阳纹有光体和光芒,铜鼓上饰太阳纹与古人对太阳崇拜有关。铜鼓上的翔鹭纹,一般是4只,其次是6只,也有8只、10只、14只、16只、18只的,最多

花山画语

的达 20 只，都以逆时针方向绕着太阳纹飞翔，连绵不断，构成一个锁链式的花环。鼓胸部的羽人划船纹，船的首尾装饰成鸟头鸟尾形象，船上有化装的人在活动，船下有鱼，船的前后有水鸟，反映了船在水中的环境。鼓腰部的羽人舞蹈纹，舞人头戴羽冠，上身裸露，自腰以下围以鹭尾舞裳，双臂下曲，向左右侧伸，扭动腰身，翩翩起舞。除了平面装饰外，有的铜鼓上还有立体小雕塑，最普遍的塑像是青蛙。在冷水冲型铜鼓上还有马、骑士、牛群、牛橇、龟、鱼、水禽的塑像；在灵山型铜鼓足部有双鸟、虎、羊塑像，也是千姿百态。

铜鼓在 2700 多年发展历程中，表现出多方面的社会文化功能，如作为炊具，用来蒸煮食物；用作乐器，在喜庆、祭祀和丧葬仪式中敲击作乐；作为重器，以表权威和象征权力；作为军鼓，鸣鼓集众，号令战阵；作为礼器，用于祭祀和巫术仪式，以沟通人神；等等。据《晋书·食货志》记载，东晋时期，许多"官私贾人"将"国之重宝"的铜钱偷运到两广地区卖给当地"夷人"（少数民族），夷人将铜钱熔化，用来铸造铜鼓。可见，当时人们把铜鼓看得比流通货币还贵重。到了明代，铜鼓"鼓声宏者为上，可易千牛，次者七八百"，铜鼓本身已经是一种财富。当铜鼓的社会文化功能向象征财富和权力的方向演变之后，人们除了对其追求数量之多外，还追求其形体的庞大。从汉代开始，北流型、灵山型、冷水冲型等粤桂系统铜鼓竞相比大，正如《广州记》所述："俚僚铸铜为鼓，鼓唯高大为贵，面阔丈余。"庞大铜鼓悬置于庭堂，有如中原地区象征皇权的铜鼎，是权重一方的民族首领的无上威严，令人望而生畏。《隋书·地理志》说："有鼓者号为都老，群情推服。""都老"

是壮语"老者"的意思，意译为"头人"，反映了古时只有部落首领或头人才拥有铜鼓的历史事实。

铜鼓产生于从原始社会跨入阶级社会的初期，那时"国之大事，在祀与戎"。主持祭祀和指挥战阵的大权已被少数贵族首领所垄断，用于祭祀和战争的铜鼓，已经不是一般的乐器，而是少数贵族所占有的、象征财富与权力的重器。随着祭祀活动的频繁，铜鼓也常陈列于祭器当中，逐渐被赋予神秘色彩，成为通灵的圣物，演变成为沟通人神的礼器。明清以后，封建王朝对民族地区加强了统治，逐渐"改土归流"，最终废除了土司制，地方民族首领独霸一方的地位被削弱，乃至完全丧失。作为民族首领统治权力象征的铜鼓，丧失了原来的作用，不再是少数贵族所垄断的权力重器、财富象征和祀神礼器，成了广大民众所广泛使用的一般娱乐乐器。当代铜鼓只有乐器功能和部分神器功能，广泛流行于民间。使用铜鼓最典型的场合是壮族蚂𧊅节、瑶族祝著节和彝族跳弓节。蚂𧊅节是广西红水河流域的东兰、天峨、南丹等县壮族民间流行的一个独特的传统节日。壮族传说认为掌管风雨的是青蛙女神，把青蛙称为蚂𧊅。蚂𧊅节即是青蛙节。人们通过祭祀蚂𧊅来祈求风调雨顺，五谷丰登，六畜兴旺。蚂𧊅节活动时间多从农历正月初一或初二开始，结束时间不尽相同，最早要在正月鼠日，最晚的要延迟至二月初二。其间经历找蚂𧊅、祭蚂𧊅、抬蚂𧊅棺到各家各户祝福、唱蚂𧊅歌，孝蚂𧊅、葬蚂𧊅等主要程序或仪式。农历正月初一黎明，人们敲着铜鼓成群结队去田里找冬眠的青蛙。把找到的青蛙接回村，放入花轿中。由初一到月底，白天抬着蚂𧊅游村，向每家每户祝福；晚上，则抬

花山画语

到蚂虫另亭，跳蚂虫另舞和唱蚂虫另歌，为蚂虫另守灵。到第25天后，蚂虫另节便进入高潮，直至将蚂虫另葬下。祝著节是生活在大化、都安、东兰的布努瑶的一个传统节日，又称为祖娘节，传说农历五月二十九日是瑶族始祖母的生日，这一天，布努瑶村寨几乎家家户户都杀猪宰羊，杀鸡，染蛋，聚餐痛饮。各个村寨大摆歌台，人们穿着节日盛装，提酒带肉，敲铜鼓，吹唢呐，对唱山歌，还举行赛马、斗鸟、射箭等比赛活动，将节日气氛推至高潮。铜鼓一直被瑶族视为传家宝，打铜鼓、跳铜鼓舞成了祝著节最重要的活动之一。铜鼓表演需要5人出场，两人打铜鼓，1人打铜锣，1人敲皮鼓，1人舞竹帽。锣声先响，接着铜鼓、皮鼓有节奏地敲响。铜鼓有12套传统的打法，从不同的角度，用不同的方法表现耕作、狩猎和与自然搏斗的场景。舞竹帽者，穿插在锣鼓手之间，做一些幽默可笑的动作，让观众取乐。鼓点铿锵，舞姿纯朴，风格粗犷剽悍，不时博得观众喝彩。跳弓节是那坡彝族的传统节日，彝语称"孔稿"，汉译又叫"跳公节""跳宫节"。相传古时彝族祖先出寨抗敌，于农历二月至四月陆续凯旋，族人设宴和歌舞庆贺，相沿成俗，在每年的农历四月举行。村中有个舞坪，舞坪正中栽一丛金竹。每到这一天，男女老少身穿节日盛装，从四面八方汇集到舞坪，大家排成两列横队，手牵着手，踏着铜鼓节奏舞步入场，绕着金竹翩翩起舞。铜鼓声由慢转快，舞步加快，逐渐形成高潮。跳弓节有祭山神、祭乐神、祭祖先、祭金竹、送邪鬼等活动，每个仪式都伴随有铜鼓舞和"腊摩"（老主人）的铜鼓歌，直至"萨喃"（腊摩的助手）关上寨神庙门，一年一度的跳弓节才告结束。

铜鼓作为乐器，和舞蹈是难以分开的，自有铜鼓时就有了铜鼓舞。乐舞是古时人们祭祀仪式的主要内容。壮族先民每逢祭祀仪式，就跳铜鼓舞。在广西左江花山岩壁画上，就绘有壮族先民跳铜鼓舞敬神的祭祀场面。铜鼓传说《雷鼓的传说》中说，壮家人每逢亲人过世时就跳铜鼓舞，这是壮族在丧葬时敲铜鼓跳铜鼓舞以祭死者灵魂习俗的反映。如今铜鼓舞仍然流行于壮族民间，只是它的祭祀功能已经衰退，更多的是娱乐功能。

四

铜鼓文化虽然历史悠久，但在其发展的历史进程中，由于其始终处于底层文化和民族文化的地位，具有较多的草根性。因此，长期以来，对于铜鼓文化，主流社会要么将其与主流文化相附会，要么干脆视之为落后、愚昧的代表。于是，铜鼓文化遭到了空前的劫难。在20世纪，30年代的风俗改良，50年代的破除迷信，60年代的"文化大革命"，一次又一次给铜鼓文化以毁灭性的打击。当80年代人们重新估价这一历史文化时，幸存的铜鼓已经为数甚微了。铜鼓使用地区已从桂北、桂中、桂南退缩到桂西、桂西北的狭小范围，一大片使用区的铜鼓已荡然无存，只在年长者的头脑中留下一些依稀的记忆。一方面，作为铜鼓文化物质载体的铜鼓，被当作承载封建迷信思想的物品而被集中销毁；另一方面，使用、传承铜鼓文化的民间艺人也成为各地教育、批斗的对象。当一个世纪过去之后，铜鼓文化的传承出现了前所未有的危机，无论是铜鼓本身的数量还是铜鼓文化的规模，都已经极度萎缩。

花山画语

进入 21 世纪后，人们一方面在思考现代化本身对于人类社会所具有的负面影响，同时也开始反思传统文化对于人类生存与可持续发展所具有的内在意义。从历史演变的角度来看，铜鼓有它的发生、发展历程，它的用途也由单一用途发展到多种用途。铜鼓还是一种综合性的艺术品，集雕刻、绘画、装饰、音乐、舞蹈于一身，成为一个统一的整体。它既有精美的圆雕、浮雕的艺术形象，以及由各种流畅的线条所构成的独具特色的装饰艺术，可以作为静态的艺术来欣赏。它造型厚实、庄重、耐看，引人品味，使人着迷。它又能演奏出雄浑铿锵的音调，加以舞蹈就能形成极为壮观的场面，激起人们炽热的感情。这是铜鼓艺术产生的审美效果。

因此，人们需要在新的文化背景下，更新观念，将铜鼓文化放在人类文化多样性的背景下，重视铜鼓文化在地域文明和民族文化所具有的价值，做好铜鼓文化的保护、传承与发展的相关工作。

十分悠久

古城之路

一

古城不是城,古城没有城,古城只是一条路。

这条路就是南宁市古城路。

这多少让人费解:一条路为何命名古城?

其实这与南宁历史有关。

据史料记载,南宁建置于东晋大兴元年(公元318年)。自唐代开始筑城墙,此后历代屡有修复。到了清乾隆六年(公元1741年),南宁府大规模修复城墙。城墙高三丈一尺,厚二丈五尺,城周围一千零五十步,设垛一千零九十六个。内外以青砖砌筑,中间填以黄土。开设东门(今市电信局大楼右侧,民生路头与南环路尾交界处)、迎恩门(即北门,今工人文化宫内)、仓西门(今民生路与解放路交界处)、镇江门(即水闸门,今邕江大桥北岸桥头)、安塞门(今邕江宾馆左侧民族路口)五城门,城门上均筑城楼。明万历三十年(1602年),增开南门,城区方圆4.5平方公里。现今南宁"古城路""古城口"等地名,应该是由此而来。1916年开始拆西北一带城墙,至1956年南宁古城墙大部分被拆除。2004年在邕江大桥北岸东侧发现目前南宁仅存的古城墙基112米。2005年,南宁市人民政府按清代城墙形式修复此段古城墙。

一条路被冠名"古城",承载一座城市的历史意象,含蓄朝代更替、战乱兵燹与丰饶秀美,氤氲浓郁文化氛围,潜藏蕴涵时代华章,这是一条路的福分与厚重。

二

便想起北京古城。

作为中国的首都,全国的政治、文化中心和国际交往的枢纽,北京是一座著名的历史文化名城,与西安、洛阳、开封、南京、杭州并列为中国六大古都。紫禁城、天安门、天坛、祈年殿等标志性建筑,凝聚了北京历史的厚重和文化的博大精深。比如天安门,作为近代中国历史的见证者,目睹了中国最后一个封建王朝衰落的悲凉,也目睹了一个动荡不安的中国所经历的苦难、屈辱与奋争。而当中华人民共和国的国徽悬挂在天安门的城楼之上,这座历经了500多年沧桑的建筑,伴随着飘扬在广场上鲜艳的五星红旗,成为新中国的象征。

还想起古城西安。

可以说,西安,是我国五千年文明的记录者,是镌刻了千年辉煌的帝王古都。其以文化底蕴的厚重、古迹遗存的丰富,到处散发着神秘、古老、浑厚的气息,弥漫在西安的大街小巷。站在古城墙上,迎面而来的风中,多少总有先秦的况味,仿佛历史就在身边。护城河水静静地流淌着,飘带般牵扯斑驳的城墙走过千年;水面闪亮，灵动而久远；微波荡漾，起伏又深沉。想当年秦始皇腰带佩剑，指点江山：吞六国，大一统；废分封，设郡县；筑长城，御外族；焚百书，统文字；定度量，拓边疆……雄才伟略，所向披靡。"千古一帝""蓝田猿人"和"半坡先民"，以及大雁塔、钟鼓楼、碑林、大明宫等，无不显示着西安曾经的灿烂和辉煌历史。如今，现实的脚步走过历史的街道，仔细地品味、静静地聆听，车水马龙中，仍能感觉到这座古都跳动的脉搏。

也想起凤凰古城。

藏于湘西大山中的凤凰古城，离南宁不远，距广西很近。如一位风姿绰约的美女子立于沱江岸边，且歌且舞已千年。千年风雨千年画，古城的面容随时空的变迁而丰富着。悬于江上的土家吊脚楼，赤脚立于水中捶衣的苗女，撑着红伞在岸边游走的"翠翠"，阁楼里临江而坐细细品茶的小哥，随着两岸美景和船公骚情的情歌，且浓且淡，且绕且缠，且近且远，且高且低……流光溢彩人间的温润，闪现沈从文笔下边城的韵致。让人如置仙境，恍若幻虚。

北京古城，如古稀王者，睿智在苍天之下；西安古城，似耄耋老帅，假寐于黄土之上；凤凰古城，若出浴美女，生动于天地之间。

三

南宁的前身和成长过程其实是曲折复杂的。

很久很久以前，南宁曾是一个水世界：泛泛波涛，茫茫无涯。各种水生物随波逐流，自得其乐。鸟在水上歌舞飞翔，风在空中盘旋吟唱。这样的景象也不知道过了多久，山陵慢慢凸出，水面渐渐

花山画语

凹陷。终于有一天,浪阵滔滔不再,水系漫漫消失。呈现在天空下的,是一个巨大盆地形状,面积达到近400平方公里。后来人类把这个地方称之为那龙盆地。进入20世纪的1998年,人们在南宁市郊石火岭发掘了鸟臀类恐龙化石,从而将原定为新生代第三纪地层的那龙盆地和南宁盆地周围红岩组的地质朝代改为中生代。几乎在同一时间,考古学家还在邕宁、邕江、武鸣一带,陆续发现了豹子头遗址和灰田遗址等15处新石器时代遗址。据考证,在往去的久远岁月,这里已有原始人类生存和活动,那大量的石刀、石矛、石坠网、石磨盘等,无不凝结着成千上万年前,人类劳动的汗水与创造的智慧。

自此,人类的文明火花,附着漫长的岁月,牵引巨兽横行的悠长啸声,携带沧海桑田的故事情节,穿越时空,排山倒海般进入后人的想象。接下来的历史舞台,意象纷呈:百越且歌且舞,战国群雄逐鹿,强秦气吞山河,两汉风生水起,三国交相演义,东晋应运而生。南宁,在东晋以前,默默无闻。对各朝各代而言,可有可无,似有似无,始终以无名状态而存在。哪怕是秦时桂林郡,汉武帝时郁林郡,三国时孙吴,南宁都仅是以郡属或后方的形式出现。直到东晋大兴元年(318年)晋兴郡诞生,这里成为郡治所在地,南宁才以朝代郡地的身份登上历史的大舞台。当然,南宁那时不叫南宁,叫晋兴。晋兴郡管理晋兴、安广、晋城等许多个县,也就是现在南宁、百色、崇左大部分和河池小部分。晋兴郡建置后,历乱坎坷,经宋、齐、梁、陈后,至隋炀帝时代,晋兴郡被废,归入郁林郡,结束了它的历史生命;唐贞观八年(634年),唐太宗觉得自己管治的地方不能用前朝的名称,就改名为邕州,设邕州下都督府,南宁简称

"邕"由此而来；唐咸通三年（862年）设立岭南西道，含邕、容、桂三管之地，邕州成为岭南西道道治；元朝泰定元年（1324年），中央政府将邕州路改为南宁路，明白表达希望南疆安宁的意愿，南宁从此定名。1958年3月5日，广西壮族自治区成立，南宁为自治区首府。

漫漫长月延续至今，南宁1680多年矣。1680多年，对一座城市来说，不算太老，也不算年轻，称为"古城"，还是有资格的。

四

但古城路其实是很年轻的，它是新中国成立后随着南宁市区的扩建才予命名。命名"古城"，并不是开拓这条路时有古城墙、古城堡或是在古城区内。这些都没有，有的只是一种纪念，一种象征。

我工作生活的路径，总是需要穿梭这条古城路。

无论雨天、晴天，无论早上、中午、晚上，古城路都是车水马龙，川流不息。只有夜深人静后，这条路才得以相对安静下来，尤其在雨夜。

我曾经在雨夜独步古城路。雨夜的古城路，自星湖路电影院门口起，载着雨水在路面泛起的幽亮色泽，向北延伸而去；望着渐去渐远、渐远渐细的古城路，脑海中，便逶迤出一条回响着悠悠铃响的古道。两旁的树木森森，在雨夜灯光和水汽的笼罩中，如古画、似古书，于瞬间唤醒沉睡已久的记忆，隐约出酒旗风里豪歌行令、店铺门前车水马龙、戏楼台上唱念做打、驿站灯下一缕笛声、亭台柳边一段爱情。一切的一切，在恍然中像一滴历史的浓墨，借细雨

花山画语

氤氲开来，不慌不忙，将陈年过往，徐徐注解过每个角落。静谧里，似乎隐约飘浮着东晋大兴元年（318年）建置晋兴郡时燃起的那缕尚未散去的烟火；似乎隐约听到唐太宗定名"邕州"时遗留在岁月里的马蹄声。轻风拂面，湿润温和，想必是元朝泰定元年（1324年）中央政府为取南疆安宁而定名为"南宁"时扬起的风吧？这风，穿过遍地山歌，穿过震天鼓舞，越过千山青翠，越过万户门扉，丝丝缕缕、时隐时现，在千年光阴里回旋，把这座城市的沧桑发散成空旷与辽远。有上了年纪的树，枝繁叶茂，翠影浓荫，纵然岁月更迭，尘世轮转，依旧风骨伫立，谦和旷达，处变不惊，迎来送往古城的兴衰荣辱、丰美贫丑、厚暖薄凉。雨水顺着树干潸然而下，触摸时，满掌滑溜，如白驹过隙，可以感触，不可掌握。绿树浮雨，青翠不眠，默默注视着无涯的时空贯通今古，消弭的刀光剑影、烽火狼烟穿梭历史缝隙；静静观看着今人的虔诚，如何走进古城内心。或者，抖落一地树叶，让历史斑驳成碎片，严实覆盖往事，珍藏内心的一切。

经年之后，来来往往的人们，是否还记得南宁的历史港湾中、古城路的发展轨道里，曾经停泊的情怀？

而在晴日白天，古城路上的涌动与喧闹，放射着城市的生机与活力。鳞次栉比的楼房，显示着这条路雄浑的神韵与风采。楼房坚硬而温热的躯体上，尽管岁月之笔雕铸了无数深浅不一的印记，但繁花开后，白墙茫茫，每块砖石没能沉淀多少历史烟云与世事沧桑。怎样打量，都少一份古老沉雄。站在高楼大厦的顶层远望，邕江如练，南湖似镜。不见了纵横阡陌，只见青秀山和望仙坡一南一北款款而来。青秀山上，龙象塔巍峨高耸，气势磅礴。自1619年建成以来，它静默而孤独地守望着岁月与风雨、繁华与寥落、叩问与缅怀。眺望间，一种历史的高度，令人仰止。望仙坡上，仙人金银妹的传说还在白龙湖和镇宁炮台徜徉，时而深沉于湖光山色，时而凝结在炮台的厚重中。巡视里，一种古城的深邃，让人感叹。自古兵家必争地，从来鲜血染战袍。曾经的南宁古城，定是有过狼烟四起、马蹄声碎的惨烈吧？站在高处，随着劲风阵阵，耳畔便隐约回荡着马蹄、剑戈、飞镝和战鼓的铿锵声。而古城路上怒放的朱槿花，似乎稀释了当年的追杀、惨号以及刀枪剑戟的碰撞，将跌宕的历史婀娜成一幅水墨画卷，让世人在春风里回眸那一点点光阴，无幕后悲喜，亦无寥落惆怅，独拥一怀"半城绿树半城花，一路歌声一路情"的美丽与温暖、悦目与欢乐。

五

一座城市的文化厚度，决定着这座城市的精神高度。回望南宁历史文化，源远流长；展望古城未来发展，光辉灿烂。今天的社会，充斥着太多的矛盾、问题、诱惑、浮躁。需要身处这一时期的人们，保持一份淡定的坚守，内心的沉静。我们应该放慢脚步，从匆忙的生活中脱身出来，安静地坐下，回望一下古城南宁的历史。或者，泡上一壶大明山清茶，品尝一下经过历史沉淀后的生命韵味，从本质天然的芳香中，获得一份古老南宁醉人的沉静。

走在古城路，路旁院落花圃中，老人在轻谈，青年在对弈，儿童在嬉戏。

阳光下，我走出古城路，迈上了民族大道。

花山画语

友谊关记

一

中国古代有不少关隘,大多在北方。如北京的居庸关、河北的山海关、甘肃的嘉峪关等等。唯一位于祖国南方,又唯一同外国接壤的,只有友谊关。

关隘,即古代在险要处或国界设立的守卫处所,古籍中也有称其为关、塞、关塞、隘塞的。"关"的本义为门闩,许慎在《说文解字》中说"关"是"以木横持门户也"。"隘"的本义为险要狭小的地方。"关隘"引申为重要地段或者边境上的出入口,因其常设在险要的山口或要塞处,所以常建有关门、筑有关城。关城为关隘的主体工程,是指挥和战斗的核心。其防护力较强,筑有高厚的城墙,墙上设有雉堞,沿墙构筑敌台。为增加关隘的防御纵深,有的在关城前沿还建有战斗墩台和壕沟、陷阱等障碍物。

中国的关隘大约形成于奴隶社会时期。春秋战国时期,各诸侯国之间谋图霸主地位,频频发动对外战争,在自己的国土周围纷纷设关置卡,使得关卡从形制、规模和数量方面,都有一个较大的发展。秦始皇统一中国后,大规模修筑长城,在长城沿线构筑了许多关隘。到了汉代,出入关则要求有通行的证件,当时称"传",就是一种木刻的合符。随着武器的发展,关隘在战争中的作用逐渐降低,清代以后,关隘已被新的筑城形式所取代,而成为历史的遗迹。

二

友谊关位于广西凭祥市中越边境上。凭祥自古就是祖国西南的边防要地,友谊关则是中越边境上最大、最重要的关防。

关楼左侧是左弼山城墙,右侧是右辅山城墙,两边百余丈,如巨蟒分联两山之麓,气势磅礴。左弼山炮台是清末名将、广西提督苏元春率部所建筑,占地800多平方米,呈圆形,用三合土和石料筑成,异常坚固,炮台中央是炮位,炮位下面是屯兵室、弹药库和四通八达的地道,与各炮台环形相通。炮台入口处还有两块半人多高的条石,是当年守军升旗的旗杆石。右辅山炮台位于友谊关西侧几百米高的悬崖峭壁之上,右辅山又叫金鸡山,整座山拔地而起,遮掩住西面的半边天际,高几百米,形如刀削斧凿,堡垒森严,猿猴不可攀,鸷鸟难飞越,形成友谊关西面的天然屏障。山顶上共有三座炮台,分别命名为镇南、镇中、镇北炮台,这些炮台是保卫友谊关的重要军事设施。友谊关因其建筑雄伟,形势险峻,故又有"天下第二关"之称,也是我国九大名关之一,历代为中国南疆边防要隘、战略要地。现在我们所看见的关楼风姿伟岸,楼前有宽阔的广场,两旁木棉挺拔,松柏常青。广场前侧有棵千年古榕,伞形的树冠,绿叶婆娑,仿佛在诉说友谊关悠久而古老的历史。

花山画语

友谊关始建于汉朝，距今已有2000多年的历史。最初叫雍鸡关，后改名界首关、大南关。到了明代又改为镇南关。新中国成立后，1953年经周恩来总理批准，改名睦南关；1965年为了表示中越两国人民"同志加兄弟"的深厚友情，经国务院批准改名为友谊关。1995年被确定为广西壮族自治区爱国主义教育基地，1996年被列入第四批全国重点文物保护单位名单。友谊关曾两次被毁，1957年基本按原貌重建。关楼底座上原来只建有一层木结构回廊，重建时改用钢混结构，并加了两层回廊，每层回廊平均为80平方米。回廊的四周是拱形大窗，窗棂装饰了各式图案，外墙为墨绿色石米贴面，显得庄严、古朴。整座关楼由底座和回廊式楼阁两部分组成，通高22米。底座建筑面积为365.7平方米，长23米，底宽15.9米，高度为10米。公路从隧道形单拱城门通过，拱门上方用汉白玉雕刻的"友谊关"三个刚劲有力的大字，是时任国务院副总理兼外交部长的陈毅元帅题写的关名。

三

大凡边关要塞，总避免不了战火，友谊关也是。1884年8月，法国侵略军进犯越南北宁、谅山等地，并以武力威胁中国，清政府不得不对法宣战。1885年初，法国增派援军，步步逼近镇南关，清军前线统帅潘鼎新望风而逃。2月23日，法国侵略军进攻镇南关，清军将领杨玉科率部依托悬崖峭壁英勇抗击，但在侵略者的优势火力攻击下，伤亡惨重。当天下午5时，镇南关陷落，法国侵略军炸毁镇南关，在废墟上立起一根用中文写着"广西的门户已不再存在了"的木柱子，对中国进行挑衅。在这危急关头，边境各族民众纷纷拿起武器，主动配合抗法名将苏元春部队与法军开展激战。收复镇南关后，义愤填膺的边关军民拆毁了这根耻辱柱，并树起了一根写着"我们将用法国侵略者的头颅，重建我们的门户"的木柱子，以表示坚决抵抗外国侵略者的决心。1885年3月23日，法军兵分三路，再次大举进犯镇南关，直逼关前隘。当敌人像饿狼一样扑向城墙时，冯子材抓住战机，命令所部冲出城墙。这位七十高龄的老将，"帕首短衣草履，手操倭刀，亲率大刀队，大呼一跃出墙外，其子相华、相荣随之跃出"。全军将士像决堤的洪流涌出城墙，势不可挡，一时间枪炮声停息，硝烟飘散，金属碰击的声音和搏斗的吆喝声响彻云霄。在苏元春、王孝祺、陈嘉等将领的配合下，经过两天顽强激战，一举歼敌1700余名，生擒侵略者数百人，缴获一大批枪炮弹药。1885年3月25日，冯子材下令反攻并指挥各军乘胜追击，法军统师尼格里被击成重伤，另两名法军高级将领被生擒。镇南关大捷扭转了整个中法战局，是中国近代史抵抗外来侵略所取得的一次伟大胜利。它沉重地打击了法国侵略者的气焰，迫使法国茹费理内阁倒台。但是，昏聩、懦弱的清政府，却把胜利的果实拱手让给法国，签订了《巴黎停战协定》及《中法和约》，又称《天津条约》，给中法战争中的镇南关大捷写下了耻辱的一页。

1907年12月1日，伟大的民主革命先行者孙中山先生亲自领导的镇南关起义在金鸡山镇北炮台打响，经过与清军七昼夜血战，终因弹尽粮绝而被迫撤退。1939年12月20日，镇南关再一次遭受侵略者的践踏，侵华日军占领镇南关，烧毁关楼，将拓印的"镇南关"三个大字寄奉日本天皇请功,又劫走"南疆重镇"石刻横额。日军走后,国民党军队长期占领友谊关,直到1949年10月1日,推翻了蒋介石的反动统治,成立了中华人民共和国;之后,中国人民解放军乘胜追击,横扫蒋军残敌,于12月11日下午6时30分,在这座古老的关楼上,升起了中国人民解放军"八一"军旗,标志着广西全境解放。解放后,友谊关成为中国与越南政治、经济、文化交流的一个重要通道。20世纪60年代中期至70年代末,我国援助越南人民抵抗外来侵略的物资,从这里源源不断运往越南。

时光流转,岁月沧桑。友谊关,这座古老雄伟的关楼,见证了历史的演变,也见证了时代的发展。如今,历经沧桑的友谊关早已硝烟散尽,成为广西境内一处重要的旅游景点和边贸互市点。每天,来来往往的人流车流熙熙攘攘、川流不息,一片忙碌繁华的景象。随着特色旅游的兴起,友谊关及其附近边贸口岸浦寨已经成为观光、购物和体验边境风貌的旅游新亮点。

四

友谊关,作为军事防御设施,早已完成了它的历史使命。这座名扬天下的关隘,其历史价值,也已转化为中华文化的瑰宝,人类文明的财富。

凝聚着历代广西劳动人民勤劳、聪明、智慧和血汗结晶的友谊关,是祖先遗留给我们的一笔丰厚的文化遗产,是屹立在祖国西南边陲上的一座不朽的历史丰碑,是人类文明的骄傲。今天,人们仍能从这巍峨厚重的友谊关中,去发掘蕴含着有关中国西南边陲的政治、经济、军事、历史、地理、建筑、考古、文学、美学、民俗等各个方面产生的积极效应以及那深刻的文化内涵、民族精神和民族性格。在人们的心目中,友谊关这极为雄伟博大的景观和审美上阳刚、悲壮的文化载体,是囊括两千多年西南边陲民族历史的丰厚一页。从友谊关文化中,我们不仅看到了西南民族的古代文明,也深深地感到,只有民族的团结、国家的强大,才会有稳固的关隘。这就昭示我们要继往开来,去发扬光大这种优秀的文化传统和艰苦勤奋、坚韧刚毅、紧密团结的民族精神,助力民族振兴、国家强大、世界和平。

花山画语

南疆长城

一

中国的万里长城，名气太大了，掩盖了其他同类性质的建筑，比如广西的"南疆长城"。

在广西的千里边境线上，有清朝修建的165座炮台和碉台、109处关隘、66个关卡、300多座兵营、地下通道、敌楼等。构成居高临下、射界广远、千里一线、火力如网、庞大宏伟的军事防御体系，有"乌鸦飞不过，老鼠钻不进"之称。这些设施位于今北海、防城、东兴、宁明、凭祥、龙州、大新、靖西、那坡等市县沿边地区，因其多以城墙相连，时誉"南疆长城"。

二

提起广西的"南疆长城"，必须要说苏元春，他是"南疆长城"的建造者。

苏元春，字子熙，1844年2月8日出生于广西永安，也就是今天广西蒙山镇城北街人。1908年6月13日病逝于迪化，即今天的乌鲁木齐，终年64岁。

中法战争结束后，越南沦为法国殖民地。与强国为邻，清政府有如马蜂蜇背，惶恐不安，遂命苏元春为广西提督兼任广西边防督办。尔后18年，苏元春统军镇守边疆，分头部署兵力，严加整顿，督饬操练。为了便于军事调度，1885年秋，苏元春奉命将广西提督府从柳州移至边关龙州，修筑了龙州城，并建两个提督行署——龙州城西北的小连城（又名"小垒城"）和凭祥东郊的大连城，使之成为广西全边军事指挥中心。

同时，苏元春还修复被法军轰毁的镇南关，之后又修水口、平而两关，以振国门。并在千里边境线上修建165座炮台和碉台、109处关隘、66个关卡。如此浩大的工程，花费的人力、财力、物力是巨大的。苏元春奏请清政府拨款，但清皇朝腐败无能，漠不关心，只给他拨下微不足道的款子。他没有望难却步，而是"殚虑经营，不遗余力"，采取边军施工，就地取材，捐俸节支，动用存饷等办法。为了使长期戍边的将士有个舒适的环境，安心守边，苏元春进口了130门19世纪最先进的大炮——德国克虏伯制造的120毫米口径的大开花巨炮，可以轰击从各个方向来犯的敌人。这些设施东起北海，西到那坡，将北海、防城、东兴、宁明、凭祥、龙州、大新、靖西、那坡等市县沿边地区连为一线加强防卫。苏元春督边19年，建筑的边疆防御工程固若金汤，使法帝侵略者虽然对广西虎视眈眈，但不敢越雷池一步，边境无战事。他在边境一线所安装的那些进口德国的克鲁伯大炮也因为没有发生战争而从未发过一发炮弹。

苏元春还以龙州为中心，沿边境线修筑军用道路，并疏浚明江，

花山画语

通过官商合股形式组建邕龙车渡公司（旋更名"邕龙利济局"），保障军用物资运输畅通，同时促进当地经济的发展。在龙州创办制造局、火药局、军装局等，就地加工，以解决边防军需。进行军事建设的同时，苏元春还鼓励边防官兵将亲属迁往边疆，拨款营造住房。这既可使亲人团聚，又能解决边疆开发所需的劳动力问题。苏元春还在南疆开煤矿，增强边疆经济实力；加强开展汛督办工作，开辟贸易市场，以促进商品经济流通。此外，他还组织捐资设立同风书院，发展边疆文教事业。虽然苏元春到了后期，被同僚参了一本，从此政治生涯结束，以没落的方式结束了一生。但是，他在广西期间所做出的功绩是无法否认的，因而他也是中国近代重要的历史人物之一，是一位抗法英雄、爱国将领、戍边功臣！

三

苏元春构筑的连城要塞雄踞广西边防前线，全长约1200余公里，宽约15公里，在炮台、碉台之间多以城墙相连，构成从山到海的宏伟工事体系，是清代以来我国南疆抵御外敌的牢固长城，至今卫国戍边雄风犹在。文物专家指出，连城要塞是近代冷、热兵器交替时期军事防御体系的范例，是中国发展近代军队的重要物证，见证着清末中法战争中，边境军民不畏强暴反抗外敌的壮举，也是中华民族近代荣辱的重要史迹。因此，重振"南疆长城"雄风具有重要的科学、社会价值和爱国意义。

如今，这一座座经历了百年风雨、已经废弃的碉楼、炮台，木构件糟朽、缺失，砖石被风化、溶蚀，许多炮台地面长满草木和青苔，砖石被风吹落地面就摔得粉碎，拾起来也补不回去。如靖西边城兵营遗址风化严重；那坡镇边六中炮台的瞭望口被滚落的砖石封堵，且草木丛生，有的炮台墙体已经坍塌过半。城市建设的推进，以及对要塞建筑的拆改加建等人为因素，给要塞遗址带来了很大威胁。如合浦五中内的烽火台受人为活动破坏已不存在；北海市东炮台遗址完全被城市设施替代；大连城军机处内部被改建为寺庙等等。这些情况表明，连城要塞的周边环境亟待整治。

在现代，苏元春当年修建的多个险要隘口、炮台、关卡，仍是抗日战争、解放战争等时期的军事要地，至今也驻有部队。

作为广西全边军事指挥中心的龙州小连城，位于中国广西壮族自治区龙州县彬桥乡，距县城龙州镇3公里。龙州城西边的将山，其山脉绵长，最高海拔310米，占地14平方公里。苏元春在将山筑有左、中、右三座炮台，左可阻挡镇南关孔道，右可控制水口关隘口，与下冻、水口炮台连成一体，犹如一条"灰色长龙"蜿蜒伸展在峰峦之间，绵延数十里，气势雄伟壮观。因它绵延数十里，相连一体，故名"小连城"。小连城由保元宫和炮台群组成。保元宫建于主峰南山腰一天然大溶洞内，是苏元春的指挥部，当年苏元春聚将谈兵，筵宾宴乐，镇边居停都在此地。在洞口可俯视四周百里美景，洞内上阁下厅，雕龙刻凤，筑有太乙门、报恩亭等亭台楼阁，有天阙、玉阙、九龙壁、麒麟壁、九龙毯、演武台等建筑，特别是一幅九龙壁，为当时故宫外中国独有。山下有石砌宽直通洞口，依洞设景，别有天地。宫门进处，洞厅畅明，石刻满壁。"古洞长春"其左，"奠丽南邦"其右，书艺精湛，分外醒目。左洞上去，是一道朱门,雕龙刻凤,气宇轩昂。额题"玉阙",对开耳门,号曰"金阶"。巨幅壁刻云:"遥通帝座。"沿"金阶"上去,见一座金门,称为"天阙"。左设左禁门,右置右禁门。洞府正中,一把巨大的石伞之下,数株石笋,宛若数名仙女,簇拥"天帝"。回首身后,一道强光从高远之处,穿山而下,那湛蓝的天穹,恰似一面夺目的宝镜,阳光就从那里直照到"天帝"的宝座之前。真是奇光天外来,满洞放异彩。从宫右往"天桥"走去,爬到高远的洞口,回身展望,又看到一道彩墙,图案精美,玲珑透剔,额题"万物资始"。自此俯瞰山下,清溪如带,田畴铺金,村落点点。"保元宫"结构精美,金门重叠,朱户画墙,多彩多姿,真是富丽堂皇,胜似蓬莱。洞顶题诗云:"蜿蜒步上九重天,回首山河数点烟。如今方识保元妙,几回梦魂到小连。"整个保元宫规模宏大,造型精巧,金碧辉煌,俨然一座帝王行宫,云间仙阁。登上将山之巅的"连峰",只见石砌的炮台古堡,傲然屹立,崖间的战壕蜿蜒于山梁之间,和古堡紧紧相连。来到炮台,从石梁飞架的"相台"之门入去,左有"兵房",是十米见方的石室,室之左右,有"药局",室之正前,置"子库"。出兵房,过掩体,上石阶,便到炮台。当年购置的德造远程钢炮,雄峙其上。炮台前方的山峰,高筑瞭望台,以窥敌情。东峰设东哨,南峰设南哨,战壕沟通,前呼后应,可从容对敌。将山东麓,群峰环抱,方圆数里,形似"山肚",此地为当年部队营盘。如今来到将山东麓,当年的营盘已荡然无存,但刻着"小垒城"的石条拱门尚在。竖于其旁的《将山镇龙炮台记》碑,字迹劲挺,依稀可辨。朝山望去,千级石阶,高处接云端。悬崖峭壁,怪石峥嵘。古藤缠绕，老树伸枝。拾级而上，见道旁石壁刻诗云："寻山幸有今生福，拾级真同蜀道难。"过了惜字塔，折右拐弯，一座朱色牌坊蓦然显现，门额镌字"龙元洞"。才入洞口，一道五彩门楼横在面前，竖题门额曰："保元宫"。门额下有对子，上联为"江城如画，俯视交州，岩岫有灵严锁钥"；下联为"楼阁环方，上通帝阙，神仙应喜此蓬莱"。

大连城距龙州小连城不远，在凭祥市友谊乡连全村连城屯。此处连城，山峦环绕，形势险要，依山筑城，把群山联成一体。高山建炮台，城周设栅闸，前闸辟练兵场，建演武台、庆祝宫、兵营、关帝庙和衙署。后间设军械局、火药库、军碾。白玉洞建楼阁，为指挥部办公迎客之处。昔日边防指挥中心、城郭依然，炮台屹立，衙署风貌犹存。苏元春书刻"连城天险""明月与天分一半""修破灵岩""仙骨佛心""养心处"，以及龙、虎、福、禄、寿等摩崖石刻至今历历在目。

四

万里长城是我国建筑史乃至人类建筑史上的一项奇迹，具有深厚的历史价值和文化价值。我们的先民在极其贫乏的物质条件下，用最原始、最简单的工具完成了如此浩大的工程，显示了他们的智慧、力量和决心。它以悠久的历史，浩大的工程，雄伟的气魄著称于世。

相对于北方的万里长城，广西的"南疆长城"从时间维度、历史跨越和规模、形制来看，都不能与万里长城相提并论。但广西的

花山画语

"南疆长城",也承载着永恒的期待,也是支撑历史、见证现实、启迪未来的文化生态。同样有着它特殊的历史地位,同样发挥过她的历史作用,同样具有它的历史价值。

文化遗产是不可再生的珍贵资源。文化遗产的力量是强大的,它不仅展示了历史,还寄托了民族的情感。关于文化遗产,有一句话形容得特别贴切:"文化遗产是不可再生的珍贵资源。"表达了文物保护工作的紧迫性。对"南疆长城"来说,也是如此。好在政府已经重视这项工作,2010年12月31日,《广西连城要塞遗址和友谊关文物保护总体规划》出炉。自治区文化厅、文物局组织国内一流文物专家汇集南宁,评审与研讨该规划。连城要塞和友谊关的保护,将成为继宁明花山之后,广西的又一重点文物保护工程。在当天讨论的保护规划中,连城要塞不仅仅将被作为全国重点文物保护单位进行总体区划保护,还将完善旅游服务设施。将来游客有可能沿着边境公路,自驾畅游千里海陆边塞,感受"南疆长城"的魅力。规划实施后,将划定要塞保护范围,初步意见是范围内的非文物建筑、构筑物将搬迁或拆除;控制范围内不得有破坏原地形地貌、污染水源与损毁植被的行为;周边民居主要采用黑白灰、原木色,不得用反光玻璃,以及采用砖瓦传统工艺等;对于民居建筑高度、外观也有限制;对于遗址本身将进行修复,以及加强防火防灾等措施。可以想见,不久的将来,"南疆长城"将以新的雄姿展现在人们的面前。

十分悠久

有井双孖

一

1984年的那一天，其实是很普通的日子。但因为一件事，使当时的南宁市有了不一般的意味。那一天，市政府要在沙井街附近开修人民路。而双孖井刚好位于要建的人民路上，需要毁井填路，遭到了居民们的阻拦。很多老居民不答应，纷纷自觉地拿着一炷香，轮流日夜守候在井边，表示了人在井在的决心，迫使施工队改变填井计划。据《南宁市志》记载：1984年人民路修路时，附近很多市民反对，有人甚至抱井阻挡。尽管如此，路还是要开修的，因此，施工方采取折中办法，没有直接推掉填平双孖井，而是将井口打掉，再挖下去几米，接了一条排水管通到朝阳溪，然后用水泥板将古井封了，铺平路面，双孖井就此从地面消失了。29年后的2013年4月1日上午，正在人民路上施工的人防地下工程工地上，突然传来挖掘机铁齿挖到硬物的"咔咔"声，施工人员习惯性地往工地上看，只见一堆黄土中间，出现了一口井的形状。这口井露出了1米多高的井座，井口最大直径约2米；井壁里层用青砖垒砌，外壁包了铁皮，从被挖掘机钩破的地方可以看到，中间是类似混凝土的东西。是双孖井！有周边老居民很兴奋地叫了起来。

二

双孖，是南宁方言，意思是双生子。双孖井古称双井，因井有两口连环而得名。明·嘉靖《南宁府志》记载："双井，在南宁卫内。"这是我们已知的双孖井的最原始、最早的记载。在宋代诗人黄庭坚的老家洪州分宁（今江西修水），也有个地方叫"双井"，是因那里有两眼好井而得名。黄庭坚的作品中多次出现"双井"地名，如《赣上食莲有感》："吾家双井塘，十里秋风香。"井名用得长久了，往往被当作地名。如湖南长沙城内的白沙井街、白沙巷、白沙岭、白沙里、白沙湾等街道名，皆因闻名遐迩的白沙古井而得名。白沙古井为旧时长沙市民的主要饮用水源之一，位于长沙市南门外白沙街东隅，有井四口，各两尺见方，甘露从井底涌出，终年不断，名曰沙水。据《清一统志》说，井"在县东南两里，广仅尺许，最甘洌，汲久不竭"，被誉为长沙第一井。南宁市民一直把西到民族商场，北到友爱桥，南至沙井码头这一路段称为"双孖井"。这些与水井相关的地名，表达着生命与水、生存与水、聚落与水的主题。

双孖井位于人民东路与友爱南路交汇处、人民东路63号门前10米左右的地方，相传无论雨季旱季，井水都水量丰富、水质清洌、水体清澈、水味甘甜，饮之沁人肺腑、消暑解渴，时人无不以能饮之为快为幸，是当时友爱路、人民路一带居民生活用水的主要来源。20世纪60年代，南宁自来水供应不是很普遍和正常，豆腐厂有时候缺水，就让人从双孖井挑水送去，一担水5分钱，而那时候大米的价格也就是0.28元一公斤。双孖井井口最大直径约2米，井深约10米。据说此井是宋代狄青将军驻防在望仙坡时挖掘的；也有说法认为，双孖井是民国初年才挖的。自修建人民路将此井填埋后，市政府于双孖井旧址附近修建雕塑以示纪念。2004年双孖井被列入南宁市文物保护点，但实际上只是名义上的，没有实体。

据当地老居民称，原来邕城有4个城门，每个城门都有一口井和3棵树。双孖井旁边原来有3棵龙树，树荫下的井终年不涸，水清且亮又甜，井水经常溢出路面。双孖井修过3次，1957年第一次修缮，用石头砌成井边两条围栏，成对称的90度角；第二次是在1958年2月，将井边道路铺上水泥；第三次是砌高井边的平台栏杆，有10厘米高。在双孖井周边，当时住的都是劳动人民：拉板车的、做小贩的、做脚夫的、做泥水工的……他们都在此汲水、洗衣。他们的孩子衣衫破旧，每天三五成群在井口结伴上学，放学后又到井口帮大人挑水，过着简单、平凡的市井生活。那时的人们，在井边打水、洗衣、洗菜、纳凉、聊天、嬉戏，形成了一道朴素而别样的风景。

双孖井早已退出人们生活的日常舞台，成为南宁的一页历史，但它曾经养育和滋润了一代又一代南宁人，曾经见证过南宁的发展和变化，它使这座城市不仅增加了历史的厚重，也增加了文化的深长。

三

井为何物？平地凿凹，地下涌泉者也。唐人孔颖达在为《易经·井》作疏时这样称井:"古者穿地取水,以瓶引汲,谓之为井。"明人徐光启《农政全书》中对井的阐释是:"井,池穴出水也。《说文》曰:清也。故《易》曰:井洌寒泉,食。甃之以石,则洁而不泥。汲之以器,则养而不穷。井之功大矣。"打井汲泉,是中华民族开发利用地下水资源的重要途径。水井自发明以来,就成为中华民族繁衍生息的重要水源之一。滋养生命的井,灌溉五谷的井,政治的井,军事的井……在悠悠岁月中,井流淌出永汲不竭的文化之玉液琼浆。

考古发掘表明,在原始社会末期,中华先民已能打出六七米深、直径为两米左右的生活水井。在黄河中下游的中原地区,发现了十余口龙山时期的黄土水井,这些水井大多是土井,但也有少数是比较先进的木结构的水井,如河南汤阴白营遗址的水井就是一口木结构水井。

就水井的发明者而言,就有黄帝、炎帝、伯益等充满了神话色彩的传说人物。宋代高承《事物纪原》说:"……《世本》又云:黄帝正名百物,始穿井。《周书》亦曰:黄帝作井。"《后汉书·郡国志》刘昭注引《荆州记》云:"神农既育,九井自穿,汲一井则九井动。"北魏郦道元《水经注·漻水》也道:"水源东出大紫山,分为二水,一水西径厉乡南,水南有重山,即烈山也。山下有一穴,父老相传,云是神农所生处也,故《礼》谓之烈山氏。水北有九井,子书所谓'神农既诞,九井自穿',谓斯水也。又言'汲一井,则众水动'。井今堙塞,遗迹仿佛存焉。"黄帝和炎帝都是中华民族的人文始祖,上述传说,透露出井的发明始于炎黄时代。又传唐尧之时,华夏先民已普遍"凿井而饮"。东汉王充《论衡·感虚篇》

引述尧帝时的"击壤歌"云:"吾日出而作,日入而息,凿井而饮,耕田而食,帝何力于我哉?"可见,王充认为在尧时已有水井存在了。另一传说是舜禹时代的伯益发明了打井取水的办法。《吕氏春秋·勿躬》说:"伯益作井。"《淮南子·本经训》云:"伯益作井,而龙登玄云,神栖昆仑。"高诱注曰:"伯益佐舜,初作井,凿地而求水,龙知将决川,濑陂池,恐见害,故登云而去,栖其神于昆仑之山。"伯益凿出水井,龙和神皆认为天下发生了大的变故,故龙腾空乘云而去,众神也都跑回了天国之都昆仑山。传说伯益是舜的大臣,曾与大禹一同平治水土,并立下了汗马功劳。又传禹的儿子启代替伯益为王,并把伯益杀掉。伯益是治水的功臣,把"作井"的发明权给他,完全是顺理成章的事。上述与"始作井"相关的神话传说,一方面表明井的发明,应早于舜禹及伯益时代;另一方面则说明,井的发明、完善以及广泛普及,是一个较漫长的历史过程。

水是生命之源,远古先民傍水而居,这是确定无疑的。由于生产力水平的低下,人类最早对水资源的开发利用方式是直接取用江河湖泽中的地表水。地表水的来源主要依赖于天然的降水,故在干旱之年赤地千里、河湖干涸的时候,人类就会出现用水困难,严重时还要逐水迁徙。而这种迁徙不定的生活,对经济发展和社会进步有着很大的制约作用。随着人类文明的发展,华夏先民终于在不懈的探索中找到了解决问题的办法——平地凿凹打井以开发地下水资源,来满足自身生存与发展的需要。井的出现,具有划时代的意义。有了水井,人们定居的地方不再局限在江河旁边的台地,可以在远离江河的地方定居生活,能够更有效地躲避洪水的侵害,有了更大的生存与发展空间。与此同时，井水较河流之水更为清洁，对人类的健康长寿大有好处。现代科学证明，井泉之水出于地下，在长期的蕴藏和地下流动之中，往往能溶入一些对人体有益的矿物质，因此，一些水质上佳的水井具有防病疗伤的作用也就不足为怪了。中国人历来视铺路架桥为行善积德的事，对于挖井同样持这种态度，一句"吃水不忘掘井人"就道出了其中的真谛。同时，对井的态度，也往往能折射出一个人的品德修养。

四

在人们的普遍印象中，井水大多是干净透明、清甜甘洌、汩汩而流、取之不竭的。这是良好水生态的慷慨所赐。

随着我国人口的快速增长和经济社会的高速发展，生态系统尤其是水生态系统承受越来越大的压力，出现了水源枯竭、水体污染和富营养化等问题，不仅很多水井水体混浊变味甚至干涸，而且在很多地方出现了断水、河道断流、湿地萎缩消亡、地下水超采、绿洲退化等现象。因此，水生态系统的保护与修复就显得非常迫切和重要。通过水资源的合理配置和水生态系统的有效保护，维护河流、湖泊、水井等水生态系统的健康，逐步实现水功能区的保护目标和水生态系统的良性循环，支撑经济社会的可持续发展，无疑是功德无量、利在千秋的大事。所以，自觉遵循自然规律，立足于保护生态系统的动态平衡和良性循环，坚持人与自然的和谐相处，保护水生态系统的水量和水质，长期保持全国水生态系统的健康状况，遏止局部水生态系统失衡趋势，促进其良性循环，就不仅是政府行政的自觉目标，也是集体行为的自律目标，更是每一个个人行动的自发目标。

回顾邕城发展历程，人们会发现，像双孖井这样根植于市民心中的清甜水质和干净丰富的水生态并不多。

我们何时可以像当年那样，掬起井水或者江水、河水，就能放心地喝呢？

花山画语

古村名宋

一

从邕江民生码头溯流而上,约38公里后,就会来到左右江交汇的地方,这里自然景观优美,土地肥沃,物产丰富,民风淳朴,古迹迷人。民间习惯叫三江口。宋村就坐落在这里。

有关宋村,《广西通志》《南宁府志》和《邕宁县志》等史志记载很多。著名旅行家、文学家和地理学家徐霞客曾两次到过宋村考察,其《粤西游日记三》记载:"丁丑(崇祯十年,公元1637年)九月二十四鸡三鸣即放舟……又三里,……北至宋村,为两大转云……其直西逾小坳者,亦旧大滩道,盖南宁抵隆安,此其正道,以驿在宋村两江夹间,故迁而就之也……"

二

据传,明朝洪武元年(1368年),原籍山东省青州府益都县的宋伯满官任广西,在南宁府城学商和扬美古镇娶妻生子,其"志好堪舆,欲求胜地肇启后人,寻至合江之阳,见山环水绕,虎踞龙蟠，堪称胜境，焉是携妻带子，卜筑於兹，开庄辟产，肇为乡里始"，宋村开村始祖宋伯满最早"卜筑"在现在皇坟岭脚南面的"牛粪巢"，由此建村，并以姓氏为村名，宋村应时而生。后因子孙众多，牛粪巢那地方地盘有限，所以后裔们到大鼓岭东面的左江边建设村落，到宋氏家族二世祖云馀、云敬、云渊、云溢的裔孙按左江流向分为四巷，坐西朝东而居，前有羊圈牛栏，后是祠堂学馆。嘉靖年间，经历思田之乱，"浮屠绝壁经残燹，井灶沿村见废墟"，两广巡抚王守仁指示"燹余破屋须先葺，雨后荒畲莫废耕"，为宋村种下大榕树。崇祯年间，徐霞客游后记载，宋村"聚落颇盛"。明末清初，有蔡、王、林和陆四个家族迁来以躲避战乱，居于宋村村背的大鼓岭脚；接着，先是黄、劳两姓人家迁来坐西向东居于宋村村东原宋氏家族的羊圈牛栏地；后有始祖居于扬美的梁氏家族"第六代祖见宋村好阳居因又迁至宋村"，在村之东南坐南向北而居；再后来，从南宁城到三江口右江北岸大岭脚下居住的曾氏家族，迁来宋村坐西向东居于村之东南。到了清朝乾隆道光年间，宋村发展成为近千人口的大村，地盘"左到乌江冲右到大王冲"，"上到岛冲下到白沙塘"。到新中国成立时，宋村六大家族，大约22000平方米的村落，可谓繁华。目前，宋村尚存明清风格的"老屋"158座，座座青砖黛瓦、飞檐峭壁，透出古朴的气息，大多只是老人居住和红白喜事使用。古村落的北面和中间，掺杂有二十多年来建筑的10多栋钢筋混凝土楼房。

宋村造村至今已有600多年历史，最高峰时有九个世居家族，目前有宋、黄、蔡、梁、曾和劳总共六个姓氏。近些年来，宋村户籍人口1300人左右，常住人口700左右，人们大多在皇姑坟及其周边新建的楼房（约150栋）居住。

三

我国有很多历史古村。历史古村是指在美术、建筑、民俗上有独特历史文化价值，有一定历史年限、规模，现在仍活态存在的村。这些历史古村，保存的文物特别丰富，蕴藏着丰富的历史信息和文化景观，能较完整地反映一些历史时期的传统风貌和地方民族特色，是中国农耕文明留下的最大遗产，具有重大历史价值或文化意义。

但随着社会的发展，历史古村在城镇化进程中正面临着被破坏甚至消亡的巨大压力。古村的房屋，由于自然与人为的因素导致建筑破败，大量年轻劳动力外出务工导致空心村现象，加速了历史古村的凋敝和损毁。现代化生活方式、居住条件、无序地新建和翻建住房、铁路公路、旅游景区开发、城乡一体化等等，都在加速古村消亡。有资料称，2000年全国有360万个村落，2001年是270万个，现在的自然村只有200万个左右，中国传统古村落正以每天100个的速度消失。传统古村落独特的建成环境和其历史文化遗产是极其脆弱和不可再生的，保护传统古村落已成为国际社会的广泛共识。截至目前，中国共有1561个传统村落列入国家级保护名单。

南宁的宋村，不仅历史悠久，而且文物众多。如汉代的那城建筑遗址，西汉时期的小鼓岭汉墓，唐宋明清时期的古代交通要道邕西古道，古邕州形象建筑之一镇江楼，北宋时期的军事设施火楼岭烽火台，明朝两广巡抚王守仁亲手种植的榕树，皇家陵园皇姑坟（史称兴陵）等等历史文化遗产，具有十分浓厚的历史文化底蕴，充分展现了宋村深厚的历史人文氛围和历史文化品质，彰显着宋村的历史地位。1988年12月，在宋村的小鼓岭（又名细鼓岭、细姑岭等）挖出部分青铜器、玉器和陶器。文物专家鉴定，这些器物可能为墓葬中的随葬品，其年代属西汉时期。2009年10月底，南宁市文物普查队在宋村普查时发现汉代"那城"建筑遗址。整个"那城遗址"东西长约75米，南北宽约67米，台地北面和东面右江环绕，西面、南面有一条宽约30米的沟壑环绕，疑似古时护城河。从遗址地表上采集到的标本分析，可确定为汉代建筑遗址。2012年10月24日，南宁市非物质文化遗产保护中心在宋村的镇江楼遗址、那廊宫及其周围和"那合"等多个地点，发现了旧打击石器、贝丘遗物、大石铲残片、夹砂印纹陶、商朝至汉代的灰质印纹陶残片等新石器时代和旧石器时代的各种物品。而关于兴陵，清代乾隆《南宁府志》、民国26年《邕宁县志》等史书记载："兴陵，在县西合江镇宋村，葬桂王妃（永历帝的父亲朱常瀛的妻子，先为妃子，后扶为正室），永历五年（1651年）夏四月戊午，太后王氏崩于田州，五月葬南宁，上尊谥曰孝正皇太后"；传为永历五年（1651年）四月，永历帝的嫡母皇太后王氏在广西田州病故，宫室扶柩顺水而下，永历帝在老王宫村外靠右江一带建立行宫，到对河的宋村建兴陵安葬皇太后王氏。2004年南宁市文化局公布为南宁市重要文物点。

四

我国正处于快速的现代化进程中，推土机将大量的富含历史文化信息的建筑扫进了历史，拆迁"蓝图"在把一座座城市塑造成一副面孔之后，古村也面临着同样的窘境。到处都是"玻璃之城""钢铁之城""水泥之城"，人们似乎也在不自觉中丢掉了精神故园。古村是中国人的文化故乡，客家人的古村培育了客家人耕读传家的传统，海外的潮汕侨胞常回潮汕古村拜祭祖先，对他们古村中的祠堂总是念念不忘。放到全国来说，各地的古村同样是各地人的文化故乡。随着农村居住生活需求和方式的改变，传统古村原来的风貌也随之受到破坏。在城市化的进程中，大量的历史文化遗迹已经荡然无存，古村作为一个保护相对完整的历史载体，是难能可贵的宝贵资源，需要我们用心去保护。现代化进程并不意味着文化的沦丧，我们并不苛求时代的发展下能原汁原味地保存下完好的古村，但至少从现在开始，古村的保护就不应当只是一部分专家学者的呼吁，而应成为社会的集体意识、集体共识。

　　古村之所以弥足珍贵，是因为它们经历了时间的洗礼，岁月的风霜雨雪在销蚀了其他同代建筑时凸显了留存下来的古迹的稀有性；人类的社会变迁赋予留存者丰富的内涵，使其具有了文化性。保护古村的意义首先在于能够留下传统文化的样本。古村是一个完整的生命体，它与分割的文化遗迹不同，往往有整套的建筑风格、生活配套以及文化习俗。虽然不一定能完全保存过去的生态，但能让人们对传统的想象不只是停留在纸上，而是有实在的物理的对照。其次，保护古村对重新发现传统文化价值大有裨益。人们到古村不仅仅只是怀念乡愁，更重要的是能够在这种文化氛围下重新发现传统文化的价值。祖先的生活方式、审美理念乃至人生信条在古村里往往都留有痕迹。新建的仿古建筑不论外观如何酷似古代的原作，都不可能具有原作天然具有的不可替代的价值。新建筑缺乏灵魂。这种灵魂不是说有就能有的，是历经漫长时光、在历史的变迁中形成的。仅此一点就决定了真古迹和仿造者价值上的天差地别。任何现代化转型的国家都不能回避他们的传统，直面传统、审视传统并与传统对接，在当下中国颇为必要。

古村保护是一个系统工程，各地需要以长远规划的眼光和持之以恒的耐心寻找一个适合国情的古村发展策略，建立有效的保护机制，唤回古村的生命力，重新发现它的传统文化价值。尤其要着力解决好如何与当地民众现实生活对接，如何与当地经济发展协调，如何动员政府、企业和民间共同投入管理保护等具体问题。否则，古村保护就是一句空话。

五

事实上，古村的真正价值，不是建筑本身，而是历史、是文化。南宁宋村，其历史价值多大？其文化价值多少？

这需要政府和社会认真仔细地鉴别和辨识，然后用一个科学的态度对之。

邕城有剧

一

锣鼓铿锵,唱腔古朴,动作粗犷,表现手段大胆,表演形式生动。这是观看邕剧《歪打正着》演出后得到的印象。邕剧这个地方剧种,用邕州官话唱,与南宁本土文化结合,让人觉得好亲切!自2011年邕剧展示中心在新会书院设立以来,邕剧在这里经常有精彩演出。而在新会书院里,还专门设有展厅,展示邕剧历史、行当、唱腔、服装和脸谱等文化信息,让观众能感受到邕剧这一本土优秀戏曲文化的精彩。

二

邕剧,是南宁市古老的地方剧种,旧时称为老戏、广戏、五六腔、本班戏、本地班等;新中国成立后,因为这种地方剧种主要活跃在古邕州一带且用邕州官话演唱,所以被定名为"邕剧"。

邕剧在清道光、咸丰年间形成于古名邕州的南宁,至今已有近200年历史,是广西南宁独有的剧种。有南宁邕剧研究学者研究发现,

十分悠久

清代湖南祁阳戏就是后来的湘剧一路南下，到桂林，就产生了桂剧；到了桂南，跟这里的邕州官话、南宁本土文化结合就产生了邕剧。南宁邕剧，行当有生、旦、净、丑四大类，以小武、武生、散发、花脸四行当家，代表剧目有《拦马过关》《李槐卖箭》《红布恨》《春满柜台》《百鸟衣》《十五贯》《阮文追》等。邕剧在音乐唱腔、表演程式等有其独到之处，尤其是邕剧武功，属"南派"，沉稳粗犷、淳朴雄壮，惯用明晃晃的真刀真枪在舞台上短兵相接，这没有过硬的武功底子是表演不了的。而当时最让观众叹为观止的要数邕剧老艺人李名扬的"变脸"、蒋明甫的"耍獠牙"以及刘三的"砸烂台"。据老邕剧艺人介绍，李名扬的"变脸"是不化妆的，全靠自己的气功，红就是红，好像人家喝醉酒很激动骂人那时候的红，青就是青到让人害怕。还有一个"帽子功"，帽子原来是塌下来的，他能搞到立起来，真正的怒发冲冠。刘三师傅的"砸烂台"，三张桌子加一个凳子，他在上面打一拳，厚厚的台板要裂开。在其艺术性质上，邕剧更突显地方性和民族性，扮相优美、曲辞婉转、唱腔清新，以深厚的历史文化底蕴为背景，展现本土戏曲文化魅力。邕剧自形成以来，其班社足迹不仅遍及南宁周边，还涉及广东、云南、贵州等省及越南、柬埔寨等国，在桂西南和东南亚地区颇有影响。

为了将邕剧发扬光大，1950年，广西文联决定重新组建邕剧团。因当时艺人们大都散落在民间，组建者只得到处去找演员。经过多方努力，1951年1月，南宁市邕剧团终于正式成立，并在市内修建邕剧院作为剧团固定的练功、表演场所。1952年，广西选送3个剧种去武汉参加中南戏曲会演，邕剧就是其中之一。南宁市邕剧团带去的《拦马过关》《李槐卖箭》让人刮目相看。此后，这两部戏经进一步加工锤炼，成为邕剧经典剧目。20世纪60年代初，邕剧迎来了它的黄金期，邕剧院成为市民休闲娱乐最爱去的地方之一，剧团天天有演出，每月收入达好几千甚至上万元．当时剧院每张戏票仅卖0.15–0.40元，月达万元收入，等于只能容纳数百人的剧院场场都满座。有一段特殊时期，南宁市邕剧团被撤销，一部分中青年演员转入南宁市文工团。1978年纪念广西壮族自治区成立20周年庆祝大会上，前来参加庆典的中央领导点名要看邕剧。南宁粤剧团仓促上阵，演出了《拦马过关》《李槐卖箭》两个剧目。1981年，有邕剧老演员组织建立起新城区业余邕剧团，然而，此时的邕剧已难现当年风采。2000年，南宁市文化局根据国家有关抢救历史文化遗产精神，启动邕剧保护拯救计划，挖掘整理出一批邕剧传统剧目及一批新剧目。其中，2004年新编邕剧《开泰新声》参加中国剧协主办的第一届中国滨州·博兴国际小戏艺术节，荣获金奖及5个单项奖，中国剧协还特别授予邕剧全国唯一的"稀有剧种保护奖"；2005年，《开泰新声》在第二届国际小戏艺术节上一举摘得"剧目金奖"和"稀有剧种保护奖"；另一剧目《新编刘三姐》获得了优秀导演奖、表演奖和优秀编剧奖。2007年新编邕剧《歪打正着》参加中国文联和中国剧协主办的第三届中国戏剧奖·小戏小品奖暨第二届全国小戏小品大赛，荣获优秀剧目金奖及观众最喜爱剧目奖。作为南宁地方文化符号的邕剧，又回到了人们的视野中。2007年，南宁市恢复邕剧团建制，并依传统举行了古朴隆重的挂牌仪式和拜师大会，鼓励邕剧老艺人"传、帮、带"，由邕剧老前辈广纳徒弟，对口传承。同时，为了更好地保护和推广邕剧，有关部门采取了一系列措施，2010年在横县横州镇城司小学、横州镇一中、横州中学、百合镇中心学校建立了邕剧传承基地，定期派专业老师到各基地教学，依托学校开展邕剧人才培养工作。

三

传统戏曲是中华民族经过长期沉淀而凝聚成的一种文化形态。它将历史中出现的人物或者虚构人物作为社会生活形态的曲折反映，并从中探究他们展现出来的行为模式和心理变化，这是一件很有意思的事情。中国戏曲艺术注重虚实相生、形神兼备、刚柔并济、动静互见的特点，形象地反映出民族的文化精髓。

中国经典的戏曲文化，是中华文化在漫长的时间过程中，经过历史的筛选而沉淀下来的精髓，是修身证道、昭彰未来的文本。这些优美至极、充满诗画意境的戏词，有着永恒的文学价值，是民族文化宝库里永不凋谢的艺术奇葩；更是我们中华民族非常值得珍惜的宝藏。它承载着光辉灿烂、延续不绝的中华文化，是中国传统文化的纽带，更是艺术精神赖以存在的根本。在中国文化发展的各个阶段中，戏曲如一枚磁石，凝聚着民族的魂魄；又像陈年醇香的佳酿，滋养着中华儿女的血脉，一直在孕育着，却从未停止过演变和成长。尤其是在中国古代史的后期，戏曲活动更加成为人类社会生活的重要构成方式，戏曲集中代表了平凡的民俗文化和高雅的士大夫文化，因此也成为社会大众最为倾心与瞩目的艺术样式。如果说，在中国有哪一种艺术表现形式，体现了最为广泛的群众文化和审美风格，

成为从宫廷到市井，从城市到乡村一致爱好的对象，那就是戏曲。

戏曲演变和塑造着人们的道德情操、审美观念、文化品格；承载着传统道德与价值观，呈现出人们的理想与愿望，展示了生活的苦难与温馨，提供了前人的经验和教训。戏曲多用小人物的视角去观察社会，用普通人的情感来塑造形象，因此其对于传统价值观念的表现，非常符合大众的价值观和道德观，因为在民众的价值世界里，淳朴的是非观念是特别明确的。戏曲把人们在生活和工作中形成的传统道德观念作为创作的基准点，将发生的故事作为题材通过普遍化的价值评价体系，转化为人们认可的舞台艺术形态，以便于传统道德的弘扬与传播。它所体现出的自主精神、乐观情怀、善良人性、崇高品格、传统美德，是中华民族的宝贵精神财富，将人生百态的价值和意义完美地诠释出来。戏曲文化内容的宽泛性，使之成为中国人文化性格的核心。戏曲中数量众多的公案戏，道德观念直白、人物性格单一，戏曲里人物是忠还是奸，情感是真还是假，是对还是错，由于贴近普通民众的理解程度和接受水平，最能触发大众强烈的爱憎分明的情感。因此戏曲所弘扬的传统价值观念，对于大众道德观念的增强有着特别的影响力，戏曲的道德宣扬已逐步转化为日常生活需要遵循的行为准则，并支配着社会民众的生活哲学和道德观念。

优秀的传统戏曲，能让欣赏大众潜移默化地得到心灵上的净化、情操上的陶冶和精神上的升华，这是传统戏曲具有的独特内在优势。社会大众是文化的接纳者和传承人，更是文化的创造者。通过日益普及的传统戏曲，可以不断地开阔视野和知识，提高他们的综合文化素质，培养对于民族文化的情感，促使社会大众的独特品质走在健康的方向发展。一部被大众认可的戏曲作品可以影响一代人；一个感人的戏曲作品，会让人抑制不住地流下泪水，得到感情上的震撼，思想上的鼓舞和教诲，甚至终生难忘。其原因就在于这些优秀作品将外在的艺术表现形式，与丰富生动的实际内容相融合，使人们通过感情的体验和道德的判断，找到人生的理想，提升高尚的情操，将精神上受到的激励与鞭策，在现实生活中转变为自身的行为准则。

四

我们知道，文化的类别包罗万象，各种方言风俗组成文化相通的元素，乡音则寄托着人们情感。地方剧种的遍地开花，使得人们通过曲调的吟唱，回忆起对于家的亲切和牵挂，不论身处哪里，只要听到家乡熟悉的曲调，心底就会产生令人回忆的复杂情感。如今，中国人的身影遍及世界各地，身处地球村的每一个城市，我们都能听到地方戏曲的轻哼吟唱。在当前全球化的文化背景下，我们肩负着守望精神家园的责任，肩负着保护本土文化资源的重担。而国人追寻情感、精神回归、身份表达的主体对象，融入在各具特色乡音、乡情的家乡戏中，既是人们心灵获得安慰的方式，更是精神得以寄托之所。

邕剧显然具有以上的文化内涵、社会功能和效用，它既有保守传统文化的一面，也有跟随时代发展的一面；既有适合大众喜好的通俗，也有合适精英审美的雅致。它以优美通俗的审美共鸣，明亮

花山画语

流畅的唱腔曲调，融通古今、兼备内外的表演风格，朴实无华、海纳百川的文化风貌，反映世间、贴近人生的大众格局，被绝大多数社会民众所接纳和喜欢。而对于任何一种文艺形式来说，观众或读者喜欢，不就是硬道理？

传统文化是中华民族得以茁壮成长的文化根基，它构成了民族精神的重要内容，我们的民族正是在这样的艺术与文化氛围的发展变化中走向成熟，并不断向前发展的。我们应当从这些宝贵的传统中挖掘出现代人遗失的传统人文精神，着力进行民族文化的保护、发展和创新，提升民族文化的审美价值，弘扬我们民族的优秀文化。

对待邕剧，我们也应该秉持这样的态度。

探访罗山

一

动议是醒醒提出来的。

醒醒说,南宁有座罗山,又称罗秀山,宋已盛名。徐霞客到过。

醒醒生长在南宁,家住邕城心圩,小时候去过罗山,说罗山不远的。

居邕多年,始知有罗山,且徐公到过。如此孤陋寡闻,汗颜。

醒醒说,这不奇怪,今人只知青秀,不知罗山。其实,在古代,罗秀山比青秀山景优,更负盛名。

凡名山,尤其古名山,必有其奇妙之处,理应探访。

二

既是古名山,应有史料记载。果然,在广西区图书馆,有明朝郭楠修纂的《南宁府志》一书,书中画有"南宁府城图",画上标有两山,一东一北,遥遥相望,东山名青秀山,北山称罗秀山。1998年编纂的《南宁市志》中,有关于罗山寺的介绍,但寥寥数语,

着墨不多。《南宁市郊区志》对罗山的介绍，也只是简介：罗秀山，又名铜鼓山，位于安吉镇大塘村赤里坡，海拔136.9米。相传晋代名士罗秀隐居修行后成仙而去，碑刻记载唐朝大历三年有僧士在山上建寺，名为"罗秀寺"，罗秀山因此得名。早晨在寺门口观旭日初升，霞光万道，喷薄而出，蔚为奇观。宋时是游览胜地，山上有仙逸亭等。明朝地理学家徐霞客曾到此一游。"罗峰晓霞"是古邕州八景之一，现已失当年风貌。《古今图书集成》载："峰在望仙坡之西，与青山拱揖，旭日凝烟，霞光散彩，亦邕州胜景也。"

记述较详者，乃徐公霞客。

明崇祯十年（公元1637年）九月初九，秋阳高照，树绿菊黄；邕城西北，山间小道，半百徐公，踽踽独行，"西过镇北桥关帝庙，西行三里，抵横塘，东望望仙坡东西相距。于是西折行五里，望罗秀已在东北，路渐微。"沿路前行，有湍急小溪，小心渡过，过赤土村，"越涧登山，越小山一重，内成田峒。又越峒过小桥而上，其路复大。路左有寺，殿阁两重甚整，望之无人，遂贾余勇先直北跻岭。"《徐霞客游记》中，这篇《粤西游日记二》，记述徐公一路探寻、跋山涉水、登看罗秀之状。如此单篇，专记南宁，徐公唯一，弥足珍贵。季梦良在整理《徐霞客游记》时，有注释："是纪一则，于乱帙中偶得之，糊涂之甚，不知其纪何日，观《独登罗秀诗》，知为重阳日记。录之以志此日之游踪。不与前后俱没。若云登高作赋，不负芳辰，则霞客无日非重九矣。"季公意思，徐公登罗秀，乃是"登高作赋，不负芳辰"。日记里，徐公写到，罗秀、马退两山相连，峰峦交错，坡岭起落；他迷路登山途中，松树荫下，坐等路人，直到下午，无人路过。心有不甘，"念峰顶不可不一登，即从其处南向上"，上到峰顶，南宁地貌，尽入眼帘："其顶西接马退，东由黄花北走宾州。盖其脉自曲靖东山而来，经永宁、泗城、思恩至此，东至于宾，乃南峙为贵县北山，又东峙为浔州西山，而始尽焉。"徐公看见："南宁之脉，自罗秀东分支南下，冈陀蜿蜒数里，结为望仙坡，郡城倚之。又东分支南下，结为青山，为一郡水口。青山与马退东西对峙，后环为大围，中得平壤，相距三十里，边境开洋，曾无此空阔者。"徐公从山顶下来，走进罗秀寺，见两重殿阁，却空无一人，"登眺徘徊"，沿道而返。

徐公一生远游，足遍神州，见识广博。有感泱泱大国，经籍图志、地理文献，多有谬误，急需校正；且拘于中原，疏于四方，许多空白，需要填补。故此次万里西行，半百南来，已非寻幽览胜，更重地理考察。旅行重点，不在风景名胜，不因水色山光，不出好奇观光，而在深入思索，始终重在地理现象考察，寻江河水系来龙去脉，看山脉走向地貌特征，探洞穴位置构造形态，观植物动物岩石矿产，察风俗习惯人文习性，等等。登罗秀山，亦如是。

三

乙未初冬时节。邕城天气晴好，气温居高不下；夜降小雨，带来寒意，以为入冬成功，孰料不日转晴，复着短袖单衣。这般也好，适宜郊游，便约醒醒等人，相伴探访罗山。

想当年，徐公寻登罗山，西行，折东，向北，过桥淌水，着实不易。看今朝，我等探访古胜，向导，新道，汽车，非常便利。出

花山画语

城半个时辰,罗山可望。徐公笔下"小桥",已成通车大桥。过桥不久,一段坑洼泥路,渐行渐窄,仍容小车,可以畅通,直达山脚。仰头,山上寺庙隐约可见。拾级而上,见两座简陋庙房,山脚的叫"罗秀寺",山腰的叫"罗山寺",两寺相连。

"罗秀寺"里,几位居士,皆老妇。见有人来,便示人以图,图中一物,七层塔楼,言为古塔,乃按本地老者回忆,据以描画,希请信众慷慨解囊,以筹建资。

离开"罗秀寺",登上半山腰,抵达"罗山寺"。"罗山寺"极简陋,几间房子,砖木结构,毫无庄重典雅、恢宏肃穆。山门柱子处,出现大裂痕,有倒塌危状。房里分别供着佛家佛、道家神;各尊佛陀、神仙,比例失调,形象失真,少有威严,颇多滑稽,尤以龙王、雷公造型,最为雷人;仙人头发、胡须,似以真发粘贴,看来逼真,实则吓人。佛像旁边,有植物油,矿泉水瓶装,应是信众敬献。每个神龛前面,皆置功德箱,铁皮盒子,上锁。寺后有棚,铁皮搭起,为居士饮食之地。香火零星,时有男女,年轻一对,见佛烧香,遇神就拜。寺无僧人,只有两位老者看管,负责早开门,晚关门,无薪酬。老者述,有心重建古寺,恢复古寺规模,重旺古寺香火,无奈官不扶持,民力微弱,只能将就,委屈神佛。醒醒闻之,欲言又止,化作几声叹息。当年古寺风貌,已无处可寻。唯寺里香炉有三,皆为古寺遗留;几对础石,亦为古物;路边破碎青砖,也是古寺碎片。

据传,罗山原来只有罗秀一寺。古时罗秀寺,前后三殿,雄伟壮丽,气势恢宏,幽深俊逸,香火不灭。古寺每年有春秋两旦期,

十分悠久

时间为农历二月十九、八月初一；每逢旦期（庙会），人山人海，数以千计；寺内炉火生烟，袅袅青烟，直升云霄；师公舞戏，热闹非凡。寺有飞来钟，直径超1米，钟里可藏一人；每日固定时辰，必敲飞来钟；钟声雄浑绵厚，响彻原野，传达邕城，大街小巷，皆可听闻。寺的后院，有一水塘，名"龙潭"，一年四季，水盈不枯；哪怕极旱天气，山下鱼塘水竭，半山腰上此塘，依然满水，神奇费解。罗秀寺是古邕州八大景（望仙怀古、青山松涛、象岭烟岚、罗峰晓霞、马退远眺、弘仁晚钟、邕江春泛、花洲夜月）之一，有诗云：悠然怀古望仙坡（指望仙坡）；象岭连环保将多（指五象岭）；日暖罗峰云霭霭（指罗秀寺）；松涛青秀塔莪莪（指青秀山）；邕江春泛盈南岸（指一桥水）；夜月花州附北湖（指沙井北湖）；马退高昂堪远眺（指四耍岭）；弘仁钟响晚声拖（指观音塔）。

现今"罗山""罗秀"两寺，即为当年罗秀寺原址。据说，受当年罗秀寺影响，每逢农历初一、十五，都有附近信众，自发前来，烧香请愿；每年农历八月初三，称为"罗秀寺诞日"，有云南四川等地和尚，前来朝拜，虔诚祭致；诞日活动，人数较多，时达几百。

宋代，罗秀山胜景，游人如织，喧闹异常；更有文人墨客，应景抒情，吟诗作赋，大加赞誉。然而，时过境迁，如今罗山上已没有参天古树、流泉飞瀑、不竭龙潭，也没有仙气缭绕、百鸟欢唱、奇花异果，更没有飞来钟声激荡、霞光凝烟散彩、日暖峰云霭霭。

当然，罗秀山的历史高度还在。山上放目，视野开阔，田野阡陌，如诗如画，千姿百态，尽收眼底；南宁全景，高楼屋宇，错落有致，都市风貌，都入眼中。山风徐来，令人心胸开朗，心旷神怡，心飞神驰,心高气爽,心净神洁。

四

罗山还在,古寺已无。当年胜景不再,今天风貌依然。毕竟历史变迁,毕竟社会发展,古不可追,今可怀古。或许,自然万物,或一物一景,总有它们自身的规律和轨迹,总有它们内在的注定和机遇。只要历史不灭,只要精神不灭,怎样的过程和际遇,都是正常的。

每一座城市,自有其文化底蕴和历史厚度。邕城也是。除了罗山,邕城,还有许许多多的内涵,等待我们去深度发现,需要我们去重新考量,需要我们去更深挖掘。南宁,还有美美好好的蓝图,等待我们去认真描绘,需要我们去大胆开拓,需要我们去努力创造。

下山途中,醒醒感叹沧海桑田,人物巨变。醒醒游历过欧美国家,惊讶国外文物保护、保存之完好;对罗山现状,感慨良多,希望罗山重现古时生机活力、繁荣景象,待哪天罗秀仙翁回来故地重游,也好有个像样的落脚地方;今人对古人,也好有个交代。

余笑笑。

十分悠久

横州过客

一

横州过客，匆匆无数。朱允炆、解缙、徐霞客、马援、吴三桂、孙中山、李宗仁……诸多历史人物，皆为横州过客。本文单表秦观。

北宋绍圣四年（1097年）九月某天，秋阳暖暖，天气爽爽，米酒香香。49岁的秦观，风尘跋涉，走进横州。

曾称宁浦郡的横州，此时一派宋朝风貌。但建筑风格、山光水色，更多了十分岭南精神。秦观玉树临风，站在香稻溪岸，看秋水清柔、脉脉含情，见草木青绿、款款有意。疲惫的心，顿时注入几分活泛，不由深深吸进几口清新，长长呼出一腔浊气，抖擞精神，走过香稻溪桥，住进城西北角的浮槎馆里。

二

秦观出身平凡。1049年，祖居江苏高邮的祖父，奉诏赴任江西地方小官。父母随行，途至九江，秦观出生。因在叔伯兄弟中排行第七，取小名秦七。四年之后，祖父任期满，举家返高邮。次年，

花山画语

其父秦元化进京入当时最高学府太学，结识著名学者王观，慕其才华，回家后给秦七起名秦观，初字太虚。秦观37岁中进士，慕汉代学者马援之弟马少游，为己取字"少游"。

虽出身平凡，但秦观早聪慧，喜韬略，好读书，志高远，慷慨有报国之志，勃勃有献国之心。熙宁十年（1077年），谒拜苏轼，次年为作《黄楼赋》，苏赞其"有屈、宋才"。后苏轼书信王安石，荐其诗歌，王回信称其诗"清新妩丽，鲍、谢似之"，并说："公奇秦君，口之而不置；我得其诗，手之而不释。"（《淮海集》卷首）。时黄庭坚、晁补之、张耒同在京城，秦观与他们共游苏轼门下，人称"苏门四学士"。

秦观一生，大致失意。科试三考方中，仕途反复，屡遭贬逐，四处漂泊，处境凄切，前途黯淡，命运多舛。其喜交歌妓，多作艳词，授人以柄，屡遭攻讦，难得舒眉，大多郁郁寡欢，忧伤悲苦。沉重打击、不幸遭遇，沉甸压心，几难喘息，由此深愁，难以摆脱，越陷越深，沉沦绝望，不可自拔。看够仕途风雨，对己前景失望，陷入绝望悲伤。离愁作品，词文格调，多凄丽哀婉，逆境感受，感伤情绪，贯串始终。

曾任元祐宣教郎、太学博士、秘书省正字、国史院编修官的秦观，因新主排斥、打击"元祐党"人，而无辜受累，先出为杭州通判，又因御史刘拯说他"增损神宗实录"，贬处州（今浙江丽水县）监酒税。有人承风望指侦察他的过失，经两年抓不到把柄，便借口他抄写佛书，绍圣三年（1096年），削职流放到湖南郴州（今湖南郴县）；次年编管横州。

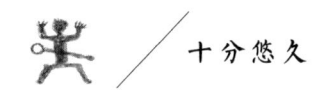

三

宋代"编管",似为劳动管教,虽不设牢,但编管之地,人不能离,且动态行踪,定期报官;衣食住行,皆受官府监督管束。

横州四季常绿,然偏远荒凉。秦观唯"读书不已","聊以消忧"。时苏轼谪贬琼州,偶有书信往来,略得安慰。作《反初》诗:"一落世间网,五十换嘉平,夜参半不寐,被衣涕纵横。"又作《浮搓馆书事》诗:"身与杖藜为二,对月和影成三,骨肉未知消息,人生到此何堪。"其远离京城,举目无亲,悲凉难耐,无限苦闷之状明显。

时任横州州官,知秦观冤屈,慕秦观才气,宽容以对,未加严管,让其自在生活。横州山清水秀,风光旖旎,民风淳朴,人心善良,热情好客,视秦观为远来贵客,真诚相待,常来常往,走访探望,嘘寒问暖。秦观住所,虽处偏僻,却门庭若市。秦观大受感动,心暖如春,与民或寄情山水,或饮酒唱和,一时乐而忘忧。此时横州,秦观感同故乡,物产富饶,山川美丽,可爱江南。"鱼稻有如淮右,溪山宛类江南。自是迁臣多病,非关此地烟岚"。"南土四时尽热,愁人日夜都长。安得此身如石,一齐忘了家乡。"赞美横州,溢于言表。

高兴之余,雄心又起。秦观创建淮海书院,亲任讲师,开馆授徒,宣扬文化,传道解惑,教化于民,教人技能,与人切磋,授作文法。横州民众,普遍敬重。

四

在横州，秦观写下《浮搓馆书事》《月江楼》《醉乡春》《冬蚊》《反初》等诗词，清新文风，徐拂横州。其中名作《醉乡春》，世代好评。

《醉乡春》作于海棠桥头。

秦观来时，横州城西，有一小桥，横跨香稻溪。香稻溪两岸，有海棠，花开四季，风景优美，秦观多流连于此。桥头住户祝秀才，视秦观为大文人，敬仰有加，结识秦观，过从甚密。这天，秦观又来，祝秀才依旧酒肉款待。酒是横州米酒，入口温润绵软，不温不火，不呛不辣，醇香弥漫，任督二脉尽通，周身通泰。三杯下肚，温情如饴，温暖如春，深情厚谊，热情似火。菜是家常菜，应该还做了生鱼片。两人边喝边聊，兴致盎然，甚是投缘，不知不觉喝多。秦观醉卧祝家，醒来有感，作《醉乡春·题海棠桥祝生家》："唤起一声人悄，衾冷梦寒窗晓；瘴雨过，海棠晴，春色又添多少？社瓮酿成微笑，半缺瘿瓢共舀；觉倾欹，急投床，醉乡广大人间小。"海棠桥因此得名。此桥后来南宋淳祐六年（公元1247年）建成木桥；清代康熙十年（1672年），改建为单拱青石桥，长32米、高8米、宽4米。据《横州志》记载，"长虹饮涧，灵鳌架空"，"春涛秋潦，民无病之嗟；霁月光风，士有咏归之乐。"横州古八景中的"海棠幕雨""紫水呈祥"就成景于此。

毕竟羁旅心情，愁情别绪、诸多况味，充满词间。秦观留下词作约115首，31个"愁"字，分现30首词作中；由"愁"生词，汇有闲愁、桃愁、人愁、春愁、愁绪、凝愁、惨愁、愁如海、愁苦、去国愁、红愁、愁闷、愁鬓、愁肠、新愁、愁黛、愁如织等，不同组合，表达不同情境内涵，道尽秦观愁情苦绪……"山抹微云，天粘衰草，画角声断谯门。暂停征棹，聊共引离尊。多少蓬莱旧事，空回首，烟霭纷纷。斜阳外，寒鸦数点，流水绕孤村。销魂。当此际，香囊暗解，罗带轻分。谩赢得青楼薄幸名存。此去何时见也？襟袖上空惹啼痕。伤情处，高城望断，灯火已黄昏。"这首《满庭芳》，可谓离愁名篇。

秦观诗词，"情韵兼胜"。"纤云弄巧，飞星传恨，银汉迢迢暗度。金风玉露一相逢，便胜却人间无数。柔情似水，佳期如梦，忍顾鹊桥归路。两情若是久长时，又岂在朝朝暮暮！"这首流芳百世的《鹊桥仙》就是代表。其诗词婉约格调，情思意向，曲折委婉，含蓄表达，抒情独特。善以凄迷景色，婉转语调，表达感情，显露情绪。且曲中见意、隐晦含蓄，关联情感倾向、不幸遭遇。

毛泽东对秦观文学成就十分赞赏，他曾说：古时候，郴州是蛮荒之地。宋朝有个秦少游，很有才华，当过秘书省正字和国史编修官。后因新旧党争牵连，屡遭贬谪，最后削官去职，于绍圣三年流放到郴州。秦少游怀才不遇，含冤被贬，写了《踏莎行·郴州旅舍》。这首词写得很好，写出了他被削职后凄楚难言的隐衷，把封建统治阶级内部冲突中有才华有抱负的爱国知识分子报国无门、不堪排挤打击的情怀描写得淋漓尽致。湖南郴州有块"三绝碑"，上有秦观的词，毛泽东嘱咐道：这块碑是很有价值的，是我们国家在文学艺术上的瑰宝，要很好地加以保护。秦观在郴州还写了《踏莎行·雾失楼台》："雾失楼台，月迷津渡，桃源望断无寻处。可堪孤馆闭

春寒,杜鹃声里斜阳暮。驿寄梅花,鱼传尺素,砌成此恨无重数。郴江幸自绕郴山,为谁流下潇湘去?"把迁客心境和孤馆况味挥洒得淋漓尽致。据说苏轼特喜词中"郴江本自绕郴山,为谁流下潇湘去?"两句,曾把它书写在随身携带的折扇上。

五

秦观做客横州近两年,又到雷州。北宋元符三年(1100年),秦观遇赦放还,复宣德郎,归途至藤州(今藤县)小留,一日游光化亭,醉后吟诗而逝。苏轼惊闻噩耗,失声痛哭,挥笔书《踏莎行·雾失楼台》于扇面,并写下"少游已矣,虽万人何赎"题跋。谪居广西宜州的黄庭坚,闻讯挥泪作《铜州即事》:"闭门觅句陈无己,对客挥毫秦少游。正字不知温饱味,西风吹泪古藤州。"

崇宁四年,诏除党人禁,子秦湛奉柩归葬于广陵,6年后迁无锡惠山西之璨山。20年后得以昭雪,谥直龙图阁学士。宋高宗在《追赠直龙图阁敕》中说:"故宣德郎秦观等……以文采风流为一时冠,学者欣慕之……肆朕纂承,既从昭洗……复加褒赠……"在天秦观,终得舒眉展颜。

六

古横州,今横县。

《横州志》载,横县建置始于西汉元鼎六年(即公元前111年),距今已有2110多年的历史。今日横县,以花出名,得"中国茉莉之乡"

美誉,闻名遐迩。当地人说,茉莉花乃秦观带来,无考。茉莉花外,"海棠文化",亦有声有色:凡当年秦观所及,如海棠桥、淮海祠、淮海书院、怀古亭、海棠亭(古人称为"槎亭秋眺")、淮海塑像,等等,均整合于海棠公园中;把"海棠桥"与县博物馆作为"海棠历史文化公园"主景点,博物馆恢复成淮海书院式建筑风格;"海棠桥"两侧,种上竹子和海棠,重现"海棠暮雨""紫水呈祥""槎亭秋眺"景观;郁江河堤原生石上,铭刻四十多幅碑帖,包括秦观诗词、文章及历代名人的评价,形成"海棠长廊",颇有气韵;制作大型粤剧《海棠亭》,以秦观在横州任编管,创办"淮海书院"的史实为依据,讲述秦观被贬横州后,在百姓的鼓舞与激励下,挥愁明志,创办书院,广育桃李,得到老百姓深切拥护与爱戴的故事,"复活"了秦观在横县的历史。

秦观虽为过客,但其在横州作为,及留下诗词,影响巨大,堪称财富,是其留给横州的一笔巨大文化遗产。

过客已古,来宾在今。当学秦观,路过留痕,弘扬文化,多行善举,施惠地方,影响后来。

卷三

百里画廊

百里画廊

探秘岩画

广西左江花山岩画神秘莫测,震撼天下。人们在对她充满好奇的同时,也充满了疑惑。比如岩画是为什么被列入世界文化遗产名单?她在世界岩画中处于怎样的地位?她是怎么来的?她表达的是什么内容?又比如岩画是用什么颜料画上去的?又是怎么画上去的?用什么工具画的?是什么时候画上去的?又是什么人画上去的?她给我们怎样的思考和启示呢?

一

2016年7月15日,经世界遗产委员会会议审议,"左江花山岩画文化景观"被正式列入世界文化遗产名单。

世界文化遗产,是一项由联合国支持、联合国教科文组织负责执行的国际公约建制,以保存对全世界人类都具有杰出普遍性价值的自然或文化处所为目的。世界文化遗产是文化的保护与传承的最高等级,世界文化遗产属于世界遗产范畴。世界遗产分为:自然遗产、文化遗产、自然遗产与文化遗产混合体(即双重遗产)、文化景观四类。我国自1985年12月12日加入《保护世界文化与自然

花山画语

遗产公约》的缔约国行列以来，截至2015年7月，经联合国教科文组织审核被批准列入《世界遗产名录》的中国世界遗产共有48项，其中世界文化遗产30项、世界文化景观遗产4项、世界文化与自然双重遗产4项、世界自然遗产10项，世界遗产名录国家排名第二位，仅次于拥有51项世界遗产的意大利。

那么，广西左江花山岩画文化景观，她以什么样的条件、怎样的价值，被评审条件苛刻的世界遗产委员会会议审议通过，成为世界文化遗产呢？

岩画，既是古老的艺术，也是记录在岩石上的历史，更是一部用绘画来描绘的史诗。这种刻或画在岩石表面的图画，遍布世界许多国家，延续时间大约从三万年前直至今天。在有些地方，岩画比文字书写的历史，要早几千年甚至上万年。世界上第一次发现岩画是17世纪，一位挪威学者在瑞典发现的。自此之后，在世界五大洲150多个国家都发现了岩画，比如美国亚利桑那州岩画、内蒙古阿拉善岩画等。根据联合国教科文组织的统计，目前世界上约有70多个国家、780个地区数千个地点发现了岩画，已经记录下来的岩画图像约有2000万个。

那么，我国有多少岩画呢？中国是世界上岩画分布较丰富的国家之一，东起大海之滨，北至牡丹江畔，西到昆仑山口，南到广西左江流域，都发现了大量的岩画。有18个省区100个以上的县（镇）发现了岩画，遗址总数有数百个，大概不下几十万幅，它的分布绝大多数在边远山地，尤以临近或半沙漠地带为最多，这与世界其他岩画的分布规律相一致。目前，已发现的中国岩画当以连云港军崖

百里画廊

岩画和内蒙古阴山岩画为最早,大约始于新石器时代早期或更早,距今约10000年左右。最晚的岩画可至明清时代。

我们左江流域发现的岩画,一共有83个地点183处287组,绵延200多公里;其中,宁明花山岩画是规模最大的一处。位于宁明县城西南约25公里处的明江河畔,有一座断岩山,临江断面,形成一个明显内凹的岩壁。岩壁上留存有大批绘制的赭红色岩画,这就是举世闻名的花山岩画。花山岩画是左江流域岩画群的代表,也是目前为止中国发现的单体最大、内容最丰富、保存最完好的一处岩画。花山,壮语称为"岜莱",即画得花花绿绿的山,是一座峰峦起伏的断岩山,高270米,南北长350余米,临江西壁陡峭,向江边倾斜。岩画呈赫红色。画面宽170余米,高60余米,面积8000多平方米,除模糊不清的外,可数的图像尚有1800余个,大约可分为110组图像。画面从山脚2米开始绘制,以5—20米高的中间部分的画像最多;岩画以人像构成主体,人像一般作正面、侧身两种姿势,皆裸体跣足,做举手屈膝的半蹲姿势,辅以马、狗、铜鼓、刀、剑、钟、船、道路、太阳等图像;每一组画像正中或上方位置者多为腰挂刀剑、头上有兽形装饰,配有坐骑的数米高巨人,威风凛凛地俯视着击鼓弄乐、纵舞狂欢的人群,应为部族首领或活动的指挥者。这些岩画构图与人物造型勾画出一幅幅内容丰富,意境深沉的画面,真实地反映了已经消逝久远的骆越社会活动情景。在这些图像当中,最大的一个人像高达3米。

广西左江花山岩画,相比较于其他地方的岩画,分布之广、规模之大、内容之博大复杂,不仅在国内首屈一指,在国际上也是绝

花山画语

无仅有的。它以"蹲式人形"为主题,风格高度统一,在世界范围内属于独创;蹲式人形图像在岩画中的比例高达82%,在世界岩画中首屈一指;它的绘制者在万仞崖壁上持续、有意识地作画,作画位置之奇险,难度之大,举世无双;多达2600多个的图像数量,也让它成为"世界上最大的岩画画板"。这些图像在崖壁上错综呈现,组成一幅幅完整的图画——典型的组合是一个高大魁伟、身佩刀剑的正身人像居中,脚下有狗,身旁有铜鼓,四周有众多动作一致的侧身人像。整个场面布局规整,疏密相间,动感十足,极像一场庄严又欢快的活动。这些色彩鲜艳、不断重复的画面,与山崖、河流和台地共同构成了神秘而震撼的文化景观,被称为"崖壁画的自然展览宫""断崖上的敦煌"。广西左江花山岩画,有它的原创性、典范性与稀缺性。在世界岩画当中,占有非常重要的地位,她理所当然地成为中国的文化名片,理所当然地列入世界文化遗产范畴。

二

那么,左江花山岩画是怎么来的呢?

有这么一个流传很广的传说故事。古时候有个奇人叫蒙大,他十来岁就食量惊人,且力大无比。那年兵荒马乱,官刮民财,老百姓苦不堪言。蒙大忍受不了压迫,决心起来造反,但苦于没有兵马刀枪,怎么办?他每天上山砍柴,总是呆呆地坐在石头上一筹莫展。一天,来了一位银须白发的老人,送给蒙大一叠纸和一支笔,老人吩咐道:"你在这纸上面画兵马刀枪,等到满一百天,纸上的兵马就会变成真人真马了,但千万不要让任何人知道。"老人说完便飘然而去。从此，蒙大每天干活回来，就关在屋里写写画画，废寝忘食。他母亲觉得奇怪，追问他，他总是说："一百天后你就知道。"谁知在第99天时，母亲实在耐不住了，心想：只差一天不要紧吧，待我看看他画的是什么。于是，趁蒙大不在家，便推门进去打开画箱。刹那间，只见那些尚未成真人真马的纸片哗啦啦飞出屋外，粘在村前的崖壁上，变成了壁画。

传说太过神奇，除了为花山岩画增添了更多神秘色彩之外，并不能解释岩画的真正源起。关于这些画的来历，也是众多学者力图解开的一个谜。20世纪50年代以来，几代研究人员提出了多种假说。有一种假说认为，岩画是骆越民族首领用以显示统治力量和宣扬自己文治武功的。据考证，两汉时期，今崇左、宁明、龙州、扶绥等地分散着骆越民族的多个部落，其中宁明当地这个部落势力较为庞大。专家认为，当时花山大部落首领联合其他小部落首领结成联盟，而岩画就是记录当时部落会盟的绘画。左江流域上百公里的石山壁都发现了零星的岩画，跟花山岩画相比，其他岩画规模较小，但画中的人形大同小异，由此可以推测，岩画的分布显示了这个部落联盟的范围，同时也象征了各个大小部落首领的权力。另外有一种说法也比较靠谱，认为骆越人绘制花山岩画是为了祭祀神明。古时人们的原始宗教崇拜非常虔诚，对祭祀活动尤为重视，每逢祭祀均耗费大量人力物力。即便如此，他们还是觉得不足以表达对神明的敬仰，于是把祭祀的场景描绘在岩壁上，用岩画打造一场永不落幕的祭礼。

花山画语

三

仰望世界上规模最大、保存最完好的左江花山岩画,人们不禁要问:千百个栩栩如生的画像背后,隐藏着什么内容?那些双手齐肩平举的人物图像,究竟是对青蛙的崇拜,还是祭祀的舞蹈?

这个问题,古代的人就已经在思考了。宋代的李石,在他的《续博物志》第八卷里边有这样的记载:"二广深谿石壁上有鬼影,如澹墨画。船人行,以为其祖考,祭之不敢慢。"这里所说的"二广深谿",就是指我们的左江。这段话的意思就是说,河谷的石壁上有鬼影,像水墨画,人们行船经过这里,都是把它奉为先人,不敢怠慢,要来祭祀它。李石认为岩画的内容是"鬼影",也就是先人的魂灵显像。事实上,由于花山岩画历史久远,又缺少相关文献记载,花山岩画就像是一本还没有被破译的天书,至今还有许多令人无法解开的谜。因此,关于花山岩画所传达的内容是什么,专家们只能就岩画的画面和出土的文物进行分析研究。关于花山岩画所表达的内容,目前学术界大致有以下观点:一是语言符号说。认为这些画,从不规则的布局来看,类似绘画,从每个抽象、公式化的分子来看,又类似一种象形文字。二是左江古人在生产活动中与洪水做斗争的历史记录说。认为岩画主要在河道转弯水又深又急的峭壁上,且画中有较多铜鼓图像,因此可理解为人们在江边击铜鼓祭江神,以祈天公停雷止雨,消除水患,保人畜平安,庄稼丰收。三是乐事盛会说。认为岩画表现生活各个方面,如狩猎、祭祀、舞蹈等。画中人像有男有女、有大小头目,均做舞蹈之态,亦有做献物状或敲锣打鼓状。画中器物有刀剑锣鼓、头饰藤牌及麈等,据此判断岩画是表现、反映战争胜利、丰收种种喜悦场面。四是反映壮族先民从事生产活动说。认为作画年代当在距今2000多年前，当时已进入铜石并用或铜铁并用的阶级社会，壮族先民主要从事渔猎生产活动。五是队伍集合图、点将图、誓师图、庆功图说。认为岩画图像形状明显如此。六是祖先崇拜、原始宗教表现说。认为左江流域在秦军南下时，还处在原始社会的后期阶段，阶级分化刚露苗头，因此当时人们的思想意识仍然受原始社会思想的支配，而这种意识，就是原始宗教意识。原始宗教包括的内容很多，有对大自然的崇拜，也有图腾崇拜、鬼神崇拜、祖先崇拜等等。从花山岩画的人物图像的形状看，居主要地位的"大人物"几乎都是一样的。那么，是什么人才有如此强大的魅力，以致在如此广泛地域内受到大家共同一致的崇拜呢？比较合理的解释是：他是大家共同的祖先，或大家共同推崇的英雄。专家学者对世界各地的岩画进行研究，认为岩画都是古人为了祈求功利而向各种神灵膜拜的产物。花山岩画也不会例外。人们绘制这些画，应是受到对神灵有所求的强烈愿望所驱使的结果。

这些观点正确与否，科学程度如何，我们姑且不去评价。从文化考察的角度而言，我认为至少有以下几个方面的启迪：一是这是壮族先民的文化符号，但又不仅仅是壮族先民的，她同时是其他民族先民的文化符号。二是形成这样大规模的文化符号，其内涵必定是积极的、神圣的。三是任何一种文化的产生，都是民族精神的体现，民族追求的表现，民族创造的凝聚。四是任何一种文化的出现，都应该是一定历史条件的产物。五是任何一种能穿越时空的文化，必定是一种精神的自觉。六是任何一种古代文化，后人对其的评论

花山画语

都是苍白的。

但可以肯定的是：以花山岩画为中心的左江流域岩画长廊，以其岩画地点分布之广，作画难度之大，画面之雄伟壮观，都是国内外所罕见，具有很强的艺术内涵和重要的考古科研价值。从岩画中，我们不仅看到绘画者的绘画艺术成就，同时还感受到了古代先民社会生活内容的丰富和勤劳、勇敢、奋斗的民族精神。

从众多人物的姿态上看，画面更像是一场盛大的祭祀或节日庆典。画中人物大多双臂向两侧平伸，曲肘上举，双腿分开成屈蹲，明显是模仿青蛙的姿态，而蛙神崇拜正是壮族的古老传统，青蛙舞至今仍在民间有所流传；其次，画面中出现很多铜鼓，这种重要的礼器也多用于祭祀场合；另外，一些人物形象有明显的性别特征，画面出现了身怀六甲的妇女、成群结队的小人，有人认为这反映了古骆越人的生殖崇拜。据这些内容可以推断，画面表达了一种欢乐、庄严、神圣的场面，如果不是祭祀，也是某种庆祝仪式。而在古代骆越人的生活当中，盛大的节日庆典，往往是和祭祀同时进行的，在举行仪式的过程当中，当然也少不了敲铜鼓、跳蛙舞。虽然画面上只有一种颜色，人物也仅仅是用线条勾勒出大致的轮廓，但浩大的场面形成奔放、豪迈的气氛，令观者产生热烈、宏大、庄严的观感。在画面之中，人物或手执刀剑，皆蹲身曲臂，做蛙形起舞，铜鼓、钟、太阳、船、狗等形象穿插其间。仰视岩画，一幅壮丽的画卷展现眼前：铜鼓声声，人欢马跳，群情激奋，欢声雷动。一个个赭红色人像组成的画面，既像庄严隆重的祭祀场面，还像钢筋铁骨的兵马阵，又像先民们狩猎归来的丰收欢乐的场景。

/ 百里画廊

不管画面具体描述了哪一个场景，它都实实在在地反映了古人的生活场景，表达了人们对英雄的崇敬和对力量的歌颂，以及祈望人畜兴旺、风调雨顺的美好心愿。

四

令人称奇的是，经历了如此久远年代的风吹日晒雨淋，壁画的颜色仍然非常鲜艳，先民们是用什么颜料作画的？

"初识壁画认前朝，色自丹丹迹未凋。"千年的时光，也打磨不去花山岩画的色彩，这不能不说是一个奇迹。关于绘画的颜料，目前已有定论。据介绍，历年来国家文物保护部门的有关专家，先后用科技手段对花山岩画的作画颜料进行过检测，发现其中的主要成分是一种天然矿物质原料——赤铁矿。然而只有这天然赤矿粉，无法在坚硬、光滑而且直立的崖壁上作画，必须配以粘剂调和。经过进一步检验，发现颜料里的确包含有胶着剂成分，但是检测出来的胶类，到底是植物胶还是动物胶？以当时较为原始的提炼工艺，古骆越人又是如何获取这些成分的？胶与赤铁矿又是如何配制的？这又给人们留下了许多谜团。

那么，当时是用什么工具作画呢？目前我们还没有找到直接的证据，我们现在只能根据岩画的一些线条，还有一些笔画来推测，估计作画的工具有三种：第一种可能是用竹子做成的笔，用竹笔来画。竹子在左江流域非常多，选择一节竹子把一端敲碎，然后就形成一个笔锋。第二种是草笔。选择一些比较细软、比较柔韧的草，绑成一捆做成笔来画。第三种是羽毛笔。用一些禽兽的羽毛做成笔

花山画语

来画。当然,不排除还有其他的作画工具。

五

在如斧劈刀削般、高耸险峻的崖壁上,这些图像又是怎么画上去的?

花山岩画绘在裸露的悬崖峭壁上,最高处距地面60米左右,现代考古学家想用现代化的技术和设备对崖壁画进行准确的拍照和完整的临摹都感到一筹莫展,古代壮族先民在崖上作画的艰险就可想而知了。可以肯定的是,他们耗费巨大努力完成这样的巨作,显然不是漫不经心随意而为,而是一开始就有着明确的目的,那就是"让岩画千古流传,让观者心生敬畏"。当他们在悬崖上描上第一笔的时候,他们绝对已经猜到了数千年之后人们看到这伟大杰作时脸上的表情,心中感受到的惊讶和震撼。

直到今天,也没有人知道他们究竟是怎么做到的。难道是古骆越人的巫师真有通神的灵感,从中得到某种神秘的启示?还是当时的人们已掌握了高超的技术,克服了一个又一个科技难关?似乎哪一种猜测都令人难以置信。

在古代生产力水平不发达的情况下,在这高耸陡峭的岩壁上,这些图像是怎么画上去的?他们如何"飞上"半空,在高达60米的岩壁上画下岩画?这令人百思不得其解,发出"悬崖峭壁费登攀,泼墨涂朱更觉难"的感叹。为了解开这个谜团,专家学者们反复观察壁画周围的地形,大致总结出了几种可能的作画方式,但这些猜想无一例外地有着重大的缺陷,无法完美地解决登高绘画的问题。

其一，自下而上攀缘法，即利用崖壁上部或下部的树枝、树根或岩石裂隙等地形地物，攀缘而上到达作画地点的方法。然而，在崖壁上有许多倒石锥坡、错落体、台地或石坎，这些画面位置有一定的高度，根本没有支撑点，而且崖壁陡峭光滑，无法攀登，站立尚且艰难，作画更不可能。

其二，直接搭架法，在坎坡上构搭一定高度的木架，画者攀在木架上作画。这种方法看似比较合理，但细究起来也有缺陷。从崖底至河边的平台最窄处仅3米宽，要搭架子，必须得从河里搭起，其难度可想而知。

其三，自上而下悬吊法，此方法是以绳索、藤条之类为辅助工具，利用树根、岩缝等地物，从崖壁顶部悬吊攀缘而下以到达作画地点。因为整座花山崖壁呈向外倾斜姿势，底陷上突，从崖顶到地面的垂直点与岩壁的距离达20多米。如从崖顶往下吊人，无论如何也难于贴近崖壁。

其四，高水位浮船法，这是在山洪暴发、江水上涨之时，利用高水位浮船或木排到崖壁下作画的方法。然而画像最高处距地面60多米，如果江水真的涨到这一高度，明江流域早已一片汪洋，在这种情况下画师还有闲情逸致作画，那他们的心理素质恐怕非比寻常，强大得不可思议。

这四种方法当中，我们认为可能第一种第二种是用得比较多的，因为我们发现，岩画所处的悬崖，都是上部外凸、下部内收，所以除了自下而上的攀登作画，或者搭脚手架，其他方法有时候不是很适用。当然，除了这四种方法之外，还有没有其他方法，现在我们

不得而知。我们在思考这个问题时,还要考虑到古人的攀登能力可能比现代人强得多;而且还有一个地质上的问题,现在看起来很峻峭的地方,在古代可能不是那么的峻峭,不是那么难攀登。

六

关于左江花山岩画的年代问题,观点可以说是非常之多,众说纷纭。最早的记载,出现在明代张穆的《异闻录》中,文中是这样描述的:"广西太平府有高崖数里,现兵马执刀杖,或有无首者。"光绪年间的《宁明州志》记载:"花山距城五十里,峭壁中有生成赤色人形,皆裸体,或大或小,或执干戈,或骑马。"随着研究的深入,目前学术界对这个问题逐渐有了共识,人们普遍接受的观点是"战国至东汉时期",或者更详细一点是"战国早期至东汉时期"。这两种观点大同小异,都是根据岩画上的图像,比如羊角钮钟、环手刀、铜鼓、剑、渡船、人形等图像,并与出土文物进行对比分析,结合文献进行研究,推出这个结论。这两种观点得来的方法,是比较科学的,也是比较全面的。所以,现在学术界普遍接受的是这个观点,也就是"战国至东汉时期"这个年代,学术界基本上达成了共识。另据碳–14年代测定,左江花山岩画年代也有可能为距今1680年至4200年。

可以想象,左江花山岩画的绘制历经了战国、西汉、东汉等多个历史时期的不断完善,才形成这震撼人心的画作。

七

左江花山岩画宏伟壮观、神秘莫测。对于是谁在这悬崖峭壁上留下了千古之谜，有人说，左江流域自古以来是壮族及其先民居住的地方，作画的应该是壮族先民。但是现在生活在左江流域的，还有苗、瑶等民族，他们有没有可能是岩画的作者呢？

左江岩画的创作者是谁，是什么人？对这类问题，学术界有很多不同的观点，主要有：一是西原说。认为广西左江花山岩画与唐代西原蛮有关，是西原蛮首领在反抗唐王朝的斗争中创造出来的。二是苗瑶集团说。认为左江花山岩画最突出的动物是犬，犬是盘瓠的象征，是苗瑶的祖先，是苗瑶民族图腾的标志，所以左江花山岩画是由苗瑶民族创作的。三是乌浒说。乌浒是历史上的一个族称，大约在东汉前后，文献有很多乌浒的记载。学者认为，左江花山岩画的年代最早不过东汉，晚可以到南朝末年或者隋代，这个时候活动在这个区域的是乌浒人，所以是乌浒人创作了左江花山岩画。四是骆越说。认为左江花山岩画的年代是战国至东汉，这个时期活动在左江流域的正是骆越人，所以左江花山岩画应是骆越人的文化遗存。五是瓯骆说。认为左江花山岩画的年代是战国早期到东汉时期，而这个时期活动在这个区域的是西瓯、骆越，所以是瓯骆人创作了左江花山岩画。

以上五种说法，目前比较统一的是骆越说，即左江花山岩画应是骆越人的文化遗存。据专家考证，花山岩画为古骆越人所作。古代我国南方广大地域内，分布着许多同属于一个族系的部落群，被称为"越"或"百越"，或写作"粤"。骆越是百越中的一支。文献记载，战国至秦汉时期，左江流域的居民主要是一种叫"骆越"的民族。最早记载骆越之名的文献如下。《盐铁论·地广篇》："荆楚罢于瓯、骆。"《史记·南越传》："佗因此以兵威边，财物赂遗闽越、西瓯、骆，役属焉。"《汉书》也有相同的记载。以上诸书所说的"骆"，即指骆越。《水经注·温水》："郁水，南通寿冷，即一浦也，浦上承交趾郡南都官塞浦。"《林邑记》曰："浦通铜鼓，外越安定黄岗心口，盖籍度铜鼓，即骆越也。"这里所说的"郁水"，即今广西左江。明清时期的一些著作中更明确指出左江流域是古代骆越人聚居地区。《百越先贤志》说："牂牁西下（指左江流域），邕（邕州）、雍（可能指汉雍鸡县，在今崇左市境）、绥、建。古骆越也。"《天下郡国利病书》说："今邕州与思明府凭祥县接界入交趾海，皆骆越也。"可见，花山岩画为古骆越人所作应是不假。

八

天下花山，世界瑰宝。广西左江花山岩画，展现了广西左江流域土著民族的历史文化面貌，具有极高的历史文化价值，是世界共同的文化遗产。我们不仅要珍惜她，而且要保护好她，让她与天地同春，与日月长存。

百里画廊

拜谒花山

一

西南边陲，若是晴天，那种明媚的色调，青山、绿水、蓝天、白云，灿烂而怡和，这是一种令人激动的气象。与生俱来，我一直喜欢在这样的暖色中活动。

初春的一个上午，我驾车正沿着明江岸上的翠绿穿行。此行的目标是拜谒花山。

春天拜谒花山，一直是我心中的冲动。春天里，花红柳绿，翠竹婀娜，猿啼鸟语，春水泛泛，船行悠悠。心灵的肌肤已经温热，冰冷的血液开始沸腾，思想也已解脱了棉衣的束缚，趁着寒冷渐行渐远，春光渐渐灿烂，炎热尚未横行，带上真诚与淳朴，带上向往与清醒，穿过城市的建筑森林，远离喧嚣的氛围，素面朝天地走进春天，走进木棉树的视野，走向花山。这样的活动，对心灵和精神来说，都是愉悦的。

在这次拜谒之前，我已带客人或陪客人前来考察过几次。第一次看花山，是在很久以前，当时我在乡文化站工作。是在一次年会中，县文化局、文化馆组织我们与会人员来的。记得当时也是春季，

花山画语

雨后晴天，我们在花山崖壁下仰望着。崖壁上经年流凝而成的钟乳石，在崖壁顶上多处垂挂，如龙头，似凤冠，时有晶莹透亮的水珠从龙嘴凤喙滴下，钻入脚下泥沙，渗进静流的明江。第一次看花山，比较匆忙，以致对花山的认识只是停留在"崖壁红人"印象之上，停留在仰脖接饮几滴花山水珠的沁甜感觉之中。后来的几次考察，也都是走马观花，没有留下什么特别的印象和引发什么深刻的思考。所以，我决定再次拜谒花山，加深感性认识，以祈有新的灵感和更多的感悟与收获。

二

据专家初步考证，花山岩画可能是战国早期至东汉的作品。至今已经2000多年了。2000年前是个什么概念？我们把目光穿越时空，看看当时世界是个什么样子，中国又是什么样。2000多年前，希腊、埃及、两河流域、印度等古文明和中华文明的光芒同时熠熠生辉，共同璀璨辉煌着时代的长河。那个时候，孔子、老子、释迦牟尼几乎同时在东方思考，而埃斯库罗斯、索福克勒斯、苏格拉底、希罗多德和柏拉图，则在地球的另一端爱琴海的海边徘徊着。他们共同构成了耀眼的精神星座，灿烂一时，使后世人类几乎永远地望尘莫及。就是在这样的历史空间中，花山岩画诞生了，这绝不是历史的偶然，也绝不是时空的牵强。我们可以想象，当孔子下临逝川发出"逝者如斯夫，不舍昼夜"的浩叹，当屈原面对天地时空发出"遂古之初，谁传道之？上下未形，何由考之？"的叩问，骆越人正在明江的悬崖峭壁上，镌刻与绘画他们的思想。

百里画廊

但临江迎风舞蹈了2000多年的花山岩画,在时光隧道中,在历史的舞台上,更多的是寂静与孤独、冷清与落寞。这些古色古香的艺术珍品,千百年来,研究它的人很少,尤其在新中国成立前,基本没有人去发掘研究,就是文献上记载也是凤毛麟角的。1954年1月,广西博物馆组织人员首次到花山摄取照片;1956年8月,广西省政府第一次组织人员对花山进行科学考察;1980年初,有周姓俩兄弟突然得到花山岩画的招引,来到明江,乘上竹筏,沿河漂流,攀上岩壁,风餐露宿,对所有壁画进行临摹速写。然后,周氏兄弟以油画形式,以写意与抽象的现代艺术手法,创作出了4000多幅崖壁画。1985年2月,在中央工艺美术学院院长张仃先生的帮助下,周氏兄弟得以在中国美术馆举办了花山岩画艺术展,花山岩画由此轰动全国,震惊世界。1985年4月,自治区人民政府邀请区内外专家学者组成考察团,再次对花山岩画进行考察。随着考察活动的不断深入,研究花山岩画的专家学者越来越多,研究成果也越来越丰厚。美、日、英、德、法等许多国家和港澳地区的专家多次来研究,试图考证出新论。1988年,花山岩画被国务院定为全国重点文物保护单位;1998年,以花山岩画为中心的花山风景区被定为国家级风景旅游名胜区,成为广西区内与桂林漓江、桂平西山齐名的三大国家级风景旅游名胜区之一;2004年11月,花山岩画被国家列入申报世界文化遗产预备名单。现在,专家学者来得少了,慕名而来拜谒和旅游观光的多了,每年都有上万人次。

由中央民族学院(今中央民族大学)出版社1988年6月出版的《宁明县志》中,专门列有"花山岩画志",从地理位置、图像

花山画语

纪实、民间传说、专家学者考察及其研究情况、诗选等五个方面对花山岩画进行了记述,并配有临摹图像。"花山岩画志"的"概说"是这样介绍的:"花山岩画,是我国岩画中的一颗明珠。这些古朴豪放、恍惚迷离、生动肃穆而富有神秘色彩的巨幅画卷,不但反映了2000多年前左江流域的艺术精华,而且还具有多方面的学术价值","清光绪九年(1883年)修的《宁明州志》载:'花山距城50里,峭壁中有生成赤色人形,皆裸体,或大或小,或执干戈或骑马'"。概说,也只能是概说,它只能简单地进行概述。事实上,花山岩画的内容是非常丰富的,三言两语显然不能说明什么问题。

纸上得来终觉浅,绝知此事要躬行。史志提供的资料毕竟是有限的,况且,史志是后人在一定的历史条件下记述的,难免有局限性。因此,要深刻解读和全面理解花山岩画的内涵,绝不是一人一时一功就可以做到的。

三

行至民族山寨,要在这里停车,换乘舟船。

民族山寨背山临江,是前些年外地老板投资而建。寨门、竹楼、停车场,简单空旷。寨门前几户人家,人气不旺,略显荒凉;但几缕炊烟,飘散青山绿水中,倒也显别致。

因为来得比较早,我们一行人不满一船,船家觉得收入太少,不肯开船,要我们等。

趁着这空隙,我到船上坐着观光。江风徐来,顿时心旷神怡。江水微澜,犹似春天笑靥。两岸青山叠翠,竹木簇拥;一江春水西流，尽收美景。岸上声声山歌不断，洋溢快乐幸福；江面几只小船起网，收获银鱼白云。

这条明江，源自十万大山，宛若一条威猛的青龙，一路左冲右突，高歌舞蹈，飞流出山。进入宁明境内，有公安河及众多溪流汇入，身体便越发丰腴健硕，野性逐渐收敛，温顺起来，羞羞答答，半遮半掩，款款而行，显得清丽而婉约、文静而乖巧。没有了大喊大叫的张扬，也没有了大起大落的历程；有的只是深沉与柔和，平静与顺畅。千万年来，总是如此这般默默地滋润着花山的人民，养育着花山的意境，丰富着花山的内涵。

岩画，这种刻或画在岩石表面的图画，遍布世界许多国家，延续时间大约从30000年前直至今天。目前世界上约有70多个国家、780个地区数千个地点发现了岩画，已经记录下来的岩画图像约有2000万个。中国是世界上岩画分布较丰富的国家之一，有18个省区100个以上的县（镇）发现了岩画，遗址总数有数百个，大概不下几十万幅，它的分布绝大多数在边远山地，尤以临近或半沙漠地带为最多，这与世界其他岩画的分布规律相一致。目前，已发现的中国岩画当以连云港军崖岩画和内蒙古阴山岩画为最早，大约始于新石器时代早期或更早，距今约10000年。最晚的岩画可至明清时代。

关于花山岩画所表达的内容，目前学术界大致有以下观点：一是语言符号说。认为这些画，从不规则的布局来看，类似绘画，从每个抽象、公式化的分子来看，又类似一种象形文字。二是左江古人在生产活动中与洪水做斗争的历史记录说。认为岩画主要在河道

花山画语

转弯水又深又急的峭壁上，且画中有较多铜鼓图像，因此可理解为人们在江边击铜鼓祭江神，以祈天公停雷止雨，消除水患，保人畜平安，庄稼丰收。三是乐事盛会说。认为岩画表现生活各个方面，如狩猎、祭祀、舞蹈等。画中人像有男有女、有大小头目，均做舞蹈之态，亦有做献物状或敲锣打鼓状。画中器物有刀剑锣鼓、头饰藤牌及麾等，据此判断岩画是表现、反映战争胜利、丰收种种喜悦场面。四是反映壮族先民从事生产活动说。认为作画年代当在距今2000多年前，当时已进入铜石并用或铜铁并用的阶级社会，壮族先民主要从事渔猎生产活动。五是队伍集合图、点将图、誓师图、庆功图说。认为岩画图像形状明显如此。六是祖先崇拜、原始宗教表现说。认为左江流域在秦军南下时，还处在原始社会的后期阶段，阶级分化刚露苗头，因此当时人们的思想意识仍然受原始社会思想的支配，而这种意识，就是原始宗教意识。原始宗教包括的内容很多，有对大自然的崇拜，也有图腾崇拜、鬼神崇拜、祖先崇拜等等。从花山岩画的人物图像的形状看，居主要地位的"大人物"几乎都是一样的。那么，是什么人才有如此强大的魅力，以致在如此广泛地域内受到大家共同一致的崇拜呢？比较合理的解释是：他是大家共同的祖先，或大家共同推崇的英雄。又据专家学者对世界各地的岩画进行研究，认为岩画都是古人为了祈求功利而向各种神灵膜拜的产物。花山岩画也不会例外。人们绘制这些画，应是受到对神灵有所求的强烈愿望所驱使的结果。

这些观点正确与否，科学程度如何，我们姑且不去评价。从文化考察的角度而言，我认为至少有以下几个方面的启迪：一是这是壮族先民的文化符号，但又不仅仅是壮族先民的，她同时是其他民族先民的文化符号。二是形成这样大规模的文化符号，其内涵必定是积极的、神圣的。三是任何一种文化的产生，都是民族精神的体现，民族追求的表现，民族创造的凝聚。四是任何一种文化的出现，都应该是一定历史条件的产物。五是任何一种能穿越时空的文化，必定是一种精神的自觉。六是任何一种古代文化，后人对其的评论都是苍白的。

正思量着，一队外地游客上船了，一阵喧闹上来了。几声汽笛高鸣：开船喽！

四

顺流而行。

河水如绸似缎，平展而柔软。游船像一把剪刀，徐徐地向前裁去，绸缎便绽开朵朵浪花，一路不败，让人们的双眼满满地装载着。眺望明江两岸，只见奇峰突起，层峦叠嶂，岗黛浮青。两岸的石山，如龙似虎，时而龙腾虎跃，时而虎踞龙盘。极目开去，错落有致、罗列而来的群山，像屏风，像青螺，像笔架，厚重而坚挺。

从宁明县城水路到花山，要经过珠山、龙峡山、陇瑞自然保护区、达佬山、高山等。河道一段一拐弯，而且拐弯处总是呈直角直转弯。船到山前，好像没处去了，其实只是拐了一个弯。曾经有细心人数过，这样的直角转弯共有九处之多。弯弯水路，两岸边景象纷呈。时有天鹅戏水、金猴照镜、万马奔腾、群牛竞渡、狮子探头、龙蛇沉浮、孔雀开屏、水鸟寻鱼、翠笔蘸墨等景致，给人无限遐想。

船行不久，船家告诉大家：前面就是福山。只见前方一座石山峭壁，形如一只蝙蝠在张着翅膀，似乎要拦住江水，以便抓鱼捕虾。福山就是取蝙蝠谐音而称。又转过几道弯，一位带上海口音的女士兴奋地高呼："大鹏展翅！大鹏展翅！"大家齐齐朝前看，一座大山宛如一只鲲鹏，昂首睥睨，状若冲天，两边翅膀绵延起伏，形似翱翔。

据专家考证，花山岩画为古骆越人所作。古代我国南方广大地域内，分布着许多同属于一个族系的部落群，被称为"越"或"百越"，或写作"粤"。骆越是百越中的一支。文献记载，战国至秦汉时期，左江流域的居民主要是一种叫"骆越"的民族。最早记载骆越之名的文献如下。《盐铁论·地广篇》："荆楚罢于瓯、骆。"《史记·南越传》："佗因此以兵威边，财物赂遗闽越、西瓯、骆，役属焉。"《汉书》也有相同的记载。以上诸书所说的"骆"，即指骆越而言。《水经注·温水》："郁水，南通寿冷，即一浦也，浦上承交趾郡南都官塞浦。"《林邑记》："浦通铜鼓，外越安定黄岗心口，盖籍度铜鼓，即骆越也。"这里所说的"郁水"，即今广西左江。明清时期的一些著作中更明确指出左江流域是古代骆越人聚居地区。《百越先贤志》说："牂牁西下（指左江流域），邕（邕州）、雍（可能指汉雍鸡县，在今崇左市境）、绥、建。古骆越也。"《天下郡国利病书》说："今邕州与思明府凭祥县接界入交趾海，皆骆越也。"可见，花山岩画为古骆越人所作应是不假。

五

一个小时后，我们看到了花山。

百里画廊

花山在一个叫耀达的村子对面，临明江而立，山壁陡峭如削。海拔345米，整个画面高约40米，宽221.05米，面积8800平方米，有赭红色的各种或人或兽或物件的图像共3处15组，合计1800多个，其中最大的人像高达3米，最小的0.3米。正身人像的基本形态是两手向两侧平伸，曲肘上举，双脚平踏，屈膝向下。侧伸的双大臂大部分与肩平，也有略高于肩的。侧身人像面向右，手脚与身躯的夹角、膝关节的夹角多呈钝角，少数为直角。器物图像有形似铜鼓、铓锣、刀剑、羊角钮钟、船、道路、马、狗等。从左向右看，整个花山岩画分别处于花山西侧和西南侧的崖壁上，第一处画幅最大，图像最多最密集。大部分比较清晰，相当一部分已模糊不清，尚能辨别的图像约593个，其中一个人像高近3米，是花山岩画中最大的一个。此人手有三指，左手握一把环首刀，腰挂带横格的长刀剑，微下蹲，大腿上拱，俨然一个首脑形象。第二处在第一处左侧上方绝壁的一个岩洞两侧，画面朝西，共有8个正身人像，画面颜色已极黯淡。第三处位于东侧约110米的山峰腹部，仅见一个单环形图像，直径约50厘米，环下有一横线。这两处岩画游离在第一处的上方，且颜色模糊，用望远镜也难以观察清楚。画面主色调为赭红色，线条粗犷，神态各异，形象逼真，场面热烈而富有神秘色彩，气势恢宏，世之罕见。真是"千秋艺术放奇葩，先民智慧足惊叹"！由于受到自然、地质环境及人类活动等因素影响，花山岩画积存了多种问题，近一半面积的岩画本体出现各种形式的脱落，岩画所在的岩壁出现开裂，一些岩画表层的颜料褪色剥落，画面模糊，有的还受到水的溶蚀和沉积物覆盖。

花山画语

至于其内容是什么、如何画上去、用何颜料、具体作画时间等问题，仁者见仁，智者见智，众说纷纭，各抒己见，莫衷一是，仍然是个千古之谜。

我不善猜谜，但喜遐想。

中国哲学是一种生命哲学。重视、探讨并表现生命，是中国艺术的一个基本特征。那么，2000多年前的花山岩画其所蕴含和表达的，也应该是一种生命的哲学。这种生命的哲学，以物化的形态体现在坚硬、永恒、不朽的岩壁之上，如金沉默，累积时空，丰富历史，变成了世上至为宝贵的东西。

我们知道，股民的财富是手中的股票，富豪的财富是银行的存款，商人的财富是资金和货物，而一个民族最宝贵的财富呢？则应该是文化与精神了。物质的丰富，可以因突击因积累而获致，是"生存"的条件；文化与精神则需要长期的积累与提升，是"生活"之必需。"生存"是物理生命，"生活"是精神生命。显然，花山岩画就是古骆越民族创造和遗存的文化与精神财富。这笔文化与精神财富，是一个民族漠视对形而下的物质追逐与享受，而热衷于对形而上的文化与精神的追求和创建的结果，这样的民族是富有希望的。

我们还知道，任何一种文化、文明的本质只能从它的存在过程中来看，而任何一种过程的优劣也只能从其他过程的比较中来看。2000多年的风沙吹刮过去，2000多年的刀兵水火呼啸过去，2000多年的大劫大难践踏过去，即使位高权重如帝王将相，也俱已化为尘泥，纵然金坚石固如大唐帝国，也早已土崩瓦解。而花山岩画，这个古骆越民族创造的文化、文明，历经千年与千劫仍顶天立地，迎候一个个陌生时代和千千万万双陌生而惊喜的眼光,这是怎样的奇迹?仅仅岩画千年不褪就已经是奇迹了,何况岩画的深刻内涵?更何况深刻内涵所蕴藏的文化价值?

仰望花山,我想起了英国著名诗人拜伦,当年他慕名到希腊海边最美的地方——苏尼翁角,参拜壮观的波塞东海神殿。希腊不是拜伦的祖国,但他酷爱希腊文明,愿意把希腊看成自己的文化祖国。他不仅到希腊游历,而且还在希腊与土耳其打仗时参加过志愿队,并且在其长诗《唐璜》中用一节专门写一位希腊行吟诗人自弹自唱,悲叹祖国拥有如此灿烂的文明却最终败落。拜伦长得颀长的身材,他在参拜海神殿时,面对景仰的希腊文明,他抑制不住必须把自己的名字签写在希腊文明肌肤上的冲动,因此,他虔诚地用端正的手写体,如对神明般低头把自己的名字刻在了海神殿右边第二柱稍低处。

拜伦是一个伟大的诗人,我只是一名骆越后人,不可相提并论。但我对花山岩画这个壮观的骆越文明的景仰和崇拜,与拜伦对希腊文明的景仰和崇拜是没有差别的。当然,我不可能做到像拜伦那样去刻上自己的名字,尽管我很强烈渴望学拜伦那样把自己名字签写在骆越文明的肌肤上,但这是不允许的。我必须换另外一种方式,寻求另一个渠道,将我对骆越文明的景仰与崇拜,送达我心中的神明、我的文化祖先。于是,我想到了中国式的风俗、壮族的拜祖习俗——焚香!焚香拜祖,这种方式、这个渠道是非常恰当的。香烟星火,可以沟通阴阳,可以穿越古今,亦可以实行精神与心灵深处的对话。

花山画语

这般想来，如醍醐灌顶，心胸豁然开朗。

我面朝花山，点燃一支香烟，插在船顶上，权作香火祭拜。我的心在烟火的袅袅升腾中，渐渐躬伏，匍匐在明江水面上。我的灵魂，在骆越先祖的招引下，随着淡蓝的云烟，徐徐上升，抵达花山画图，在那红色热烈的世界载歌载舞。

花山岩画，在我的头顶上，忽然光芒四射。

百里画廊

写意花山

一

不知是天的意境,还是地的想象,让彩云飘转几个弯,便把2000年的时光伫留在绵延逶迤的岩壁上?是太阳的构图,还是月亮的手绘,让红色的云霞落在了这片土地上,将璀璨的星星化为灵动神秘的画面,排在这青山绿水的明江岸?这些年,我曾多次亲近花山,面对那由无数个粗犷古朴的形象,构成的浩浩然、昂昂然、巍巍然的花山岩画,浩叹油然而出。

雄踞在西南边陲的花山,是一处历史文化古迹。山以画显,画以山彰。花山因集显神秘岩画而名播域内海外。明江岸上的花山,在西南边陲的宁明。早在中寒武世(距今5亿年前)起,宁明就沦为海侵地带,印支运动(大约2.2亿年前)以后上升为陆,经历燕山运动,基本奠定了地质轮廓。20世纪的六七十年代,人们在花山岩壁上及其码头石级旁边,发现了珊瑚和海藻等化石;在花山岩洞遗址的地表采集到古遗物,主要是夹砂粗陶片、磨制石器、打制石器、人类遗骸及贝壳等。它可能属于新石器时代早期的文化遗址。可见,早在远古时期,人类便眷恋上这片退海之地,并随着历史的

花山画语

演进而不断演绎生命的进程和文化的历程。到战国早期至东汉时期，花山岩画便应运而生，横空出世，耀眼于天地时空。

花山岩画与他地岩画的不同之处，不仅在于画面大，还在于绘画难度大、艺术性高。我曾多次考察花山岩画，看见那些栩栩如生的人物、动物、器物形象，都是绘制在十几丈乃至几十丈高的悬崖陡壁上，不说人无法攀达，就是猴子也难跳及，真无法想象人类是如何画上去的。再看画面，以巍巍高山崖壁作纸，气势浑雄磅礴，令人望而惊叹，画面静中有动，粗中有细，简中有繁，虚实有致，主次明显，形象逼真，惟妙惟肖，庄重肃穆而又轻松活泼，具有极高的艺术造诣，是世界艺术宝库中难能可贵的艺术结晶，诚然历史的奇葩。

二

历史上的一切文化现象，常是简约里包含着丰富，单纯里蕴藏着非凡。别看花山岩画图像古朴、单纯，颜色单一，却集中体现了花山岩画的文化品格。春天，百花齐放，百鸟争鸣，岩画却婉拒春神的热闹之约，不动声色，兀自甘于寂寞，为的是给百花百鸟尽情地歌舞。当百花渐褪，千竿茁壮，万叶繁茂，岩画依然沉默是金，规规矩矩扎根岩壁，谦谦在枝叶影下看夏日的甘霖与阳光，让植物更多地吸吮土地的养分。金秋，当异果飘香，谷穗金黄，岩画便满脸红晕，欣喜又羞报。隆冬，又巍然而立，抗风斗寒。年年岁岁，日日夜夜，这"春不夺彩，色不争艳，体不占地，高不争天"的侠骨柔肠，在岩画家族中，唯花山所独具。

百里画廊

　　春天，我曾拜谒花山。那时，三春的花事正是热烈的时候。在这里，我看到了一个最纯净、最绚丽的山花世界。明江两岸，岩画四周，花色百种，仿佛接到上苍的统一号令，在一夜之间全部爆发性地绽开了。那一枝枝、一串串、一朵朵的花，大大小小，密密匝匝，层层叠叠，斑斑斓斓；密的地方攒攒挤挤，疏的所处娉娉婷婷。抑或为花山岩画的红色所感召，百花中，浓的，以华美衣饰和艳丽装扮，给自己添半分骄傲；淡的，用浅单为裳，谦冲为怀，让自身含十分羞涩。它们似乎都懂得，用蓓蕾的繁盛去衬托花山的热烈，用脂粉的艳丽去融入岩画的整体，用佩饰的华美去亲密画面的协调。亿兆山花在望不到边际的明江两岸，一起舒眉展眼，以各异的芬芳，汇成无涯的和谐，连空气中都弥漫着醉人的清香。五彩缤纷的蝴蝶翩翩鼓翼，把花海当成忘情的天国；嘤嘤吟唱的蜜蜂穿梭忙碌，眷恋着花山这神秘甜蜜的区域；啾啾鸣叫的鸟儿此起彼伏，嬉闹在花山深情的注视中。徜徉在这连吸口气都感到清香的花山山花里，我的身躯、生命和心灵，都成了这花香的"俘虏"，就像洗了一次"百花浴"似的遍体通泰。这里没有猜忌，没有约束，没有整饬，所有的烦恼、忧伤、愁闷也都被春风吹散，被花香淹没，被春雨洗清了。

　　仲秋时节，我来到琳琅满目的明江画廊，那闪金耀红的岩画，灿烂辉煌。悬崖峭壁上，那一排排、一组组、一个个岩画，如玛瑙镶嵌在云霞间，似宝石辉耀于绿海里。赭红、绛红、浅红、浓红的画体，斑驳陆离，溢光泛彩。世上许多种红，在这岩画里都能觅到它们的倩影。这是哪来的小伙子，站在花山下，正举着相机，频频拍摄；那又是哪方的姑娘，铺纸挥笔，专注画面，细细描摹……在

花山画语

岩画的对面，我看到农人在稻田里忙着收割。他们弯腰挥镰，金灿灿的稻穗把一片田畴变成了金光的秋衣和地毯。在岩画与稻田之间，还有渔人在撒网，他们轻划小船，收放渔网，银闪闪的渔网将水珠和鱼挂成一幅幅银串的大帘、光动的景幕。花山岩画，你丰收的画面竟是如此的馨香而热烈，悦目又赏心！

冬天，风舞霜染寒侵之后，宁明的花山，又变成了一个素雅的世界，清净的乾坤。我曾经在腊月晴日，来到宁明，欣赏过花山的绝佳精致。霜滤过的空气，纤尘不染，透明清爽，加上霜光的反射，树影的变幻，人们像是走进了童话般的境地。久居闹市的我和家人，那松散的筋骨，在山野里产生了有力的约束，也给我们倦懒的身躯来了一剂绝烈的刺激。那缕缕清气，如纤纤仙指，无形梳过我们的身躯，抚摸我们体内的筋筋脉脉，让我们的身躯都得到了清冽而纯净的洗涤，顿时无不精神抖擞，身心通泰，活力十足。那一排排、一组组、一个个岩画形象，神秘，肃穆，充满着宗教的意味。岩壁上，那经风历雨、天灾人祸仍幸存的千年岩画，他们身上赭红的颜色，像太阳和月亮烙下的血脉精华，在青山绿水间、阳光下，熠熠生辉。花山岩画与珠山、龙峡山、达佞山、高山岩画，森森然、井井然平静地排列着，组成了一个个庞大的方阵，像是在等待春风的召唤，夏雨的命令。我想，如果有大师级的画家冬日来此写生，定能在花山岩画的身上，画出西南边陲历史的魂魄，骆越民族的精神。

三

中国是岩画的故乡。直到今天，中国仍是世界上岩画分布较丰富的国家之一，有 18 个省区 100 个以上的县（镇）发现了岩画，遗址总数有数百个，大概不下几十万幅。目前，已发现的中国岩画当以江苏连云港将军崖岩画和内蒙古阴山岩画为最早，大约始于新石器时代早期或更早，距今约 10000 年。最晚的岩画可至明清时代。花山岩画是国内外规模最大的古代岩画之一，也是目前为止中国发现的单体最大、内容最丰富、保存最完好的一处岩画。岩画文化在中国源远流长，每处岩画都有着它的传说。宁明花山岩画的传说充满了神话色彩：古有奇人名过傣，食量惊人力气大。兵荒马乱难安生，官刮民财百姓苦。过傣决心来造反，苦无兵马与刀枪。上山砍柴呆呆坐，一筹莫展冥思想。一日忽来一老者，送给过傣纸和笔，面授机宜悄声讲："纸上作画满百天，兵马刀枪变成真。天机重要不可泄，不可提前告示人。"老人说完飘然去，留下过傣自作画，每天劳作回到家，关在屋里写画画。母亲奇怪追问他，他神秘兮兮不详答，只说耐心等候一百天，百天之后自明白。谁知九十九天时，母亲实在忍不住，心想："只差一天不要紧，待我看看他画啥？"趁着过傣不在家，推门进去开画箱。刹那间，只见画纸飞满屋，兵马刀枪纷纷出，兵马刀枪软绵绵，如纸单薄轻飘飘，随风飞到岩壁上，变成岩画留古今。过傣回家知事败，仰天长叹泪成河。而在公元 5 世纪，北魏地理学家郦道元发现了内蒙古阴山岩画，并把它写进了《水经注》里："河水又东北历石崖山西，去北地五百里，山石之上，自然有文，尽若虎马之状，粲然成著，类似图焉，故亦谓之画石山也。"阴山岩画的传说则与行猎，放牧、舞蹈、生殖等有关。

到目前为止，对花山岩画的研究成果，综合起来主要在三个方

花山画语

面：一是关于岩画的断代。从画上的羊角钮钟和环首刀等器物，与出土文物对比，断代为上限战国时期，下限到东汉。二是岩画所用颜料为赤铁矿粉，据红外线光谱分析表明，混合有血或骨胶等动物性原料。三是画面反映的内容，这是最具争议性的课题。比较多的学者认为是骆越人庆典或祭祀场面。在这些成果中，第一第二项内容即岩画的断代和颜料成分，由于有考古文物和现代科学的依据，已经没有什么大的争议。但对于第三项即岩画反映的内容，却一直是争议的焦点。说明目前对于花山岩画的研究，还没有形成大家比较认同的结论。有文章提出：历史上，明江流域存在一个小方国，由于地理环境相对封闭，为了生存和发展，需要用战神来保境卫国。从防务手段看，派人守卫作用不大，山高水险，人多摆不开，人少又不起作用，最省力最可靠的办法就是"芒"了。在方国统治者安排下，道公在明江的绝壁作法，他先找愿意守关的人，估计有那么几类：一是自愿为国家献身的；二是俘虏，重刑逼迫他们愿意；三是骗来的。这些人答应守关后，立即被杀死，用他们的鲜血混合赤铁矿粉再加上黏合材料，在绝壁上作法。"芒"他们的鬼魂来守家卫国。花山岩画就是经过"芒"了的战神。因为岩画颜料的主要成分是赤铁矿粉，伴有动物性蛋白质水解物，这是经过道公"芒"过的有力证据。自古以来，左江流域就有壮语称为"芒"（māng）的习俗，实质内容是用鬼魂来看守贵重物品。这些物品可以是金银财宝，也可以是土地房屋和领地等。比如古人有了金银财宝，收藏在家里不放心，很多是藏在秘密的山洞里或埋在土里。这样也觉得不保险，还要去找道公作法派鬼魂来看守。这就是"芒"。"芒"

的方法有多种，有"芒"狗的，"芒"猫的，就是用狗或猫的鬼魂来看守，其中最高规格是"芒"人。具体做法是找个人来，要他答应看守这些物品，然后杀死他，用他的血涂画或圈围在物品或存放地（如山洞里），再经作法，这个人的鬼魂就永远在这里看守了。按当地人的说法是，这些财宝已经"芒"了。今后只有主人或其直系亲属来才能支使鬼魂，拿走这些财宝，而其他人是无法拿走或使用这些财宝的。当地人认为鬼魂的本事很大，它可以使人面对财宝视而不见，也可以使人拿走财宝再受到天灾人祸惩罚，轻则伤残，重则丧命，只有把财宝放回原处才能免灾消祸。这点和古埃及"法老的诅咒"有异曲同工之处。在"芒"的仪式中，不论"芒"狗、猫或人，过程都是取其性命，用其血作法。因此，"芒"人中，作为看守的鬼魂是很难找的，除了与主人有特殊关系，愿意为主人牺牲外，一般人是不愿意被杀死去做鬼的。道公的做法往往是去买、偷、骗还不懂事的小孩，把他骗到藏宝的地方，用美食或玩具引诱他答应在这里看守东西。只要孩子一答应，立即被杀死。这种方法确实很残忍，但古代人深信不疑。因此，民间流传很多有关财宝"芒"后的传说故事，比如流传在宁明花山附近村庄的这则传说：古时花山下有洞，里藏财物堆重重。夜深人静灯火亮，敲锣打鼓人马动。但若有人靠洞口，人马弹唱声无踪。洞里财物可借用，不可过夜留家中。附近村寨人常借，穿金戴银乐融融。有人贪心借不还，掉下大石堵死洞。众人皆恨贪心人，苦苦询查迷朦胧。斋醮作法求宽恕，祈求鬼魂重开洞。斋醮结束那一天，洞口开了一道缝，露出一只金镬耳，大家高兴嘴不拢；想把金镬借来用，可是岩缝实太小，只能

花山画语

手伸拉镬耳,三拉两拉拉断了,洞口闭紧不再松。金镬耳兑得的钱,还清了斋醮费用,只剩下一枚铜钱,一枚铜钱不好分,索性把它扔河中。顿时大水滔滔起,波浪滚滚潮激涌。大水过后露沙滩,形象铜钱圆方孔。人们辛劳耕作物,年年收成岁岁丰。沙滩还在山对岸,洞门一直不开通。

花山岩画"芒"的传说很有趣,也很别致,更是另类异端,但毕竟缺乏考古的有力物证和科学解释,权当一说。在人类历史上,借用神灵来保佑现实,古今中外都有非常多的实例。就从中华民族的历史看,贴门神的习俗有几千年了吧?仅从唐朝把瓦岗寨的两位英雄作为门神固定以来,也有一千多年了。更不用说秦始皇所建的那庞大的兵马俑军队了。神灵的作用如何,外人无法得知。但有一点是可以肯定的,那就是,它会给人一种心理暗示和精神寄托。

四

花山岩画,是骆越先祖写给宁明人的一封佛偈般的"书信",也是历史赐给宁明人的一座艺术宝藏。岩画的主产区,集中在宁明境内的明江河岸,集中在丰水吉岩上。有一个怪异的现象,令人百思难解:同是明江流域,上游的上思县至今却没有发现一个岩画,下游的龙州、扶绥等地也寥若晨星。在宁明的明江河段,岩画家族是庞大的,清光绪九年(1883年)修的《宁明州志》载:"花山距城50里,峭壁中有生成赤色人形,皆裸体,或大或小,或执干戈或骑马。未乱之先,色明亮,乱过之后,色稍黯淡。又按沿江一路两岸,石壁如此类者多。"所谓"沿江一路两岸",对宁明来说,就是指明江两岸珠山、龙峡山、达佞山、高山、花山各个画点。无论哪个画点，艺术造诣都很高，在技巧方面，当时的画家们运用平涂法、勾勒法、对比法、对称法和概括法。这些最基本最普遍的绘画方法，与黄河流域仰韶文化中的彩陶纹饰相媲美。在美术史上，"线条"最早出现在彩陶、甲骨文各种工艺的纹饰上，花山岩画在这方面已运用自如，而且粗犷有力，构造出豪情奔放、充满动感的场面和扑朔迷离、恍浮虚幻、神秘诱人的境界。在表现形式上，用主次对比、概括和均衡对称手法来勾勒画面，人体都采用几何形的造型，笔法简练潇洒，比例结构准确，视觉冲击力极强，震撼人心。

　　浏览花山画廊，我看到了成百上千的艺术造型和美的精灵。仅花山岩画这个点，就集中有1800多幅图像，里面主要以人物为主，间有铜鼓、铜钟、刀剑等器物和马、狗、鸟等动物形象。其中最大的人物像高达3米，最小的仅0.3米。所画人物有双脚"八"字蹲、两手上举和双脚下弯、两臂前撑等姿态。每组画中，常见一高大的人位于人群中央，腰佩刀剑，旁边有铜鼓、马和狗等形象。它们无一不是上苍意志的雕刻，古骆越人生活情感的结晶，历史文化的凝聚。那中间开花的圆圈，如日月，似铜鼓，精美绝伦；那腰间的挂件，像是铜剑，其青幽似在流动，闪烁着海棠红般的光泽，绮丽莹润；那羊角纽钟，通体流泻着天籁神韵，旖旎无匹，直如东汉大师们匠心独运的精雕……"明江江浒花山上，悬崖百丈遗图相；或人或兽或器物，莫不一一肖形状。"乾坤有精物，至宝无文章。面对花山岩画这么多尽态极妍，雅望异常的各个造型，任何语言的描绘，只能是刻鹄类鹜。

花山画语

我移目细细地仰望,每一个人物、动物、器物形象,都像一颗炽热的太阳。从千年岩画的肌肤上,我感悟到时空的苍茫,领略到唐诗宋词的风韵。一个个灵动的画像,就是一个个鲜活的骆越生命,他们比历史上尸位素餐的昏君和阿谀逢迎的政客要高贵、永恒十倍百倍;比之历史上那些为争夺地盘而穷兵黩武的枭将也威武、雄壮千倍万倍;比之现实中那些争名夺利、尔虞我诈的伪君子真小人也可爱万倍亿倍!

五

花山岩画与中国有着历史之缘,现实之情,未来之约。上苍把花山岩画的神奇梦幻,赋予中国这片神性的土地,是中国人的福分。历史将花山岩画的魅力奇葩,绽放在广西这方有灵性的山水,是广西的福祉。花山岩画,也曾几经寂寞,几度失意。2016年7月15日下午,在土耳其伊斯坦布尔举办的联合国教科文组织第40届世界遗产委员会会议上,左江花山岩画文化景观申遗成功,实现了广西世界文化遗产零的突破,同时也填补了我国世界遗产岩画类的空白,花山岩画研究真正进入黄金发展期。

神秘的花山岩画凝结着广西人的憧憬与希冀。在人们尊重历史、重视文化、崇尚精神文明的当今,花山岩画,无疑是神州大地上一个蔚为大观的存在。我想,广西人乃至中国人定会百倍珍惜这历史奇葩、艺术瑰宝,这幅膏血绘、骨水描的花山岩画。

百里画廊

关注寂寞

一

这几年,随着对花山岩画进行文化考察与思考的逐步深入,我发现,有一种现象必须引起关注,那就是:寂寞!文明文化的寂寞!

"寂寞"是表示孤单冷清的形容词。"寂"意为室内没有声响,"寞"意为太阳下山时、点灯之前的昏暗屋室。两字组合起来表示冷清孤单。如三国魏曹植《杂诗》之四:"闲房何寂寞,绿草被阶庭。"如唐李朝威《柳毅传》:"山家寂寞兮难久留,欲将醉去兮悲绸缪。"如茅盾《子夜》三:"一种孤独无依,而又寂寞无聊的冷味,灌满了他的诗人的心了。"如毛泽东《蝶恋花·答李淑一》词:"寂寞嫦娥舒广袖,万里长空且为忠魂舞。"这些说的都是冷清孤单。当然也有其他解释,解释为空荡无物。如《吕氏春秋·审分》:"是故於全部去能,於假乎去事,於知乎去几,所知者妙矣。若此则能顺其天,意气得游乎寂寞之宇矣。"如《淮南子·俶真训》:"天含和而未降,地怀气而未扬,虚无寂寞,萧条霄霏。"如《文选沉约〈齐故安陆昭王碑文〉》:"风尘不起,图圄寂寞。"吕向注:"寂寞,言空虚也。""寂寞"还可解释为寂静无声,沉寂。

花山画语

如《楚辞·刘向〈九叹·忧苦〉》:"巡陆夷之曲衍兮,幽空虚以寂寞。"王逸注:"寂寞,无人声也。"如晋谢道韫《登山》诗:"岩中间虚宇,寂寞幽以玄。"如老舍《微神》:"(小房子)里边什么动静也没有,好像它是寂寞的发源地。""寂寞"还可引申指辞世。如唐杜甫《凤凰台》诗:"西伯今寂寞,凤声已悠悠。"如唐元稹《赠吴渠州从姨兄士则》诗:"宁氏舅甥俱寂寞,荀家兄弟半沦亡。"如明方孝孺《上已约友登高楼》诗:"古人已寂寞,继者应在今。""寂寞"还有清静、恬淡、清闲的意思。如《文子·微明》:"道者,寂寞以虚无,非有为於物也。"如《淮南子·原道训》:"其魂不躁,其神不娆,湫漻寂寞,为天下枭。"高诱注:"寂寞,恬淡也。"如明归有光《容春堂记》:"山水之名胜,必於宽闲寂寞之地,而金马玉堂柴扉黄阁不能兼而有也。""寂寞"还能解释为稀少。如南朝梁沉约《齐明帝哀策文》:"记事寂寞,龟书可循。"如唐王度《古镜记》:"侯生常云:昔者,吾闻黄帝铸十五镜,其第一横径一尺五寸,法满月之数也。以其相差各校一寸,此第八镜也。虽岁祀攸远,图书寂寞,而高人所述不可诬矣。"凡此种种,皆言寂寞,不一而足。

于花山岩画而言,它的寂寞主要在于冷清和寂静无声。据专家初步考证,花山岩画生成于战国早期至东汉时期,至今已经2000多年了。但千百年来,花山岩画"纪事寂寞",无"龟书可循"。从现有文献看,最早对左江流域岩画进行考察的,是明代文人黄定宜和张穆。黄定宜在其《考辨随笔》中记载:"沿溪三十六峰,皆山岸壁画也。"张穆所撰的《异闻录》载:"广西太平府,有高崖数里,现兵马,持械杖,或有环首者。舟人戒无指,有言者,则患病。"具体对花山岩画进行论述的,是清光绪九年(1883年)修的《宁明州志》:"花山距城50里,峭壁中有生成赤色人形,皆裸体,或大或小,或执干戈或骑马。未乱之先,色明亮,乱过之后,色稍黯淡。又按沿江一路两岸,石壁如此类者多。"黄定宜、张穆所记,时达2000年左右。也就是说,左江岩画至少寂寞了2000年左右,才被人类关注并予以记述。黄定宜、张穆是不是到过花山,他们所记述的是不是花山,目前无文献资料可以证明。能证明花山岩画的记述,是清光绪九年(1883年)修的《宁明州志》。光绪九年,是公元1883年,距今130年。如果黄定宜、张穆所记述的是左江流域其他地方的岩画而不是花山岩画,那么,花山岩画的寂寞的时间还要更长。呜呼!

二

文化文明寂寞的现象古今中外不乏其数。

我们先看国外的。

在整个印度史上,有一种高度早熟文明也深陷寂寞,那就是在3500多年前神秘消失了的印度河文明,寂寞的程度以至今日不明就里。在世界宗教领域,佛教,曾经是印度文明的最高成果,其以立论明丽、境界深邃、逻辑严密、气韵高华而独领风采。但就佛教本身而言,由于一度名声太响、人才太多、待遇太高,严重陷于蹈空玄谈、概念玩弄之中,失去了刚健的生命力,最后,不仅比不过印度教,连外来的伊斯兰教也无法面对,到13世纪,在印度基本

花山画语

消亡，归于寂寞。

在希腊，有一个号称第一大岛的克里特岛，它孤悬在希腊南部海面，据说，这里也是希腊文明更早的起点之一。岛上有一个古代宫殿遗址，千门百户、层楼交叠。当时统治者的头衔叫米诺斯，所以时称米诺斯王朝。因此这巨大的宫殿也叫米诺斯王宫。这个巨大的宫殿建成于公元前18世纪，距离今天已经整整3700多年！它湮灭于公元前15世纪，距今也已有3500多年。置身于这个宫殿中，人们会发现，科学的排水系统直到今天仍有不少城市建筑学家前来观摩；粗细相间的陶制水管据说与20世纪瑞士申请的一项设计没有多少差别；单人浴缸的形态，即使放在今天雅典的洁具商店里也不算过时；而且有些浴缸当时用的还是牛奶。厕所的冲水设备、窗子的通风循环结构，都让人叹为观止。皇帝皇后的住所紧靠，共同面对一个大厅，大厅有不同的楼梯进入他们各自的卧室，而大厅一侧，则又是他们各自独立的卫生间，皇后的卫生间里还附有化妆室。整个宫廷展现的是一片富足与精致，极其讲究生活品位。从出土的文物来看，这里受埃及影响很大，也有一些小亚细亚的风格。就欧洲而言，它是最早的发祥地，是后世欧洲各种文明共同的祖先。这么一个显赫的王朝，这么一种成熟的文明，为什么在公元前15世纪突然湮灭？是什么原因让她从辉煌归于寂寞？是战争浩劫，还是自然毁灭？科学家和历史学家至今也未有统一的明论。

再说国内。

文化是民族的血脉，是人民的精神家园。在我国5000年文明发展历程中，各族人民紧密团结、自强不息，共同创造出源远流长、

百里画廊

博大精深的中华文化，为中华民族发展壮大提供了强大精神力量，为人类文明进步做出了不可磨灭的贡献。比如起始于殷商时期在中原形成的甲骨文的文字体系汉字，至今仍是我国传统文化的载体和工具，而同为著名古文字的埃及圣书字、两河流域的楔形文字，却早已消失在历史的尘烟之中。但在100年前的很长时期内，殷墟也是寂寞的，甲骨文也是寂寞的。据传说，1899年的深秋，北京城一片混乱。在京城宣武门外菜市口的一家中药店，走进来一位名人，他叫王懿荣。之所以称他是京城名人，是因为这位王懿荣不仅是顶级的古文字学者、金石学家，还是一个科举出身的大官，授翰林，任南书房行走、国子监祭酒，主持着皇家最高学府。那天，他拿着一张药方到这家中药店来取药，药方上有一味药叫"龙骨"，其实就是古代的龟甲和兽骨，上面间或刻有一些奇怪的古文字。因为王懿荣对古代彝器上的铭文做过深入研究，所以那天当他看到药包里没有磨碎的"龙骨"上的古文字，立刻敏感起来，不仅收购了这家中药店的全部"龙骨"，而且嘱咐人四处收集，很快就集中了1500余块有字甲骨。在他之前，也有人听说过河南出土过有字骨板，以为是"古简"。王懿荣熟悉古籍，又见到了实物，快速做出判断，眼前的这些有字甲骨，与《史记》中"闻古五帝三王发动举事必先蓍龟"的论述有关。于是，正是在那个深秋，有字甲骨文被他发现了，并由此被重视、被使用、传承和热闹起来。

今天，我们从甲骨文和殷墟早就知道：华夏祖先是通过一次次问卜来问鼎辉煌的；华夏民族不仅早早地拥有了都市、文字、青铜器这三项标志文明成熟的基本要素，而且在人类所有古代文明中早

花山画语

早建立了最精密的天文观察系统，创造了最优越的阴阳合历，拥有了最先进的矿产选采冶炼技术和农作物栽培管理技术，设置了最完整的教学机构；商代的医学已经相当发达，举凡外科、内科、妇产科、小儿科、五官科等医学门类都已经影影绰绰地具备，也有了针灸和龋齿的记载；商代人的审美水平已经达到登峰造极的高度，司母戊大鼎的气韵和纹饰、妇好墓玉器的繁多和精美，直到今天还让海内外的艺术家叹为观止，被视为人类不可重复的奇迹。

而当我们知道这些历史信息时，距离甲骨文产生的年代，已是3000年后了。换句话说，甲骨文它生成以来至被王懿荣发现，至少也寂寞了3000年！

三

文化文明的寂寞如此，人生人心的寂寞和精神的寂寞亦如此。

古往今来多少人沉浮俗世红尘，日复一日，心不免困顿劳累，常生鸟囚笼中之感，只盼夺笼而出，飞向蓝天白云，寥廓天地，引吭高歌，自由翱翔。亦有虎落平阳之困，只等昂首奋蹄，扑向深山老林，登高睥睨，呼风啸雨，笑傲八荒。更感龙游浅滩之窘，渴盼大浪潮涌，腾跃五湖四海，骑浪驾云，出天入地，称霸江湖。无奈，世风日下，滚滚浊世。从恶如流以怨报德的小人，总会在不经意间，与从善如登不望回报的你狭路相逢；或持明枪或施暗箭的刺客，总会在你心无旁骛、以善心处事待人之时，让你遇到。肉体凡胎的你，生活在红尘之中，本来就不胜其烦不堪其累了，何况还有小人窥伺于旁，杀机埋伏在侧。久而久之，不免心生寂寞。这样，对那尘嚣不染、机心了无、鸟语花香、弟兄无间的山林自然，便会愈加心向往之，总想去呼吸一尘不染的山野空气，洗心净肺。或"偶来松树下，高枕石头眠。山中无历日，寒尽不如年"（唐太上隐者《答人》），落寞度人生。

如今社会，尤其官场，变幻莫测。你主我客，彼一时此一时，你方歌罢我登场。如此种种，常常变异不居，相对非绝对。想当年，陈胜吴广与一起耕作的伙伴信誓旦旦"苟富贵，勿相忘"，合力揭竿而起，直捣朱门，但称王之后，却将伙伴们处死。当年落魄的朱元璋，也曾深恨朱门而起事，待到自己贵为帝王，其专制凶残较之前代前朝更甚。看今朝，有些人无权无势时也愤世嫉俗，高喊反腐肃贪，待到一朝上位，手握权柄，"便把令来行"，同流合污、腐败之快之深绝不亚于前人；有些人身为布衣或沉为下僚时，也曾痛恨身居高位者之架子十足，乃至自己飞黄腾达，一阔脸就变的程度有过之无不及，"今日朱门者，曾恨朱门深"。

古今中外，都有这样的现象：许多有抱负有才华的人，常常得不到认识和赏识，有如明珠蒙尘，好似良驹局促；有的人还屡遭厄运，抱憾甚至抱恨终生。如李白，如杜甫，如李贺。然而，有些人却僭居高位，浪得虚名，肥马华车，锦衣玉食，一辈子似乎活得有滋有味。话说回来，千秋万岁名，寂寞身后事。从古至今，官运亨通而文章不朽的究竟曾有几人？如果李白供奉翰林后从此青云直上，如果杜甫献三大礼赋后一朝飞升，他们后来的作品怎么能"笔落惊风雨，诗成泣鬼神"？对于一个民族，值得顶礼膜拜的不是帝王陵寝，将相的门第，官员的高位，富豪的财宝，而是千秋盛业的文化和光照百代的文学星斗。对于一个真正的诗人，世俗的荣华富贵如同过眼云烟。只有诗章传诵于后世，才是永恒的安慰与丰碑。一千年后，和李贺同一时期的帝王将相达官贵人富商巨贾都到哪里去了？一抔黄土，蔓草荒烟，长满青苔的名字只能到尘封的史册中去翻寻，往日的炙手可热气焰熏天，顶多剩下墓前零落的石人石马的冰凉冷寂。而李贺，他扩大了唐诗的边疆，成为自己国土的无冕之王，他的洗尽俗调炫奇翻异的诗歌，至今仍然活在众生的心中和代代相传的记忆里。尽管当年他是"奇才贵质却生不逢时，正好建功立业却时不我待"。天才李贺尚且如此，何况我等俗人？因此，在琐琐屑屑纷纷扰扰的生活中，在灯红酒绿人欲横流的滚滚红尘里，在快餐文化泡沫文学的重重包围之中，不妨常常抖落一身尘土，满耳喧嚣，遁入那永远与永恒的古典，沐浴那令人心肺如洗的高雅与清凉，和古代优秀诗人做灵魂的交流与对话，排遣精神寂寞。

四

寂寞也罢，热闹也罢，它们都殊途同归，成为珍贵的历史文化遗迹。这些历史文化遗迹之所以弥足珍贵，是因为它们经历了时间的洗礼，岁月的风霜雨雪在销蚀其他同代物质时凸显了留存下来的古迹的稀有性；人类社会变迁赋予留存者丰富的内涵，使其具有了文化性。面对花山岩画，人们所欣赏的绝不仅仅是高超的绘画艺术和绮丽的风光，更有附着其上的数不清的历史事迹、历史人物、人类传说故事……这些才是花山岩画的魅力所在。真正有价值的不是岩画本身，而是历史、是文化，更是文明。

任何一个真正关注历史、热爱文化的民族，都会把祖先馈赠的文化文明古迹视为无价之宝而倍加珍惜的。没有这种认识和态度，文物古迹也好，稀世珍宝也好，照样被视之如腐木弃之如敝屣，不值一文。我国拥有5000年文明史，拥有世界最多、最古老的历史遗存，但可惜的是，很多文物古迹没能完整地保存下来。即便是长城、故宫这样举世闻名的伟大建筑，相当一部分也已不是当年的模样了。更为严重的是，许多古迹没有毁于自然灾害和战火兵燹，却在城市房地产开发和旅游的热潮中被推土机夷为平地。据第三次全国文物普查统计，近30年来，全国消失了4万多处不可移动的文物，而其中有一半以上毁于各类建设活动。

事实上，对于历史、对于文化，在我们的内心，还是缺乏一种热爱和敬畏。对不少人而言，衡量文物古迹的唯一的价值是商业价值，是能卖多少钱和能赚多少银两。为此，不少地方不惜花费大量的人力、物力、财力，打造仿古旅游风景。北方某地甚至花费数百亿元建了一座古城。这些仿古建筑，除了弥漫出浓烈的商业气息之外，实在是没有多少文化的味道可供我们凭吊与怀想！所以，大量的现代人工仿古造景，不仅没有赚到钱，反而弄巧成拙，欠债累累，大多数还在亏损的陷坑里苦苦挣扎。而故宫这样的真古迹，常年桃李不言，下自成蹊，最是吸引游客，2011年参观故宫的游客超过了1400万人次。

因此，与其热衷于仿古建造，与其崇媚他地他国的文化文明，不如回过头来关注我们寂寞的文化文明，不如认真审视一下我们是如何对待自己的历史文化文明的。我们应该相信，神州大地上任何一个民族创造的文化文明，其价值绝不会低于其他地方的古迹，都是值得全民族共同守护、视如明珠的。

花山画语

五

花山岩画的寂寞已成过去,甚至已成历史,成为过眼云烟。但花山岩画在寂寞中的坚忍、坚持和坚守,寂寞中的保持本色本质不变,依然彰显着,而且随着时间的推移愈加显得难能可贵和实属不易!

由此我想,如果把寂寞比作失意,把热闹比作得意,那么,花山岩画的千年寂寞好比失意,花山脚下的明江好比得意。因为明江千万年来总是不停地流动着,总是接待着来来往往的船只,总是容纳着大大小小的鱼类,总是接受着风云变幻,总是迎送着岁月星辰,总是任由天、地、山、林的投影作画……

因此我悟到:人生仿如明江和花山岩画,有热闹,也有寂寞;有得意,也有失意。我们应该要向明江和花山岩画学习:得意,当如明江水,深沉从容,坦荡前行,潜移默化于天地。失意,应若花山岩画,坚韧不拔,本色不改,顶天立地在人间!

关注寂寞,目的在于关注寂寞蕴含的哲理,在于寂寞给人的启发与昭示。

事实上,花山的寂寞,只是相对于人类而言的。

花山本身,从来就没有寂寞过。

因为,就一种真正的文明文化而言,她不是为外在的热闹而生的,也不是为制造表面的热闹而来的。

它是为时代的担当而生的!

它是为历史的责任而来的!

卷四

千年流风

三月三记

一

阳春三月，山花烂漫，春潮涌动。每到此时，神州大地上就浓郁着五色糯米饭的清香，洋溢着节日的气氛，悠扬着山歌的旋律。因为，有一个三月三传统节日。

三月三源于我国古代的"上巳节"，是周代华夏族民间一祓祸祈福的节日，上巳节原初的意义就是以巫术信仰为依托举行的乞婚配、求生育习俗活动，后演变成为我国古老的男女相恋的歌节。汉代，三月上巳被确定为节日，《后汉书·礼仪志上》记载："是月上巳，官民皆絜于东流水上，曰洗濯祓除，去宿垢疢，为大絜。"魏以后，将上巳正式定为夏历三月初三日，即春禊，作为每年中的重要节令。到晋朝时，上巳修禊已演变为春游踏青和水边宴饮的娱乐性节日。宋元时，上巳节春游踏青逐步让位于清明节，流觞游戏已不限于三月三。在汉族地区，有传说"三月三"是为了追念伏羲氏。伏羲和其妹女娲抟土造人，繁衍后代，豫东一带尊称伏羲为"人祖爷"，在淮阳（伏羲建都地）建起太昊陵古庙，由农历二月二到三月三为太昊陵庙会，善男信女，南船北马，都云集陵区，朝拜人

祖。也有传说农历三月三是王母娘娘开蟠桃会的日子。有一首北京竹枝词是这样描述蟠桃宫庙会盛况的："三月初三春正长,蟠桃宫里看烧香;沿河一带风微起,红尘十丈卷地扬。"

三月三也是我国南方许多少数民族的传统节日。壮族,多于三月三拜山扫墓祭祖,赶歌圩,搭歌棚,举办歌会,青年男女们对歌、碰蛋、抛绣球,谈情说爱。侗族,多于三月三举行抢花炮、斗牛、斗马、对歌、踩堂等活动,亦称"花炮节"。布依族,于三月三杀猪祭社神、山神,吃黄糯米饭,各寨三四天内不相往来。瑶族以三月三为"干巴节",是集体渔猎的节日,并将捕获的野物鱼类按户分配,共享收获的欢乐,后云集于广场,唱歌跳舞,欢度佳节。畲族以三月三为谷米的生日,家家吃乌米饭。黎族称三月三为"孚念孚",为预祝"山兰"(山地旱谷)和打猎丰收的节日,也是青年男女自由交往的日子,人们称它为"谈爱日"。其他如水族、苗族、仫佬族、毛南族等民族都有各自传统的三月三节日习俗。

二

在广西,农历三月初三,人称三月三歌圩。"歌圩",壮族人称"窝埠坡"或"窝坡";有的地方叫"欢窝敢","欢龙垌",原意为到垌外、田间去唱歌。因为过去壮族人很少建寺庙,神像都放在岩洞里。岩洞里是神圣的地方,必须保持肃穆,只有到岩洞外才能放声自由歌唱。也有称是为纪念刘三姐,因此也叫"歌仙会"。广西歌圩的最大共同点,是凡事都以歌表达,多数歌曲现编现唱,所有歌手都有很高的触景生情、即编即唱本领和对答如流的技能。

千年流风

据史料记载，广西歌圩始于宋朝，到元代形成了广西歌圩的鼎盛时期。广西歌圩的历史，在《岭外代答》《太平寰宇记》《日询手镜》《粤曲丛载》及一些地方志上有所记载。《岭外代答》甚至清楚地记载："静江人倚苏幕遮为声，钦人倚人月圆"，并称赞当时歌手的才情为"皆临机自撰，不肯蹈袭，其间乃有绝佳者"。书中还对男女青年如何在对歌中产生爱情、结婚有所记述。龙州县志记载，每年四月间，乡村男女指地为场，赛歌为戏，名曰歌圩，甚至邻县附近亦有裹粮食而来，赶圩助兴，每场众集不下千人。明代以后，明王朝代表的封建经济力量和文化影响深入到岭南一带，歌圩以对歌互挑以至心许成婚的习俗，与封建社会的道德伦理发生冲突，改流的土司地区曾有过禁止歌圩的事发生，但最终无法禁止。据记载，思恩知府李彦章禁歌不遂，时人作诗嘲笑之"兰卿太守真多事，示禁花歌浪费神"。当时还流传着一首反禁歌的山歌："天上大星管小星，地上元帅管总兵，只有知州管知县，谁敢管我唱歌人。"

关于三月三歌圩的来历，壮族民间有许多动人的传说。一是在很久以前，一位壮族歌师的女儿，品貌端庄美丽，歌声婉转清脆。歌师一心想为女儿选一个歌才、人品都出众的青年做女婿。消息传开，男青年一批接一批前来赛歌，负者自然离去，歌才最好的一个小伙子留下来与歌师的女儿成了亲，他们的结合被传为佳话。从此，男女青年借歌传情择偶，就形成了歌圩。这个"赛歌择婿"的故事流传最广。二是传说古代有一对情人，经常通过唱山歌来表达爱意。但由于封建礼教的束缚，两人不能结为夫妻，于是他们双双殉情。人们为了纪念这对情侣，遂在三月初三唱歌致哀。三是传说唐代出

花山画语

了歌仙刘三姐,以山歌歌颂劳动和爱情,并揭露财主们的罪恶,因而财主们怀恨在心,趁她上山砍柴时,派人斩断山藤,使刘三姐跌山身亡,后世为了纪念这位歌仙,便在每年农历三月三——刘三姐逝世的日子,唱山歌三天三夜,歌圩就此形成。四是古老相传唱歌可以乐神,可以消灾除难,求得风调雨顺,后来发展为定期的三月三的歌圩。

这些传说现已难于考证,但在宋人著的《太平寰宇记》中就有记载:"壮人于谷熟之际,择日祭神,男女盛会作歌。"这说明当时的歌圩也很兴盛。宋元以后,壮族山歌的发展尤为突出,歌圩也成了文化娱乐和男女谈情说爱的场所,并出现了抛绣球的游戏,女子将绣球抛给自己心爱的男子后,双双退出歌场,互赠定情信物。到了清代,便形成了成千上万人参加的大型活动。到1934年编的《广西各县概况》记载,当时广西有歌圩活动的就有26个县,几乎遍布广西各地。

1985年,广西壮族自治区人民政府将三月三定为广西的民族艺术节。2014年,将三月三定为广西"壮族三月三"节,每年"壮族三月三"广西全体公民放假两天。2014年的三月三,恰好遇上清明假期,首府南宁市各大景区推出了精彩的"三月三"民俗活动,如壮族山歌、跳千人竹竿舞等,浓郁的广西民俗风情醉倒了中外游客。整个2014年"三月三"期间,近千名来自广西各地、各民族的歌手、民间艺人、非物质文化遗产传承人聚集在广西民族博物馆,唱起了各民族原生态的山歌,吸引了众多游客,该馆接待游客近6万人次;南宁青秀山的游客接待量同比增长一成多;邕城旅行社收客人数同比增加2倍。

广西的农历三月三，不仅是壮族的传统节日，也是汉、瑶、苗、侗、仫佬、毛南等广西世居民族的重要节日。全广西12个世居民族中有2700多万人每年采取不同方式欢度"三月三"，有着将农历三月初三作为自己重要节日的习俗。

三

壮族每年有数次定期的民歌集会，如正月十五、三月三、四月八、八月十五等，其中以三月三最为隆重。前些年，有人对广西其中85个县（市）做过初步统计，已知有40个县、市有歌圩，共有642个歌圩点，大部分分布在桂西左右江和红水河流域的河池、百色、南宁、崇左地区，其中歌圩点最多的是百色市，达71个。在642个歌圩场中，以三月三为歌圩日的有96个，占14%。分布在东兰22处、武鸣20处、都安19处、忻城7处、马山和龙州各6处、巴马5处；桂西较少，只有靖西有2处。著名的三月三歌圩有武鸣的城区、那羊、宁武、小陆，东兰的三卡坳，马山的永州，巴马的盘阳河畔，靖西的化峒，都安的棉山、吉发，融水的三防，忻城的三逢，宜州的下涧，柳州的鱼峰山，宁明的桐棉等处。

当代的三月三歌圩，有的由官方定期连年举办。如南宁国际民歌艺术节，武鸣、巴马、隆安、环江、柳江等县每年三月三都举行歌节或壮族三月三旅游节。如武鸣自1985年以来，每年都举行三月三壮族歌节，活动内容有千人竹杠阵表演及竞赛、广西歌王大赛、民族体育竞技展演、广场文艺演出、旅游美食节等。除了官办以外，

花山画语

更多的是由民间自发组织开展三月三山歌会，如宁明县桐棉镇，柳城县崖山景区，荔浦县五登村，凤山县袍里乡坡心村、长洲乡百乐村八龙屯，大化瑶族自治县北景乡平方村，鹿寨县平山镇石豆屯等等。三月三不仅是壮族的传统歌节，也是广西汉族、侗族、苗族等少数民族传统节日。汉族人口居多的玉林市，近年来民间也自发举行三月三歌会，已连续举行了多届，三月三山歌会响彻南流江畔。而三江侗族自治县富禄苗族乡每年农历三月三都举行抢花炮活动，是侗乡独一无二的传统文化活动，已有三四百年的历史。节日期间，有传统龙狮表演、芦笙踩堂、侗族大歌、六甲山歌、彩调、桂剧、侗乡电影、侗戏、传统扮故事、篝火多耶晚会等表演活动。此外，还有千人品茶、斗鸡、斗鸟等表演活动，以及奇石展、民族服饰展示、商品交易会等。三月三歌会不仅在广西举行，也在外地举行。如北京、上海、深圳等，每年也以各种形式举行壮族三月三活动。规模最大、办得较好的首推上海市，该市自2009年以来，已连续成功举行多届"广西三月三歌圩唱响大中国"系列活动。真是："祖国处处闻歌声，浪漫歌圩满中国。"

广西传统的三月三歌圩，场地有的在峒场坡地，有的在村头寨边，有的在公路边。小的歌圩有一两千人，大的歌圩可达数万人之多。歌圩一般每次持续两三天。在歌圩场四周，摊贩云集，民间贸易活跃。附近的群众为来赶歌圩的人提供住食，无论相识与否，都热情接待。歌圩那几天，男女老少，人山人海，歌声此起彼伏，热闹非凡。对歌以未婚男女青年为主体，在歌圩上，各村屯的男女青年，各自三五成群，寻找别村的青年，集体对唱山歌。通常由男青年主动先唱"游览歌",观察物色对手;遇到比较合适的对象,便唱"见面歌"和"邀请歌";得到女方答应,就唱"询问歌";彼此互相了解,便唱"爱慕歌""交情歌";分别时则唱"送别歌",歌词随编随唱,比喻贴切,亲切感人,青年男女经过对歌后接触,建立一定感情,相约下次歌圩再会。宁明县的桐棉历来是传统的歌圩,人们到歌圩场上赛歌、赏歌;男女青年通过对歌,如果双方情投意合,就互赠信物,以为定情。小时候,本人多次参加歌圩,身在歌圩就莫名的激动和亢奋;经常是看热闹,但大多是去帮大哥哥或大姐姐们对歌,因为本人背得的山歌多。随着年龄的增长,远离家乡求学、工作、追求理想,再也没有参加过歌圩对歌,原来背得滚瓜烂熟的山歌,也随过往的岁月消失,但每每想起小时候的歌圩,内心依然激动,美好的回忆久久萦绕心头。

此外,三月三歌圩还有抛绣球、碰彩蛋、演壮戏等娱乐活动,男女老少在热闹非凡的节日氛围中度过。

四

广西三月三,有的地方则是祭祖扫墓,是壮族传统的扫墓拜山节日。三月三时节,处处桃红柳绿,青草如茵,繁花似锦。天空或春光明媚,风和日丽;或细雨霏霏,阴雨绵绵。人们纷纷走出家门,到户外郊野扫墓拜山。所谓扫墓拜山,就是各家、各家族聚集到墓地祭祀祖宗。桂西南壮语称为"参坟",或"碑坟"。通常在广西民间,扫墓仪式主要有:必须清理祖先墓埕,拔除墓边杂草,给祖墓培新土,压墓纸,插标挂钱,点蜡烛,敬供品。然后按长幼顺序来上香，敬清酒。每人至少要上过三炷香、敬过三次酒。期间，年长尊者讲述墓主姓名、为几代祖宗、生前功德等等；也有借此机会商议家中或家族大事。最后，才按辈分先后排好队，由年长尊者率领众人祈求祖先保佑家人幸福安康、步步高升、添丁发财、五谷丰登、六畜兴旺等等。之后个人再按自己理想愿望祈求祖宗保佑。跪拜祈愿后，烧金银纸，燃放鞭炮，团坐聚餐。

扫墓节是壮族一年一度最隆重、最庄严的节日，在远方的人们都会回到家乡扫墓，这一天是一年之中最多人相聚的日子。在壮族流传了千百年的《嘹歌》中，在章节《三月歌·蒸黑饭拜山》有唱道："三月逢初三，家家蒸黑饭，分我一二团，拿去拜坟山。"这便是壮族三月三扫墓习俗的记录。

五色糯米饭是壮乡人们在三月三这天扫墓祭祖中必不可少的祭品。五色糯米饭，俗称五色饭，又称乌饭、青精饭或花米饭，因糯米饭呈黑、红、黄、紫、白五种颜色而得名，是壮家的传统食品。每逢三月三，壮族群众家家户户都要做五色糯米饭，以作赶歌圩食用和祭祖祭神之用。这一习俗沿袭久远，清代《武缘县图经》载："三月三日，取枫叶泡汁染饭为黑色，即青精饭也。"他们选好优质糯米，采来紫蕃藤、黄花、枫叶、红兰草，浸泡出液，分别拌着糯米，然后合而蒸之，就成了五色糯米饭。五色糯米饭不仅色彩斑斓，而且味道香醇，有食疗作用。李时珍在《本草纲目》里说枫叶"止泄益睡，强筋益气力，久服轻身长年"。红兰草有生血作用，清代《侣山堂类辩》曰："红花色赤多汁，生血行血之品"，人食之能"坚筋骨、益肠胃、能行、补髓"。这种风味食品，象征生活美好。杜甫曾为之写下"岂无青精饭,使我颜色好"之佳句。至于三月三的五色糯米饭的来历,传说各异,其主题分别是感念先辈的功德、孝敬父母和祈求粮食丰收,这些主题是壮民祭祀祖先的重要内容,故五色糯米饭在三月三的祭祖中是不可缺少的祭祀食物。

五

我国是个多民族的国家,各民族都有自己的文化习俗和民族节日。这些节日形式多样,内容丰富,有很强的内聚力和广泛的包容性,是我们中华民族悠久的历史文化的一个组成部分,是体现和传承民族文化的重要载体。节日文化是民族性格、民族文化的集中展示,是文化认同、民族认同、国家认同的重要标志,是一份宝贵的精神文化遗产,是一份有待挖掘的文化宝藏。无论你走到哪里,过自己民族的节日都会让你找到自己的"根"。

"优秀传统文化是一个国家、一个民族传承和发展的根本,如果丢掉了,就割断了精神命脉。"中华优秀传统文化是中华民族的"根"与"魂",实现中华民族伟大复兴必须以这种"根"与"魂"作精神支撑。

因此,我们不仅要守住我们的根,更要凝聚我们的魂!

而且,不仅仅是在三月三。

花山画语

壮锦记

一

那天上午,美丽的壮族姑娘达尼在田间劳作时,突然发现,蜘蛛网上的露珠,在阳光照耀下,交织着奇异的图案和色彩。这个发现让她兴奋不已,久久不能平静。回到家,坐在织布机前,想起蜘蛛网上美丽的图案,便用原色细纱为经,以五光十色的丝线为纬,以日常见到的花鸟虫鱼为蓝本,精心纺织成了一幅瑰丽的壮锦。

这当然只是一个美丽的传说,但确实给壮锦赋予了美丽的内涵。

壮锦,与云锦、蜀锦、宋锦并称中国四大名锦。这种利用棉线或丝线编织而成的精美工艺品,图案生动,结构严谨,色彩斑斓,充满热烈、开朗的民族格调,体现了壮族人民对美好生活的追求与向往,是广西民族文化瑰宝。

二

壮锦作为工艺美术织品,是壮族人民精彩的文化创造之一,其历史也非常悠久。考古证实,早在汉代,广西已有织锦技艺。新中

千年流风

国成立后,考古工作者在广西罗泊湾汉墓的七号残葬坑内发掘出土了数块橘红色回纹锦残片,证实汉代广西已有织锦技艺。唐代,据《唐六曲》和《元和郡县志》记载:当时壮族人民所织出的蕉布、竹子布、吉贝布、班布,都洛布、麻布、丝布、食单和白苎布等九种布料,已被封建王朝列为贡品。唐人张籍的《白布歌》称赞白苎布说:"皎皎白苎白且鲜,将作春衣称少年。"意思说人们穿着白苎布缝制的衣服好像年轻多了。但真正能够称为"锦"的纺织品则出现于宋代。据南宋范成大的《桂海虞衡志》记载,壮锦当时出产于广西左右江,称为"羰布"。当时左右"两江州峒"出产的"羰布","如中国线罗,上有遍地小方胜纹"。周去非在《岭外代答》中说:绒布"白质方纹,广幅大缕,似中都之线罗,而佳丽厚重,诚南方之上服也"。所谓"白质方纹"就是指当时生产的壮锦,其装饰花纹为方格几何纹,其色调为单色,这是早期的壮锦,具备了厚重和织有方格纹图案的基本特征。到了宋代,壮族的手工纺织业更为发达。当时,宋王朝需要"绸绢纳布丝锦以供军需",在四川设了"蜀锦院",有大量的蜀锦运来广西,再由广西输出口外。壮族人民很快接受蜀锦的工艺,著名的壮锦也就应运而生。这一时期,壮族的纺织业进一步发展,除普通的布帛以外,还出现了丝、麻、棉交织的锦。到了明代,壮锦越来越流行,工艺也越来越精湛。明代万历年间,织有龙、凤等花纹图案的壮锦已成为朝廷的贡品。明清时期,壮锦已发展到用多种色彩的绒线编织,使壮锦呈现出绚丽的色彩,虽仍为皇室贡品,但平民百姓亦可享用。当时,各州县都有出产,"壮人爱采,凡衣裙巾被之属,莫不取五色绒线杂以织,

如花鸟状"。"嫁奁,土锦被面决不可少,以本乡人人能织故也。土锦以柳绒为之,配成五色,厚而耐久,价值五两,未笄之女即学织。"壮锦不仅成了壮族人民日常生活中的用品和装饰品,编织壮锦更是壮族妇女必不可少的"女红",壮锦则是嫁妆中的不可或缺之物。清末民初,壮锦开始衰落。《广西通志》载:"壮锦各州县出,壮人爱彩,凡衣裙巾被之属莫不取五色绒,杂以织布为花鸟状,远观颇工巧炫丽,近视而粗,壮人贵之。"中国壮族传统手工织锦,主要产地分布于广西靖西、忻城、宾阳、德保等县。

三

传统壮锦是在装有支撑系统、传动装置、分综装置和提花装置的手工织机上,以棉纱为经,以各种彩色丝绒为纬,采用通经断纬的方法巧妙交织而成的艺术品。具体是用棉或麻的股纱作经线,以不加捻或者微捻两种彩纬织入起花,在织物正面和背面形成对称花纹,并将地组织完全覆盖,增加厚度,还有用多种彩纬挑出的,纹样组织复杂,多用几何形图案,色彩鲜明,对比强烈,具有浓艳粗犷的艺术风格。壮锦的织机是百年前就已经定型,再经过不断改变的小木机,结构简单,机织轻便,易于操作,使用方便但是效率颇低。全机由机身、装纱、提纱、提花和打花五部分组成。机身包括机架、坐板;装纱包括卷经纱机头、纱笼、布头轴、绑腰、压纱棒;提纱包括纱踩脚、纱吊手、小综线;提花包括花踩脚、花吊手、花笼、编花竹、大综线、综线梁、重锤;打花包括筘、挑花尺、筒、绒梭、纱梭。

千年流风

　　传统壮锦又称"绒花被",较厚实,最适合作被面、褥面、背包、挂包、围裙和台布等。壮锦所用的原料主要是蚕丝和棉纱,靠手工生产。丝绒是从种桑养蚕,到拣、夹、纺、漂、染,均由织锦者自己完成。棉纱是从种棉到纺纱,经过去籽、弹花、纺、染、浆等工序。染料则是利用当地植物和有色土来进行。红色用土朱、胭脂花、苏木,黄色用黄泥、姜黄,蓝色用蓝靛,绿色用树皮、绿草,灰色则用黑土、草灰。用土料搭配可染出多种颜色。壮锦的编织是一门枯燥而复杂的工艺,虽然它对操作者的文化素质并没有太大的要求,然而每天数万次机械的动作确实是对织锦人极大考验。织锦时,艺人按着设计好的图案,用挑花尺将花纹挑出,再用一条条编花竹和大综线编排在花笼上。织造时,就按照花笼上的编花竹一条条地逐次转移,通过纵线牵引,如此往复,便把花纹体现在锦面上。

　　壮锦经历了从单色到五彩斑斓,图案花纹从简单到繁复的发展变化。贵港罗泊湾汉墓出土的黑地橘红回纹锦残片,可看作是壮锦的滥觞。绣绵是在土布或织锦上,再刺绣出别具特色的图案,锦上添花。绣锦工艺手法多变,可分为平绣、剪贴绣、挑绣、包绣、缠丝扣绣、布贴叠绣等手法。绣锦的彩色图颇具魅力,所表现的文化内涵独特且神秘深奥。破译绣绵图案,可视为壮族自古至今的灿烂文化记载。绣绵的构图可分为混沌期、幻惑期、直觉期、觉醒期不同时期的艺术作品的遗迹。混沌期早在石器时代。幻惑期远在新石器时代向青铜器时代过渡时期。直觉期是人们已能充分认识自我的存在,能利用自然和改造自然。觉醒期是壮族人民已进入工农业高速发展时期,人们已具有相当高的科学文化水平,人们为追求幸福美好的生活而勤奋劳动,

花山画语

绣锦《百花吐蕊》《多子多福》体现了这时期的思想。

历经千余年发展的壮锦图案、纹饰，工艺精湛，造型生动，色彩迷人，文化内涵耐人寻味。壮族先民具备相当高水平的文化素养，创造了中国仅有外国绝无的壮锦文化。传统沿用的纹样主要有二龙戏珠、回纹、水纹、云纹、花卉、动物等20多种，近年来又出现了"桂林山水""民族大团结"等80多种新图案，富有民族风格，并以结实耐用、技艺精巧、图案别致、花纹精美著称。

四

壮锦是壮族的优秀文化遗产之一，它不仅可为我国少数民族纺织技艺的研究提供生动的实物材料，还可以为中国乃至世界的纺织史增添活态的例证，对继承和弘扬民族文化，增强民族自尊心起到积极的作用。然而，由于历史和现实等多方面的原因，壮锦面临着严峻的传承危机，急需抢救和保护。随着自然经济结构的溃散，商品经济和都市文明不断冲击古老的民间文化，织锦这门传统工艺的传承和发展也陷入了前所未有的困境。

历经1000多年的发展，以壮锦艺术为典型代表的广西民族织锦艺术已成为我国传统民间艺术的重要组成部分。壮锦在广西各族人民长期的劳动实践中，产生丰富而精彩的纹样，强烈地反映了他们对生活、大自然和民族文化的热爱和崇敬，渗透着民族文化的乐观精神，凝聚着人们的美好向往，表达出真诚的情感，在满足生活基本需要的同时，把物质的实用功能与精神需求紧密结合，成为承载民族文化记忆的"活化石"。

千年流风

孔庙追远

一

在中华民族5000多年的文化史上,孔子是儒家文化的集大成者是中华文化的象征符号。古人说:"天不生仲尼,万世如长夜。"我们不可想象,没有孔子的中国,会有怎样的一部历史?可以说,孔子是中国历史上最伟大的思想家、教育家之一,是儒教的创始人,孔子的思想和学说奠定了中华文化的根基。

二

设立孔庙祀孔,是中国人礼敬孔子的重要传统,更是中华民族重视文教、传承道统的重要体现。有资料称,全国原有1740多座孔庙,百余年来大部分因天灾人祸而摧毁,现只遗存500多座,保存比较完整的仅约60座。不少孔庙,尤其是未被纳入国家重点文物保护单位的孔庙,或被其他单位挪用侵占,或屋舍破败缺乏修缮,甚至出现地方部门欲拆除残存建筑用于商业开发的现象。而保存比较完整或基本完整的孔庙,几乎都改成了仅供展陈文物、旅游参观

花山画语

用的博物馆,丧失了祭祀孔子、研习礼乐、传承经典、培养人才、教化天下的传统文化功能。相比之下,台湾地区的30多座孔庙,每年都举办庄严隆重的祭孔典礼等活动,使儒家文化表现为一种活泼的文化形态。祭孔是中华民族为了尊崇与怀念孔子,在孔庙举行的隆重祀典,两千多年来从未间断,成为世界祭祀史、人类文化史上的奇迹。

孔子生于鲁襄公二十一年十月庚子,即公元前552年10月9日;卒于鲁哀公十六年四月己丑,即公元前479年3月9日。《史记》中记载:"孔子年七十三,以鲁哀公十六年四月己丑卒。"孔子死后第二年(公元前478年),鲁哀公来到孔府祭拜,这是第一次祭孔,也是诸侯祭孔的开始。汉高祖十二年(公元前195年),高祖刘邦经过鲁国,以太牢祭祀孔子,这是天子祭孔的开始。自汉代以后,祭孔活动延续不断,规模也逐步提升,明清时期达到顶峰,被称为"国之大典"。直至中华民国时期,民间、官方均有祭孔活动。1949年,中华人民共和国成立后,基本取消祭孔活动。直到1984年,曲阜孔庙才恢复了民间祭孔,此后大陆其他地区陆续恢复祭孔的活动。中央电视台从2005年开始直播曲阜的祭孔活动。

2014年9月24日,中共中央总书记、国家主席习近平出席纪念孔子诞辰2565周年国际学术研讨会暨国际儒学联合会第五届会员大会开幕会并发表重要讲话。他提出:"孔子创立的儒家学说以及在此基础上发展起来的儒家思想,对中华文明产生了深刻影响,是中国传统文化的重要组成部分。儒家思想同中华民族形成和发展过程中所产生的其他思想文化一道,记载了中华民族自古以来在建设家园的奋斗中开展的精神活动、进行的理性思维、创造的文化成果，反映了中华民族的精神追求，是中华民族生生不息、发展壮大的重要滋养。"

古代中国周边国家多崇尚儒学，日本、韩国、越南等亦有祭孔活动。日本、韩国、新加坡至今每年都会有大型祭孔仪式。每年中国农历二、八月的上丁日，韩国成均馆孔庙和韩国243所乡校都举行释典大祭；日本的东京汤岛、长崎等地的孔庙也都举行传统的祭孔活动。

祭孔大典主要包括乐、歌、舞、礼四种形式。乐、歌、舞都是紧紧围绕礼仪而进行的，所有礼仪要求"必丰、必洁、必诚、必敬"。大典用音乐、舞蹈等集中表现了儒家思想文化，体现了艺术形式与政治内容的高度统一，形象地阐释了孔子学说中"礼"的含义，表达了"仁者爱人""以礼立人"的思想，具有较强的思想亲和力、精神凝聚力和艺术感染力，对于弘扬优秀传统文化、营造和乐氛围、构建和谐社会、凝聚民族精神具有不可替代的社会作用。祭孔就是要唤醒我们心底的仁爱之心、敬畏之心和责任意识，做一个负责任的国家、有爱心的企业、有良知的公民。

三

与以曲阜孔庙为代表的家庙、国庙不同，广西的孔庙，属于地方孔庙，又称文庙，是古时广西各府、州、县官学与祭祀孔子的庙宇结合体，是供奉孔子灵位和祭祀孔子的圣地，又是传授儒家经典和文治教化的殿堂。有资料称，目前广西现存21座孔庙，分别是

花山画语

桂林的恭城文庙、灌阳孔庙、平乐府文庙、修仁文庙，贺州的临贺文庙、富川文庙，来宾的武宣文庙，崇左的永康文庙、太平府文庙，防城港的上思文庙，北海的廉州府文庙、合浦县文庙、永安文庙，玉林的郁林孔庙、北流孔庙、石南孔庙，百色的镇安府孔庙、泗城文庙、河池文庙、柳州孔庙，以及南宁孔庙。据《广西通志》记载，广西最早设立的孔庙是灌阳文庙，始建于隋炀帝大业十三年（617年）。自此北魏创建的在学校内祭祀孔子的礼制，即"庙学合一"制传到了广西。此后，孔庙逐渐成为广西各个州县中最常见的官学建筑殿堂。唐代时期，广西有孔庙11座，宋代时期有41座，而到了清代有84座，明清时期每个州、府、县治所在都有孔庙或文庙，数量多，规制高，建筑技术与艺术堪称精美。明清为广西孔庙的鼎盛时期，为当时的明清王朝培养了大批的人才。据文献统计，明代广西共培养文科进士238名，文科举人5098名，这些人多为当时著名的政治家、军事家或教育家。清代广西共培养了文科进士585名，举人5075名，其中状元4名。尤其引人注目的是，在少数民族聚居的庆远、思恩、泗城、镇安、太平5府也培养出了26名进士，这表明孔庙的文治教化在明清时代已经深入到广西少数民族聚居地区。1905年清政府下令废除科举，孔庙遭受巨大打击。20世纪80年代以来，广西各级政府对孔庙的保护工作十分重视，各地孔庙都得到了不同程度的保护和修缮。如今的广西孔庙正走向新的繁荣。广西孔庙历经1400多年的发展，各地文庙基本上都遵循比较固定的形制建造，即以曲阜孔庙的建筑组群结构为基本模式，又将八桂大地独特的地域文化、民族特色、风土人情融入建筑中。

千年流风

南宁孔庙始建于北宋皇佑年间（1049—1054年），初址位于仓西门外沙市（今水塔角南侧附近），南宋宝庆三年（1227年）迁至南宁饭店处。清末以来逐渐倾圮，只剩大成殿。1982年，因扩建南宁饭店，终将旧孔庙拆除。拆下来的建筑材料保存于广西展览馆。2007年5月南宁孔庙迁建主体工程开始建设，至2011年1月30日迁建落成，历时3年多。南宁孔庙自初建至民国时期，共历经3次迁建和30多次修建，它见证了南宁这座古城近千年的历史沧桑和文化变迁，曾是南宁文脉延续的重要象征。新落成的孔庙，位于南宁市青环路上的著名风景区青秀山麓，占地面积约46亩，建筑面积超过3500平方米。南宁孔庙坐北朝南，左揽凤凰塔，右擎龙象塔，遥对笔架山，依山傍水，大气巍峨，独领仁山智水神韵的胜景，是现今广西乃至岭南地区规模最大的孔庙。

2011年1月30日，南宁孔庙举行迁建落成仪式暨祭孔大典，邕城各界人士1000多人参加了落成仪式和祭孔大典。大典根据传统规制，司仪、礼生、舞生、乐生等着明朝古装，所有参拜者胸带祭巾，仪式集诗、乐、舞、礼为一体，由启户、恭迎曲阜尼山圣土圣水、合土、汇水、壅土、泽水、献馔、敬献花篮、宣读祭文、向孔子行礼等内容组成。之后，每年都举办祭孔典礼，要么在春节期间，要么在孔子诞辰纪念日。如2012年9月28日是孔子诞辰2563周年纪念日，南宁孔庙于当天举行了隆重的祭孔大典。2017年1月29日，是丁酉鸡年大年初二，在南宁孔庙举行的祭孔仪式，完全按照山东曲阜祭孔规制流程，进行初献、亚献和终献。在进行初献礼之前，大祭司带领众人诵读了《论语》中的经典片段。在仪式过

程中，还配以专门用于祭孔的六佾舞表演，演员人数也比往常要多。

南宁孔庙在千年的历史进程中，守护着古老的邕城文脉，成为南宁历史文化的组成部分和重要标识，成为人们领略博大精深的儒家文化、传承华夏传统文明的重要场所。

四

传统中国的城乡是民族文化的蓄水池，涵养着整个国家的文化。这种涵养之功主要通过四种方式实现。第一是私塾学堂，通过讲习儒家经典传授做人之道。第二是宗族祠堂。它是慎终追远的教化场所，也是传统中国人的一切人生礼仪，像冠礼、婚礼、丧礼、祭礼都是以祠堂为中心来进行的。第三是民间道堂。传统中国几乎所有的村庄都有像土地庙、关帝庙等民间道堂，还有一些与儒释道三教相关的民间信仰场所。这些场所对于学堂和祠堂是很好的补充。第四是孔庙。这是传统儒家教化的灵魂所系，是儒家文化的根。在新的历史条件下，城乡文明的重建需要提升公共性，通过四堂合一，将讲学、祭孔、祭祖和地方性的神灵祭祀集合为一个公共文化空间，使传统四堂的文化功能加以整合提升，成为具有现代性的城乡和社区教化中心，完成社会基层道德教化体系的重构，共同担负起乡村和社区教化的职责，使得传统文化在基层的传承中获得现实的载体。乡村和社区的民众，将因此能够再一次从圣贤、祖先那里汲取智慧和力量，填补乡村与社区的焦化空白，这不仅对于基层社会的文化复兴和道德重建具有重要意义，也对于民众的精神安顿和心灵健康具有重要意义。

千年流风

　　文化自信是一个民族、一个国家以及一个政党对自身文化价值的充分肯定和积极践行，并对其文化的生命力持有的坚定信心。在建党95周年庆祝大会的重要讲话中，习近平指出："文化自信，是更基础、更广泛、更深厚的自信。""我们要坚持道路自信、理论自信、制度自信，最根本的还有一个文化自信。"我们有优秀传统文化的底蕴，也有在中国革命、建设、改革的伟大实践过程中孕育的革命文化和社会主义先进文化。这种在优秀传统文化基础上的继承和发展，夯实了我们文化建设的根基，奠定了我们文化自信的强大底气。祭孔体现着我们民族的精神信仰，对此决不可妄自菲薄，也不能放任自流，而是要积极面对，正面引导，让祭孔信仰成为我们重建"文化自信"的起点，为中华民族在当代的重新崛起奠定坚实的精神基石！

花山画语

中元意蕴

一

中元节时,邕宁新江,家家户户,都要认真庄重,做几件事。一是祭拜土地。主祭品为整只大鸭,大鸭完完整整、鸭头不可扭、鸭脚不可斩。其他祭品丰富,如脆皮扣、清蒸鱼、开胃菜、生榨米粉等等。七月十四日,全村每家每户,把自家祭品,拿到土地庙,行礼祭拜,祈求风调雨顺、出入平安。二是祭祖。祭拜了土地庙,再把祭品拿回家,供上祖宗神台,焚香祭拜。三是装满米缸。在七月十三日要将家中米缸装满,因传说老祖宗七月十四日回家,首先要摸米缸,摸到缸里有米了才放心。四是不让孩童上山吃豆稔果。邕宁当地,山多野果,果呈黑色。中元节时,果现红色裂痕,传为"鬼"在吃。故当日看紧孩童,勿往山上跑,莫吃稔果,以免冒犯,鬼降祸灾。五是绝技表演。邕宁那楼、新江、百济一带,"含犁头"是民间祈福的绝技表演,主要是把烧红的犁头放入嘴中。"凤点头"则体现重视人间亲情、渴望家庭团圆的美好愿望。

广西地区过中元节,是每年农历七月十四,一般称为"七月十四"。传说早先亦是农历七月十五过中元节,到宋朝末年,南方战乱,广西百姓正准备过中元节,听闻元军大举进攻岭南,为避战乱,只好提前一天过节了。后来便一直延续下来。真假如何,难以考证。

广西各地过中元节,活动安排各异,大体相同如是:十三之前,家家户户,搞大扫除;祭拜用具,如桌、椅、板凳、餐具以至香炉、灯盏等,一一清洗;平时言行,注意礼节,切忌骂人、闹架,保持家庭幸福、祥和气象;备好供品,如喂肥鸭子,备足猪肉,酿好醇酒,选好糖饼水果,等等。

二

中国岁时节令,有"三元":正月十五乃上元,七月十五为中元,十月十五是下元。中元节,亦称"七月半",是民间传统节日,也是流行于全国的岁时节日,时在农历七月十五日。"中元"之名起于北魏,据《五杂俎》的记载:"道经以正月十五日为上元,七月十五日为中元,十月十五日为下元。"《修行记》说:"七月中元日,地官降下,定人间善恶,道士于是夜诵经,饿节囚徒亦得解脱。"中元节古已有之,起源于佛教中"目连救母"故事,由佛教盂兰盆会发展而来。魏晋南北朝时,盂兰盆会十分盛行。"及七月半,盂兰盆望于汝也。"《佛祖统记》载:南朝梁武帝于大同四年到同泰寺,设立盂兰盆斋。《荆楚岁时记》说:七月十五日,僧尼道俗都设置盂兰盆会供养众佛。唐代,宫廷内仍盛行盂兰盆会。《唐六典》规定中尚署七月十五日进盂兰盆。唐太宗七月望日,于内道场造盂兰盆,饰以金翠,所费百万。公元629年,即如意元年七月,武则天在洛阳城南大会僧众,"陈法供,饰盆兰"。宋代,盂兰盆会活动,已成民俗一部分。《岁时杂记》载:北宋的律院多依据经教作盂兰盆经,人家大率即享祭父母祖先。常以竹竿分成四五足,中置竹圈,谓之盂兰盆。画目连尊者之像插其上,祭毕加纸币焚之。《岁时杂记》引《嘉泰事类·假宁格》记载:宋代中元节休假三天。明清时代的盂兰盆会风俗,南方较为盛行。嘉靖《萧山县志》说:"选僧为瑜伽焰口,造盂兰盆,放荷花灯,中夜开船,张灯如除夕,谓之盂兰会。盖江南中元节,每岁妇女买舟作盂兰放焰口,燃灯水面,以赌胜负,秦淮最盛。"可见,中元节于中国,历史悠久,规模宏大,形式多样,内容丰富,意思多元矣。

三

后来,中元节脱去佛教色彩,演变为彰显中国本土文化的节日。

祭祖内容丰富,形式神秘,概而括之,可谓"慎终追远"。"'慎终'指按照一定的礼仪来办理上辈的丧葬;'追远'指按时祭祀和悼念远祖,以示不忘根本。"自唐至近世,中元节的主要内容是祭祖活动。中元日,全国各地都有祭祖活动,民间家家祭祀祖先。此日菜肴,多丰富美味;但进餐前,必先敬供祖先后,方可食用。所敬供品,有美味菜、可口饭和醇香酒等。人们祭祀祖先,是对祖先的缅怀和纪念,更是为了发扬孝道。《礼记·坊记》说:"修宗庙,敬祀事,教民追孝也。"《礼记·祭统》说:"祭者,所以追养继者也。""是故孝子之事亲也,有三道焉:生则养,没则丧,丧毕则祭……尽此三道者,孝子之行也。"在现实生活中,行孝体现在对生者长辈的赡养和恭敬,而对逝者尽孝则以祭祀为之。

四

古书解释，鬼者，归也。传人死后，其精归于天，肉归于地，血归于水，脉归于泽，声归于雷，动作归于风，眼归于日月，骨归于木，筋归于山，齿归于石，油膏归于露，毛发归于草，呼吸之气化为亡灵而归于幽冥之间。此说空玄，姑妄听之。孔子曰："敬鬼神而远之"，无非要心存敬畏，避开远离。东汉王充《论衡·订鬼》述："凡天地之间有鬼，非人死精神为之也，皆人思念存想之所致也""鬼者，人所见得病之气也""鬼者，物也，与人无异""鬼者，老物精也""鬼者，本生于人，时不成人，变化而去""人之见鬼，目光与卧乱也"。言论颇具朴素唯物思想，值得赞赏。

传统节日，凡能延续至今者，必有其因由，其不竭生命力，根源往往在其文化意蕴。我国乃文明古国，历史悠久，文化丰富。传统节日文化，更是丰繁多姿，作用明显，影响重大。如春节、元宵节、清明节、端午节、中秋节等等，其文化意蕴，不仅成为民族精神财富，也成为中华民族文化的组成部分，深刻影响着我国现实生活，作用于人民日常生产生活中。

中元节亦如是。

花山画语

城隍有神

一

在我国,很多城市都有城隍庙,并祭祀城隍神。如西安、北京、上海、杭州、南宁,等等。

凡城市,大都有城隍。古时建城,必筑城墙。城墙之外,必有城壕。有水之壕曰"池",无水之壕称"隍"。"城隍"二字,始见于《易经》泰卦上六爻辞:"城复于隍,勿用师,自邑告命,贞吝"。其中"城"指城墙,"隍"指城壕。城隍一词连用,泛指城池,首见于班固《两都赋·序》:"京师修宫室,浚城隍。"

资料记载,周代《礼记》,最早记述城隍神。《礼记·郊特牲第十一》载:"天子大蜡八。伊耆氏始为蜡。蜡也者,索也,岁十二月,合聚万物而索飨之也。"何为"大蜡八"?郑玄注云:所祭有八神也。许慎《说文》云:蜡"从虫昔声……曰年终祭名者矣"。大蜡八即年终祭祀之八位神,分别为:司啬、百种神、农神、邮表、禽兽神、坊、水墉、昆虫。其中水墉乃农田中之沟渠,水墉神即沟渠神也。据此演变,水墉神为最初城隍神,亦即城市守护神,古代汉族,视为重要神祇,普遍崇祀。至汉代,城隍神祇,由自然神演变为人神，纪信为最早城隍人神。据《长安县志·王曲城隍庙会》记载："相传楚汉荥阳之战中，汉将纪信假扮成汉王，解救刘邦出围，致被项羽烧死。刘邦得天下后，封纪信为十三省总城隍，在长安王曲建庙立祠，每年农历二月初八祭祀，后遂成庙会。"汉代纪信救刘邦的故事在《史记·项羽本纪》和《汉书·高帝纪第一上》及地方相关资料上均有叙述。从史料记载来看，王曲城隍祭祀纪信至今已有两千余年历史。祭祀城隍神，例规形成于南北朝时期，唐时城隍神信仰滋盛，地方官每年定期或在地方遭遇旱涝天灾时，代表一方民众祭祀城隍。宋代列为国家祀典，并明确规定，新官到任三日内，必须拜谒城隍庙，这是借用神明的威力来管制官吏。元代封之为佑圣王；明初，大封天下城隍神爵位，分为王、公、侯、伯四等，岁时祭祀，分别由皇帝及府州县守令主之。明太祖此举之意，"以鉴察民之善恶而祸福之，俾幽明举不得幸免"。明代制度，清代沿用。

古代民间信仰，奉城隍为城市守护之神、正义之神，既保佑城市百姓安宁，又监察当地官吏功过是非。城隍神职责，概言有三：一是代天理物，护国安邦：护佑一方平安，保佑国泰民安，风调雨顺；二是公正廉明，教化群黎：城隍是世间公平正义之神，既能监督当地官吏所作所为，又能教化黎民百姓多行善举；三是监察善恶，阴司报应：传说城隍能看清世间善恶是非，并根据善恶标准而判定生死祸福。所以随着城隍信仰的遍布流行，其社会教化、导正礼俗作用已深入人心，构建了中国传统基层社会的基本道德秩序。在过往的千年历史中，几乎每座城市都有一座城隍庙，城市人的精神信仰和礼教民俗皆融汇于此。

花山画语

随着城隍信仰在我国民间的发展，各地百姓信奉的城隍神愈加人格化、本土化、多样化，大多以当地百姓普遍认同的、已去世的英雄或名臣奉为城隍神，如古都西安以及全国众多城市均祭祀汉朝大将军纪信，苏州祀战国时春申君黄歇，北京祀文天祥、杨椒山，杭州祀周新，会稽祀庞王，南宁、桂林祀苏缄等。

二

南宁亦有城隍。南宁城隍神姓苏名缄，乃历史真人。

苏缄（1016～1076年），字宣甫，北宋泉州（今福建）晋江人。"素有侠负，慕古忠臣义士之迹。"宋仁宗时期登进士第，初授河南簿；后调广州南海主簿；因正直得罪州官，再调任河南阳武县尉。有政绩，升为秘书丞，知英州（今广东英德市）。苏缄任时，侬智高乱，广州受困，苏缄认为："广，吾都府也，且去州近，今城危在旦暮而不往救，非义也"。即募兵数千，救援广州。因立战功，宋仁宗提拔为供备库副使、广东都监，管押两路兵甲，遣中使赐朝衣、金带。因追击侬智高残部失利，主将陈曙被诛，苏缄被责，降为房州司马。后来陆续担任著作佐郎、监越州税（十余年）、廉州知州、潭州都监、鼎州知州等，升降皆有。

公元1071年，秋雨倾盆，邕江暴涨，洪水漫城，水深两丈，淹没城房。此年，苏缄从广东钤辖任上，履新出任邕州知州。时逢交趾犯恶，又作图谋，入侵广西，邕州形势，骤然紧张。之前，邕州和广西分由萧注、沈起主政。沈起到广西后，便组织土丁、训练水手，积极备战，并禁止各州县与交趾往来贸易。苏缄到任后，觉得沈起禁贸做法欠妥,上书请求恢复边境贸易,以缓解与交趾的紧张关系。无果。刘彝取代沈起任桂州知州后,苏缄又上书请求终止沈起政策。刘彝不爽,反弹劾苏缄"沮议",令苏缄勿乱言。苏缄气极,遂将沈、刘之错张榜公布,希望朝廷知而纠。亦无果。

北宋时朝廷派驻广西军力极少。时任宰相王安石认为"募禁军往戍南方,多死,害于仁政。应鼓舞百姓豪杰,使趋为兵"。苏缄只能自行招募,训练兵丁。公元1075年末,交趾军队,号称十万,大举入侵,连下钦、廉两州。1076年元月,敌军乘势合攻邕州。时邕州州兵,皆为乡兵土丁,无一国家军士,且仅二千八百,不足三千,情势危急。苏缄一面安抚邕州百姓,安定民心;一面指挥部署,明确战区分工,并战前动员,鼓舞士气,据守城池。大校翟绩潜逃,立即斩首示众。敌人攻打,全城兵民奋起抗敌,苏缄身先士卒,弯弓射箭,杀敌无数;烧毁敌攻城云梯和"攻濠洞子"等工具。敌人久攻不下,准备撤军,后听说邕州并无外援,于是继续围城并用土攻方法,攻入城中。邕州军民虽勇,但援军不至,刘彝派出的救兵"逗留不进",经42天浴血抗敌后,于熙宁九年正月十二日(公元1076年3月1日),邕城陷落。苏缄率众与入城交趾军展开巷战,众人身负重伤。眼看无法击退敌军,苏缄大喊:"吾义不死贼手!"遂返回州治,纵火自焚。苏缄及其儿子子明、子正,孙子广渊、直温等,其家37人一同殉国殉城。交趾军寻其尸不得,残忍屠城,杀军民五万八千余人,焚城而去。

邕城被屠,北宋朝野震惊!朝廷即刻调整对交趾之战略策略,增强力量讨伐交趾,30万宋军与交趾军大战于富良江(今越南红河),

斩杀交趾王子洪真，交趾投降。交趾犯乱，得以平息。

苏缄事迹，感动宋朝两代皇帝。宋神宗十分惋惜，深表哀悼，颁苏缄"奉国军节度使"，谥号"忠勇"；赠苏缄家田产，并召见苏缄儿子苏子元，予极高评价："邕管赖卿父守御，傥如钦、廉即破，则贼乘胜奔突，桂、象皆不得保矣。昔张巡、许远以睢阳蔽遮江、淮，较之卿父，不能过也"。邕州百姓深感其忠、其勇、其义、其功，为其建祠立堂，曰"苏忠勇祠"；尔后，宋王朝册封苏缄为邕州府城隍，苏忠勇祠亦被改称城隍庙，香火旺燃数百年不断。宋哲宗时为祠赐额"怀忠"，以彰其忠贞。

三

在民间，苏缄事迹，广受敬仰。有文史专家考证，福建、广东、广西、南澳岛、永宁、金门等地城隍庙，都有供奉过苏缄。600多年历史的厦门城隍庙，第一任"城隍爷"就是苏缄。

南宁城隍庙原址位于金狮巷，原红星剧场后面。如今寻道而进，可见一截古城墙，墙砖斑驳，城泥沧桑；传此地即为苏缄一家忠骨遗骸埋葬之处，也是当年"苏忠勇祠"和"城隍庙"遗址。墙缝城泥，长出多株芳草，萋萋映日，绿意盎然；衍生几根青藤，默默攀升，缠绕故土。1920年，民国政府在此竖立石碑一块，刻字"宋苏忠勇公成仁处"。2002年，南宁市政府核定此处为"邕州知州苏缄殉难遗址"，定为市级文物，立碑保护。据传，当年翻新改造步行街时，金狮巷里的城隍庙尚存，有专家学者建议留下城隍庙，参考上海城隍庙管理经验，予以保护。不知何故，建议未被采纳，城隍庙被拆,只剩下一段断壁残垣,甚是可惜与遗憾。好在,听说南宁市已做规划,把金狮巷开发为苏缄文化景区,重建苏缄城隍庙,这多少有所弥补。此外,邕城文艺人将苏缄英雄故事,编排成粤剧《焦土辨恩仇》《烈火红棉》,讴歌传诵其爱国精神,缅怀其忠义。

文化是民族之血脉。中华文化,源远流长、博大精深。传统民俗文化,是中华文化的重要组成部分。城隍文化,乃传统民俗文化之一部分。城隍是忠臣义士的化身,城隍文化教人从善、积德、廉洁自律,崇尚正义和公德,主张惩恶扬善、庇佑百姓、造福一方。对于匡正社会风气,促进人与自然、人与社会、人与自身的和谐,自有其价值;在漫长的岁月中,其作出凝聚共识、塑造精神家园、促进社会化和谐的历史贡献。我们应将这一中国传统民俗文化保护好、传承好、发扬好。

城市的文化厚度,决定城市的精神高度。我们不能忽视历史、忘记历史,我们不能无视正气、无视正义,更不能缺失正气和正义。苏缄生前壮举、义举,当铭记,当崇敬!其抗击外侵、保家卫国、护民爱城、舍生保义的行为和精神,当永传,当永祀!

花山画语

壮家白斩鸡

客到广西壮家，不吃上白斩鸡，难称来过。

到了壮乡，走进干栏，无论熟识与否，皆为贵客，均有白斩鸡和酒肉款待。有人在壮族乡间串门，随身只带一壶米酒。到了某家，主人杀鸡煮菜，与客人把酒欢饮。次日离去，主人将客人酒壶灌满，仍让客人背上。有人如此走了几个壮寨，回到家中，酒壶依然是满的。壮族人憨厚老实，待客无保留，家里所有，拣好的接待。客人不醉，自责招待不周。若是客气推辞，主人多有不悦，以为被瞧不起或不受尊重。如此心态，与山居生活有关。长居山里，对外交往不多，只见青山绿水、蓝天白云，少见外来客人。当有客至，自然视为上宾，一是客来自家，是看得起自己，人有脸面，家有光彩；二是能有机会与客言欢，了解外面世界，长见识。因此，客来坐下，先奉茶水解渴，品些山间果实，再杀鸡弄菜。

鸡是自家放养的土鸡，骨架小。平日让其自由自在四处跑，在树林下，在田地里，吃虫子和青草。傍晚回到家，还得喂上稻谷、玉米、谷糠、青菜等。这样的鸡运动量够，营养足，肉结实，煮出来口感香嫩。而饲料圈养的鸡肉质疏松，肉淡无味。两者不可相提并论。

壮族人杀鸡做菜动作麻利。一人到鸡舍抓出一只鸡,左手抓住鸡翅膀和头,右手持刀往鸡脖子上一抹,鲜红鸡血便往放在地上的一碗盐水里流。然后拔毛,破肚,清理内脏,洗净,下锅,水煮,掌握火候,起锅,砍件,装盘,上桌。做白斩鸡一般是用阉鸡或项鸡。阉鸡体积大,五六斤重,适合人多食用;项鸡未下过蛋,体积两三斤重,适合人少品赏;阉鸡和项鸡虽然一公一母、一大一小,略有差别,但做出来的白斩鸡肉品质相差不大。

白斩鸡,就是整只处理好的鸡用水煮熟后砍成块的鸡肉。这是壮家逢年过节、迎宾宴客必备的主菜。也是壮族人认为接待客人最好、最体面的菜。上好的白斩鸡肉皮质金黄油亮,令人馋涎欲滴。不用蘸酱,吃着鸡肉原汁的香,令人难以忘怀。若佐以葱花、香菜、砂姜、酱油、麻油等调料,则另外一种风味。鸡肉都熟了,但骨头里还带有鲜红的血丝。煮出这样的鸡肉,要有技巧和水平,经验不到的人是煮不出来的。一般是把鸡放进水锅里,盖上锅盖,水开后慢火煮五六分钟就起锅。也有先把水煮开,再放进鸡,盖上盖,立即停火,焖十几分钟,才起锅。不论哪种做法,都必须注意掌握火候,鸡必须只有八分熟,不能全熟。全熟就过火,肉就老了,吃起来口感就渣。八分熟最好,肉熟了,但鸡骨里的血丝还红着。一些人不敢吃,以为未熟,其实不然。这样的鸡肉,鲜嫩无比,人间美味。壮族人觉得鸡肉煮老了,不仅味道差,还不好消化;骨头带血,肉熟鲜嫩,正好!

壮族人吃白斩鸡有规矩。鸡头必须让给地位身份最高的客人或家中长者，以示敬重。肉厚骨少的鸡胸肉则敬给最年长的女性。鸡腿肉多好拿，一般留给小孩。如席中有爱吃鸡屁股的老人，则必须把此部位让给他，好此部位的年轻者不可食用。这么个尊老爱幼的规矩讲下来，大家方可随意。事实上，鸡头无肉，鸡胸肉纤维多易塞牙缝，鸡腿肉粗不香，但讲究的是尊老爱幼，生活规矩，也传达一种民族文化。

  在广西壮族地区做客，总有白斩鸡。壮族人讲究"无鸡不成宴"，视鸡肉为待客上品佳肴。认为此菜益五脏，对脾胃气虚、乏力、胃脘隐痛、浮肿、少乳有食疗效果。

鱼鲜生活

鱼是美食，人类大都喜食鱼。

鱼有多种吃法。国人日常有清蒸、红烧、香煎、糖醋等等，不一而足。

广西人有生吃鱼片的爱好，称为"鱼生"。

鱼生，即是把活鱼杀了，放血，剔骨，去皮，切薄片，然后，佐料生吃。鱼生已成广西名菜，堂而皇之从乡村走入城市。在南宁市，有多家鱼生餐店。

广西人吃鱼生的历史至少可追溯到三百多年前。1637年11月29日，徐霞客来到南宁那畣村，正巧碰见村民用一种叫缯的工具捕鱼："……已复匦而缯焉，复得数头，其余皆细如指者。乃取巨鱼细切为脍，置大碗中，以葱及姜丝与盐醋拌而食之，以为至味。余不能从，第啖肉饮酒而已。既饭，日已西，乃五里还至那畣村。登一茅架，其家宰猪割鸡献神而后食，切鱼脍复如前……"光绪《横州志》亦载有："剖活鱼细切，备辛香、蔬、醋、下筷拌食。曰生鱼胜于烹者。"可见，广西人吃鱼生之历史悠久。

鱼生制作非常讲究。首先是选鱼。从品质取，海鱼最好，河鱼

花山画语

次之，山塘鱼再次，最差家塘鱼。按鱼种分，深海鱼如三文鱼、金枪鱼、石斑鱼等为最，浅海鱼为上；野生河鱼如青竹鱼最佳，花鱼、赤眼鱼、黑鲩鱼渐次；山塘鱼如草鱼也可。家塘鱼最好不吃了。其次是杀鱼。先去鳃，再砍尾，待血排净；然后刀开鱼脊，仔细剔骨，将两边鱼身大块肉去皮，以洁净纱布或纸包裹吸水，水干肉白，即可切肉。再次是切片。切片极讲刀工，刀工精细，则鱼片上佳；刀工粗糙，则下品鱼肉。因此，要求用利刀轻轻切下薄薄一片，即断还连时停顿，再切下第二片，把相连的两片鱼肉打开，即成薄如纸片、晶明剔透、状如蝴蝶的鱼生片了。第四是配料。配料不可简单，有简单者只配酱油、花生油和芥末，这样吃起来寡味，形同嚼蜡。须将生姜、酸辣椒、酸藠头、糖腌木瓜、紫苏、柠檬、柠檬叶、花生、鱼腥草、薄荷、葱头、蒜苗、假蒌、洋葱、炸芋头丝等数十种配料切如发丝分隔放盘备用。再配一碗酱油和花生油，加少许胡椒粉、酸醋、白糖。配料丰富，则风味更佳。最后是装盘。装盘亦有讲究，鱼片和配料分开装盘。装鱼生片的盘碟如有条件，最好铺上一层冰块，用保鲜膜裹严，然后将鱼生片整整齐齐摆上，这样既可使鱼生片冰凉保鲜不软，又使一碟鱼生片看上去如冰雕蝴蝶，飘飘欲飞，极具美感，引人垂涎。而配料则以碟心为圆心，每一种配料整成长三角形，按次序排放碟中，红、黄、紫、绿、白等，五彩斑斓次第呈现，如花似锦，颇具艺术感。

如此这般，鱼生算是做好了，可以品尝了。

吃鱼生也有不同吃法。最讲究的吃法，是将酱油和花生油适量调到干净的碗里，按个人所好匀些胡椒粉、酸醋或白糖，将一两片鱼生往里一蘸，放到汤匙（调羹），夹上各种配料，一口送入嘴中慢嚼。这样吃法，使人觉得鱼生片滑爽清甜，咀嚼时满口酸、甜、脆、辣、鲜，生津败火，回味不尽。另有一种吃法，用猛火将切好的鱼生片表皮快速炒熟，起锅后加上配料如碎花生、葱段、香菜、芝麻、花生油、酱油，拌均匀后即食用。吃时先感觉到鱼片熟的部分易嚼、易化，但随后吃到生的部分时，就感觉到脆爽、清甜、柔韧，越吃越有嚼头，这口感上的两次递进，别致、深刻。普通的吃法是将花生拍碎，加姜丝、紫苏、香菜等几种配料和鱼生片拌在一起吃。这种吃法入味，但肉易软。最不讲究的吃法是将鱼肉切片之后，用酱油、花生油一拌就吃。

不少外地人尤其是北方人到广西，主家一般都推荐这道菜。客人大多不敢吃，主人也不勉强。有好奇者斗胆一试，连称美妙，遂放开吃，且要求第二第三餐还要吃。

据传，香港有人专门写了一本叫作《鱼生改变命运》的书，理论吃鱼生的种种好处和神奇作用，还说当一个人命运坎坷波折、时运不济、诸多困窘时，吃鱼生可助人转好运。言之玄奇，不可听信。

广西人吃鱼生，纯粹是因为鱼生味道鲜美，且有生津败火作用。加上鱼生片晶莹剔透，富含生机，食之，亦图个生活鲜亮，日子滋润的彩头和寓意！

花山画语

活旺日子

每逢杀猪，广西壮族人大都喜欢做猪红，也称活血。逢年过节如此，平常日子也是。

壮族人所说的猪红，就是猪血。但不是煮熟的猪血，而是经特殊加工而成的新鲜的特色美食。

猪血营养十分丰富，素有"液态肉"之称。含维生素b2、维生素C、蛋白质、铁、锌、铜、锰和磷、钙、钾、钠等等。祖国医学记载，猪血"性味咸平，治头痛眩晕、中腹胀满、肠胃嘈杂、宫颈糜烂"，具有多种食用功效，是最理想的养血之物。常吃猪血，可有效地补充体内消耗的铁质，防止缺铁性贫血的发生；能提高免疫功能，延缓机体衰老，耳聪目明；能抑制低密度脂蛋白的有害作用，有助于防治动脉粥样硬化，对防治老年痴呆、记忆力减退、健忘、多梦、失眠等症也颇为有益。一般人群都可食用，尤其适宜贫血患者，老人，妇女，从事粉尘、纺织、环卫、采掘等工作的人，以及血虚头痛眩晕者、肠道寄生虫病人、腹胀嘈杂者。有不少女士识得猪血功效奥妙，保持吃猪血，从而使人面如桃花，活泼轻盈。但高胆固醇血症、肝病、高血压、冠心病患者却不能食用；有病期间或患有消化道出血阶段也要忌食。

除民族禁忌外，国人大都喜食猪血。因为猪血与韭菜搭配可清理肠胃，所以猪血炒韭菜、猪血韭菜汤最为常见。猪血除了与黄豆、地黄、海带、何首乌、茱萸、菱、杏仁等相克外，其普适性强，因此，东西南北中，各地各人根据爱好，把猪血配制成各种各样的菜式，花样繁多，美味各异。但这些都是煮熟的猪血菜，与壮族人的猪红完全是两回事。

壮族人做猪红，要有经验。杀猪前，一人备好干净器皿，放适量盐，在旁边等候，专接活血。待操刀手将利刀插进猪的喉咙且迅速拔出刀时，即将器皿接住喷涌而出的鲜血，并用干净筷子或勺子顺时针搅动，让盐均匀化解在鲜血中，以确保鲜血保持液态不凝固。血量合适后，放置干净处，不可再碰动，否则做不成猪红。待有人将猪开膛破肚取出猪肺，即将猪肺洗净，剁碎，用油、盐炒熟，和拍碎的炒花生一起适量分到各干净碗中。然后，拿来猪血，每个碗中舀进一二汤匙猪血，同时加进适量凉温开水，同步顺时针搅动，十秒左右即停。如此一碗一碗制作。也有一大盘一大盘制作的，但味道略差，也不易做得好，所以很少做大盘。稍等片刻，活血凝结如豆腐，色泽鲜红的猪红就做成了。有比较讲究的，还在做好的猪红上撒上炒过的芝麻和切细的葱花。制作过程有几个环节很关键，一是搅动必须是顺时针。逆时针或顺时针过程中有逆时针搅动都会做不成猪红；二是凉温开水必须是已凉还温、带温已凉，过凉或过温的水也做不成猪红；三是搅动时间必须适当，太快或过久也做不成猪红；四是前面取血放置后，未调制猪红前，必须不可再动，再动后面猪血和猪肺、凉温开水搅动就会不凝结,也做不成猪红。这几个问题说不清所以然,但事实就是这样,很神奇。值得注意的是,在收集猪血时一定要注意卫生,避免污染。另外,病猪的血,千万不要食用。

制作好的猪红颜色表层暗红,但内里还保持着鲜红。吃时用汤匙一口一口吃,先是感到有点冰凉,随后感到清甜,柔软;一嚼,细碎的猪肺和花生粉粒、芝麻、葱花,口感脆爽,顿觉满口香郁,气清血顺,舒筋活络,胸腔通畅,活力倍增,精神十足。令人欲罢不能,暗自称奇。壮族人做成的猪红乃大补之物,一般人只吃半碗到一碗,体格特别健壮的人最多也就吃两碗。吃过多,有的人就要流鼻血了。身体虚弱的人,一次不能吃太多,小半碗就好,隔一两天再吃小半碗,吃几次下来,身体就会健壮起来;但如果一次吃一碗,量就有点过,虚不受补,适得其反。

猪红好吃,但也不是想吃就能吃得上。乡村农家,一两年才养大一头猪,一般要到春节或家中要办大事时方可杀猪,平时是没有猪可杀的。街市上专事卖猪肉的人,大多是从屠宰场拉来割好的猪肉,没有新鲜猪血可卖。因此,猪血都是供不应求。猪血一好卖,有些屠户就弄虚作假,猪血的品质就得不到保证了,品质不纯的猪血,拿来做猪红根本做不成。更有甚者,居然用化学手段制作冒名猪血,其实跟猪血一点关系都没有,纯粹是见利忘义,祸害民生。所以,现在要想吃上猪红,只能可遇不可求。

壮族人喜爱吃猪红,除了吃猪红能清凉润喉解热、提神补血活血等诸多功效外,还图猪红颜色喜庆吉祥,食之,有日子红火、生活兴旺的美好愿望。因此，逢年过节时杀猪做猪红，就是为了把红火和活旺留到来年和来日的寓意。尤其在腊月小年杀年猪和开年杀猪时，要把猪红供上案桌，烧香敬祖，口中要念念有词，祈求祖宗保佑家道和农事红红火火、生机勃勃，保佑全家日子鲜活、兴旺发达。

花山画语

邕城年味

一

近些年来,每年刚到腊八,邕城南宁各个商场和菜市就开始张罗起年货来了。商场里各种红色年物耀人眼目;菜市里各色过年美食琳琅满目。这些年物、美食散发出来的味道提醒人们:要过年了!

现代民间习惯上把过春节又叫作过年,事实上也是。但在最初的起源,年和春节是很不相同的。那么"年"究竟是怎么样来的呢?民间有这么一种说法:古时候,有一种叫作"年"的凶猛怪兽,每到腊月三十,便挨家挨户,觅食人肉,残害生灵。有一个腊月三十晚上,"年"到了一个村庄,适逢两个牧童在比赛牛鞭子。"年"忽闻半空中响起了啪啪的鞭声,吓得望风而逃。它窜到另一个村庄,又迎头望到了一家门口晒着件大红衣裳,它不知其为何物,吓得赶紧掉头逃跑。后来它又来到了一个村庄,朝一户人家门里一瞧,只见里面灯火辉煌,刺得它头昏眼花,只好又夹着尾巴溜了。人们由此摸准了"年"有怕响、怕红、怕光的弱点,便想到许多抵御它的方法,如放鞭炮、贴红纸、点蜡烛等,于是逐渐演化成今天过年的风俗。而春节不同时代有不同名称,在先秦时叫"上日""元日""改岁""献岁"等；到了两汉时期，又被叫为"三朝""岁旦""正旦""正日"；魏晋南北朝时称为"元辰""元日""元首""岁朝"等；到了唐宋元明，则称为"元旦""元""岁日""新正""新元"等；而清代，一直叫"元旦"或"元日"。1911年辛亥革命以后，开始采用公历（阳历）计年，遂称公历1月1日为"元旦"，称农历正月初一为"春节"。

发展到今天，春节，早已是中国民间一个非常隆重的节日，也是中华民族最盛大、最热闹、最重要的一个古老传统佳节。有学者研究称，春节起源于殷商时期年头岁尾的祭神祭祖活动，至今已4000多年了。也不知道从什么时候开始，春节与年等同一个概念，春节就是过年，过年就是春节。

二

有资料称，真正命名为"春节"的人是袁世凯，中华民国三年一月二十一日，当时的中华民国北洋政府拟文为："为呈请事，窃自新邦肇造阳历纪元，所以利国际之交通，定会计之年度，允宜垂为令甲，昭示来兹，但乘时布令，当循世界之大同，而通俗宜民，应从社会之习惯。故日本维新以来，改正历法，推行以渐，民间风俗之所关系，悉属因仍未改，春秋佳日，举国嬉嬉，或修祓禊，或隆报飨，岁时景物，犹见唐风，良以征引故事，点缀承平，不但为经济之节宣，且可助精神之活泼。我国旧俗，每于四时令节，游观祈献，比户同风，固由作息之常情，亦关人民之生计。本部征采风俗，衡度民时，以为对于此类习惯，警察官吏未便加以干涉，即应

花山画语

明白规定，俾有率循。拟请：定阴历元旦为春节，端午为夏节，中秋为秋节，冬至为冬节。凡我国民均得休息，在公人员亦准给假一日，本部为顺从民意起见，是否有当？理合呈请大总统鉴核施行。谨呈大总统内务总长一月二十一日。"袁大总统批曰："据呈已悉，应即照准，此批。"

一个传统春节，不同时代有不同的经历。据资料记载：1928年5月7日，中华民国内政部呈国民政府，要求"实行废除旧历，普用国历"。严禁私售旧历、新旧历对照表；严令京内外各机关、各学校、各团体，除国历规定者外，对于旧历节令，一律不准循俗放假；通令各省区市妥定章则，公告民众，将一切旧历年节之娱乐、赛会等一律加以指导改良，按照国历日期举行。1930年，政府重申："移置废历新年休假日期及各种礼仪点缀娱乐等于国历新年"。据时人记述，春节期间派警察到关门停业的商店，强迫其开门营业，并将元宝茶及供祀的果品捣毁，有的还要处以罚金，"甚至乡间售卖历本的小贩，亦一并捉去拘役。一时间人心惶惶，将一个欢天喜地的新年，弄出啼笑皆非之状"。不过这种做法，一二年后即消失，人们照旧过自己的春节，当局也无可奈何。废止绵延了几千年的传统节日殊为不易，命令出台后即遭到了其他党派及社会团体的反对，指责国民党摒弃中国传统文化。民间更是阳也不奉，阴则全违，民间庆贺年节一切如故。1934年，国民政府停止了强制废除农历，要求"对于旧历年关，除公务机关，民间习俗不宜过于干涉"。

20世纪60年代时期，中国各地得到通知，要求群众"移风易俗"，"过一个革命化、战斗化的春节"。春节之际要抓革命、促生产，大干到腊月二十八,大年三十不歇脚,除夕吃忆苦饭,初一早上就出工。春节不再放假。全国的报纸一片响应之声,要求举国上下"过一个革命化春节"。改革开放后,春节休假被恢复。2007年12月7日,国务院第198次常务会议通过将春节列为国家法定节假日。

三

每逢过年,神州大地上,总是发散着浓浓的年味。这些年味,就从各种活动中飘逸出来的。如吃腊八粥、小年祭灶、贴春联、贴门神、焚香祭神、祭祖、接神、踩祟、接财神、祈福、扫尘、吃年糕、吃饺子、吃"团年饭"、吃春卷、分发"压岁钱"、"守岁"、拜年、放爆竹,以及耍狮子、舞龙灯、扭秧歌、踩高跷、杂耍诸戏、闹元宵等,这些活动,不仅为新春佳节增添了浓郁的喜庆气氛,也为家家户户生产了醇厚的吉祥年味。

以前的南宁,每到春节,年味也是非常浓郁的。20世纪50年代,南宁和全国各地一样,物质远没有现在那么丰富,平日三餐,没什么油水,都非常简单素淡。那时,早餐的绿豆糯米饭团2分钱,一碗米粉4分钱。过年,是人们一年最热切的期盼,不仅可以吃得丰富些,还有许多令人喜庆高兴的事。比如,穿新衣。那时,因为贫穷,很多人家平时一两套衣服穿到烂,还要缝缝补补继续穿。只有到过年时,才用一年打拼积攒下来的钱给每个家人购置新衣服。又如,讨利是,这是小孩子最喜欢的事情。正月初一,小孩跟着父母去长辈家拜年,接受拜年的长辈都会给利是,那时利市大多都是5分钱,偶尔也有2毛钱的利市,最大的利是有两块钱。也如,放鞭炮。除

花山画语

了家里放鞭炮外,小孩子们一般把讨到的利是拿去买鞭炮来玩,鞭炮还舍不得成串点完,便将鞭炮拆成单个分开点燃。胆小女孩,多几分文弱,对折鞭炮,露出火药,作烟花点;胆大男孩,多调皮捣蛋,自制甩炮,甩地炸响。还如,吃零嘴。那时春节,南宁家庭会做一些传统食品,除了自家品赏外,还给前来拜年的孙子、孙女们准备过年零嘴。糯米饼就是其中一道过年必备零食。临近春节,人们将糯米炒熟、碾碎、泡糖水,然后将糯米粉团放进专用模具中压平,轻轻一磕,一个漂亮的糯米饼,就从模具中生产出来了;做好的糯米饼,放入锅中蒸熟,方可食用。除了打糯米饼,还做米花糖,等等。再如,赏花灯。老南宁高楼极少,多是平房,过年街坊邻里都出来一起玩,街上很是热闹。正月初一的时候,很多人自发上街游行,有舞狮、舞龙队伍,还有扮成"八仙过海"造型的踩高跷队伍,甚至一些剧团也拿着八音锣鼓等乐器上街表演。从正月初八开始,家里长辈,开始用砂纸捻成条,竹子劈成条状,制作出样式各异的花灯,有孙悟空、观音等形象的花灯,也有花鸟虫鱼形象的花灯,到正月十五那晚,各家各自带着孩子,拿着自制花灯去游街。当时人民路到现在的和平商场一带,是有名的"花灯一条街",过年时非常热闹。很多老南宁人,现在回忆起当年过年情景,依然喜形于色,充满怀念和眷恋。

现在,南宁过年少了很多味道,很多传统的习俗已不再有,一些过年的举动也不能做。比如,不能放鞭炮了。这个能带来吉祥喜庆的举动,被以污染环境为由而被禁止,甚至认为放鞭炮会产生雾霾。人们很是纳闷:春节放鞭炮污染环境,产生雾霾;那春节过后的长达一年的时间里,没有再放鞭炮了,为什么环境还有污染、还会有那么多雾霾呢?没有了鞭炮声,没有了一些传统的习俗活动,加之很多客居南宁的人们回老家过年了,整个邕城一下子冷清了很多。

四

有人说,年味是屋檐下挂着的那一块块金黄的腊肉,年味是那一幅幅火红喜庆的春联和门画,年味是父亲珍藏了一冬的那坛老黄酒,年味是母亲辛苦张罗的那桌丰盛年夜饭,年味是那噼里啪啦的爆竹声和弥漫在空气中的火药味,年味是亲友间那一句句诚挚的问候和温馨的祝福,年味是元宵节那热闹的船灯、彩狮和火龙,年味是心中那一缕带着醇香的回忆……也有人说,年味就是全家团圆的喜乐气氛;就是晚辈孝敬长辈围坐在桌前敬的那一杯酒;就是屋外烟花闪耀的那种瞬间的美;就是家人忙前忙后做的一顿午夜饭中的饺子;就是逛庙会看着舞龙吃糖球仿佛又回到童年的一种享受;就是甭管认识不认识,见面都说过年好的那种友好感觉;就是满大街挂满了红灯笼充满了祝福话语的那种气氛;就是家家户户都贴上喜庆对联迎接新春,庆祝新的开始……这就叫年味。

这些说法都没错,但只是说出了年味的表意。事实上,年味更多的不是物质的表面,而是文化的内涵。年文化的内涵是什么?是驱邪降福;是喜庆、吉祥、平安、团圆、兴隆、长寿、富贵……这些都是年的意蕴,它们凝聚了人们对生活、对生命的所有的美好祝愿。几千年来,老祖宗留下的最大的民俗就是过年。它通过各种传

花山画语

统的方式与形式表达人们对生活的愿望、情感、理想与追求。无论是贴春联、吃年夜饭、祭祖，还是守岁，燃放鞭炮，拜年等等，这些年文化的方式代代延续，其实是一种文化的传承。它体现了一个民族的文化心理，也就是团圆、亲情、祥和，此中包含着无比强大的民族的凝聚力和亲和力。这是中华文化最深刻的一部分，是我们民族的至宝。我们必须对"年"从文化上进行新的选择和弘扬，把过年从生活上的必不可少，变为文化上的必不可少，设法使传承千载的生活的年，完美地转化为未来的文化的年。

　　作为一座有悠久历史文化的城市，南宁，是不是也应该这样理解呢？

葛阳书院记

一

葛阳位于武鸣东南、银屏山西北面，群山环抱，山岭青翠。据传，明隆庆年初，曾有八位仙人降临此地。百姓视为吉祥宝地，捐资在神仙降临处建起一座八仙亭；再后，以八仙亭为中心，四面开阔，建起学舍，开办社学；道光十四年（1834），社学改称葛阳书院。葛阳书院具体始建何时，尚待考证；然自社学改称书院算起，至今也已一百八十多年了。

二

书院，是中国士人围绕着书进行文化积累、研究、创造与传播的文化教育组织，从唐代出现到清光绪二十七年（1901年）宣布改制为学堂，历经1200余年。据统计，书院从唐代的59所、五代的13所、宋代的515所，发展到明代的1962所、清代的5863所，除去跨越两朝以上重复统计的1277所，历代新创建书院合计7525所。最著名的有如湖南岳麓书院、江西白鹿洞书院、山东尼山书院

等。到晚清改制时，全国有1606所书院被改为大学堂、高等学堂、中学堂、小学堂、师范学堂、校士馆、存古学堂、女子学堂、实业学堂、蒙学堂等各级各类学堂。有资料称，武鸣在明朝建有书院3所、清朝建有书院4所，如今仅存葛阳书院，其余早已毁圮，荡然无存。前列数据，不知是否包含武鸣这七所书院？

传统书院，具有人才培养、学术研究、祭祀孔子、保存书籍、社会教化等功能，与今高等院校基本相同。传统书院创办者、主持者，是德高望重且有相当造诣的学者，他们有明确的办学理念，有培养人才的精神主旨。书院主要是通过经典教育，讲明义理，使师生自我修身乃至推己及人，来成就君子人格。书院尤其重视经世致用。书院的教学内容，包罗甚广，广博深厚，可以分成普通文化知识、高深的学术研究、特种知识与技能等三大类别，形成大体与之对应的普通书院、学术型书院、专科类书院。举凡古代社会的知识体系，近代西方的科学技能，尽皆收入其中，其势开放，无官学之僵硬保守而显活力，无私学之隘小细微而呈恢宏，师生授受之知识结构具有完整性，此则正是书院涉及不同教育领域，从而自成一统，长久存在的原因所在。

中国传统书院形成了自身的文化精神，大约可以归纳为以下几点：第一，书院坚持道统，弘扬人文精神与价值理想。官学与科举直接挂钩，书院则救治时弊，坚持儒家教育传统，以"道"为追求目标，培养生徒具有终极关切与超越信仰，以"道"修身并治世，有道德理想与完善人格。第二，书院打破了官学体制，不受其限制，具有民间性，承载自由讲学与批判的精神。书院是民间资本与民间学者结合的产物，基本上是民间教育组织，民间人士积极资助，捐钱捐田捐书办书院。当然，书院在发展过程中得到官方的支持，有官、民、商、学相互参与及合办的趋势，自治权不免也受到影响，但总体上与官学不同，有相当的独立性与自由度，培养的士子有参与、批判的思想力与勇气。第三，书院强调知识、学术的自身特性，有独立的学术精神与学派意识。书院自立自重，不随人俯仰，是师生们自由讲学、独立探求知识、切磋学问的地方，有独立学术、学派的追求与创新精神。各书院尊崇并培养、支撑了道学的不同学派。第四，一千多年来书院不绝如缕，培养了一代代士子，这些士子多数人德才兼备，经邦济世，明道致用，传承人文，推动民间讲学之风，振兴社会教化，美政美俗。

进入21世纪以来，书院一夜之间成为当代文化的时尚，由企业、民间团体、学术同仁、私人、官方以书院之名所建场所在中国已遍地开花，有研究书院史的学者指出，今天的书院从数量上已经超过明代。截至2011年年底，我国已新建实体书院591所、网络虚拟书院百余所，修复、重建传统书院674所，合计1360余所。五年后的今天，保守估计，书院总数在2000所以上，已经超过明代。书院的快速兴起让人一则以喜，一则以忧。可喜的是，中国社会、市民大众对书院有普遍认同与怀恋，没有拒斥与反感；可忧的是，不少人假书院之名，行挣钱之实，破坏了书院在人们心目中的神圣性和美誉度。

传统书院在清末民初之前的这一千多年的历史，是我国也是世界教育史、文化史上最值得称道的文化遗产之一。传统书院的制度

架构、精神理念对今天中国的教育仍有十分重要的借鉴意义。

三

葛阳书院坐落在村上头，文昌阁右侧。

现今书院，是在原址上重建的。书院为四合院，进门立有照壁；照壁之后为庭院；庭院之上有大堂；两边各有厢房；皆为新建。据介绍，葛阳书院因年久失修，又遇诸多劫难，早已毁圮。书院大门两侧原有石鼓、门额，院内有石墩、柱础等，如今仅存一二；那座读书亭已了无踪迹。当年，因有刘定逌翰林讲学，葛阳书院声名大振，来此求学的童生骤然增多；其中不少本村弟子受其影响刻苦读书、奋发成才，如：考上举人的有刘允修、刘允正、刘之锋、刘香桂、刘腾云等等。葛阳考取功名的子弟致仕为官，多是担任训导、学政、儒学教谕等职，有的就留在乡间，受聘于书院讲学，教书育人，形成良性循环，使这个小山村从康熙年间以来，通过科举出来一名进士、十三名举人、五十四名贡生。

新建葛阳书院左边厢房陈列室里，存有相关资料，尤为夺人眼目者，为四块牌匾和几对板联。第一块是巡抚广西等处地方提督军务兼督察院副都御史加一级军功纪录二次金铁为刘定逌叔叔刘王瑗立的"文魁"牌匾，楷体书写，字体端庄秀美，因年岁久远，漆墨褪尽；第二块是刘定逌为本县义士韦绚灿题的"为善最乐"牌匾，字体浑厚敦实，规矩平和；第三第四块是为刘定逌赴鹿鸣宴而立的牌匾，漆墨已褪，字体依稀，作者不详。另外几对板联没有落款，但刻字清晰，颜色苍古，不知何年物品。

庭院里，散放有石墩和柱础。柱础周身雕刻有花鸟虫鱼等。

按照设想，新建的葛阳书院，大堂拟为刘禄祠堂，将供奉始祖等刘氏先贤。左边厢房主要作为陈列室和展示厅。右边厢房作为课堂和报告厅。书院重建起来了，教学、研究、交流等书院活动自然就开展起来了。真心希望葛阳书院弘扬传统、传承优良、再创辉煌。

站在大堂环视书院，想象当年，应该是莘莘学子专心致志、埋头苦读，"两耳不闻窗外事，一心只读圣贤书"。回荡书院的是琅琅书声，弥漫空间的是殷殷教诲；升腾向上的是求学精神，扩展延伸的是理想追求。这是书院的本相，也是书院的风貌。

四

在当今，传统书院要保持和焕发生机活力，就要不仅仅是文物古迹，而应是活的文化载体；新兴书院要得到生存和持续健康发展，就要不仅仅是人们发思古之幽情的建筑物，而应是弘扬中华文化的阵地。无论是传统书院还是新建书院，何以证明自己是"活"的存在，而不仅仅是死的、冷冰冰的建筑物？一句话，担当社会责任，对社会有价值，对大众有意义。

当代书院要尽到社会教化之责，必须具备如下两点：首先，书院应有一批献身中国文化传播事业的儒者，这批儒者既要有较高的人格操守，又受过中国文化基本常识的训练，真正可以传道、解惑，既能行为世范，又回答百姓关注的问题，为百姓释疑解惑，从而提升百姓的道德素质。其次，书院的自我定位应当接地气，合乎百姓之需要。书院理应各具特色，千差万别，形态多样，但如果一个书院只将自己定位于"为往圣继绝学"的道场,那么它就无法完成社会教化之责。窃以为,当代书院的问题不仅仅是"为往圣继绝学"的问题,更重要的是"为往圣开新学"的问题。中华文化的传承、中华道统的延续、中华核心价值观的坚守绝不仅仅是少数专家、学者的使命,而是全民族的共业,因而提升百姓、涵养百姓,让中华道统之魂、中华精神之魄重新附在普通百姓之体上,成为百姓人伦日用之道,成为他们的生活方式,才是民族当务之急,也是书院教化的重心所在。

具体来说,今天要办好书院,首先,一定要充分学习、领悟传统书院的精神与办学理念,继承与弘扬传统书院的制度与规范中的精华,要以虔敬的心态,把今天的书院办成书院人立志悟道、修身成德、关爱他人、参与社会的道场,做到内圣修己与外王事功的统一。其次,书院要以经典教育为中心,切磋琢磨,持之以恒。原原本本地、一字一句地读经典,是起码的要求,同时还要充分体现学以致用、知行合一、言行一致的原则。国学、儒学,都是生命的学问,要在生命成长过程中不断领悟。再次,书院应坚持其独立性与批判性。我们提倡人格独立,思想自由,办出不同风格,包容不同的思想,包括适当学习西方、印度经典,学习现代理论,促进文明对话。书院的自由讲学,问难辩论,可以努力促成健康的民间社会的重建,培植、增强民间文化的自主性与多样性。最后,书院当然要接地气,要努力担负起教化社会、教育青少年的功能,美政美俗,让国学进入社区、乡村、企业、课堂、机关、营房与寻常百姓家。当然,通俗化不是庸俗化,我们还是要坚持正道,正讲,而反对歪讲、邪讲、俗讲。

　　这样的要求，葛阳书院能否做到呢？或者说，这样的要求，适合葛阳书院生存的需要吗？能作为其发展的方向吗？不管如何，窃以为，葛阳书院首先还是要端正目的，端正办学理念，不能以赚钱敛财为目的。我们还是要从传统书院吸收精神营养。古代书院都有学规，如朱熹的白鹿洞书院学规，明确兴教办学的宗旨。现在的书院职能各异，可以结合实际订立学规。最重要的是，书院运行一定要在儒家义理的指导下进行，总体上是要贯彻仁义之道，提升办院者与学员的人文道德素养，身体力行，知行合一。书院应以读书讲学为中心，是潜心读书之地。

　　总之，葛阳书院应总结经验，反本开新，把书院办得更好、更健康，让传统文化的精义一代一代地传承下去。

花山画语

刘定逌传

刘定逌,字叙臣,号灵溪,昔武缘县乐昌葛圩、今武鸣太平乡葛阳村人。自幼聪慧,生性好学,尤喜博闻,更能强记,过目不忘,一字不漏,倒背如流,众人称奇。考试科第,皆得高中,先拔贡生,后中解元,再成进士,钦点翰林编修庶吉士,为京官六品,等于地方官知州,侍读乾隆。颖脱不群,任真自得。"以忤时相落职,博学能文,喜导后进。"尝著《论语讲义》《四书讲义》《灵溪文集》《三难通解训言》《读书六字诀》。声名远播,时人敬佩,后人多传。

逌之祖辈,多为英贤。太始祖公刘禄,乃宋邕州通判;三世祖公永宽,明洪熙年间领弓马百十二人,杀贼有功,钦赐镆铘寨土巡检,世袭其官;祖父刘世红,岁贡生、设塾授教,诰赠修职佐郎;父亲王珽,为康熙贡生,任兴安县训导。逌娶黄氏,生子刘鸿,邑庠生。乃书香门第,家教严谨,多出文才。

逌任编修,刚正不阿。"赤胆忠心为国祚,……取义成仁斗恶魔。"时乾隆身边王爷,结党营私,招权纳贿,逌"操守严峻,风骨崚嶒"。是时礼规,翰林见到王爷,只需行拱手礼;然当时王爷却要翰林行跪叩头,众翰林惧威而跪;惟逌睥睨不屑,拱手不跪,触怒王爷;被诬"大考论试不如式",寻事欲将逈从翰林院中除名,逼逈"休致去";逈只好回乡历练,为在册翰林,随时听命。时逈年卅七,"千年成此恨,耿耿不能磨"。

逈中年失意,才不致用,泰然处之,载书五车,回归故里。初时彷徨,怅然自吟"恍入武陵溪,江回路不迷。……田园春有约,归去督耕犁"。时慕风景,流连山水。"策蹇镆铘山畔行,乱云急雨一时生。风声渡涧喧林麓,岚气浮空结化城。新水频添旧水浊,午烟不断晚烟迎。眼中一片迷离景,好与维摩寄远情";"扶筇直上顶峰行,万壑风涛足下生。鸟渡平川低拂水,烟浮古树澹依城。山都木客联歌吹,主簿功曹学送迎。只与诗人供啸咏,青山不似世中情。"然失意不失志,功名富贵,逈非不求,而非强求,"富贵功名随所遇,纲常名教订心期。但从颜巷寻吾乐,莫向杨朱泣路岐。"

逈遂潜心于学,授徒乡里,"时温孔孟两三句,日课蒙童四五人,莫谓山中无事业,等闲教书即经纶。"先武缘葛阳社学、思恩府阳明书院,后浔州府当阳书院、桂林秀峰书院、宾州宾阳书院,长任山长,历数十年,桃李百千。其为学朴质,经世致用,主张"读书穷理以明其志,循规蹈矩以习其义",持之以恒;鄙薄庸才废物;痛恶狂奴蠹物。要求"循序渐进,读正经之书,习正经之字,存正经之心,交正经之友,行正经之事,讲正经之话;毋畏难,毋苟安,毋因循,毋姑待,毋庞杂,毋闲断,毋妄语,毋多言",做一个"有体有用之完人"。教义品德,官民钦敬,无不心折,"士习为之一变"。其著《读书六字诀》,论道"读书之要有二:曰静,曰虚。静,非守寂之谓也。静,则身不浮而能安;静,则心不躁而能虑,

花山画语

工夫总在知止而定。虚，非沉空之谓。虚，则不自弃，不耻下问，而能受。虚，则不自满，而能谦，而能受，则学日加益而不自知，书所谓谦受益者也。……读书之法有二：曰法，曰戒。法者，法其善言善行也。戒者，戒其恶念恶习也。……君子喻于义，是当法；小人喻于利，是当戒。……读书时须是端坐凝神，先心到，次眼到，次口到，……逐字逐句，求其实解；一法一戒，求其实用。沉吟反复，读一字，破一字；读一句，破一句；读一节，破一节；读一章，破一章；读一卷，破一卷。如此读书，才于自己身心上实有用处。"斯言殷殷，一语中的。嘉庆九年，广西举办鹿鸣宴，当局敬迫德高望重，尊为上宾；巡抚张百龄对迫崇敬有加，视为天上北斗，手书"玉清尊宿"，额表其门；学政帅承瀛即席赋诗，彰迫"育才养士"功绩。

迫才华横溢，诗文俱佳。其诗或叙情、或状物、或抒心、或写意，皆悠然意趣、淡朴浅易、毫无雕饰；仿如信手拈来、随口而出、明白如话；均表读书养性心得、自得其乐灵感、恪守操节信念、追求理想志向。似其《隆安江上遇梁生乔楚赋赠》《送熊廉村中丞入觐》等。其文有宏论、有浅议，有说理、有教谕，皆深入浅出、微言要义、秉持正道；仿佛促膝谈心、娓娓道来、循循善诱；均为心系家国情怀、情牵民族大义、意指匡时济世、蕴涵圣贤之道。如其《呜呼！曾谓泰山不如林放乎？》《三难通解训言述》等。时誉"粤西第一流人物"。

迫热心公益。村西北为村人出入必经之道，有两溪合流；冬时水浅，通行无碍；春夏雨季，山水涨发，村民或冒险淌水，或绕路而行，苦不堪言。迫先辈曾聚力于水口合冲处建一石桥，不久即跨；

先辈再次修筑不成。迨动议族人捐资,并发动集资,请技工,另选址,建起新桥,高丈三尺、阔七尺、长九丈余,命名西江桥;从此四季通行,村民安全,众人称便。迨撰文刻碑,赞记出钱出力者。昔武缘学宫因水所废,多年无用;地方邑侯率捐重修,然众人多持观望,进展迟缓;乾隆五十年,公推迨担纲,迨时年已逾甲子,仍不惧年迈,毅然出任,总理其事;先谒邑侯,再集公议,立规定矩,凡列清册,分办兴工;逢时局动荡,诸多曲折;迨不畏其难,不负众望,历时六载,全部完工,众皆称善。又当年,迨视县城孔庙破旧倒塌,遂与他人倡议,聚力而为,县城孔庙得以修复。迨撰《重修武缘县儒学碑记》,主张"登圣人之堂,读圣人之书",力倡崇儒重道。

迨胸怀豁达。为人处世,心态乐观。凡家贫、世味、人情世故、社会生活,无不笑对。其作《行年四十五》,主张人生应持"旷然、超然、盎然、邈然、浩然、萧然、淡然、悠然"态度:"行年四十五,读书不知苦,掩卷自忘形,旷然今与古。行年四十五,吟诗不知苦,随意放高歌,超然今与古。行年四十五,吟文不知苦,字字本性真,盎然今与古。行年四十五,挥毫不知苦,笔笔自心生,邈然今与古。行年四十五,形神不知苦,本性自流行,浩然今与古。行年四十五,家贫不知苦,俯仰一室间,萧然今与古。行年四十五,世味不知苦,日月有真机,淡然今与古。行年四十五,人情不知苦,有感还天地,悠然今与古。"其心灵境界,高古绝尘。

迨之逸事,乡野多传。相传京城督学,下乡来察,颇是傲慢,鄙视乡人;见迨童稚,头若果圆,即书"小小书生头似广东槟榔壳";迨知讽己,视督学脸麻斑红,即对"大大秀才脸如福建荔枝皮"。

花山画语

又传迨旅鲁,鲁生视迨"南蛮",出联"西鸟东飞遍地凤凰难下足"捉弄,迨以"南麟北走满山虎豹尽低头"作对,灭其狂妄。再传迨赴科考,船行浔州,满船书生,视迨平常,命做书记,录写吟诗;迨录毕,令所有书生记录其诗:"昔日何缘今日幸同舟,犹如苏子赤壁浦中游;诗兴有时取天云作纸,酒狂醉后以海水为瓯;大笑一声鱼龙惊破胆,慢言几句神鬼尽低头;水里月映深深江泛银,船中举子个个脸含羞。"诸生惊讶,叹服不已。迨机智故事,传说累累,不胜枚举,皆显其奔放才情、高深学问、骨气人生、风趣性格。因无史记,真实如何,已不可考,权当传说。

迨虽回乡,功名仍保。按宫廷官制,营造家居,称"太史第"。家居门口,东西各置"花鼓麒麟";天井建有旗墩,矗立旗杆;屋内庑堂廊廓,一应俱全;门口宽阔,可容百人;门前有照壁,壁下有池塘;塘后田垌,地势开阔。一里开外,通有官道;凡骑马坐轿者,经过"太史第"前,均自觉下马下轿,步行而过,以示敬重,以显知书达理。

迨生于康熙五十九年(1721年)十月初五酉时,卒于嘉庆十一年(1806年)八月十八日辰时,历清康熙、雍正、乾隆、嘉庆四代皇帝,享生八十六岁。其一生读书立志,怀文抱质,清贫守志,怀才不遇却不流俗合污,而热心公益,教书育人,尊孔崇儒,慷慨重义,功高善大,令人钦敬。乾隆进士张鹏展誉其"殚精四子书及先贤语录文章,卓然成家";文渊阁大学士、两广总督蒋攸铦盖论其德行如"漓江之水,清且涟兮"、学问如"独秀之峰,高不骞兮"。嘉庆帝师、礼仁阁大学士、两广总督朱珪赠迨诗,称"畏我友朋心尚素，羡君金石寿方坚"。两广总督张百龄铭表"公之德，及于乡之士民；公之行，世奉之为人伦"。光绪十八年，朝封迺为"乡贤"，于县城乡贤祠设立迺神位，供后人瞻仰。

感佩迺之德才，丙申中秋，花山黄鹏敬立此传。

卷五

万象更新

万象更新

锦绣旧州

一

2018年，是广西壮族自治区成立60周年。60年，对任何一个地方来说，可以有翻天覆地的变化了。比如旧州，六十年前还是个破败凋敝、不堪入目的地方，如今已是山河锦绣、繁华热闹的圩镇了。

与西南边陲壮族村镇一样，旧州，是个民族特色凸显的地方。据说它很早就是中、越两国间的商贸中心和物资集散地。现在，距离旧州不远，中越边境上，有个龙邦口岸，那里，有边贸集市。

旧州给我最强烈的印象，就是如花似锦。我到达时，正是中午，阳光饱满而新鲜地照耀着，熙熙攘攘的街上，店铺林立，五彩斑斓的壮锦和绣球挂满街道两边，锦绣发出的光芒，绚烂着人们的心眼，感觉置身于锦绣世界里，似乎生命的光亮和生活的美丽无处不在，再悲伤暗淡的心灵都会明媚起来，再麻木灰冷的灵魂也会鲜活起来。

尤其是，当我走进一家民居的后院，我看到了许多人在忙碌：她们坐在装有支撑系统、传动装置、分综装置和提花装置的手工织机上，以棉纱为经，以各种彩色丝绒为纬，采用通经断纬的方法，正在巧妙交织一幅幅艺术品——壮锦，这些壮锦多用几何形图案，色彩鲜明,对比强烈,具有浓艳粗犷的艺术风格。她们都是清一色的女性,有中老年妇女和姑娘,甚至还有学生模样的小女孩,她们都穿着壮族服装。她们坐在织机前,耐心、专注而有节奏地操作着,每一个人脸上都写满了静穆和良善——那是被传统浸润日久的静穆和良善。她们的表情平静,平静如深远;她们的心里宁静,宁静如遥远。是的,她们的心里装着一个遥远的远方,那个远方,叫作传统,一种叫作织锦的古老制作传统。现在你该知道了,离中越交界不远的小镇旧州,是中国壮文化符号之一——壮锦的故乡。那个民居的后院,就是一处壮锦的制作坊。

二

壮锦,与云锦、蜀锦、宋锦并称中国四大名锦。这种利用棉线或丝线编织而成的精美工艺品,图案生动,结构严谨,色彩斑斓,充满热烈、开朗的民族格调,体现了壮族人民对美好生活的追求与向往,是广西民族文化瑰宝。

壮锦不是寻常之物,织锦更是个原料和技术要求十分高的活计:壮锦的织机百年前就已经定型,全机由机身、装纱、提纱、提花和打花五部分组成。壮锦所用的原料主要是蚕丝和棉纱,靠手工生产。壮锦的编织是一门枯燥而复杂的工艺,虽然它对操作者的文化素质并没有太大的要求,然而每天数万次机械的动作确实是对织锦人的极大考验。织锦时,艺人按着设计好的图案,用挑花尺将花纹挑出,再用一条条编花竹和大综线编排在花笼上。织造时,就按照花笼上的编花竹一条条地逐次转移,通过纵线牵引,如此往复,便把花纹体现在锦面上。时至今日,历经千余年发展的壮锦有自成体系的三大种类、20多个品种和50多种图案,以结实耐用、技艺精巧、图案别致、花纹精美著称。

壮锦出现于宋代。据南宋范成大的《桂海虞衡志》记载,壮锦出产于广西左右江,"如中国线罗,上有遍地小方胜纹"。周去非在《岭外代答》中说:绒布"白质方纹,广幅大缕,似中都之线罗,而佳丽厚重,诚南方之上服也"。所谓"白质方纹"就是指当时生产的壮锦,其装饰花纹为方格几何纹,其色调为单色,这是早期的壮锦,具备了"厚重"和织有方格纹图案的基本特征。当时,宋王朝需要"绸绢纳布丝锦以供军需",在四川设了"蜀锦院",有大量的蜀锦运来广西,再由广西输出。壮族人民很快接受蜀锦的工艺,著名的壮锦也就应运而生。当时,各州县都有出产,《广西通志》载:"壮锦各州县出,壮人爱彩,凡衣裙巾被之属莫不取五色绒,杂以织布为花鸟状,远观颇工巧炫丽,近视而粗,壮人贵之。"另有文献记载:"壮人爱采,凡衣裙巾被之属,莫不取五色绒线杂以织,如花鸟状"。"嫁奁,土锦被面决不可少,以本乡人人能织故也。土锦以柳绒为之,配成五色,厚而耐久,价值五两,未笄之女即学织"。壮锦不仅成了壮族人民日常生活中的用品和装饰品,编织壮锦更是壮族妇女必不可少的"女红",壮锦还是嫁妆中的不可或缺之物。清末民初,壮锦开始衰落。中国壮族传统手工织锦,主要产地分布于广西靖西、忻城、宾阳、德保等地。

旧州是个天然适合织锦的所在。那里属于亚热带,适合种桑养蚕,壮锦所用的主要原料蚕丝和棉纱,可以就地生产。染料呢,也

花山画语

可以就地取材：红色用土朱、胭脂花、苏木，黄色用黄泥、姜黄，蓝色用蓝靛，绿色用树皮、绿草，灰色则用黑土、草灰。用土料搭配可染出多种颜色。旧州人利用自己的资源优势，研究壮锦的制作技术并展开自己的想象，织出二龙戏珠、龙凤呈祥、回纹、水纹、云纹、花卉、动物等20多种纹样图画的壮锦，织上对生活的赞美与祝福，成为靖西壮锦的代表。天然的资源优势和旧州人的勤奋刻苦，也许还包括旧州有十分好的地理优势——处于中越交界附近，是两国物质集散地，旧州的壮锦迅速飘散四面八方，美丽在中国青山绿水的大地上；靓丽在越南乃至东南亚的天空下。一方水土养一方人。旧州人用自己的聪明才智，把本土的资源做成了美的产业，让全世界都知道了，这个旧州小镇。

三

旧州位于广西靖西市城南9公里。早在南宋末年，江西人张天宗随文天祥抗元兵败后，率部300余人于此定居，与当地壮民开发建设边疆，传播中原的先进文化技术。明清时期，旧州曾为归顺州的治地，是名扬四海的抗倭民族巾帼英雄瓦氏夫人的故乡。瓦氏夫人勤苦习文练武的感人事迹，至今尚在民间流传。旧州街有500多户人家，家家户户都会制作壮锦和绣球。

旧州坐落在山环水抱中，有连绵的山脉，也有独立的孤峰；有明显的河流，也有暗藏的水洞。山如青色的画面，间有各色花朵、各种飞鸟和各种声音。水似绿色的锦缎，展现各种光亮、各种图案和各种意境。平地拔起的山，有的如水落石出相互看望，有的似雨

万象更新

后春笋青云直上,有的像身披彩羽的飞禽走兽栩栩如生,有的如身着绿裙的妙龄少女亭亭玉立。日夜蜿蜒流淌的河水,流过田垌,穿过小桥,绕过青山;水中倒映的翠竹、山峰,倒映的新楼、亭台,倒映的蓝天、飞鸟,把河水幻化成一条清新亮丽的彩带。可以说,风景如画的旧州,是壮锦天然的生产地。被青山和绿水滋养的旧州,植被丰茂,万木葱茏。我去的时候正是5月,在旧州坐车沿途所见,田野、山林、街头、巷尾,到处是水润润油汪汪的绿色,天地间似乎一片枯叶也没有,给人感觉置身锦缎之中。如此的地形地貌,加上一街壮锦,旧州就风情万种了,就如诗如画了。想象着阳光明媚的日子,壮家姑娘披着壮锦从低处缓缓走上高处,仿佛是一朵彩云徐徐出岫。那驾着彩云的人,肯定就如妙曼的仙子。或者,远远地看着壮家姑娘披着壮锦,从高处徐徐走下低处,仿佛一朵祥云款款降临。那乘着祥云的人,肯定就像美丽的仙女。山做背景,绿为底色,彩色的壮锦与绿色的环境,构成了视觉和感官之美,连空气都会为之陶醉。山脚处,绿水边,陡然出现一幅色彩饱满、蝴蝶在上面飞舞的壮锦,连天空都会为之迷醉。

没有壮锦,深山里的旧州就只是一座绣球村。的确,旧州绣球的名声太大了。走进旧州,到处是以旧州绣球为主角的店铺和广告,到处是绣球的实物展示。尤其是改革开放以来,旧州人更专注于制作绣球,从七八岁的娃娃到六七十岁的老太太都参加制作绣球,年产绣球30多万个,被誉为"绣球一条街"。绣球是广西壮家人的定情物和吉祥物,原为壮族青年男女之间的爱情信物。旧州妇女所生产的绣球,由于其结构独特、选料考究,且全部以手工制作,小

花山画语

巧玲珑,色彩鲜艳,诚为广西绣球之上品,有口皆碑,如今也被人们当作馈赠亲友之礼品,企事业单位则将其作为对外宣传、开展公关之赠品。特别是旧州老艺人采用"堆绣"这一古老而复杂的刺绣工艺制作出的"堆绣绣球",图形更为精美,图案极为复杂,所勾勒之物栩栩如生,极富立体感,如鲜活之物欲喷薄而出,数绣球中的极品。

是壮锦改变了旧州的气质。她告诉世人,旧州除了散发着绣球的可爱,还有壮锦的迷人。壮锦让旧州在拥有了绣球的浪漫迷人之后,透着古典的繁华之美,充满了锦绣的柔情与蜜意。

四

在壮族地区,壮锦含义丰富。它意味着美好:祈福祝词常用的锦绣河山、锦绣前程、锦上添花、锦衣玉食等等,莫不寄寓美好之意。它意味着财富:从字形来看,锦字有金有帛,是财富、富裕的象征。它意味着吉祥:五彩缤纷的壮锦凝结着吉祥的喜庆,故过去女性婚嫁,女方通常会以两套壮锦作为陪嫁,以祝福新婚夫妇锦绣前程、锦上添花、锦衣玉食、早生贵子、富贵双全。它意味着智慧和平安:壮锦的织造,需要高超的技艺,也凝聚足够的智慧。在中国古代壮族地区,赶考的书生与上任的官员,必定会随身带上一块壮锦,即"锦囊妙计",以求锦绣前程、锦绣文章、仕途平安、独占鳌头。即使今天,很多地方依然有亲朋、家长、同学给高考的学子送一块壮锦,预祝成功、前程似锦。它意味着圆满:在许多地方的习俗里,壮锦色彩和图案有着驱鬼、辟邪、纳吉的作用。它意味着爱情:壮族地区的阿哥阿妹互送壮锦，就说明相爱了……

不知从何时起，旧州的壮锦业开始冷寂了起来。现代科技生产和纺织技术使壮锦失去了实用的那部分市场。可是壮锦还有另一部分坚韧的存在，壮锦还是文明的使者，是千年壮文化的重要实物。试想，如果没有了壮锦，丝绸会不会觉得孤独？服装会不会觉得单调？那些青山绿水的壮族山寨，会不会过于空旷？山歌缭绕的爱情，怎么开始？壮族歌圩，会不会变得平庸？生活的空间，会不会是很苍白？那个传统意义上的中国多民族文化，会不会显得不完整？

如今，旧州壮锦有了新的文化意义：旧州壮锦因其独特工艺和丰富内涵，被列入国家级非物质文化遗产，获得国家地理标志产品保护。在民居的后院参观时，我感到我得到了无数的祝福：那壮锦上面的牡丹、龙凤、花鸟、山水，都在祝福我锦绣人生、五福美满。我成了有福之人了！

花山画语

青山绿意

一

周六白天,就在青山上度过,期间来了三次阵雨,让青山的绿意更显淋漓。阵雨过后,山上的阳光争先恐后地冲刺,好像要抢花炮一般,到森林、到草地、到花丛,抢夺诗情和画意。阳光还算一般,关键是绿色最为霸道,丰盈得漫山遍野,占据全部视线。视线一单纯,心情就简单,浓浓淡淡,都是纯洁。

印象里,这座青山,一年四季都是那样的绿。

春季来时,青山开启美丽的日子。越冬而来的深绿凝重而丰厚,迎春而至的新绿散淡而丰盈;跨年而来的老花不甘谢幕,新春催至的鲜花争相登台;青春的脚步纷至沓来,激越的歌声此起彼伏。进入夏季,青山开始换装。深绿的叶子回归土地,新长的枝丫向上拔节;百花家族悉数绽放,万树果实逐渐饱满;雨水频频造访,阳光渐渐升高。到了秋天,青山开始沉稳。花朵逐渐矜持,果实逐渐成熟;树叶逐渐深沉,山色逐渐斑斓;天空开始高阔,风气开始清爽。冬天迟迟不来,青山也忘乎所以。百花照常开,树草依旧绿;鸟不添衣服,鱼不深藏暖;游人依然来,喧哗依然有。直至新的一年到

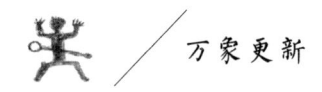

来，如此循环往复，青山保持着盎然的绿意，保持着迷人的魅力。

二

登上凤凰阁，向东远眺，明媚中出现一道彩虹，鞠饮邕江；彩虹周边，竟是金黄的亮。而远处天际，呈现一片红霞的丽。天呈瑞象呢，心花随之喜放！阁下花径，倩影来往，浅笑软语。一风拂过，鸟语花香，生动画面。张开双臂，便拥了一怀吉祥、一怀美丽、一怀绿意。

岚气是从邕江开始生发的，经过孔庙，漫上龙象塔，穿过董泉，漫步苏铁园……随意而散淡，四处地游移。时而散化无影，时而聚拢有形；时如农家炊烟，时若少女纱巾。让人视觉幻影，想象模糊。但始终掩不住青山的真容，始终盖不住绿色的面貌。

人们的游兴和着阳光的温度开始高涨。岚气突然散开，青山如少女扯去纱巾。绿叶轻摇，恰似少女羞涩躲闪；山色微喧，犹如新人娇羞气息。天地造化的青山翠体，舒展在人们的眼前，那么妩媚，那么神秘，那么迷人。令所有的审美感觉顿时混乱，所有的阅读经验马上消失。青山一岭一坡起伏着妙曼，或高或低呈现着生动，展示着的，不仅是青葱少女的形，而且是妙龄姑娘的魅，那是青春活力的魅、生命旺盛的魅、健康生态的魅。

青山脚下的四周，是繁花的都市。都市也种花和草，但人为种植始终单调，城市装饰毕竟苍白。在青山，她是如此的柔情似水，又是那样的恣意豪放。每一处山都填满了色彩，没有一处空虚泛白。她似乎总有一种执着信念，要坚持那亿亿万万片色彩的统一。所以，

花山画语

只要不是人为破坏，就不会枯芜，就不会像有些山那样死掉——那都是被"开发"的山，一开发就会死掉很多生命。这座青山懂得珍惜，懂得珍惜才会孕育出千万年的美丽，才会让南宁历史文化的名片打开来，把这珍惜印上去。

看着浓浓的绿，郁郁的青，让人觉得时间几乎没有走动，好像千万年来一直如此。是的，沧海桑田的理论在这里没用。青山，不是谁要把她染那么绿，而是她就生长在那么深的翠里。青山从诞生那时起，翠绿的生命就从那时延续。青山家族世世代代就这样繁衍生息，他们没有什么不适应，尽管深处喧嚣的尘世。后来，人们从世界各地端着相机而来，带着新奇而来。在绿色生态面前，追求快节奏、高效率的现代人们不由得惊愕，青山的生存能力竟是如此强大，青山的生命形态竟是如此旺盛，青山的处世态度竟是如此沉静，青山的心灵品行竟是这样纯净，青山的精神格调竟是这样高雅。

三

每次上青山，在草地上，或花丛中，或树荫下，都会看见一个或多个穿着绿色衣裳的姑娘，或游移，或静立；或嬉戏，或追逐；或轻吟浅唱，或开怀大笑，仿佛绿色的精灵。画面是生动的，也是灵幻的。姑娘就这么来来回回地闪现着，没有游客和她或她们打招呼，她或她们只能和青山说话，与绿色交流，更多的是长久的灵动。青山多灵动，这些灵动无限地扩大了魅力。更多的时候，会看见新人着盛装拍照。洁白的婚纱，甜美可人。他们是要把喜事种在古老的青山上，让爱情像青山长青，让幸福与青山常伴。

万象更新

看见一张好大的绿叶，晶莹透亮的雨珠凝结在上面，静静的晶亮里，折射出周围更多的绿。有几只鸟追逐着飞，影子一般出入树林；几声轻柔的欢唱，引起悦耳的交响。

青山上蓄着一池清幽，收藏青山的倒影。也像一面明镜，照映星辰的顾盼，反射蓝天与白云，呈现变幻莫测的空间；五彩鱼群活跃其中，律动了青山的神韵。沿池漫步，看绿色玉带环绕，绿树清波共映；见水面浅浪微微，岸边湿润淡淡；感心思神驰荡漾，胸腔呼吸清新。环水而游，随景致走走停停，弄草抚花闻香；听鸟语清清脆脆，侧耳抬头拟声；步曲径婉婉转转，寻幽觅胜探奇。几疑世外桃源。

青山，有青才有山，只有层层青铺陈，才有岭岭山染翠；只有片片绿的叶，才有座座青的山。天地是自然的设计师，自然是造化的艺术师，它们知道怎样描写岁月、描画季节、着色日子，知道如何撮捻山水、调和阳光、挥洒雨露。青山则把道理写在绿色上，把意义蕴在生态中。

四

这是江南的青山，万木茂密，草长莺飞；郁郁葱葱，青翠欲滴。绿色如诗意的景致，覆盖视野，填满心灵。掩藏在青山绿水中的，是生机，是活力，是洁净，是自然。雨来山顶云霭低沉，朦胧缥缈，如真似幻，平添神秘和妩媚。风去山腰树枝舞蹈，蹁跹摇曳，亦闪亦烁，徒增奇异与壮观。令人心情激荡，思潮如涌，感慨万千，生发冲动。

花山画语

站在凤凰阁上,你就会看到,青山那一片片闪光的绿叶,映照出太阳、月亮与星星,以及山光水色、蓝天白云的立体空间。你就会觉得,青山是天地造化的艺术品,是水与土的手工制作,是树与草的生命花园,是花鸟虫鱼的快乐老家。你就会感知,青山那种深情与执着的绿,犹似宗教的虔诚,铸起崇高的追求与理想。千万年的青山,理想不在艺术表层,而在精神内里,那是一层层深深的绿色,一岭岭厚重的生命。青山追求的精神家园,始终定位在遵循自然的规律上。与青山息息相关的一切,都希望自自然然地生存和舒展,而不受人为的干涉。

龙象塔上,放纵思绪;居高临下,尽情想象。山色勾起心潮,不可遏制地涌出淡泊的空明,感觉青山的魂魄附着身心,一片明净中,高楼大厦、灯红酒绿随风而去,消逝不见,只见一人,在青山结庐,与花树为邻,与林涛和唱,与鸟雀对吟,把酒临风,枕雨煮茶,酌饮丛林,醉卧一山绿色。

流连再三,终究还俗。是夜眺望:青山朦胧去,绿意清晰来。

万象更新

感受起凤山

一

凤山一日沐风光，今人长生有吉祥。

秋色点缀着旷野，金黄铺染着稻田。远山青郁的树林，近水碧绿的河流，错落有致的村屋，浓淡飘散的炊烟，时而一声的狗叫，持续不断的鸭喧，果实丰满绿叶下，屋舍掩映绿树中……整个环境都幻成一幅画，徐徐地舒展开来，静的有悠悠的远，动的有淡淡的闲，间有唐诗宋词元曲的韵律，生动了这方水土人间。

山门台阶步步高，古寺安坐东峰腰；曲径通幽佳境处，太极洞壁凤字高。观音阁里的菩萨，已端坐500多年，面对风云变幻、沧海桑田，慧眼清澈，内心沉静。读书岩外的黄锡衮，当年隐居于此，手捧书卷，潜心研读，凝神远瞩，志在高远，终成日后清内阁大学士。稻田里迤逦一溪透明，秋水脉脉，光泛水面，蹁跹几点飞鸿。山脚下的古树苍翠间杂，树荫下相依相偎的丽人，可是来自都市？而起凤山沉稳，遗世独立，与俗世相对不语。

登上东峰时，秋天的阳光、四周的美景、百鸟的欢唱和徐来的清风，如受到统一指挥一般，突然如期而至。我久闭的心窗，瞬间

花山画语

就被打开了。阳光温热地裹住了我,长久压抑于心底的寒意,长期抑郁在胸中的块垒,被温热阳光这么一裹,很快消融,化成一身热汗,徐徐渗皮而出,湿透了我身上白色的衬衣。山水远近地环绕着我,一直活跃在脑海的风物,一度重复于想象的美景,被青山绿水如此环绕,马上生动,变成真实景致,层层递进而来,明亮了我这双黑色的眼眸。鸟语愉悦地覆盖着我,许多潜伏于灵魂的幸福,许久休眠在精神的快乐,被愉悦鸟语这般呼唤,即刻苏醒,变成安魂神曲,悠悠激越而至,激活了我本质红色的血脉。清风徐徐地轻拂着我,已久沉积于身心的俗尘,已经垒附在神经的垢念,被徐徐清风持续地拂扫,顷刻溃散,化作缕缕气息,丝丝纷纷而去,滤净了我这具凡俗的身心。

二

这是起凤山。因平地突起两峰,如双凤腾空,故名。

龙山居东,夏黄村在南,武鸣城区在西,香河位北。

山不高,也不大。但鸟儿多,鸟语喧哗。细细听来,鸟语时而婉转如溪,轻轻丽丽,潺潺,以渗透的方式,以浸淫的方式,一尺一寸地把天地感染;时而欢快干脆,清清亮亮,明明,用穿透的力量,用开阔的力量,一层一圈地将万物愉悦。鸟语似曾相识,如唐诗音,如宋词韵,如元曲意。虽然内容各异,但语调悦耳、诸多蕴藉,如娓娓的壮语山歌,从皓齿红唇的壮族姑娘口中脱颖而出,千回百转,亦悲亦喜,似有关爱情,似有关桑麻,又似有关生命的种种传奇或艰辛。一种久违的柔软与感动,就那么汹涌且温婉地越过

万象更新

心口，弥漫了原本静默的思想和原本静默的心。

自从来到人间，就听到鸟的鸣啭。往时听来如此，现今听来如此；乡间听来这样，都市听来也是这样；南方听到如此，到北方听到，仍然是如此。所以，无论身处东西南北，一听到鸟叫，就恍恍然，就梦梦然，一时不知何时、何地、何方，一时不知自己。

生于南方，活在南方，一年四季绿树红花，长年累月百鸟啼鸣，不分季节，无论晨昏，甚至夜里，鸟儿也会说呓语。据说在北方，百鸟啼鸣，一定就是春天来了。在漫长的冬季，北方的声音是单调的，只有雪花飘落的声音，只有冰河迸裂的声音；颜色也是单调的，只有沉寂的白色，只有枯燥的灰色。只有春天来临，声音和颜色才如春风一样，忽然就四处出现。春风扫过人们的心头，雪藏一冬的心灵，如泛青的原野，荡漾出风云，萌生出各种喜悦和"红红绿绿"的念想，青春啊，爱情啊，人生呀，未来呀……一时纷乱如麻，如一杯新酿的酒，被热气蒸腾，刺激诸多神经，酶出含羞的花蕾、稚嫩的柳丝、双飞的燕子、激动的春水、温和的阳光……而在起凤山，如果是春天，除了明媚的阳光、百鸟的啼鸣、百花的绽放，应该还有芳香的空气，还有欲雨的青青云，还有生烟的澹澹水。

鸟儿无时不在啼鸣，不知疲倦、不明缘由。举目搜寻，有看得见的，也有看不见的。看得见的，知道其声音的出处；更多看不见的，不知那些声音的出处。鸟语越密，越显山之清幽静雅。山中百鸟，虽能言语，但无鸟字，也应不懂人类的语言文字，其言语述说、歌舞欢唱，应该只凭着生命与自然之间的那种奇妙的感应或对某个特定环境的记忆。百鸟玲珑剔透的弦歌，像珠玉一样滚落。她们在

花山画语

唱什么？没有人能完全听懂，却让人靠近了歌者的情怀。百鸟天天执着地叫，人类也并不是谁都不解其意，于是才有"心有灵犀"之人在这个百鸟集聚的地方做起了隐居的文章和事业。不仅明代的神佛来了，在这里择位安灵；明末进士黄锡衮来了，在洞里埋头苦读；清代王元仁也来了，书一大"凤"字让人镌刻在太极洞壁。之后慕名而来的各路人物，更是不计其数。

起凤山的百鸟啼鸣，让我想到"百鸟朝凤"这个词。传说，黄帝即位，自觉天下太平，想亲眼看看传说中的凤凰。为此，他请教天老。天老回答：凤凰显形，乃是祥瑞的预兆，只有在太平盛世才出现。见到它一掠而过已是很不容易，如果能看到它在百鸟群里飞舞那就是千载难逢的祥瑞了。黄帝听后很不高兴，他说：我即位以来，天下太平，为什么连凤凰的影子都没有看见？天老说：东有蚩尤、西有少昊、南有炎帝、北有颛顼，四方强敌虎视眈眈，何来太平？黄帝听罢便率兵讨伐，于是天下一统。他看见一只带有五彩翎毛的大鸟在天空翱翔，而数不清的奇珍异鸟围着它翩翩起舞。黄帝知道，这只大鸟就是凤凰，也是他想看到的瑞象——百鸟朝凤（《韩诗外传》）。也想到广东音乐《百鸟朝凤》，《百鸟朝凤》是人们比较熟悉的唢呐名曲，那令人心醉的旋律仿佛使人们听到了百鸟时而展翅飞翔、时而婉转歌唱、时而欢歌飞舞的景象，看到了春回大地、万物复苏、繁花入眼、凤凰飞临、百鸟且歌且舞的场景。

三

凤凰，古代传说中的百鸟之王。雄的叫"凤"，雌的叫"凰"，总称为凤凰，自古就是中国文化的重要元素。在中国文化中，凤凰是喜庆、太平、人才、幸福的象征；具有美丽、吉祥、善良、宁静、有德等很多美好的特征。最初在《山海经》中的记载是："丹穴之山……有鸟焉，其状如鸡，五彩而文。名曰凤凰，首文曰德，翼文曰义，背文曰礼，膺文曰仁，腹文曰信。是鸟也，饮食自然，自歌自舞，见则天下安宁。"到后来，凤凰的形象有了鸿头、麟臀、蛇颈、鱼尾、龙纹、龟躯、燕子的下巴、鸡的嘴，身如鸳鸯，翅似大鹏，腿如仙鹤，是多种鸟禽集合而成的一种神物。凤凰性格高洁，"非梧桐不止，非练实不食，非醴泉不饮"。古代学者认为鹏与凤是同一种鸟，《楚辞》宋玉《对问》："凤凰上击九千里，绝云霓，负苍天乎窈冥之中。"《庄子·逍遥游》："有鸟焉，其名为鹏，背若泰山，翼若垂天之云，抟扶摇羊角而上者九万里，绝云气，负青天。"

相传凤凰每500年自焚为灰烬，再从灰烬中浴火重生，循环不已，成为永生。引申的寓意：凤凰是人世间幸福的使者，每500年，它就要背负着积累于人世间的所有不快和仇恨恩怨，投身于熊熊烈火中自焚，以生命和美丽的终结换取人世的祥和与幸福。同样在肉体经受了巨大的痛苦和磨炼后它们才能得以在烈火中重生，其羽更丰，其音更清，其神更纯。成为美丽辉煌永生的火凤凰。一般认为凤凰自焚的周期是500年一次，但是也有人说是300年。据说在埃及的历史上，凤凰曾经出现过五次，即公元前866年、公元前566年、公元前266年、公元34年和公元334年。这就是说，埃及凤凰每300年自焚一次。

花山画语

从古至今，凤凰那美好吉祥的形象深入人心，世世代代被人们赞美着，歌颂着。在现实生活中，到处都有凤的身影，如穿戴有凤冠、凤鞋、凤钗；吃有凤翅、凤爪；住有凤楼；节日或婚嫁喜庆时，剪个凤凰贴在室内，满堂生辉；出行有凤辇、凤扇；吹奏有凤笙、凤箫等；还有龙飞凤舞、龙凤呈祥、凤毛麟角等成语；给孩子起名，如凤翔、凤丽、凤云、凤君、文凤、金凤、银凤、丹凤等。特别是凤的精神鼓舞着人们的追求和崛起，激励人们"山鸡变凤凰"，成"山沟里飞出的金凤凰"。

凤文化深深镌刻在煌煌5000多年的中华文明史中，它与龙文化一样成为中华民族的象征，激励着中华儿女奋发拼搏、勇于开拓、追求美好、崇善尚德、博大高洁，创造着美好的明天。

四

从东峰下来，已无意去攀西峰。人心其实不必贪，得陇望蜀，何时满足？登高的目的，也并非是目摄八极，把万事万物尽收眼底。人生的至境，更不是私欲膨胀，拥有一切。世上那么多的美好，那么多的财富，一生又能消受多少？自然那么多的景致，那么多的鲜花，一双眼睛又能收藏多少？人间那么多的风光，那么多的荣华，一颗心又能收留多少？更多的事物，可望而不可即，与己何干？更多的风光，可看可不看，有何差别？不如在山中寻一块净土，轻松坐下，与友人相视而笑，让自己安静成静物之上的另一种静物，让自己端坐如神佛旁边的又一尊神佛。管它山大不大，峰高不高，任由百鸟的啼鸣，携带潺潺的水声，从山间而来，穿心而过；任由徐徐的清风，携带暖暖的阳光，自天地而至，随身而聚。心灵，就在反复的洗涤之中，一点点纯洁、纯粹起来；生命，就在反复的洗涤之中，一点点通透、轻盈起来；人生，就在反复的洗涤之中，一点点干净、亮泽起来。

此时，起凤山脚下，叶绿花红，树青果黄，水流石静，风吹云走。河边的树，时借风力，将细枝嫩叶倒垂河中，久不久撩拨一下流水的心。仰望清幽、神秘的起凤山，有那么一刻竟然突发奇想，也效仿古人黄锡衮，隐居起凤山，宽袍广袖，散发飘然，或修身养性，养精蓄锐，增长心智；或手捧书卷，饱读诗书，凝神远瞩；或挥洒笔意，逸兴遄飞，志在高远。但毕竟凡俗，诸多尘念，粘着双脚，沉重身躯，终究还是无法轻盈，无法超脱。

回程路上，心中总是涌动着莫名的兴奋。莫名，就是不知为什么，但最终我还是想明白了。那与我气息相和、心意互通的起凤山呵，竟是美丽南方、多情壮乡许予我心的一座高峰呢！

花山画语

文物苑记

一

迈进大门，八桂山乡的景物依次而立，熟悉的乡村气息扑面而来，让人顿感喜悦与温暖。

首先映入眼帘的，是那面铜鼓巨雕。灰青色的雕身，高大厚重，敦实面对大门，迎来送往每一个客人。铜鼓是我国古代青铜文化中的一个奇葩，至今已有2700多年的历史。广西是古代生产和使用铜鼓的主要地区，全国已出土的1400多个铜鼓中，广西北流市六靖镇水冲庵发现的云雷纹大铜鼓是广西最大的铜鼓，也是迄今世界上最大的铜鼓，鼓面直径165厘米，高67.5厘米，重600多斤，堪称铜鼓之王。铜鼓是由铜锡合金铸成的一种特殊乐器，是古代壮族人民跳舞娱乐，拜神祭祀，练兵打仗时助兴的工具，更是贵族和头人财富与权力的象征。古书上说："得鼓二三，便可僭号称王。"可见它在人们心目中的地位。把铜鼓巨雕放在面门地位，显然是有意而为，含有深意的。

万象更新

二

这是广西民族文物苑。大门上嵌挂着"民族文物苑"牌匾,是费孝通题写的。费孝通是著名社会学家、人类学家、民族学家、社会活动家,中国社会学和人类学的奠基人之一。1935年10月,刚从燕京大学毕业的费孝通偕同新婚妻子王同惠前往广西大瑶山进行调查,在调查时迷路,误踏虎阱,腰腿受伤,王同惠出外寻求支援,因失足而不幸溺水身亡。后来,费孝通又于1978、1981、1982、1988年四访金秀瑶山,进行调查研究。费老题写的大门牌匾,字体浑然凝厚,饱含深情,使人看字如面对谦善长者,和蔼可亲。广西自古以来就是多民族聚居的地方,中华人民共和国成立后,境内居住有壮、汉、瑶、苗、侗、仫佬、毛南、回、京、彝、水、仡佬12个世居民族。随着社会进步、经济发展、改革开放,进入广西工作、生活和定居的其他民族越来越多了。壮族自治区成立60年来,在党的民族政策的光辉照耀下,居住在广西的各族人民和睦相处、和衷共济、和谐发展,共同守卫祖国边疆、共同创造美好生活,谱写了从落后走向进步、从贫穷走向小康、从封闭走向开放的壮丽篇章。尤其是党的十八大以来,广西民族工作更是呈现出"中华民族一家亲,同心共筑中国梦"的良好局面。

应该说,建设民族文物苑体现了当时决策者的智慧和远见。广西博物馆新馆在1978年建成时,文化部门负责人与博物馆有关同志就认识到,广西是个民族地区,各民族在漫长的历史长河中,遗留了许多的民族文化遗产,除著名的铜鼓和岩画外,还有民族建筑、民族生产工具、生活用具、民族工艺品、民族食品及丰富多彩的民

花山画语

族风情等。应该建"广西民族村",或称"广西博物馆民族文物露天陈列场",使"村"(民族村)与"馆"(博物馆)相结合,既解决民族文物的陈列问题,又可使观众不必旅游全广西就能在较短时间内对广西部分精华荟萃的民族文物、历史文物、民族风情能浏览无遗,并能品尝民族食品,购买民族工艺品。这一构想在多方征集意见时,大家反映良好。几经周折,十年后,终于在1988年底,建成了占地24000平方米,具有广西地方性特色的民族文物露天陈列馆——广西民族文物苑。

文物苑内,陈列着宏大的古代铜鼓雕塑群、壮族民居、苗族吊脚楼、瑶族竹楼、毛南族山居、侗族风雨桥和鼓楼等民族建筑。在各民族建筑中辅助陈列民族生产生活用具、民族工艺品,并有工艺品生产表演。民族作坊内有传统的榨油、碾米、造纸、制陶等表演。逢民族节日有各种民族文艺表演活动。在苑内可喝到侗族油茶,品尝各民族风味食品和丰盛美味的民族菜肴。苑内还有镇边大炮和铜马等。建筑周围配以石林、水池和奇花异树以及放生池。逢年过节,壮族戏台上演民族歌舞,竹林深处有山歌对唱,在苗楼可品尝民族风味小吃。步入文物苑,壮乡瑶村苗寨,可游可居,民族历史文化,有声有色,有香有味。自1988年广西壮族自治区成立30周年纪念日开放以来,广西民族文物苑以其新奇的构思,浓郁的民族风情和独创的展示内容,成为中外游客到自治区首府游览的必到之处。在长达40年的开放过程中,广西民族文物苑以直观的形式向观众和游客介绍了广西各民族的相关情况,既反映了建苑者的研究成果,以及要求达到的展示目的,同时也获得观众的认可,塑造、诠释了

万象更新

广西新的民族文化和民族风情。

三

我多次走进文物苑,在小桥流水、民族建筑中徜徉、流连;或者,随意选一个地方静静地坐着,静静地看,静静地想。现今人们,大多喜欢往喧闹的地方去,喜欢到名山大川去,喜欢到海外去。对这个闹中取静的去处,很多人是看不上眼的。而我对这一片宁静的氛围,是比较喜欢的。在这里,我的双眼不仅可以收获盈盈的波光,也可以收获浓浓的村味!这里,不同民族的民居各有各的面貌,每个面貌都含蕴着奇异的风采;拙朴的民居让我感到熟悉和亲切,如归故里,完全没有面对高楼大厦时的卑微。因此,我喜欢这文物苑,就是喜欢这份朴素、这份平凡。它安稳地端坐在水之湾、桥之头、坡之脚,不以巍峨震慑我,不以奇奥炫惑我,在金色的阳光下,自有一份自尊与庄严在。如果是在春天,春天的和风会像一把透明的梳子,把文物苑的天空梳理得好单纯好干净,把苑里的石头梳理的好清秀好油亮;苑中竹木,也沐着春风的爽朗,绿得纯净,绿得年轻,绿得好新鲜;苑里池水,也和着春风的舞步,笑得含蓄,笑得多情,笑得好浪漫。每一座房子,每一湾绿水,甚至每一张高举的叶片上,都展示着最放纵的生命。这般景致,是城市高楼大厦的钢筋水泥和玻璃无法生育出来的!如果是在春雨生烟的日子,还会看见如梦如幻的美妙:那天,已是连续多日的春雨停下脚步,放晴了天空,我突然看见岚烟悄然从水面升起,淡淡然、空蒙蒙的一片白,才涨上风雨桥,忽而又四面发散,沿着屋檐流淌向树梢,俏丽的丝

花山画语

丝缕缕，若有若无地牵连着，徜徉在整个文物苑中；雾掩云遮，风情万种，座座民居如蒙上一层纱巾，害羞似的躲躲闪闪，妩媚得像三月的新娘；烟云的浓浓淡淡，阳光的明明暗暗，民居的隐隐现现。如此细腻的情韵，这般奇异的景象，让我一时迷离，一时如梦，一时似醉，一时朦胧。有时可以整整一个下午，我就这么静坐在文物苑，文物苑的山水屋树也静对着我。我心如镜，映桥的影子在我的光心；苑子空灵，寄我的遐思如云；一苑的清韵饮我，一苑的秀色餐我。此间便衍生出诸多幸福与喜悦。以前，我曾有过山居的岁月，也曾有过寻苑的旅游。那些矗立在记忆中的园林苑，峥嵘雄伟，深邃幽秘。我惊奇，我赞叹，可是，它们却从来没能让我产生这种幸福和喜悦！显然，幸福和喜悦不是外在的物质，而是内在的精神。

四

中华民族历史悠久，中华文明源远流长，中华文化博大精深。一个博物馆就是一所大学校，广西民族文物苑陈列的文物都是历史，是文化。文物是中国传统文化的载体，弘扬了中国传统文化精髓，凝聚着中华美德。文物是以物质形态承载着精神和意念，是每一个时代的真实镜像和写照，其本身的精神文化价值包含审美价值、思想价值、历史价值和文化价值等诸多方面。不仅给人以视觉冲击力，还可以让人与文物丰富的文化内涵产生共鸣和对话，能获得深入心灵、心旷神怡的快乐体验，由此得到心灵的润泽和精神的满足。随着人们生活层次的提高，物以稀为贵，在追求现代食物的同时，人们也逐渐留恋和怀古那些记忆中的珍藏，而文物正是这具体的表现实物,从而引发人们的思考。每个人对文物的欣赏都和他的教育和背景有关,不同的观众会有不同的理解,让观者根据他的经历去理解、联想和思考,给人们思想放飞的空间。广西民族文物苑,正是将"高冷"的文物鲜活地展现在观众面前,向观众展示广西的文化基因密码,让他们感受到历史的厚重,文化的深度。让人们通过每一件文物背后的历史故事,领悟到了每一件文物背后的传统文化,从而唤起大众对文物保护、文明守护的重视和对中华民族优秀文明的自觉传承,更深入地了解文物所承载的文明和中华文化延续的精神内核,树立起真正的民族文化自信。

五

闲暇时,我经常走进文物苑,流连在这个有浓郁民族风情的地方,感受民族文物散发出来的历史气息和文化气息。尤其是看到不同民族的民居错落有致地立在那里,静静的各自独立着,长久的互相邻靠着,好像民族同胞既欣赏其他民族兄弟的风姿,也展示自己民族的风采,很容易使人想起居住、生活、工作在广西的众多民族同胞团结友善、和谐共处的情景,心情便十分愉悦起来。

不久前,与朋友在文物苑壮楼小聚,席间听说博物馆要扩建了,可能影响到文物苑的完整度。我心里突然涌起一股莫名的惆怅。起身出来转转,发现暮色开始降临了,夕阳先从博物馆大楼的墙面过来,到树冠,到竹梢,再到风雨桥顶,再到鼓楼,慢慢地,民居的瓦顶就暗下来。随着灯光的亮起,黑夜中的文物苑开始展示另一种迷人的风情,吸引游客前来参观这不一样的景致。

花山画语

望着幽迷文物苑,我问迎宾的妹子,你们是什么民族?她们笑而不答,吹起芦笙,跳起舞来。热情、喜悦的芦笙曲,随着美丽姑娘的舞步和飘动的裙摆,悠扬在南宁的夜空中,缭绕在民居的屋檐和风雨桥的长廊,荡漾在文物苑里。

时间造就历史,历史成就文化。文物是历史的产物,文物是文化的载体。文物承载文明,传承历史文化,维系民族精神,是老祖宗留给我们的宝贵遗产,是加强社会主义精神文明建设的深厚滋养。透过文物,我们可以领略文化与文明之美。这是文物苑给我最深的感悟。

万象更新

春到之地

一

在那天之前，不说外地人，就是南宁本土人，相信也不会有多少人知道这个地方的。这个地方，曾经河道狭窄，两岸荒草丛生，各类废水排入河道，气味难闻。而今，只见水质清澈，香风袭人；各类花卉和水生植物竞争亮相，风车、雕塑、栈道等人文景观各展风姿；尤其是百亩蕉园区，成片的美人蕉铺展一片绿毯，绿毯上绽放着粉色、黄色的花朵，构成一幅色彩斑斓的画面。

二

这个地方，位于南宁市的东北方，是南宁市十八条城市内河之一，竹排江上游的支流。二十世纪七八十年代，这个地方也曾绿树成荫，蜂飞蝶舞，花香扑鼻；水草丰饶，河水清澈，鱼虾翔游；尤其那水质，干净透明，清甜甘口，可以直接饮用，村人常年以此水来煮食；村童也经常到河里抓鱼捞虾。

到了20世纪90年代，有人在此做养殖业、工业作坊等，鸡、

鸭、鹅、猪等禽畜粪便不断排放，这个地方受到不断污染，最严重时有40多个排污口同时向这个地方排污，河内的水质每况愈下，达到了劣五类水，极大地影响了下游竹排江和南湖。加上垃圾及施工弃土堆放挤占河道、行洪不畅，经常造成上游内涝。于是，原来美丽的地方变成了臭水沟，河边已没有人活动，更不用说去抓鱼捞虾了，人们经过都要掩着鼻子，不少周边居民开始无奈地选择搬迁，蜜蜂也不来采花蜜，鸟儿也不在此欢唱，好像春天也远离了此地！

有资料称，2015年，南宁市成为国家首批"海绵城市"试点城市，又恰逢国家在公共服务领域大力推行PPP模式，南宁市决定重拳整治这个地方。2015年3月，这个地方成为全国首个开工建设的水流域治理PPP项目，项目从筹备到竣工使用，始终秉承"创新、协调、绿色、开放、共享"五大发展理念。项目总投资约11.9亿元，引入全流域治理和"海绵城市"建设理念，采取渗、滞、蓄、净、用、排等海绵化技术改造，从河道治理、两岸截污、污水处理到水生态修复、景观建设等，全流域同步启动、统筹推进，实现"一条龙"治水。河道两岸及周边片区的污水通过截污管道进入新建的污水处理厂，经生态净化后达到地表水Ⅳ类标准，排入河道作为补水水源。历时近两年的建设后，原本泛着黑水的小河沟如今华丽变身，初步形成"山水相依、城水相融、人水相亲"的生态格局，春天也早早地到来了。不仅打造出美丽的湿地景观，而且对沿河两岸的初期雨水进行吸纳、蓄渗和缓释、利用，重构人水和谐相处的城市生态"海绵体"，让该区域免受内涝之忧，进一步提升周边环境。如今，这个地方已成为南方丰水地区内河环境治理可复制、可推广的范例，一批运用新理念新模式治理项目在南宁市沙江河、心圩江、水塘江等治理中全面启动。此外，南宁市将围绕"治水、建城、为民"的城市工作主线，加大内河截污及黑臭水体整治力度，加快城镇污水处理设施建设，深化饮用水水源保护，全面取缔污水直排口，在2017年年底前基本消除城市建成区的黑臭水体。可以想见，未来的南宁会更美丽、更漂亮。

三

海绵城市也好，PPP也罢，其实都是生态文明建设的范畴。

自然先于人类而存在，人是自然界的一部分。地球并非人类所独有，人类却是属于地球所有。从这个基本事实出发，"道法自然"、"天人合一"、敬畏自然、尊重生命构成了人本自然的自然伦理。生态伦理思想本来就是中国传统文化的主要内容之一。中国儒家主张"天人合一"，其本质是肯定人与自然界的统一，肯定天地万物的内在价值，主张以仁爱之心对待自然，体现了以人为本的价值取向和人文精神。中国道家提出"道法自然"，强调人要以尊重自然规律为最高准则，以崇尚自然、效法天地作为人生行为的基本皈依；强调人必须顺应自然，达到"天地与我并生，而万物与我为一"的境界。中国自古就有生态保护的相关律令，如《逸周书》上说："禹之禁，春三月，山林不登斧斤"，闪耀着生态智慧的光芒。正是中国传统文化中固有的生态和谐观，为实现生态文明提供了坚实的思想源泉；也正是中华民族文化具有崇尚自然的传统和天人和谐的思想，中华的文化理念里蕴含着深刻的生态智慧，中华的历史传统延

花山画语

续着深刻的生态精神，才使中华文明得以源远流长。

我国地大物博，气候类型多样，生态环境复杂。国土面积中有广阔无垠的沙漠、沟壑纵横的高原、星罗棋布的湖泊、连绵起伏的高山、波涛汹涌的万里海疆和密如蛛网的江河溪流……这些都是宝贵的生态资源。建设生态文明是关系人民福祉、关乎民族未来的大计。我们要像保护眼睛一样保护生态环境，像对待生命一样对待生态环境。这几年，是我国生态文明建设力度最大、举措最实、推进最快、成效最好的时期。同时也要看到，我国面临的生态环境问题仍然十分突出，资源约束趋紧、环境污染严重、生态系统退化的形势依然严峻。建设生态文明的任务，重大而紧迫，不容丝毫懈怠。"既要绿水青山，也要金山银山""绿水青山就是金山银山"，这是发展理念和发展方式的深刻变革，更是生态文明建设的根本方向。无论东南西北中，都要自觉处理好经济发展和生态文明建设的关系，让中华大地天更蓝、山更绿、水更清、环境更优美，努力开创生态文明新时代。

我国生态文明建设的重要实践，客观要求积极实施生态化改造，推进资源节约型和环境友好型社会建设，促进经济社会的可持续发展，体现推进生态文明建设的本质要求。建设生态文明，其核心是为了人的全面协调可持续发展。为此，要切实加强环境建设，加大污染防治力度，持续改善区域环境质量；营造良好的自然生态环境，增强区域生态系统的社会服务功能，满足人民群众享有良好生态环境的新期待，实现人类社会系统与自然生态系统的协调发展，打造惠及民生的美丽家园。

万象更新

四

2017年4月20日,照射这个地方的太阳格外明亮和温热,春天的花儿格外鲜艳和美丽。习近平总书记来到这个地方考察生态综合整治项目,并与居住在附近的群众亲切交谈。这个地方因此名扬天下。

我说的这个地方是:那考。"那考",在壮语里的意思是:美丽绿色的水田。

时下那考已经没有水田。但:青山森森拥大道,绿水潺潺过小桥;虾眠鱼醒皆默默,蛙叫蝉鸣声高高。花香鸟语有静谧,明月清风无喧嚣;红荷婷婷远浮世,碧波森森近逍遥。

是美景焉,佳境矣。

花山画语

五象烟岚

一

居邕之人，大抵知道五象岭。

五象岭，原名武号山。《南宁府志》载："武号山，在城南十里，山势雄峻，拱向城郭，为邕之砥障，五峰相倚，如五象饮江，故名五象岭，为八景之一。"邕城未长大时，五象岭曾是南宁外围高山。五峰如象，相连并肩，逶迤而行。远看似象伸鼻，饮水邕江；近观如将守卫，屏障南面。一年四季，常起烟雾，环绕山峰，远远望去，景致壮观，故有"五象烟岚"之称。

广西考古，发掘出象骨，证明古之广西，已有象。周去非《岭外代答》载，广西产象，某地且专设驯象卫。五象岭有多传说，代表性有三。一传有象五只，跋涉至邕，口渴难耐，齐到邕江饮水；邕江水清，甘甜怡润，对面青山，风景秀丽，迷住五象，不舍离去，终化成山，匍匐江畔，成五象岭。二传古时南宁，山好水好，人们勤劳。然野兽众多，常来侵袭，不得安宁。上天怜悯，着五象下凡，助人耕种，赶跑野兽，守护百姓。因得神象助，地方安详，更加美丽，引来凤凰居。象请凤凰到青山瞭望，以观察报告野兽动态。后有贪官,图霸土地,用计在青山建塔,镇住凤凰,塔影如鞭抽象,逼象做奴,神象受伤,异化成山。三传当年此地未建城,乃小块平原,常遭山洪淹没,百姓受难,房屋毁坏,庄稼无收。秦始皇欲治此水患,苦无良策。某日蒙眬,见一老者前来,从随身葫芦倒出一蜈蚣,一抖变成竹节鞭,呈给秦始皇,言此竹鞭可赶动岭南五象去堵住山洪,永保平安。秦始皇接鞭,老者即隐。秦始皇持鞭出,两脚生风,腾空飞起,转瞬即到岭南,果见五象悠然。当即挥鞭赶象,象走,至南宁,天亮鸡鸣,鞭现原形,复成蜈蚣。象无鞭赶,停步不前。秦始皇怒,手拍象股,拍空醒来,方知是梦。派人打探,报南宁果然多五山如象,拢住宝气,挡水不进。南宁从此安详,黎民年年丰收,百姓安居乐业。

五象岭,成百姓心中保护神山。

二

烟岚,实乃山林间蒸腾之雾气。唐宋之问《江亭晚望》诗:"浩渺浸云根,烟岚出远村。"宋秦观《宁浦书事》诗之二:"自是迁臣多病,非干此地烟岚。"明顾起元《客座赘语·金陵南唐画手》:"江宁沙门巨然画烟岚晚景,当时称绝。"清王士禛《池北偶谈·谈异七·山市》:"县令张其协经山南麓,始见之,烟岚郁丽。"言之皆山林间蒸腾雾气。

通常,烟岚多由天气和云场造成;其形成或产生的前提,必有树木、森林。

树木、森林乃自然界惠赠人类之重礼。其可为人类制造氧气、

花山画语

净化空气、涵养水源、保持水土、调节气候、防风固沙、消除噪音等，使人类得以生活于美好环境之中。有研究称：一亩树林，所生氧气，可够65人呼吸所需；一亩树林，一年可吸收各种粉尘20—60吨；40米宽林带，可减弱噪音10—15分贝；树木分泌物，能杀死细菌，空地每立方米空气中有三四万个细菌，森林里只有三四百个。印度加尔各答大学，有一教授，曾做过科学计算，一棵中等大小树木，按生长50年计算，其创造直接与间接价值为：生产氧气的价值31250美元，防止空气污染的价值62500美元，保持水土的价值37500美元，增加肥力的价值31250美元，为牲畜挡雨遮风提供鸟巢的价值31250美元，制造蛋白质的价值2500美元，总计196250美元。足见树木之巨大价值。

树木无言却有情。自然造化其来地球，就是让其来保护地球、滋润地球、造福人类、涵养人类的。由树木构成的森林，如诗如画，美丽无比。花草泉湖、鸟唱虫鸣、风雨云雾，在森林里轻歌曼舞或高歌劲舞，演绎森林的丰富内涵，展示森林的多姿多彩。古今中外，森林被人类视为诗歌的宠儿：花与树的缠绵，云与雾的交融，风与雨的相伴，泉与湖的交响，无处不是诗的流淌。云聚云散是诗，花谢花开是诗，月圆月缺是诗。古往今来，森林被人们看作心灵的寓所：摆脱无名羁绊，拯救疲惫灵魂，吟唱隐秘心曲，充实空洞思维，无不向往森林寓所。森林沉寂神秘，森林深沉宁静，森林清逸深远，森林博大精深。

遥想当年五象岭，应该是生态美丽，树木葱郁，草青花艳，百鸟欢歌，千虫鸣吟，时有烟岚浮泛，一派神仙境地。春季中，草嫩

万象更新

花鲜,煦风缓缓,烟岚如水似纱,或曲曲折折,漫不经心,流过山岗;或轻轻柔柔,一心一意,穿树过草;或朦朦胧胧,若梦似幻,挂树垂枝。夏天里,黎明早临,太阳升前,烟岚如乳似奶,或浓浓厚厚,滞静不动,覆盖森林;或薄薄淡淡,丝丝缠绕,披洒山峦;或若隐若现,游移流动,散漫弥开。秋时间,果实飘香,树叶斑斓,烟岚如气似霞,或升升腾腾,随意舒展,嬉戏林间;或清清爽爽,稀薄透明,和风飘舞;或粘粘渍渍,感温知热,来去悠忽。冬世界,树绿深沉,花开偶见,烟岚如灰似布,或迟迟缓缓,步履蹒跚,慵懒山头;或沉沉重重,生硬呆板,凄迷林间;或昏昏蒙蒙,惺忪生影,遮蔽视野。喔,五象烟岚,成心中美景,理想境界。

遥想终归遥想。时下五象,不知怎样?

三

丙申夏日,邕城高温。有一周末,恰多云,气温稍降,遂游五象岭。取道青山,隔江望去,只见五象成峰,争气负高;五峰相依,前后相属;清荣峻茂,良多景致;水山通连,含景饮江。过南宁大桥,便见森林茂密,草木葳蕤,负势竞上,互相轩邈,争高直指,千百成林,象岭到矣。择道登山,入沟上坡,瞬间深邃幽静。象岭多松树,树下松针厚软,踩有弹感。林中行走,见树草茂密,密密匝匝,郁郁葱葱,凉爽静谧。虽无参天大树、无苍苍古树、无汩汩溪泉、无嶙峋怪石,但好鸟相鸣,嘤嘤成韵,"喊喊""叽叽""啾啾",此起彼伏,你唱我和,你答我应,声声婉转,句句悦耳,清脆动听。偶见松鼠翘尾回眸,跃闪而过。蝉自愉悦,鸣吟不止,千转不穷。

花山画语

至一山顶，俯瞰四周，高楼大厦，鳞次栉比，一派城市发展面貌。有老者言，当年五象岭，周边广阔，植被广衍，面积广大。不知何时起，周边山脚，逐渐被楼房蚕食，尤其近些年，一些支脉被以开发、发展名义，挖开铲平，建起楼房，五象岭山体已明显瘦小，面积已大大减少，有一山岭还成为墓地，四万座坟墓占据山中。山中树木时被偷伐，加上空气污染，五象烟岚少有发生了。五象岭，已非昔日五象岭矣。吾闻言，一时无语。触景生情，心有所忧。资料显示，泱泱全球，以柴火为燃料者中，我国农民，占一半左右。森林被大量砍伐，破坏了生态平衡，致使土壤恶化、土地漠化、空气污化、气温变化。便想起，每年，由于森林吸纳能力不足，全球排入大气层之二氧化碳，达百亿立方米，造成严重大气污染；大气污染，后果严重，其造成温室效应，令全球气候变暖、冰川融化、海平面升高。如南极大陆冰川，年以十数米速度消弭，且仍在崩塌。森林、阳光、空气和水，四者大自然恩赐人类之至宝，乃人类赖以生存之必需。却因人为破坏，变得越来越稀缺，越来越难得。长此以往，人类岂不自我毁灭？或许是杞人忧天，但现状确实令人担忧。看着五象岭，真担心，哪天突然冒出诸多山中别墅，将眼前一派青翠烟熏火燎。那时候，满山乌烟瘴气，哪来清洁烟岚？

好在人类已有所悟、已有所为。据悉，2016年初，南宁市政府批复了《南宁市五象岭总体规划（2015—2025）》（以下简称《规划》）。按此规划，南宁将加强保护、建设和打造五象岭：突出"五象"历史文化，突显地方多民族文化特色，强化生态保护、休闲游憩、文化体验、科普教育等功能，把五象岭打造成综合性城市森林公园。《规划》设计的范围,为东部平乐大道、明辉路、玉象路;南部春阳路、东风南路、银岭路;西部银海大道、秀林路;北部建设路和五象大道围合的区域,总面积约8.94平方公里。具体划分为核心保护区、现状控制区、综合利用区、外围协调区,并对各个保护控制分区的开发强度、风貌、体量、高度控制等提出了具体的建设控制要求。城市层面上,注重恢复和挖掘五象岭历史、人文、民族资源,再现邕城历史文化与城市景观的特殊价值;森林层面上,将在维系五象岭核心森林资源的前提下,为市民提供体验自然山地森林的空间环境;公园层面上,完善五象新区城市公共服务职能以及南宁城市大公园系统。可以想见,不远将来,一个风貌大改、颇具现代气息的五象岭,将呈现在人们眼前。尽管,当年古意缺失,往时古韵不再。到那时,五象烟岚,是否眷顾,经常出现?

四

当日山上,始终清朗,不见烟岚。或许有,可能身在其中,不觉其在。

傍晚时分,灰蒙天空,下起小雨,断断续续,飘飘洒洒。温润雨点,淋头洒面,与热气相碰,竟焗出一身热汗。返程过桥,蓦然回首,见浓淡白色,在象岭移动、升腾,时如流动银河,时若曼舞丝带;又如涟漪气息,也似朦胧心绪。

是烟岚!五象烟岚!

花山画语

以水名街

一

南宁水街，大名鼎鼎。

老南宁人里，水街可谓脍炙人口；新南宁人中，水街也是耳熟能详。换句话说，水街，在邕城，是家喻户晓的。

城市里，以水命名街道的，极少。以吾孤陋寡闻知，南宁水街是一个，其他尚未发现。

关于水街名称由来，有三说：一是原先此街的人常到河边担水食，水溢滴淋街道，整条街面水常湿，因而得名；二是此街早前曾有卖水的，故名；三是因为当初常遭洪水和内涝浸泡而得名。三种说法都与水关联，似乎都能成立；但细细推敲，又都发现漏洞颇多。首先，三种说法都无据无考，有牵强嫌；其次，三种说法都是根据后来现象而推说，有附会嫌；最后，三种说法都以偏概全，有演义嫌。试想，在建一条街时，一般是不是先想好了名称？或者建好后再命名，是不是综合考虑多种因素，比如地理位置、历史演变、规划理念、功能隐喻、周边协调，等等呢？或者，一条街道取命何名，是不是都得官方确认、民间认可才行？

水街何时建街,何时命名,谁予命名,何命此名,目前无文献可考,难证其详。但其名官民皆认,且历超百年,总有其道理和因由的。

二

"水者何也?万物之本原,诸生之宗室也。"管子在《水地篇》中一言以蔽之。水,以清清之源,汩汩之泉,养育了地球上的亿万生灵,引领了人类从蛮荒走向文明。

翻开人类历史,我们发现,世界上的几大文明,都与水关联密切:尼罗河流域的古埃及文明;两河流域的巴比伦文明;恒河流域的古印度文明;黄河长江流域的中华文明。换个角度说,河流催生了文明;文明因水而诞生、人类因水而繁荣、文化因水而伟大。中国传统文化富含水性。老子云:"上善若水。水善利万物而不争,处众人之所恶,故几于道。居善地,心善渊,与善仁,言善信,政善治,事善能,动善时。夫唯不争,故无尤。"(《道德经》八章)老子以水的特性来比喻理想的德性。孔子曰:"夫水者,启子比德焉。遍予而无私,似德;所及者生,似仁;其流卑下,句倨皆循其理,似义;浅者流行,深者不测,似智;其赴百仞之谷不疑,似勇;绵弱而微达,似察;受恶不让,似包;蒙不清以入,鲜洁以出,似善化;至量必平,似正;盈不求概,似度;其万折必东,似意。是以君子见大水必观焉尔。"孔子通过对水的观察、体验和思考,或从社会、历史的层面,或从哲学思辨的角度,或从立身教化的观念出发,来阐发对水的深刻理解和认识,进而以此来把握、认识人生、社会和自然世界的规律。水从高处来，只向低处流，乃至归入大海，贵在平静低调。流水无言，道蕴其中。

人类自古即喜临水而居，择水而憩。这既是本能，也是智慧。水是生命之源，也是精神之泉。所有城市最初源起，莫不以有水为先决条件；山地民族如此，游牧民族也是；东方如此，西方也是。无水，便无法生存；无水，便没有生命。水，从眼入心，从表入里，养育着生命之根，浇灌着生活之花。水，让生命丰沛，让生活充盈。因此，不同地域、不同文化、不同言语的不同民族，生存前提必须有水。要么依山傍水，要么逐水而居；或让河流环绕门前，或用湖光装饰窗景；或取江波滋润生活，或以海涛活泛日子；或建精神家园在水境，或构心灵梦想于泽乡。东西南北中，人类总是被水的灵韵感召和牵引，有水之处，便是人间。临水而居，才能使生命熠熠生彩。

三

古今中外，绝大多数的城市，都会有一条母亲河。邕江，是南宁的母亲河。

八桂大地上，左江和右江相会刹那，热情相拥，瞬间相融，生成邕江。邕江蜿蜒前行，深情款款，逶迤两百里，望东而去。穿城而过的邕江，早在一万多年前，就哺育着南宁古人类。1989年7月，市文物部门在邕江两岸的那龙和坛洛一带，发现5处岭坡（分别是坛洛乡小崩山、那龙乡虎头岭、那龙乡岜贡山、那龙乡上林村、坛洛乡新闸村）散布有打制石器，共94件；而后又陆续发现数十处

万象更新

新石器时代贝丘遗址，均分布在邕江两岸。足证邕江是南宁人类生存的生命之源，是南宁文明文化的源头。

邕江河面宽敞，水流平缓，水位变化幅度不大，十分有利于航运，给南宁带来了便利的水路交通。历史上，南宁自古以来就是我国西南地区东向的水上通道，素以商贸发达著称。溯左江而上可达龙州，溯右江而上可达百色，顺邕江而下可达梧州、广州、香港、澳门。尤其是明朝商贸更旺，明嘉靖年间驻南宁广西左参议汪必东有诗云："西粤观诸郡，南宁亦首明，正音前汉叶，奇货左江通"，南宁发展成为左、右江商品集散中心。1907年1月1日，清政府宣布南宁开埠，成为清朝的一个自设口岸；桂东南及广东、福建籍商人大量西来经商，利用水运，沟通南宁与粤、港商品交流；更有21个国家的商人沿着水路来南宁经商，外国工业品不断经此销往内地，内地的农副产品、土特产品也销往国外。新中国成立后，南宁航运业得到进一步发展。到21世纪初，邕江北岸拥有北大码头、上尧码头、大坑码头、陈东码头、民生码头等港口，开通有8条内河航线，120吨级的轮驳船队可常年来往于南宁至百色之间；250吨级轮驳船队可顺江东下经贵港、桂平、梧州、广州到达香港、澳门等地区，邕江使南宁成为水路交通中心。最重要的是，自古至今，邕江，源源不断地为南宁人提供了生命之水。

母亲河邕江，她使南宁城市具有历史传承、具有文化底蕴、具有生活张力。

四

　　坐落在邕江北岸的水街，距离江边很近，是南宁最早的街道之一，也是南宁古代先民最早聚集的地段。这条用长条形青石板铺就的街道，才几百米长。街道两旁，建起的，都是砖、砖混、砖木等结构的房屋，部分房屋具有传统建筑特色。两边房屋，全作货栈、客栈、商铺、酒楼和茶馆。四面八方的商贾通过邕江水路进行商贸往来，南临邕江的水街迅速成为当时南宁最热闹的街道之一。有古籍记载："水街行人如潮，熙熙攘攘，摩肩接踵，民居宅院，作坊店铺，菜肆酒楼，车水马龙，百业兴隆。"一派繁华祥瑞之气。可以想象，当年邕江河畔民生码头前，货船络绎不绝，挑夫们搬运着从船上卸下的各种物资，通过水街运往商铺；而同时又有大量的货物从水街运往民生码头的空船上。从水街辐射出去，水街一带的石巷口、醒汉街、仁爱路、西关路等20条大小街巷也繁华起来，成为南宁最早的经济、文化和商贸中心；私立学校、机器碾米行、银号、会馆、书院、富家宅院、官员府邸等等，相继而生。可见水街当时影响力。水街最早是个商贸街，随着时间的推移、时代的变更，包含的内容越来越丰富、与时变化着。后来，留给人们最深的印记，竟是传统美食，生榨米粉、老甘粉饺、兰花粽、九记伦敦糕、鸳鸯糊等等30多种传统小吃，让人津津乐道。

　　进入新世纪后，随着南宁的发展变化，水街暴露出许多与城市发展不协调的地方，比如功能结构不合理、空间布局杂乱、缺乏主次等等，制约了水街的进一步发展，也不利于弘扬和传承水街所承载的历史文化，急需改造。改造思路是，保留原有商业业态，适当增加普通餐饮业、休闲文化娱乐业；规划设计以"水"为主题，设计一条贯穿水街的人工水道来整合沿线各饮食文化主题的景观小品和其他元素，形成一个完整的水街景观体系，目的在打造一条代表南宁传统餐饮小吃文化的特色饮食街。在建筑样式上，以传统骑楼建筑为主要形式，让传统建筑和传统饮食有机地结合。同时，在已开发或即将开发的居住用地地块，设计骑楼与周边居民小区的裙楼相结合，并在水街中段布置一个休闲广场。可以预见，一条具有现代气象的新水街，将出现在人们面前。

五

如今走进水街原址，当年青砖瓦房已经不见了，和青砖瓦房一起消散的，还有水街百年倦老的身躯、百年斑驳的面容、百年沉积的烟尘。不散的，是水街那份繁华，是水街那种味道，是水街那种喧闹，是水街那份记忆，是水街那种文化。

一条街从无到有、从小到大、从简到繁、从丑到美，得到历史发展的眷顾，得到时代变迁的留恋，得到人类生活的热捧，这是一条街的福分，也是一条街的魅力。邕城水街，正是以这样的福分和魅力，深入人心，深入历史，深入时代，深入生活。而水街的福分和魅力，归结起来，在于一个"水"字：追求水的理想，向往水的境界，学习水的品质，保持水的内涵，营造水的格调。这，或许也是以水名街的初衷，或许才是以水名街的本意和目的。

水街，一条历史的街；一条时代的街；一条生活的街；一条未来的街。

花山画语

平步青云

一

平步青云，是众多人梦寐以求的理想境界。

中国古人，造字、组词、用句非常智慧，无比奥妙。本是自然物象的青云，原指青色之云、高空之云。被古人丰富想象，妙作运用，便词意典雅高境。古时用青云于人，多作美好期许，有的比喻高官显爵，如平步青云；有的比喻道德高尚有威望，如青云之士；有的比喻谋取高位的途径，如"肝胆自怜白首，功名谁借青云"（明汪錂《春芜记·悲秋》）；有的比喻远大抱负和志向，如"张子房青云之士，诚非陈平之伦"（《三国志·魏志·荀彧荀攸贾诩传论》"其良平之亚欤"南朝宋裴松之注）。久而久之，约定俗成，青云一词，词意固定，作吉祥词，赋予丰富内涵、美好意义、理想意愿，以求人生、生活、工作青云相伴。当有祈愿，往往用上，如平步青云、青云直上、青云得志、青云万里等等。后来，青云成民众美好愿景、追求目标、理想梦想，孜孜以求。现实生活中，以意赋形，用青云名，附着物理，因此，就有了青云路、青云街、青云巷、青云亭、青云台、青云楼、青云阁、青云宫、青云殿等等，不一而足。

而平步，可解为起步、迈步、行步、快步皆平衡、平稳、平顺、平坦，坦途平展，毫无阻碍。平步青云，两者组成一词，高广词意立显，美好寓意立见。

中国传统文化讲究趋吉避凶，尤其讲究名正言顺。所以，凡事都喜欢取个好名字、好名称、好名头。这其实体现了人们追求美好的理想与愿望，既是人们一种向善心理，也是人们一种精神取向，关乎世界观、人生观、价值观。理应肯定与鼓励、推崇和弘扬。不可简单视为唯心或迷信。试想，人或路取名不吉，用字有凶，着实令人忌讳，难以接受，难以认可。试如，若取"倒霉"为人名，自身感觉如何？他人感受怎样？若巧此人姓"甄"，自己介绍，别人叫唤，又是几多尴尬、怎开得口？天天呼、日日唤"甄倒霉"，这人生，又如何得了？再如，给一条路命名为"去死"，那么，谁敢去走、谁会去走？比喻极端，但道理明晰。

二

邕城内有青云街。

青云街由共和路起，至民生路，南北走向。青云街建于何时，尚未考证。古时，现今南宁饭店内有座孔庙，香火甚旺。通往孔庙之路，不止一条，但由南至北、正对孔庙的，只有青云街。老南宁人，对此街记忆尤深，自古以来，青云街虽窄窄不宽、建筑平常、简单朴素、其貌不扬，但游人不断、场景热闹，令人难忘。平日里，普通民众到孔庙上香，多求健康、平安、幸福、富足和开智，走路以便捷为主，不一定要走青云街。唯官员与读书人，皆刻意行走青云街;特别是每年春秋两时,许多官员和希望金榜题名的文士,都专程绕到青云街南口,步行穿过青云街,北进到孔庙虔诚祭拜,祈求官运亨通、仕途顺利、平步青云、扶摇高升。由南向北走青云街,这里面很有说道:行走青云街,取得如意吉祥之兆头,要的就是"平步青云";除取"青云"之吉外,还图"北上"之利,因民间有"北上南下"之说,故由青云街南口向北进孔庙,就有了"北上"之实,图的就是个"上"。烧香求愿后,不能原路返回,不可"南下",必须取道另途而归。

我多次走过青云街。

因是闲逛,无图吉取祥意识,南下或北上,均无讲究,随意走走,印象不深。现在回忆,依稀记得,大致有三:首先确实不宽。想当初建街时,社会生产力、生活水平,应该还很低,人口也不会多;未来发展情景、人口增长速度、工业文明程度、社会发展水平、交通工具巨变等等,估计无人会想、无人能想。因此,就按当时生活需要、建筑能力设计了街面的宽度。建街之初,或许因为两边都是平房,所以感觉整条街是光线充足,既明亮,也显宽。后来,有过不止一次的翻新建房,两旁的民房渐渐长高,才显出民房高低错落、参差不齐的逼仄而立,压挤了街道的空间,如此不仅使街面显得更窄,也导致光线不是很足;若遇阴雨天,不仅路面潮湿积水、泛起泥浆,还会阴暗少明,光亮严重不足。其次真的不平。我行走青云街时,南宁市的经济发展水平还不高,城市基础建设能力还比较低,对城区的改造和建设心有余而力不足,尤其是对非主干道的诸多道路街巷,更是没有财力来进行改善。因此,小小的青云街,经过历史烟云的侵蚀,时间脚步的踩踏,街面自然就会凹凸,不够平坦。再次弯曲不直。可以想象,建街前的青云街一带应该有坡岭起伏,且高低无序。在这样的地理环境上建街起房,受到当时建筑设备的局限,更多的是随形就势,所以青云街就如龙昂头扭身摆尾,中间不仅蜿蜒,还有分支小巷。有个别小巷的宽度与街道的宽度几乎相等,若不熟悉,很容易迷路。尽管如此,青云街里的居民们勤劳而智慧,朴素而精明;他们自食其力,安然而坦荡;他们务实变通,知足而开怀;在周边喧闹繁华的环境里,平凡而淡定地生活着。

我最早行走青云街,是20世纪80年代末90年代初。从当时民房建筑状况看,青云街的居民应该不是富裕群体。那时,青云街旁边是南宁市公安局,公安局大楼虽然不是很高,但在青云街一带,已是鹤立鸡群、卓然傲立了。虽然青云街街小不繁华,但青云街周边的朝阳路、民生路、共和路、中山路是热闹非凡的。

三

时光流逝。当年的青云街,已被商业广场取而代之。所有的民房都不见了,只留下一棵榕树,在商业热闹的围观中,坚强地茂盛着,孤独地坚守着。所有关于青云街的诸多印象,正慢慢在新南宁人的意识中淡化。如今,走进当年青云街的地方,满眼都是现代商业的铺面,它成了繁华的商业区。在这里,手机、手表及其他电子产品,琳琅满目;服装、食品及其他商品,眼花缭乱。每天,不论白天黑夜,不论晴天雨天,尤其是周末、节假日,游人如织,熙熙攘攘,川流不息,有时甚至拥堵不堪,映现出高度发达的物质文明和都市繁华。

花山画语

商业区用四块建筑物来划分使用功能,除了商品,还有餐饮、电影、娱乐等,包罗万象。中间形成一个十字通道。通道宽敞明亮通透,干净平坦清爽。正对南宁饭店大门的通道,还称为青云街。站在街头看街尾,或立于街尾望街头,都能一目了然,一眼看穿。街中种有花草,置有椅凳,逛累了,可以坐下休息;也可以不逛街,就坐在街中看风景、看热闹。尽管当年的青云街没有给我留下太多太好的印象,可它毕竟是有街的真切、街的形状、街的感觉、街的味道。而现在,我感到更多的是市,而不是街;是闹区,而不是街道;是广场,而不是街巷。

有时,因为需要购物,我也会到那里去走走。但更多的,是到那棵榕树下去怀想,想从榕树的根干中,寻找老街的面容、老街的韵味,看看还能不能闻到老街的味道。但周边尽是杂乱的噪音,尽是烦躁的喧闹,已然没有老街的那种温馨、温文、温暖了,也没有了老街那淡淡的泥土味,更没有了老街那古老而沧桑的历史气息。有时我想,随着时代的发展、社会的进步,城市肯定变化越来越大,原有的一些东西、古老的许多物件,将会被丢弃。但是,我们在发展进步的过程中,能不能坚持留下一些,不应该丢弃的东西呢?比如精神层面的东西,比如文化层面的东西,比如传统层面的东西。

四

"青云街"还在。"青云街"的形体还在。只要"青云"字名还在,它的内涵、它的寓意也就在。只是,当年的那条青云街蕴含的沧桑历史、民俗文化、风土人情,是否还在呢?街道没有了民居,没有了居民，那也算街道吗？

不管如何变化，只要愿意，人们都可以走进青云街，领略"平步青云"的感觉，舒展青云直上、青云得志、青云万里的怀想。

只是，当年的青云街早就不在了；当年的孔庙早就不在了；当年大众对孔庙的那份亲和与亲切感早就不见了；当年的那种由南北上、"平步青云"祭拜孔庙的景象也早已不再了。

现今的孔庙，是2011年建成的。它立于青山脚下的邕江边上，规模宏大、气势恢宏、庄严肃穆。只是，前面没有青云街，也没有以"青云"命名的物象，更是没有人们想由南北上、平步青云街去祭拜孔庙的条件，这不知道是不是一种欠缺、一种遗憾呢？

花山画语

云亭街记

一

第一次听说"云亭街"这个名字时,我便产生了兴趣。

这个名称如何得来,不得而知。但让人觉得很美,令人想象。

云亭街,有亭有街,是云的亭、云的街?或是白云休息的亭,还是青云行走的街?

在南宁许许多多的老街里,云亭街是一条不出名也不显眼的小街,它不像金狮巷、银狮巷那么大名鼎鼎,也不如青云街、水街那么脍炙人口。现在这条街,外面没有多少人知道,里面也没有多少人提起;但它自有它的特点和韵味,它如一条时光小巷,浓缩着岁月的履痕、生活的味道。

蜿蜒在水街南面的云亭街,前方不远处就是邕江的大坑口。它位于人民路与新阳路衔接的转弯角上,几乎与人民路垂直,恰似一个小孩被大人抱拥在怀里。街的一段在南宁市第一中学方向,通往龙胜街;另一段,则是承载了众多居民成长记忆和生活履历的居民巷。

这条居民巷,很不起眼,因为从已扩建的、宽敞的人民路看进去,只看到有个小斜坡下去,然后是一小块空地,貌似没什么房子,

万象更新

不走进去，根本看不到里面还藏着几条分支小巷。这些分支小巷与这斜坡的关系，就像一把小号，各弯弯曲曲的管道弯来绕去，最终汇集到一根主管，从一个喇叭口出去。沿着喇叭口走下去，往左，是这把"小号"的"主管"——仍是几十年前那条由三合土混小石头修的路，大约能容一辆小汽车通过。这根"主管"长约百米，尽头，"T"字形。各条弯弯曲曲的小巷上，分布是各家各户的房子，门都开在小路的同一侧。"T"字往左，约30米，经过两三户人家的门，一扇紧闭的木门告诉你，这里就是这根"支管"的尽头。

二

云亭街路窄且屈头，大多只有云亭街居民出入，很少有外人进去；偶有卖药的、卖日用品的、卖牛腩的及收废旧的小商小贩来往，所以知晓这条街的人还真是不多。当年回荡在云亭街的叫卖声，现在已很难再听到——收废旧的挑着担子边走边喊南宁白话："收买烂铜烂铁锡！"稍停一下，又补充一句："烂玻璃！收买鸡毛、鸭毛——！"有些调皮的小孩会学着喊："收买烂铜烂铁锡！烂玻璃！收买鸡毛、鸭毛！"卖日用品的中年妇女手提一只篮子，一路走一路叫："茶油、生发油、鹅蛋粉，胭脂发蜡——！"晚饭后，一个中年男子挑着两只方木桶，一路叫卖牛腩牛杂。据说，1953年的牛腩两百钱（相当于现在的两分钱）一件，牛杂一百钱（相当于现在的一分钱）一件。那时的牛杂香味地道，现在再也吃不到了。

云亭街最早住着黄、傅、钟、陈、林姓等二十几户人家。傅姓最多，约占了四分之一。他们多是普通的小商小贩或者以打零工为

花山画语

生。有做香火纸钱的、做烧鸭的、卖酒的、卖牛奶的、卖日用百货的，短短的一条街，香烟铺、凉茶摊、理发铺、车缝铺、洗衣铺竟应有尽有，甚至还有小人书出租铺，不知道是不是这里离当时的南宁城中心——解放路不远的缘故。

三

我朋友小鹏就是云亭街的居民。我的关于云亭街的知识，主要来源于小鹏。在新中国成立前，小鹏的傅姓外公一家几兄弟从陆川县来到南宁打工，一起开了个酱料厂，做酱油、醋、豆豉等调味品卖。兄弟几个很团结，一起开厂，一起在云亭街买了地，盖了房子。当年的屋契现在还在，那份用毛笔书写、发了黄的屋契，现在看来觉得像文物。当时的酱料厂在云亭街的另一段，也就是现在南宁一中的后面；1955年改为公私合营后，更名叫南宁民建酱料厂。据说，当时这个小小酱料厂做的豉油膏（酱油膏）、豆豉是南宁市最好的，味香、醇正，质量上乘，销量很好，还卖到南宁市周边的县城去了。

街小，人少。邻里之间日日相见，天天招呼，和和睦睦，熟悉得很，这条街就充满了浓浓的人情味。爱打麻将的凑一桌，在某家门口就摆开了台。为了不让麻将声影响他人，还在麻将桌上铺块厚厚的毛巾，减小噪音。街坊邻居经常在夏日的晚上坐到家门口，边乘凉边闲聊，自在随意，很像一家人在一起聊天一样。孩童们呢，则乐此不疲地在街上躲猫猫。左邻右里彼此交流、互相照顾——某家炒菜发现没有了油盐酱醋，可以马上到隔壁家去借几勺；说是借，其实也不用还，谁家没个缺油少盐的时候呢。云亭街的房子结构都是门厅对着街，吃饭都在厅里吃，敞开着门吃。倘若是吃饭时间路过，必互相打招呼，喊一声："吃饭未？未吃进来一起吃啊！"那份亲切和融洽，深刻人心；在今天，尤为令人铭记和怀念。

四

云亭街民居多以两层、砖木结构为主。外墙以砖砌，屋内的房梁、地板、楼梯、门窗、墙壁都是木质的。屋顶是鱼鳞瓦式的斜瓦顶。这种瓦顶先是用长圆木搭成三角形的架子，然后铺上一层透明塑料布防水，最后铺上一块块青黑色的鱼鳞瓦。这简陋的屋顶为云亭街几代人遮挡了数十年的风雨烈日。期间，自然受过台风、暴雨的侵袭，瓦块有被风掀走过，塑料布有穿洞过，下大雨时瓦顶漏雨，屋内就用盆桶接水。风雨过后，日头出来，再请瓦匠工来修瓦顶，大人管这叫"捡瓦顶"。他们认为："最重要的是保住这个顶"，有"顶"在，便有家在；有家在，有家人在，便是人生牵挂和奋斗的源泉。

这种木质结构的小楼，是孩子们快乐的空间，他们喜欢在楼上楼下乱跑乱跳。当然也经常被大人制止，说小心抖落了二楼木板间的灰尘，掉到一楼的饭桌上。只有一楼的木地板经得起小孩们的蹦蹦跳跳，发出清脆有节奏的吱吱声。随着时间飞逝，岁月更迭，木楼也渐渐老去，现在再踏上木楼梯，它发出的声音已经有些沉闷，仿佛告诉人们它已不堪重负。木板钉成的窗扇，边缘已磨损，部分腐朽掉落，两扇木窗合过来时，已不能如以前那般将光线完全遮在厚厚的木板之外。光线穿过因木板腐朽掉落形成的缝隙，照到房间里来，形成斑驳的光影，如历史沧桑的脸庞。

虽然这样的民居简易，但它装载的是一个个家。在这样简易的家里，云亭街的居民安居乐业，大人们每天日出去打工揾食；日落，一家老老少少围坐一起，共享晚餐，平凡却温馨幸福。

五

拥抱着云亭街的人民路，一如既往地喧闹着。这条以人民的名义命名的路，目前还是南宁重要的商业区，汇集了南宁市数家重要的服装百货、灯具、建材批发市场，商业楼宇林立。繁华外衣包围下的云亭街，却得以逃避商业浓烟，一方老南宁的本土气息在这些蜿蜒街巷静静蔓延，不知道算不算是一种庆幸。

南宁在发展，住在云亭街的居民也随时代的变化而改变。小鹏外公那一代人因年岁都已逝去；小鹏母亲那一代，也因工作因生活陆续搬出了云亭街；小鹏这一代还住在云亭街的就更少了，他们因理想因追求不仅离开了云亭街，也离开了南宁，有的还离开了中国，到国外去了。

今天，这条南宁老街，在繁华都市的背后，在巨变的南宁外观中，依然保持旧貌，安贫若素，处变不惊，怡然自得。成为一座城市、一个时代老去的印记。时代的变迁和社会的发展，使许多新生的高楼大厦占据了不少旧区和街市。十年前就传闻云亭街要拆迁重建，搞房地产开发。不知何故，这一片的拆迁一直未动工。或许某一天，旧城改造或城市开发的挖掘机，会在一夜之间把云亭街铲平，千篇一律、如出一辙、面目相似的高楼大厦会取代这片充满市井气息和人情味的居民巷。那时，所有关于云亭街的诸多印象，就只能成为一份美好的记忆，珍藏在不知是喜是悲的心里了。

万象更新

中山路记

一

在国外，用人名来冠路名，从古至今，较少。

在国内，以中山先生名字冠名的路，近代以来，很多。

有统计称，神州大地，东西南北中，诸多"中山路"，达187条。不仅大中城市有"中山路"，一些偏远的中小城市，如吉林延吉、甘肃张掖、四川西昌、云南个旧也有"中山路"。用人名冠以路名、地名，以此纪念历史人物，显得庄严、永久。一般来说，人选必须是超越时代与国度，对人类文明、世界进步贡献突出，或为超越阶级与纷争，护国御侮、促进统一、弘扬文化、推动发展的杰出人物。孙中山先生在中国历史上的卓越贡献，显然符合条件要求。全国最早的第一条中山路，是南京中山路，乃1928年，为迎接孙中山灵柩而修建，全长近13公里。

二

南宁也有中山路。

史料记载，现今中山路与南环路交会处，明清时期有一座城门，

花山画语

谓南门,于明朝万历三十年(1602年)开辟,以便利日益频繁的城乡交易。南门正街,就是现在中山路北段,在明朝已是城内商业繁华区。现今中山路南段,也就是南门外,明清时期叫作马草街,是以行业命名的街道。马草街一带江边,有一洋关码头,百年前是南宁唯一大港口。清末民初,湖南旅桂人士曾宣在其所著《天南十载》述:"邕江东连梧州、广州,西达百色、龙州,此南宁所以为郁水财货聚散地也。而桂南之要埠则非南宁莫属矣。"又言,"要埠之津,乃洋关码头。船舶绵延,桅帆交错,岸上人上船,船上人上岸,南门遂成人烟凑集之地,五方杂处之乡。"可见"南门"当时之盛。1993年,当局先后扩宽修整民生路、兴宁路、民权路、德邻路、共和路、桃源路和南门,原仅四米宽的南门扩宽为二十米,路面铺上水泥三合土。这七条路,两边人行道大都有二至三层骑楼式青砖房,惟南门骑楼以其质朴古雅,别具韵味。

之所以命名中山路,是与孙中山先生有关。1921年10月,为筹备北伐,孙中山亲临广西巡视。先生从广州乘坐宝璧号炮艇溯江而上,于10月23日抵达南宁。24日、25日即与马君武等广西政要策划北伐大计。26日至28日午后分次分批接受南宁各界的欢迎,孙先生均用广东白话做演讲,先讲三民主义概要和当时国内形势,接着讲《广西善后方针》,号召大家同心协力、打倒军阀、维持治安、发展工农业生产、植树造林、修筑公路、振兴农校、培养人才。孙先生演讲白话流利,清楚动听,每逢讲到重要处,全场掌声雷动。听众精神振奋,虽站立一个多小时,毫无倦容。讲演完毕,掌声持续不止,直到主持人大喊"立正",会场方才肃静。1925年,孙中山病逝，为表纪念，南门正街命名为中山路。1952年，南宁市政府将南门正街与马草街统一命名为中山路。

全国乃至全区各大城市的中山路，多是以城市的交通主干道，如桂林、北京、广州、上海，上海的中山路几乎绕着城市转了一圈。

三

历史上的南宁中山路，政治、经济、文化、教育、医疗、宗教等荟萃一堂。政治方面：清宣统二年（1910年）成立的宣化县自治筹备会，及民国元年（1912年）1月成立的南宁府自治会，会址均在南门大街。民国十八年（1929年）初，中共党员雷经天等人在中山路96号开设"光昌汽灯店"，实为中共广西特委机关，邓小平领导广西革命工作时常到特委机关研究工作。1946年2月27日，广西首届县参议会成立，参议会址即在今中山路188号。经济方面：中山路因为人烟聚集的洋关码头而繁华起来，逐渐形成集渡口、闹市、当行、菜市等非常兴旺的街道。清光绪三十四年（1908年），南宁第一家织布厂荣德织布厂在保爱路一里（即今中山路尾）开业。文化与新闻出版方面：清光绪三十四年（1908年），共和戏园在南门大街（今中山路南段）建立。民国十年（1921年），广西最早官办铅活字印刷厂—广西官书局，改名为"广西印刷厂"，厂址设在中山路旧马草街。《民风报》《农商日报》《更声报》《正言报》等报刊曾在中山路开设报馆。教育方面：清道光二十三年（1843年），知县柳济清在城东南西北所设的社学被合并为一所，地址在南门街昭忠祠（今中山路188号）。清宣统元年（1909年）2月，

花山画语

南宁第一所女子初等小学堂在马草街观音堂（今中山路北段）成立。民国元年（1912年）5月，官绅黄锡康等人在正谊书院（即原昭忠祠）开办岭南法政学校。民国二十年（1931年），广西省第一妇女工读学校搬迁至正谊书院。民国二十二年（1933年）8月1日，邕宁县民众教育馆在县参议会旧址开馆。民国二十二年（1933年）3月，广西省民众教育馆在南宁体育场右侧建立，在中山路等处开设图书借阅点。民国二十四年（1935年），中山路南、北段分别建有临江镇中心国民基础学校和明德镇中心国民基础学校。民国三十六年（1947年）3月，全省美术展览会在模范镇表证中心学校（今中山路北段小学）展出。医疗方面：清光绪三十二年（1906年），英国祁理扶夫妇来南宁传播基督教，在中山北路建立祁理扶医院，又叫道救医院，这是南宁较早的西医医院。民国三十一年（1942年）冬，南宁第一家公立中医诊疗机构—广西省立医药研究所附属医院在中山路成立。当时最有名的中药店西万盛和百福堂，彼此竞争，均在中山路设有分店。宗教方面：1906年，祁理扶在道救医院左侧（今中山路69号）开建一间传道堂。1926年，因经费困难，祁理扶将医院和传道堂无条件地交给英国圣经布道会，由英籍教士费贻福接收。1935年，传道堂被改建成有楼层的礼拜堂。礼拜堂楼柱四根，尖顶高耸，风格统一；尖顶间悬挂一红色十字架。楼上窗户三扇，狭长弧顶；教堂内原置木质地板和天花板，20世纪60年代被毁，后以水泥代之。

新中国成立后，中山路依然扮演着重要角色：1950年6月24日，原广西省第二图书馆、科学教育用品社合并成南宁人民文化馆，馆址设于原科学教育用品社（今中山路北段小学）内。1950

万象更新

年至1952年4月,南宁市总工会筹备委员会设在中山路188号。1952年8月,市政府在中山路北段增设市第四幼儿园。1953年夏,中国影片经理公司中南区公司华南分公司广西办事处由柳州迁至南宁中山路228号,从此南宁不用到柳州提取影片。1970年5月,南宁市文艺工作团(即南宁市艺术剧院)进驻中山路原市文化馆旧址。1979年,广西广播电视大学南宁市分校成立,设在中山路北段。1985年10月15日,南宁市中山路北段小学试办弱智儿童辅读班,成为南宁市第一所开办弱智儿童教育的学校。

四

现今中山路,早已演变成夜市小吃一条街。南宁诸多传统美食,应有尽有;酸甜苦辣咸,煎炒炸煮炖,琳琅满目。如芋头糕、圈筒粉、粉饺、油条、烧烤、田螺、海鲜、酸野、水果、凉茶、鲜榨果汁、花生糊、芝麻糊、汤圆、馄吞、牛肉丸、八珍伊面、老友粉、小炒,等等,每晚鲜味出席。此外,外来的小吃也是香艳登台,如武汉的鸭脖、香港的钵仔糕、北京的炒板栗、云南的汽锅鸡、台湾的大肠包小肠、蚵仔煎,等等,不乏特色,美味撩人。南宁成为中国东盟博览会永久举办地后,中山路,更是荟萃了东盟十国的特色小吃,让国人在中山路,即可品尝到异国风味。2010年,中国中央电视台把中山路夜市美食拍摄成纪录片,中山路的美食,更是名扬四海。

中山路的美食令人馋涎,吸引众口。每当夜幕降临,人们或携家带口、或邀朋约友,或三三两两、或成群结队,或出双入对、或孤身一人,不由自主地来到中山路,闻香寻味,品色赏鲜,大快朵颐。

花山画语

在酣畅淋漓中，复活疲惫的身心，舒缓紧张的情绪，消散压抑的阴霾，浓郁幸福的感觉，增强追求的信心，明亮生活的脸色。有时候，在熙熙攘攘的中山路，还会迎来成功的商机，遇到发展的机遇，发现生意的伙伴，看到生活的知音，碰上人生的贵人。更多时，在人声鼎沸的中山路，往往衍生一段感情，涌起一份感动，飘扬一缕牵挂，洋溢一种幸福。而对于中山路老居民来说，更多了一份说不清道不明的心绪、连绵不断的追忆和魂牵梦绕的怀念。显然，南宁人对中山路的感情是深厚的，他们的情感故事、奋斗精神、"互相帮衬"传统、无拘无束用餐环境、自由休闲的生活方式，都蕴涵在这条路。

中山路美食，浓郁和发散的，其实是民生之味。

五

一座城市，如果没有历史，就没有根源。一座城市，如果没有文化，就没有灵魂。没有历史的城市，是空虚浅薄的；没有文化的城市，是苍白单调的。在中国，每一条中山路，都承载着众多历史意象，都是社会发展的时代见证，都洋溢着浓郁的文化气息，都是一座城市的文化符号，都是城市变迁的一面镜子。南宁中山路也是如此。

由于城市发展的需要，南宁中山路正在被拆迁和改造，这条有着几代人回忆、众生宠爱的老街将获得新生。可惜的是，承载着特殊历史意象、蕴涵着丰富内涵的"中山路"路名，将被"香港街"取代，这让人很难理解，也很难接受。毕竟，两者不可相提并论，不可同日而语，不可相互替代的。

难以想象，假如"香港街"真的建起来后，那时，中山路的那种历史厚重感、那种文化气息、那种生活场景、那种民生味道，去何处可找寻呢？

万象更新

黄家气象

一

在中国，有很多古宅大院，如北京、天津、江苏、浙江、福建、山西、安徽、广东等等，不仅有不少古宅大院，而且风格独特、各具特色。有资料显示，目前全国有历史文化名镇252个，历史文化名村276个，这些名镇名村，就有很多古宅大院。国家把历史文化名镇名村、古宅大院视为珍贵的历史文化遗产，是不可再生、不可替代的历史、文化资源，正在进一步加大抢救力度，加强发掘和生态保护。

在广西南宁市，也有一座古宅大院。这座古宅大院，与全国其他古宅大院一样，凝结着古人的建筑智慧，蕴含着中华的传统文化，彰显着历史的发展气象。

这就是：黄家大院。

二

黄家大院位于南宁市中尧南路88号。据介绍，黄家大院建于清康熙十年（1671年），距今已有340多年的历史。整个建筑群

花山画语

占地约 3300 平方米，有四排九进三廊大小共 108 间房屋，全部为砖木结构、硬山式屋盖，是目前南宁市区古民居中保存最完整的清代民居建筑。黄家大院的整体格局，是以一条宽约 2 米的石板路为中轴平面展开的，两边的房间数量、番进、布局、面积大小一样，且相互对称；正门两侧均有门墩，左右门墩各有两个铜钱印和"如意"的图案，寓"招财进宝、顺心如意"；门口两旁有红色和黄色的砂质石，取"大红大旺（黄）"之意；从正门到正房有三扇方形的门，寓意"三门九进"，最后一进门的门楣是红色砂，寓意"红运当头"，而侧门都是拱形顶；最后一进之后房子没有一通到底，而是有一个折叠，是不想让过堂风直接通入，规避"万箭穿心"。此外，大院还有神厅、花厅、道厅、厨房等。花厅是主人宴客会友的场所，是大院最为豪华和宽大的地方。神厅即祠堂，是家族举办重大活动和祭奠仪式的场所。进门台阶分别是 11 级、3 级和 3 级。左边的房屋都比右边的略高。

黄家大院是黄氏家族几代人靠勤劳致富后建造起来的。黄家大院的先人先在湖北江夏发迹，后来一支迁到山东白马。北宋时期广西农民起义，朝廷派梁氏前来镇压，黄氏先人随军南下。叛乱平定后，其先祖在此定居，经过几代人的生息繁衍，代代积累，创下了一份大家业，建造了黄家大院。

如今大院里的黄氏人都搬走了，大院成了冷清空寂的容纳所。台阶、石板路每天无声叙述着大院的沧桑感、历史感；屋檐、窗户、墙壁和瓦当上的龙凤花鸟雕刻与绘画等装饰图案，默默表达曾经的喧闹与荣华。

三

据说，黄家先人乃春申君黄歇之后。黄歇（？—公元前238年），楚国江夏人，原籍楚国属国黄国（今河南省潢川县）。战国时期楚国大臣，是著名的政治家。与魏国信陵君魏无忌、赵国平原君赵胜、齐国孟尝君田文并称为"战国四公子"。黄歇游学博闻，善辩。楚考烈王即位，任令尹，封淮北地十二县。考烈王十五年（公元前248年），改封于吴（今江苏苏州），号春申君。

黄姓，中华姓氏之一，是一个典型的多民族、多源流姓氏，主要源自嬴姓及少数民族改姓等。吴回（祝融）之子陆终为得姓始祖。至2006年，黄姓人口约有2700万，约占全国人口的2.2%；按人口算，黄姓排名从第8位升为第7位。黄姓起源于中国北方，后迁至中原地区并建立黄国。黄国被楚国所灭后，部分族人开始南迁。两宋之后，黄姓广布到湖北、陕西、四川、湖南、福建等地。当代，黄姓人口主要分布于广东、四川、湖南、广西、江西、湖北、福建、江苏等地。

远古时期，今内蒙古东部、燕山之南一带，为黄姓发源地之一，族人后跟随颛顼迁至中原地区。公元前648年，潢川黄国被楚国灭亡后，黄姓族人有少数逃到河南中部，大批则内迁到楚国腹地，定居在湖北等地。战国至秦汉时期，黄姓已经大批播迁到湖北地区，逐渐形成江陵、江夏两个黄氏郡望，以此为基地向江南发展，"浮诸江南，以实海滨"，黄姓的足迹已经西达陕西和四川，东临东海，南入湖南和江西。东晋末，中原的黄、林、陈、郑四大姓率先进入了福建。隋唐时期，黄姓主宗分流，有了新的向南发展的行动。一支由江夏向东南迁移，穿过江西，进入浙江，在金华地区形成了金华黄氏；另一支先由江夏北迁河南固始，再向南经安徽、江西，抵达福建邵武，形成邵武黄氏。由湖北迁到广西的黄姓与土著结合形成了今壮族、布依族、侗族等民族中的黄姓先民；一部分进入了越南，成为当地的大姓。黄姓进入台湾地区是在明末时期。由于黄姓主力在秦汉时期已迁离了北方，所以受中国北方几次战乱的伤害较轻。黄姓在中国南方得到稳定长足的发展，尤其是宋、元、明时期，在赣浙闽粤四省繁衍最盛，最终形成了今天典型的南方大姓。

历史上黄氏有诸多杰出代表人物，如：黄歇、黄香、黄道婆、黄庭坚、黄公望、黄兴、黄克诚、黄炎培、黄宾虹等等。有人把黄帝列为黄氏首要代表人物，其实这是望文生义、牵强附会的错误。黄帝是古华夏部落联盟首领，中国远古时代华夏民族的共主、五帝之首，被尊为中华"人文初祖"；据说他是少典与附宝之子，本姓公孙，后改姬姓，故称姬轩辕；居轩辕之丘，号轩辕氏；建都于有熊，亦称有熊氏；也有人称之为"帝鸿氏"；史载黄帝因有土德之瑞，故号黄帝。但黄帝的后人有一支为黄氏，源于姬姓。

黄家大院的先人是不是黄歇之后呢？史料记载黄歇全家被李园派出的杀手杀死。既然全家均已死，何来之后？"黄家先人乃春申君黄歇之后"这一说法值得推敲，至少是不严谨的。

四

人的基本生存需要无非是衣、食、住、行。作为人类安居乐业根基的住宅，除了满足人的生存需要外，还可满足人的发展需要和享受需要。作为人类须臾不可或缺的存在，住宅必定受到当时文化的强烈影响；同时，作为人们某些观念的外化，作为一种文化承载物，住宅必定呈现出一定的文化意蕴。

事实上，黄家大院富含文化意蕴。

中国传统民居的建造，是具有深刻文化内涵的。我国以孔子为代表的儒家思想倡导长幼有序、兄弟和睦、内外有别，崇尚几代同堂的大家庭生活，对住宅建设产生了深远的影响。如以厅堂为中心，正房坐北朝南，东西厢房沿南北轴线对称排列，并设游廊、花墙，前后有二门三门，主次分明、区分明确，为满足长幼有序、内外有别的伦理辈分和内外区隔。同时，我国传统民居从选址、布局到室内设计，都讲求山水聚合、藏风得水，体现了"天人合一"的思想。选址上注重背山面水。室内设计上，根据建筑不同形状的空间边界，设计庭院、天井、门廊等中国传统民居特有的中介，使人们与自然充分接触，实现建筑与周围环境的融合。我国传统民居还渗透着阴阳平衡的风水思想，空间是"阴"和"阳"两个既对立又统一的整体，它们相互依存、相互转化。传统民居中通常运用大与小、抑与扬、闭与敞、明与暗、内与外、曲与直等对比手法，并始终保持两者之间的平衡，成功运用了阴阳平衡的风水文化。此外，作为中国哲学的一贯立场，"重意轻言"在中国传统民居中是一种意境的创作。"意"即意念、意味、意趣等人感受的情意，是使人直接进入所感受的事物当中，从中感受到事物的内在生命和精神。如传统民居中的雕刻丰富多彩，寓意深刻，它形象地反映社会的自然风貌，体现人类时代的构思。"重意轻言"的另一个表现是"以形见神"，即以听觉、触觉、嗅觉信息丰富空间环境渗透。利用声、光、色创

造出诗情画意般的意境。中国传统民居通常表现为院落式的形态，往往运用花园园林景观的理念，将住宅设计成景色宜人的居住场所。堂前空地通过种植花木来点缀生活。

作为从山东过来的黄家先人，在建造黄家大院时，显然是按照这些要求来营构的。山东是儒家文化发源地，儒家思想的创始人孔子、孟子，以及墨家思想的创始人墨子，均出生于山东。黄家大院的选址、设计、坐向、结构、布局、功能区分、高度、宽度、长度、装饰、点缀等等，无不契合和体现了中国传统民居的思想和文化要求。

五

作为一座古宅大院，黄家大院留存着祖先留给我们的精神财富和生活哲学，理应倍加珍惜、悉心保护。否则，稍不留神，这不可再生的历史文化具体载体，就没了。当然，不能做一些急功近利、与原文物历史文化内涵不符的"保护"，要铭记保护的初衷，是从中华民族悠久的文化中汲取精粹，要避免走向过分符号化、消费化的虚无之地，这才是对历史、对先民的尊重。还要想想如何传承建筑的灵魂。对于那些刻有历史痕迹，已然有些破败的古民居，我们有一百条现实的理由去拆除它，但有一条理由让我们守护它，它是中华民族优秀传统历史文化，是我们的根，为我们留住了本真。

这些年来，随着人们生活方式的改变和生活水平的提高，我国现代城市开发商，为了追逐经济利益，往往忽视传统民居的历史文化，而是选择商业价值高的地段开发房地产。在这个过程中，越来越多的传统街区逐渐消失，越来越多的古镇古村、古宅大院消废，代之以千篇一律的小区。结果，在我国的城市中，很难见到几处能够代表时代特征与地域特色的新建筑街区或城市片段，城市肌理在不知不觉中遭到破坏。

一座不简单的黄家大院，其实就是一段历史的缩影。它不仅见证了340多年的时代变化，也见证了340多年的社会风云；它不仅蕴藏着几百年的历史文化，也存储着几百年的发展记忆。尽管时下几百年的黄家大院形状已有破残，但黄家大院所蕴含的文化和折射的历史气象，并没有破残，所构造的精神秩序、道德规范也没有破残。

这，是最为可贵的，值得我们视如珍宝。

花山画语

山高水长

一

故乡,对我来说是太熟悉了。太熟悉了,往往就会忽略她,不经意她。以至要写她的时候,竟是一时不知从何处起笔。近日重读李白的《静夜思》:"床前明月光,疑是地上霜。举头望明月,低头思故乡。"这首小诗,人们含咀了一千多年,仍有说不尽的意味,道不完的情思。它使我再次受诗人长期漂泊且深厚激荡的故乡情怀而感染,心底再次涌起山高水长的故乡情。

李白是我国唐代最伟大的诗人。据郭沫若先生考证,李白的出生地叫西域碎叶,那是苏联的一个地方。他生于唐武后长安元年(701),5岁时随家迁居蜀都郡绵州彰明县(今四川江油)。在彰明县生活了21年时,他怀着"仗剑去国,辞亲远游"的豪情,离乡漫游.但李白总不回他的故乡,尽管他是写下了中华第一思乡诗的诗人。他5岁离开出生地后,便一直置身异乡游历,直把他乡作故乡。我们从李白的一生来看,李白要回故乡并不难,他没有担任什么要职,工作并不繁忙,而且在岗的时间也不长。但他一生都喜欢"置身异乡"的体验,喜欢不停地流浪,喜欢四海为家。结果,

万象更新

一生都没回过故乡。

> 兰陵美酒郁金香,
> 玉碗盛来琥珀光。
> 但使主人能醉客,
> 不知何处是他乡。

在李白的这首《客中作》中,醉倒了也就没有异乡感了,但这是快乐,还是痛苦呢?只有李白自己知道了。我们后人吟之,只能各人各的理解。

唐代诗人崔颢《黄鹤楼》一诗中有"日暮乡关何处是?烟波江上使人愁"的名句。崔颢的家乡在河南开封,离黄鹤楼不算太远,他为何要做出"乡关何处"的发问呢?我想这是一个游子的故乡情怀使然。任何一个离乡的游子都会有情结的两重性,即:既向往异乡,又萦念故乡。因此,当身在他乡,面对似曾相识的情景,不由得触景生情,想起故乡来。恍惚间,一时不知"乡关何处是"?

前些年读到余秋雨先生的一些文化散文,有一段话让我印象深刻,余秋雨先生说:"异己的一切会从反面、侧面诱发出有关自己的思考,异乡的山水更会让人联想到自己生命的起点,因此越是置身异乡越会勾起浓浓的乡愁。""因此,真正的游子是不太愿意回乡的,即使偶尔回去一下也会很快出走,走在外面又没完没了地思念,结果终于傻傻地问自己家乡究竟在哪里。"斯言善哉,画龙点睛。余秋雨先生是我国著名的文化史学家,是世界级的文化学者,散文大家。多年来,他用生命的步履,实地考察了中华文化在内的人类各大文明的兴衰脉络,写下了许多文采飞扬、韵味悠长、见解

花山画语

独到而备受读者喜爱的历史文化名篇。他从浙江省余姚市桥头乡车头村出生、长大、读书,直到小学毕业离开前往上海。他这番感慨,显然是过滤了诸多人生况味后,沉淀下来的异乡体验和故乡意识深刻交糅的独到阐述。

曾经读了一本叫《中国在梁庄》的书,作者梁鸿女士以纪实的方式,叙述了她重返她出生并成长了20年的故乡的所见、所闻、所思,让我读起来既感动又痛楚还沉重。她在"前言——从梁庄出发"开篇即说:"我的故乡是穰县梁庄,我在那里生活了二十年。即使在我离开故乡的这十几年中,我也无时无刻不在牵挂着它。它是我生命中最深沉而又最痛苦的情感,无法不注视它,无法不关心它……"梁鸿女士在京都工作生活,家庭幸福,事业有成。照理,一个女性能有如此际遇和成就,已经是非常有福的了,应该是随遇而安了。然而,在她以上的心灵独白中,故乡梁庄在她的内心深处显然比北京占的比重要大得多。那么,梁鸿女士的这种故乡情怀是否从根本上否定了她在北京追求和奋斗的价值呢?当然不是。如果梁鸿女士始终没有离开梁庄,那么今天的故乡情怀也就没有了她笔下、眼里和心中的意义了。

在一般人眼里,故乡只是一个概念,它表达的是一种象征意义;在思念的人心里,故乡是一种精神,它折射的是一种本质内涵。只有思乡的人才有对故乡的深切牵挂,因此只有思乡的人才有深刻意义上的故乡。

余秋雨先生的感慨,梁鸿女士的牵挂,虽然角度不同却目标一致。他们一男一女,一老一少,都是工作生活在异乡的文化人,都有高远的视野和深刻的见地,思乡的真谛算是被他们触摸到了。

不管是古代的李白、崔颢,还是当今的余秋雨、梁鸿,他们都是有良知的人,他们对生活的感悟以及对故乡情怀的真知灼见,可以让我们引起共鸣。而事实上,许多更深刻的异乡经历和思乡体验,是难以用文字来表达的,只能用我们那一腔热血去慢慢地融解、慢慢地感受。

二

所有故乡情怀的生发点都是出生地,也就是传统意义上的家乡。

我的家乡处在中国西南方的群山之中,有从十万大山奔腾而来的山脉,也有自邻国绵延而至的山峰。我的家就住在一座名叫大正山的山脚下,家的背后依次而来的是龙仕山、大正山,左边是北辰峰,右边是花虎山。家的前面是一大片田地,在田地的中央有一椭圆形的平顶小山,小山的前面依高而上的还有两座山。我家就这样被山严严实实地环抱着。

山之于我,犹如生命的底蕴,成长的依靠。

我故乡所在为土山区,山高壑深,峰峦重叠。山腰之上,一年四季多是云雾缭绕,颇有古代陶弘景《诏问山中何所有》的意境:"山中何所有?岭上多白云。只可自怡悦,不堪持赠君。"相比较其他地方的岩溶丘陵,我的故乡真是山清水秀、鸟语花香、郁郁葱葱。满山的八角林,遍野的松树林,以及人迹罕至的莽莽苍苍的原始森林,让人心生崇敬和感慨。每年八角飘香的时候,也是一方收获喜悦的季节;每个松脂晶莹的日子,正是百姓收割幸福的岁月。

花山画语

这些年,八角和松脂价格高涨,把故乡的父老乡亲从穷困的境地拉上了致富的道路。那肥沃的厚土,年年生长着水稻、玉米、红薯、木薯、花生、甘蔗以及中草药,年年充实着人们的生活。由于地势较高,气温要比其他地方稍低。在酷夏,南宁无空调难以入眠之时,故乡夜眠仍需盖上薄被。故有当地"小东北"之称。

这样的自然条件,按理说应该是给故乡的父老乡亲予富足与宽裕,但事实上,在相当长的历史阶段却不是这样。尤其是在20世纪80年代以前,故乡的父老乡亲的日子过得是十分的艰难与贫困——相当长的岁月里是靠救济粮来度日的,红薯木薯成了当时的主粮;家家户户的餐桌上,一年到头难得见上一回鸡鸭猪肉;人们补充营养的主要渠道和方法是下河捕鱼,或者上山装铁夹捕果子狸、山猪和黄猄,或者挖地捉竹鼠和穿山甲,等等。我的童年和少年是在缺衣少吃中度过的,我的左脚还留有疤痕,那是小时候去挖野菜不小心锄到脚而留下的纪念;一年四季里,我们全村的小孩童没有一个有鞋子穿的,哪怕是在寒冷的冬天,我们一样穿着单衣裤在田地里捉迷藏,手脚冻裂了也不怎么觉得痛,照样去打陀螺、射弹弓、烧红薯窑、下河抓鱼……往事如烟,中国历史上所经历的每个阶段,在深山老林里的故乡也一样经历着。现在故乡的生活与那时比真是翻了个天,家家户户的破旧房子都推倒新修了,村村通的政策把通往山外的道路拓宽铺平了,摩托车、拖拉机进进出出运载着劳动的繁忙与收获的欢乐;不少人家已经到县城买地建房了。山的厚爱,山的恩赐,加上党和国家的好政策,让父老乡亲真正得到了实惠!

故乡的山山体厚大、山头浑圆,显得稳重、踏实与和善,没有

万象更新

石山那种尖利、瘦削与凶险，让人有一种厚道容易亲近的感觉。都说一方水土养一方人，这话不假。故乡的水土，养育了一代一代憨厚朴素、善良宽容、安分守己、勤劳单纯的人。20世纪中期，我国曾经给国民划过成分，有地主、富农、上下中农、贫农等等。当时划成分是有指标的，每个村屯地主多少户、富农多少户；故乡当时也就十来二十户人家，大家都是脸朝黄土背朝天，辛辛苦苦土里刨食，谁也不比谁好到哪里去，更不用说有出租田地和雇工的事。因此，全村人都是贫农，没有一户中农以上的高成分。我父亲当时是大队文书，因为没有完成地主富农指标，还被批评了呢。其实，倒不是我父亲和家乡人有什么政治远见，也不是他们没有思想觉悟，而是他们都觉得，地主富农是被斗争的对象，是有条件的；大家知根知底的，确实没有谁达到地主富农的条件，不能昧着良心去说话，更不能害人！

当然也会有一些不厚道的坏人小人，就如哪里的山都会有一些阴沟一样。我爷爷和我父亲就分别受到过坏人小人的算计。我爷爷解放前参加当地的游击战争，他的战友解放后有的当上自治区领导，有的当上了地厅级官员，但我爷爷却是农民一个。原因是：解放前，爷爷被派回来当村长期间，有一天晚上到别村去召开群众大会，而在押的那陶伪村长趁看守人员不备逃跑了。个别当权者为自保便把责任推到我爷爷头上，撤了我爷爷的村长职务，还把我爷爷关押了起来。后来解放军剿匪又抓到逃跑的那陶伪村长，在枪毙前供认当晚逃跑时我爷爷不在场的事实，才把我爷爷放了回来，但村长是不给继续当了。我相信，我爷爷当时肯定如实反映情况的，群众也会

花山画语

作了证的。但这样大的冤案为什么能发生，我想，除了当权者的居心叵测、排除异己之外，我爷爷不据理力争去多方申诉也是一个原因。因为，我爷爷身上的那种厚道、单纯与隐忍的品性决定我爷爷会那样做。

我父亲当了几十年的村干部，从文书到村长到支书。20世纪60年代初，父亲已经参加革命队伍到乡粮所工作了。但不久便遇上了国家"精兵简政"运动，当时的号召是：目前国家困难，需要干部职工为国分忧，精减一部分人回家种田，以后条件好了再回单位工作，恢复身份和工资。我父亲思想觉悟很高，自愿报名回了家。后来有几次落实政策，但我父亲没有主动去争取，也就一错过再错过，最终也没能恢复国家干部职工身份。我曾经就此事问过我父亲，我父亲说，我们都相信组织，以为组织会按政策办事的，所以没有去反映争取。他不知道，组织是不会欺骗个人的，但当某个具体人代表组织的时候，那个具体人就可能会欺骗人。20世纪80年初，当时还有保送读书的制度，那时全大队就我大姐一个女生读到高中，县里就推荐我大姐去读南宁地区师范学校。手摇电话打到大队部，当时值班的文书听了，骗县里说我大姐不愿意去读书，大队重新推荐了另外一个初中女生去。县里信以为真，就把那初中女生名字报上去了，直到那初中女生去上学了，我父亲才知道被文书调包了——那初中女生是文书的女儿。村里有人打抱不平，要去告他们；父亲把他们拦下来了。

他们的这种厚道待人，与人为善、隐忍不争的品性，尽管无可厚非，但这样的秉性其实是很悲哀的。他们忘记了遵循亘古至今的自然规律——物竞天择，适者生存。无论是在弱肉强食的古代，还是在竞争激烈的现今，不抗争是没有办法生存和发展的，仅凭善良和忍让是不能抵抗和消除外来的欺侮与侵略的。就像大山一样，你隐忍，你就被乱砍滥伐；你不争，你就被乱挖滥采。

但山的胸怀确实太宽厚了，不管人类如何对待她，有史以来她都一直无怨无悔地承载着人类、养育着人类、包容着人类，让人类在她的怀里生生不息、繁衍繁荣，演绎许许多多喜怒哀乐的故事。

或许，我们都应该像山一样，少些计较和不满，多些宽厚与包容吧。只要内涵厚实，外面的风吹草动又算得了什么呢？不管风云变幻，风吹雨打，我自岿然不动，保持本真.

三

有山就会有水，有山有水才是好地方。山有水则活，水有山则秀。在我的家乡，一条河自花虎山旁绕村而过，在家前面的最高那座山的脚下流去。但从我家、我村里，是看不见河的，尽管相距不远，也听到河水过滩的声响。四周山色临窗秀，一夜河声入梦清。

家乡的这条河流，先是往北走，与明江汇合后，突然转向，往西南方向流去，直至入了左江，流向大海。她自邻国越界而来，随山成势，或宽或窄，或深或浅，或直或弯，如带如练，似龙似蛇，碧绿如玉，清澈如镜。即使两岸青山不动，天上云彩飘移，水中鱼儿游摆，也会留下清影。河流如情似梦，两岸百树葱茏，翠绿着岸上村庄的日子，也翠绿着村庄里的心境。划船于上，河水波动，山云也不由自主地粼粼波动着，人与船也粼粼地波动着。靠近村里河

花山画语

流有两节河段，上节河段叫汪大，下节河段叫汪小，汪大汪小中间是一处浅滩连着，村里人一年四季洗衣、洗澡、洗菜都在这两节河段，女的在汪大，男的在汪小；尤其是春夏秋季，劳作一天的人们，无论大小都来洗衣洗澡；亦无论男女，均是裸浴，以中间浅滩为界，男女各不相扰。

然而，村里却不是饮用这条河水的。直线距离来讲，村庄离河流很近。可要到河边，则要翻过右边的一座小山，且小路崎岖。因此，全村的人，一直以来喝的是龙仕山和大正山间的溪水。很早以前是去挑水，大约十几年前，村里人用竹槽和胶管把水引到村里来，家家户户就再也不用去挑水了。村前田垌有一泉涌，但因水浊，且化肥农家肥料多有浸渗，人不以饮，多为牛马鸭鹅所用。

但这条河流还是滋育着这个村庄和这个村庄世世代代的男女老少。二十世纪七八十年代，由于山高路远，交通不便，村里的松木、枕木就是通过这条河流水运出去的。长期以来，这条河流里的鱼类，源源不断的丰富着家家户户的餐桌，香郁着村里人生活的滋味。也不知道多少个岁月，这条奔腾不息的河水，不知除去了人们多少的疲乏，洗净多少的衣裳，涤清多少的泥污，润泽多少的身心。

当年我还在乡村时，看到电影里城市人用着自来水和游泳池，感觉到很新鲜，那份向往和羡慕便油然而生，而且愈来愈浓烈。直至走进南宁学习、工作、生活后，看到游泳池里水是不流动的，南湖的水很脏，邕江水也没有家乡那条河水干净清澈，才知道当年的向往和羡慕是多么的浅薄无知与幼稚可笑。

这样一条可爱的河流，留给我的印象实在是刻骨铭心，因为我

/ 万象更新

的生命在这条河流两次获得了新生。第一次是我大概六七岁时，任大队干部的父亲组织全村人自力更生搞水利，在这条河流拦腰砌起水坝，安上水泵机把河水抽上村右小山，引到村左灌溉村前的那大片田垌。大人们在水里劳动着，我就在岸边浅水玩，不知不觉便玩到了能淹没我的水域，当时手忙脚乱的扑腾着，连喝了几口水，却又喊叫不出，就在沉没漂走之际，大人们突然发现了，奔跑过来拎起了我，也拎回了我的这条命。经此一番惊吓，我对河流产生了敬畏，甚至有点恐惧。以至今日，不论在哪我去洗涤游泳，还不敢往深水区里去。第二次是八九岁时的一个夏天，我和村里的小玩伴一起到河里去撒网捕鱼，赤身走在河床水边时，踩到一条蛇，被蛇狠狠地在小腿上咬了一口。蛇在我的印象中都是恐怖可怕的。还在更小的时候，有一次看到村尾竹林上有一鸟巢，便爬上去掏，没想到里面是刚孵化出来的几条小蛇，吓得我一松手跌到地上来，竹刺把衣服划烂了，差一点没破开我的肚子。当时吓呆了玩伴们，我在惊慌之际，追着那条蛇，用石头把它砸得稀巴烂。这时不知谁说了一句，听说吃松针叶可以防蛇毒，喝酒可以排蛇毒。我马上爬到岸上的松树，大嚼大咽起松针叶来；然后回家连喝三大碗米酒后倒头便睡。也不知睡了多久，醒过来了，看看腿上蛇咬的地方不红肿，虽然头晕乎乎的，但没有死，心里庆幸起来，感觉松针叶和米酒真是灵丹妙药，居然救了我的命。后来上了中学才知道，其实根本不是松针叶和米酒的功劳，而是那条蛇是一条无毒的水蛇。原来，毒蛇一般不在水里活动的。如果那真是一条毒蛇咬的话，我爬树吃松针叶和喝酒，只能加快死亡。

花山画语

感谢河流!

因此,家乡的这条河流始终是我精神的源泉。如果说,山是我生命的底蕴,那么,河流便是滋育生命底蕴的血液。只要这条河流不干涸,我的生命之山就不会枯竭。这条河流的源头在那里?至今我还不得而知。但这条河流前行的道路我知道,她的越走越宽的步履,越远越宏大的气势,百折不挠勇往直前的精神,强劲的渗透力和应变力,引领着我同行,引领我走向花山,走向海阔天空。

四

任何一种情怀都离不开一种文化的牵扯。故乡情怀离不开故乡文化的浸润。

记得在我故乡的大正山腰平缓处,20世纪生产队在平整晒谷场时,挖出许多陶瓷碎片,白色釉面上有蓝色图案。当时没有一个人把它们当回事,更没有人对它们认真辨别收藏,只当那是古代坟墓陪葬的东西铲掉了——我们那地方对墓葬的东西颇有忌讳。后来在龙仕山和北辰峰下,也都发现了陶瓷碎片和石条等。现在想来,那些东西是文物呢。我曾经有意识地去想了解我故乡的历史,但没有一个人能说得清楚这个村里的人是从哪里来,来了多久,其中有过什么样的故事,那些陶瓷碎片含有怎样的历史文化记忆?看着峰峦叠嶂的故乡,我总感觉到这里应该有过许多故事,哪怕是比较简单的故事。在发现陶瓷碎片的当时,村里每户人家基本上都是在用粗糙的瓷碗,没有人用上那样精致的陶瓷器皿。可以想象,用那样精致的陶瓷器物盛饭、装肉、喝酒,在那个年代里,该是怎样的一种奢华，那种生活也必定是丰富而精彩的。尽管那不可能是曹操、唐明皇、武则天的盘盏，也不可能是王羲之、陶渊明、李白的酒杯，因为他们都不可能到过这里。

那么，使用这些器皿的，到底是什么人呢？他们去了哪里？

这使我把寻索的目光投向了千年不语却日夜表达的河流。

从我家乡河流蜿蜒前行，穿过山水画廊，穿过遍地山歌的缠绵，我们简单扫描，首先看到的是清朝留下的两个脚印。一是迁隆的土司署和书院。衙署屋宇和书院前厅已毁，书院的中厅、后厅依稀残存。我们看不到当年的景象了，但衙门前尚存的双石狮、砖石阶、勇礅和书院里的石鼓、石磙还在坚守着那段历史，那一份光绪末期曾经的喧闹。二是北斗村的蓉峰塔。据史志记载，此塔建于清道光初年，为知府伊枕云筹划，历30年方落成。塔高五层，一层匾题"蓉峰塔"，大门两边书对联："蓉擎岳峙千重艳，峰接奎垣万丈光"。大门正对的内壁有绘画一幅，今已不辨；二层题"珠联"，壁画苍龙布水；三层题"璧合"，壁画彩凤企立；四层题"梯云"，壁画瑞鹿含灵芝；五层题"取月"，壁画金鲤朝龙王。旧传夕阳西照或皓月西斜时，塔尖影可及东湖，恰如秀笔蘸墨。我在乡文化站工作时，曾登此塔。只因当时无人管理，多有破坏，无景入目，甚为可惜。好在此塔颇有定力，不管风云变幻，兀自保持不变的姿势，看日出日落，观月朗星稀，经风历雨，写实写虚历史的沧桑，见证世间变化，守望花山的美丽。

其次，我们在明江街东北三里许，看到了一处规模宏大、具帝王气象的大墓园。在这里，辕门威严把式，石雕神形具灵；神道斑

花山画语

驳还坚实,华表笔直而高耸;文武石俑肃立左右,石狮石马罗列两旁。这是被史学家称为壮族"秦陵"的宋朝土司黄善璋之墓。我现在没有看到黄善璋的相关具体资料,不了解当年黄善璋的表现与建树,只在《宁明县志》读到这么两行文字:"皇祐五年(1053年)农历正月,在宋皇朝同侬智高的战争中,狄青的部下黄善璋'有功',狄青奏请朝廷授黄善璋为都元帅,于思明州地设永平寨,予其世袭。"但不难想象,墓园的壮观与奢华,标榜的是一份辉煌与显赫;石雕静静的诉说和坚守,也应该是一份高贵与威严。尽管那份辉煌与显赫,高贵与威严,在历史的尘封和荒草的枯颜里,已显得十分的苍凉与褪色。

无论是清朝的衙官和伊知府,还是宋代的黄善璋,他们肯定都是用上了精致的陶瓷器皿了,甚至可能都用上了金杯玉盏。他们到过我的家乡吗?或者他们的官吏到过我的家乡吗?家乡的那些陶瓷碎片是他们或他们派出的官吏留下的吗?

再次,就是花山岩画了。

花山岩画,是我国崖壁画中的一颗明珠,是广西宁明县境内表现为崖壁涂绘艺术的总称,包括珠山、龙峡山、达佞山,高山,花山五处八点,计二千多个图像,组成了一条以明江为纽带的壁画长廊。而花山这处的岩画最为集中和典型,这处岩画画面长172米,高约45米,共8000多平方米,1900多个图像,气势磅礴,雄伟壮观,是我国迄今发现的最大一处岩画。这些在悬崖峭壁上的岩画,古朴豪放、恍惚迷离,生动肃穆而富有神秘色彩。

关于花山岩画的记载,最早见于明代张穆所撰的《异闻录》:"广

万象更新

西太平府,有高崖数里,现兵马,持械杖,或有环首者。"清光绪九年修的《宁明州志》载:"花山距城50里,峭壁中有生成赤色人形,皆裸体,或大或小,或执干戈或骑马。"

花山岩画是用什么颜料来画的呢?怎样画上去的?是什么时候画的?是哪一个民族的画卷?它表达的内容又是什么?多少年来,人们对这些问题仁者见仁,智者见智,众说纷纭,莫衷一是,至今仍然是一个千古之谜。

这些问题,却不是我关心的问题,那是历史学家和考古学家们的事。我所关心的是,我的家乡与此有没有关系,我家乡的陶瓷碎片与此有没有关联?我觉得,应该有。因为从我家乡撑独木舟或竹排顺流而下到花山,也就一天两天的水路;从花山溯流而上到我家乡,也就三天四天的行程。这么一个距离,对于能在悬崖峭壁上作画的人来说,会很远吗?对于敢在悬崖峭壁上刻画历史的民族来讲,带上精致的陶瓷器皿到我家乡去开疆拓土,会很难吗?

我无意把我的家乡牵扯成历史悠久、文化深厚的地方,只是,这条河流上的这一切,让我不得不这样想。至少,到目前为止,还没有任何证据证明,这条河流上的这一切和我的家乡没有任何牵扯。

五

行文至此,已经又是一个新年的年初了。这天的南宁,白天阳光明媚,天蓝云白;夜晚明月高照,群星闪烁。可以肯定,明天一定是个好日子;也可以相信,今年一定是个好年份。我仰望天空,又想起了李白的诗句。心想,在好年份,好日子,我一定会重返故

乡，面对大山，面对河流，面对父老乡亲，尽情释放我装满阳光和月华的情怀！

我的故乡是：

中华人民共和国，广西壮族自治区，崇左市，宁明县，那楠乡，康峙村，通榜屯。